NF文庫
ノンフィクション

旗艦「三笠」の生涯

日本海海戦の花形　数奇な運命

豊田 穣

潮書房光人社

旗艦「三笠」の生涯——目次

第一部

第二部

旗艦「三笠」の生涯

第一部

横須賀海岸

昨年（昭和六十年）の十二月十日、私は何度目かの戦艦「三笠」訪問を行なった。ちょうど、この年は、日本海海戦（一九〇五）から八十年目にあたる。それで、「三笠」と東郷元帥の物語を書くことになったので、横須賀海岸の「三笠」を訪問して、記憶を新たにしようと考えたのである。

京浜急行の横須賀中央駅から、徒歩十分ほどで、記念艦「三笠」に着くが、私は国鉄横須賀駅で降りて、旧軍港を左手に眺めながら、バスを大滝町で降りて白浜海岸の方に歩いた。三笠公園を歩いていくと、二本のマストが見えた。初冬の好天の下に、かつて日本とロシアの艦隊の死闘を見下ろしたマストが、天を突くようにそびえている。

――「三笠」も今は嬉しかろう……。

と私は思った。

「三笠」が英国のバーローの造船所で進水（明治二十二年・一八八九）してから、すでに九十六年。鋼鉄艦で、今もなおこのような良好な状態で保存されている軍艦は、「三笠」がほとんど唯一のものであろう。

世界の有名な海戦で旗艦を務め、今も保存されている艦は、「三笠」を含めて四隻あるという。そのうちネルソンが座乗して、トラファルガー海戦で仏西連合艦隊を破ったヴィクトリー号は、今も英国の南海岸のポーツマス軍港に保存されている。

私は昭和四十九年秋、このヴィクトリー号を訪問した。ヴィクトリー号は四段デッキの帆船で、排水量二千百六十二トン、幅十七メートル、吃水七メートル、兵装六十八ポンド砲二門、三十二ポンド砲三十門、二十四ポンド砲二十八門、十二ポンド砲四十四門、計百四門を持つ、当時最大に近く、最強の中に入る軍艦であった。

奇しくもトラファルガー海戦（一八〇五）から、日本海海戦まではちょうど百年であるが、ヴィクトリー号は乗組員八百五十名、「三笠」は八百五十九名とほぼ同数である。「三笠」の排水量は一万五千百四十トン、兵装は主砲三十センチ砲四門、副砲十五センチ砲十四門、補助砲八センチ砲二十門、計三十八門で、勿論こちらの方が強力であるが、百年前の帆船と百年後の蒸気機関を積んだ鋼鉄艦との乗組員がほぼ同数ということは、時代を感じさせる。また建造費は、ヴィクトリー号五万七千七百ポンドで、「三笠」は八百八十万ポンドとなっている。

つぎの戦勝記念艦は、アメリカ独立戦争当時の軍艦コンスティテューション号（一七九八年、建造）である。これは「三笠」より百年ほど古いが、今もアメリカの西海岸に保存されている。

　また米西戦争（一八九八）のときの米海軍の旗艦オリンピア号も、フィラデルフィアに保存されているという。

　三笠公園を歩いていくと、「三笠」の後艦橋と司令長官公室のある後部が見えてくる。

　晴れてはいるが、風の強い日であった。

　私は八十年前の日本海海戦の日のことや、東郷元帥とネルソンのことを考えながら、「三笠」の舷梯（タラップ）を登った。

　あの日、このマストには、Z旗が翻った。

「皇国の興廃、この一戦にあり、各員一層奮励努力せよ」

　歴史に残る名信号である。

　この旗のもとに連合艦隊の各乗組員は、大いに奮励努力して、バルチック艦隊を撃滅し、祖国を安泰の重きにおいたのである。あのとき、東郷艦隊がバルチック艦隊に敗れていたら、日本は太平洋戦争の敗戦の四十年前に、ロシアの属国になっていたかも知れない。

「三笠」はその後も様々な運命を味わいながら、大正十五年十一月、記念艦として、ここ白浜海岸に永久保存されることになった。

　しかし、敗戦の嵐は「三笠」をも静かに眠ることを許さなかった。上陸してきた占領軍は、この栄光の艦を将軍や提督の銅像とともに、軍国主義の象徴として、解体することを考えたという。

「三笠」を惜しむ人たちと横須賀市は、米軍と交渉して、「三笠」の砲塔、艦橋、マスト、煙突などを取り外して、観光用として残すということで、許可を得た。このため、湘南振興会社が、この運営を引き受けたが、その後の「三笠」は惨憺たる状態に追い込まれた。砲塔、マスト、艦橋などが除去されたのは、約束どおりであるが、先の会社はこれを米軍用のレストラン兼キャバレーとしたので、栄光の印である司令長官公室や、東郷長官が指揮を執った艦橋は、米兵の土足に荒らされ、ダンス・ホールとなった後甲板には、女たちの嬌声が満ちるという情ない有様となった。

私はたまたま昭和二十三年秋、横須賀を訪れ、「三笠」の艦橋、砲塔など除去の現場を眺め、無残な気持がしたが、その後、この名艦が米軍用のキャバレーとなったことを聞いて、言いようのない怒りに捉えられた。

もともと米兵は外国の港に寄港すると、自分の艦に男女の客を呼んで、ダンスを踊るのが常であるから、「三笠」で踊ったからといって、とくにこの名艦を侮辱したという気持は少ないかも知れないが、こういう目的に「三笠」を供した日本人がいたということは、敗戦の人心の退廃をまざまざと見せつけられた感じであった。

それが昭和三十三年、伊藤正徳氏（産経新聞主筆、軍事評論家）らの主唱により、「三笠」保存会が結成され、三十六年五月には、立派に復元工事が竣工して、今は日本海海戦当時を思わせる威容を、この白浜海岸に誇っているのである。

一時は撤去された三十センチ砲塔も、前後に復元され、二本の煙突も昔どおりである。

前部に回ると、艦橋に登った。

八十年前、この艦橋の中央に毅然として立ち、ロジェストウェンスキー中将のバルチック艦隊を見下ろしていた男がいた。身長五尺四寸ほど、後の連合艦隊司令長官山本五十六と同じくらいの体格である。

「三笠」を先頭とするわが連合艦隊が、敵前で一八〇度回頭を決行したとき、先頭の旗艦「三笠」には、敵弾が集中した。そのうち一弾は艦橋の近くで炸裂し、破片の一つは男の股の間を通過した。しかし、男は瞬きもせず、敵との距離を計り、〝撃ち方始め〟の時機を待っていた。この男がそれほど豪胆な男であることを知っていた者は、日本海軍でも少なかった。彼を信頼していた海軍大臣山本権兵衛でさえも、この男の実力を知らなかった。

古今未曾有の大勝利を収めた後も、この男は黙々として、名利を追わず、政治に関わることもせず、昭和九年、八十八年の生涯を終わった。

悲劇はその十四年後にきた。後輩たちが武運拙く連合軍との戦いに敗れ、「三笠」もついに殊勲の砲塔や艦橋が撤去されることになったのである。男は地下でそれを聞いて、唇を嚙んだが、泣きはしなかった。

――いつかまたあの日本海海戦の功績が、歴史によって見直されるときがくる……。

男は固くそれを信じていた。

――天は自ら助ける者を見殺しにはしない……。

男の考えはこうである。

そして丸裸にされてから十三年後、「三笠」は不死鳥のごとくに蘇った。

新装成った艦橋に、男は再び立った。大空から舞い降りた鵬のように、男は今悠然とコンパスの前に立って、祖国の運命を凝視している。

——男の名は東郷平八郎……。

「三笠」の艦橋に立って、横須賀の港を眺めていた私は、ふとそのような幻想に捉えられた。

「三笠」の艦橋はそのような白昼夢を見させるに十分な、歴史を回想させる場所であった。

艦橋からZ旗が掲揚されたマストを仰いだ後、私は上甲板から中甲板に降りた。この甲板の前、中部は兵員の居住区になっており、中部居住区の両側には、日本海海戦でその速射で効果を発揮した十五センチ副砲の砲郭が並んでいる。

後部両側は士官私室が多く、後ろに行くにしたがって階級が上になり、参謀室、艦長室、参謀長室、そして長官室があり、一番後部には、十畳敷ほどの長官公室がある。ここも復元前は、米兵用のバーやレストランに使用されていたらしい。

私はしばらくその長官公室の入り口にたたずんだ。

その前夜、東郷司令長官は何を考えていたのか……?

その前夜、明治三十八年五月二十六日の夜、東郷はどこにいて何を考えていたのか……?

敵艦見ユ！

その前夜、連合艦隊「三笠」は、朝鮮の南岸、鎮海湾の奥にいた。ここにいたのは陸上との連絡の関係で「三笠」だけで、主力の第一戦隊（「三笠」のほかは「富士」「敷島」「朝日」「春日」「日進」）は湾の東出口の加徳水道の泊地に待機していた。

東郷長官は割に早く長官私室に入った。眠れぬ男が二人いた。参謀長の加藤友三郎少将（海兵7期）と先任参謀の秋山真之中佐（17期）である。ただし二人には共通の眠れぬ理由と、共通でない理由があった。

共通の理由は、勿論、バルチック艦隊がどの海峡にくるかということである。南方からウラジオストクをめざすバルチック艦隊には、日本海に入る三つの道がある。北から樺太と北海道の間の宗谷海峡、北海道と本州の間の津軽海峡、そして九州と朝鮮の間の海峡（朝鮮海峡もしくは対馬海峡があるが、朝鮮海峡は陸地に近過ぎるので、こちらへ来るならば、距離的にも有利な対馬海峡だと思われていた）である。このうち宗谷海峡は距離的にも不利なので、まず津軽か対馬かと考えられていた。

しかし、敵はわが連合艦隊とほぼ同勢力であるから、わが艦隊を二つに分けて、津軽と対馬に同時に待機させるという訳にはいかない。

五月二十四日のことである。東郷の司令部が、「敵が、どちらの水道に来てもよいように、能登半島で待つべきか？」という意見具申を大本営に打電したという話が、第二艦隊司令部に伝わってきた。

これを聞いた第二戦隊の司令官島村速雄少将は、「これは危ない」と考えた。彼は加藤と同期で、この年（三十八年）の一月までは連合艦隊の参謀長であったので、バルチック艦隊の進路については、東郷や加藤と同じ悩みを抱いていた。翌二十五日、島村は第二艦隊参謀長で同期生の藤井較一大佐と一緒にカッターで「三笠」にやってきた。二人は、まず加藤を参謀長室に訪れると、

「おい、加藤、早まってはいかんぞ、能登半島に移動するのは、早計ではないか？」

と聞いた。

「いや、そんなことはまだ決まってはおらんよ」

加藤は青白い頬を緩めながら、そう答えた。

能登半島移動云々は、敵の進路推定に悩み抜いた秋山が、大本営への一種の打診として、「一定の期日……五月二十五日までに敵の消息がわからぬときは、津軽海峡への手当も考えなければならない」と、参考意見として、打電したもので、東郷も加藤も能登への移動を真

剣に考えているわけではなかった。

「そうか、それならええが……」

島村はほっとしながら、東郷長官に会ってみることにした。この一月まで「三笠」の参謀長室にいたのであるから、あの茫洋とした釣鐘のような重みのある提督に、挨拶して行きたいと考えたのである。

長官室の東郷は、微笑を浮かべて二人を迎えたが、能登半島云々の質問を聞くと、重い口を開いて、

「おいは、敵は対馬に来ると考えとりもす」

と断定的に言って、二人を安心させた。

この東郷の決断には、大本営の作戦班長山下源太郎大佐の意見が、大きく影響しているが、自分の信念を守るのに固い東郷は、初めからバルチック艦隊は対馬に来ると断定していた。

戦後に、その理由を聞かれた東郷は、

「おはん、腹のへっとる馬は、真っ先にまぐさ桶のほうに走りもっそ」

と言ったという。

二十五日の段階で、連合艦隊司令部は、敵は対馬に来ると決めて、鎮海待機を決定したのであるが、二人の参謀には未だ不安があった。

山のように動ぜぬ東郷は、

「おはんたち、今夜は早う寝たほうがよか。明日のユッサ（戦）は、がっつい（ひどい）も

んになりもそうが」

と言って、早々に私室に引き揚げてしまった。

しかし、加藤と秋山は眠られない。明日の朝になって、敵が沖縄の北の海面に現われてくれればいいが、九州南方を通って、津軽に向かっているということが分かると、大至急出港して、日本海を横断して、津軽に急行しなければならない。津軽海峡の出口（太平洋側）で敵を捕捉できれば、大部分がウラジオストクに入ることを阻止できるが、一旦、敵を日本海に入れると、これのウラジオストク入港を阻止することは、非常に困難である。

後述するが、敵が対馬に来るとして、秋山が心魂を傾けた七段構えの作戦というものが、連合艦隊司令部にはあった。ウラジオストクに向かう敵を、複数の合戦で捉えて、これがウラジオストクに入る前に、撃滅しようというものである。

しかし、津軽に来た場合、これが直ちに応用できるとは限らない。秋山の悩みはこれで、その点は加藤も同じであった。違うところは、加藤は若いときからの胃痛に悩まされており（これから十八年後、彼は腸のガンで死亡する）、艦橋勤務のときも、薬を放さずにいた。それが敵の進路がわからないという悩みが激しいと、余計に痛んで神経質な参謀長の眠りを妨げるのである。

秋山も神経の鋭い人物であるが、胃腸は丈夫であった。ただ彼は夜中でも大本営からの電報に待機し、自分の作戦を練り直すために、毎晩、作戦室に寝て、しかも何日も着替えもせず、靴をはいたまま寝ていた。これでは熟睡はできない。

そして五月二十七日未明、「三笠」の電信室の空気が慌ただしくなったのを、この天才的な参謀は、聞き逃さなかった。

この日、午前二時四十五分、哨艦信濃丸は五島列島の北を北東に進む怪しい灯火を発見した。午前四時四十五分、同艦はこの灯火がロシアの病院船のものであることを確かめ、直ちに発見電を打った。

「敵艦隊見ユ、四五六地点、信濃丸」

「三笠」の電信室にこの無電が届いたのは、午前五時五分である。作戦室にいた秋山は電信室からの伝声管で起こされた。

「よし、来たか！」

靴をはいていた彼はむっくり起き上がると、参謀長と長官にこの電報を届けるように指示すると、海図の前に立って、敵の位置を入れ始めた。長官私室の東郷もさすがに緊張していたとみえて、直ぐに軍服を着て、加藤から電報を受け取ると、

「よか！　全艦隊直ちに出港、大本営に、やりもす！　という無電を打て！」

と低いが力強い声で命令した。これが日本海海戦の〝撃ち方始め〟である。

加藤は直ちに秋山を探しに艦橋に登った。作戦室にいた秋山は、海図台にのしかかるようにしながら振り返ると、

「参謀長、今日の敵との決戦は、沖ノ島の西方、時刻は午後――というところですぞ！」

とデバイダー（分割器）の先で海図を叩いた。

この日、バルチック艦隊の旗艦スワロフが初弾を発射したのが、午後二時八分、位置は対馬・厳原東方七十二キロの沖ノ島西方海面であった。

「秋山君、やはり敵は対馬に来たな……」

加藤は秋山の肩を叩いた。胃の痛みも薄らいだようである。

「いやあ、長官はえらいですな」

秋山は自分の手柄にはせずに、そう言うと、破顔した。これくらい作戦、計画の好きな男も珍しい。敵艦隊の勢力、戦闘能力、各艦の性能、砲の精度、その訓練の状況、一万数千マイル（海の一マイルは一・八五二キロ）を航海してきた後の将兵の疲労度、艦の底にはどの程度にカキがついていて、そのために速力がどの程度落ちるか、そして大航海の後のロシア艦隊の士気と、ロシア宮廷の出身だというロジェストウェンスキー中将の指導力……すべての要素を電気式の計算器にぶちこんで、これをわが連合艦隊の内容と比較し、対馬海峡北側で会敵の後、ウラジオストクに逃げこもうとする敵の頭の先に回りこむようにしながら、七段構えでこれを撃滅するという緻密な案を立てたのが、連合艦隊作戦参謀秋山真之なのである。

艦橋には、すでに艦長の伊地知彦次郎大佐（7期）が上がって出港の準備を行なっている。すでに「三笠」の主罐ベルビル罐二十四基は、蒸気を上げ、エンジンのピストンは発動を待つばかりとなっていた。

加藤は東郷の代理として、

「各艦隊、予定順序に出港せよ」

を下令した。これを各艦隊に知らせる旒流信号がマストに揚がった。すでに午前五時には「総員起こし」がかかっており、連合艦隊は待っていた決戦のために、全身の活力を示して、活動し始めていた。

「出港用意、錨を揚げ！」

伊地知艦長が大声で前甲板に向かって怒鳴った。鹿児島生まれの彼は意気壮《さか》んな男である。前甲板で抜錨作業が始まった頃、東郷が悠然と艦橋に姿を現わした。

電報用紙をとめた板を手にして、大本営に打電する電文の案を練っていた参謀の飯田久恒少佐（19期）が、その文案を秋山に見せた。

「敵艦見ユトノ警報ニ接シ連合艦隊ハ直チニ出動之ヲ撃滅セントス」

「なるほど……」

これを受け取った秋山は顎を上下させながら、飯田から鉛筆を受け取り、少し思案した。これで十分意を尽くしているのだが、文章家の彼としては、今少し強く訴えるものが欲しかった。この朝の天気予報が、「本日天気晴朗ナレドモ浪高カルベシ」とあったのを彼は思い出して、

「本日天気晴朗ナレドモ浪高シ」

と付け加えた。（註、戦前はこの有名な電文は東郷元帥が自分で書いたものと、小学生時代の私たちは考えていた。しかし、海兵に入ると、これは天才的な作戦家・秋山参謀が起案した

ものだと教えられた。戦後の研究では、飯田少佐が起案したものに、秋山が手を加えたものだとなっている）

東郷は加藤がサインし自分もサインしたこの電文の文句を、「皇国の興廃この一戦にあり……」という文とともに、戦後、何枚も揮毫させられることになるのである。

間もなく、四十余隻の連合艦隊主力は、舳艫《じくろ》相ふくんで静々と加徳水道を出港して、対馬東方海面に向かった。時に五月二十七日午前六時三十分である。水道を出ると艦隊の先頭に出るため、「三笠」はスピードを上げた。

五月二十七日朝、必殺の意気込みを胸に秘めて、鎮海湾を出港したのは、連合艦隊のうち第一艦隊の第一戦隊（編制は後に詳述する）、駆逐隊、水雷艇隊、第二艦隊の第二戦隊、第四戦隊、駆逐隊、水雷艇隊で、その数は四十五隻であった。ほかの第三戦隊、第三艦隊はそれぞれ哨戒、前衛の任務を帯びて、五島列島、対馬方面に進出していた。

この日は五島も対馬も霧が多かった。予報どおり波が荒い。

「波はこんなもんだろうが、こうミスト（もや）があっては、敵発見が難しいぞ」

加藤はまた腹が痛くなってくるのを感じながら、そう言った。濛気が籠《こ》めていると、砲戦でも鍛えに鍛えたこちらの腕を発揮することが困難になる。

「参謀長、予報では午後は晴れですが……」

天才参謀は双眼鏡で対馬のほうを見ながらそう言った。シャープなのは加藤と同じであるが、十期後輩の秋山は徐々に図太さを身につけつつあった。

加藤は広島、秋山は愛媛の生まれで、瀬戸内海をはさんだ土地の旧藩士の家に生まれているが、二人とも内海の温暖とは異質な厳しさを持っている。そして統率力では加藤、頭のよさでは秋山というのが、連合艦隊司令部の見方であった。そしてこの二人を、鋭いがおだやかな目で眺めているのが、長官の東郷である。

仇名を並べるならば、秋山はカミソリ、加藤はヒイカチの友公（幼時の仇名で、かんしゃく持ちの意味）、後に総理になってからは、燃え残りのローソク（痩せて青白いから）と呼ばれた。

そして東郷の若いときの仇名はケスイボ（生意気）であった。少年時代の東郷は自分が納得しないと、人に妥協しないところがあった。こういうのを鹿児島ではケスイボと呼ぶ。袋の中の針のように、いつ人を刺すかもわからない。油断のならない人物である。ケスイボすなわち生意気といっても、後から見ると東郷が正しいことが多い。それでうかつにはケスイボとは喧嘩はできぬぞ、と警戒された。

大佐までの東郷はこのケスイボの特質をよく発揮した。「浪速」艦長のとき、ハワイで日本人の刑事犯が艦に逃げこむと、艦内は日本の領土だというので、西郷海相の指令がくるまでこれを返さなかったり、日清戦争開戦のとき、仁川沖で英国船を清国兵を載せていたという理由で撃沈して、英国の反感を招いたり（英国の学者が国際法上、東郷の処置が正しいと証言したので、事なきを得た）、東郷は海軍の要注意人物であった。

後述するが、そのケスイボの東郷が人間的にも軍事的にも幅を広げてきたのは、日清戦争後、少将となり常備艦隊司令官を経て、技術会議議長、海軍大学校長になった頃からだと言われる。

もともと東郷は、理論的にものを考えることの好きな人間であった。英国に留学したとき国際法を勉強し、これが「浪速」艦長のとき、役に立つことになる。海大校長の頃の東郷は、しきりに科学的に作戦や砲戦を研究し、多くの成果を挙げている。

山本権兵衛海相が、東郷を連合艦隊司令長官とした理由を、明治天皇に聞かれたとき、「東郷は運のよい男ですから」と答えたという話があるが、勿論、山本は東郷が運が強いというだけの理由で、艦隊を彼に任せたのではない。少将になってからの東郷の勉強ぶりとその科学的な思考法を高く買っていたからに違いない。

戦後、ややもすれば脇役の時代、参謀が偉かったなどのヴィジョンが流行し、東郷についても秋山が作戦の全部を担当したので、東郷はそれを認めただけだというような見方が出てきた。

しかし、秋山を連合艦隊参謀に要求したのは東郷で、日露戦争の全期を通じて、他の参謀(参謀長の島村を含めて)は代わったのに、終始東郷は秋山を手放さなかった。ここに東郷の統率力を見るべきで、東郷の科学的な思考法(ただ一人カール・ツァイスの双眼鏡を持っていたというのも、決して見栄ではなかった)、論理的な醒めた頭脳、天稟《てんぴん》による決断力が、その立案者として、秋山の才能を必要としたのである。

この艦橋では、三人の英才が三人三様のドラマを演じることになるが、胃痛持ちの加藤が、一番ハンデを背負っていた。艦橋に登るとき、加藤は軍医のところへ行き、

「軍医官、後五時間だけ生かして下さい。その後は死んでもかまいませんから」

と頼んだという。軍医はにやりと笑うと、

「参謀長、あんたは疳を立て過ぎる。長官を見習うんですな」

と鎮痛剤を一服作ってくれたという。

午後一時過ぎ、東郷の艦隊は対馬海峡の北方に到着したが、敵の艦隊はまだ海峡の南方らしく姿が見えない。

「早く来過ぎましたか」

そういう加藤に、東郷は「うむ」とうなずいたきり、双眼鏡で南の方を眺めていた。

「反転いたしますか？」

加藤が聞いても東郷が返事をしないので、「三笠」はそのまま東に進んだ。しばらく行くと、対馬海峡の北口を通り過ぎそうになったので、

「反転します」

と加藤が言った。

「うむ」と東郷。「三笠」は取舵を取って反転し、進路を北西に向けた。

東郷の双眼鏡に大艦隊が映ったのは、午後一時三十九分である。バルチック艦隊は三列横

隊という珍しい形で進路を二三度（北北東）に取り、せっせ、せっせという形で、対馬海峡の南口に向かっていた。

「来よりもしたか……」

一瞬、東郷の口許に笑みが浮かんだ。やっと来たという安堵とともに、憐れみに似たものが、それに混じっていた。

――ここまでがっつい目に遭いに来もしたか……。

東郷の感慨はそれであった。勝敗はもはや明らかであった。

「参謀長、ロシアの艦隊は団子になって来よりもしたな」

伊地知艦長が加藤にそう言い、加藤も胃の痛みを忘れて微笑した。

日清戦争のとき、黄海の海戦で、巡洋艦「吉野」の砲術長として、「定遠」「鎮遠」を悩ませた加藤は、このとき、第一遊撃隊司令官坪井航三少将の見事な用兵を目の前に見ていた。坪井は仇名を〝単縦陣〟と言われるほどの単縦陣の信奉者である。横陣を作って運動の自由の利かない清国北洋艦隊に対して、坪井の単縦陣は、その周りを猟犬のように走り回り、ときには縫い針のように艦の間を走り抜けながら、肉薄して砲撃を加えた。

後述するが、日清戦争の少し前までは、ヨーロッパの海軍でも、横陣戦法が重んじられた。それは主砲の射距離が短いので、横陣を作って前部の砲で射撃をしながら接近し、最後はラム（艦首に突き出している衝角）で、敵艦の脇腹に突入するという戦法が重用されていたからである。

しかし、日露戦争の頃になると、射距離も急速に伸びて、一万メートル以上のかなたから射撃ができるようになったので、ラムによる攻撃は困難になってきた。そこで先進国では単縦陣戦法を考え始めた。これならば艦の縦軸に主砲を装備すれば、左右両舷の敵艦を射撃できる。横陣のように突撃してラムを使わなくとも、自分の有効な射距離を保ちながら、同航もしくは反航で射撃を続けて、勝負をつけることができるのである。

三列横隊などは以ての外……と考えながら、加藤は東郷の横顔を見た。口許に微笑が浮かんでいた。三列横隊の場合、各艦隊の間隔が短いと、真ん中の艦隊は両側の味方が邪魔になって、敵艦の照準ができない。射撃が始まると真ん中の艦隊は両側の艦隊の排煙で、ますます敵艦の視認が困難になる。また左右の味方にしても、真ん中の艦隊の排煙が邪魔になる。しかし、一番困るのは敵艦隊と反対側の外側を走る艦隊であろう。敵の側に味方の二艦隊が並行していて、射撃をすると、とてもそれを越えて射撃することは不可能に近いだろう。

バルチック艦隊が、何故このような不思議な隊形になったかは、後述するが、これを見て、東郷が「勝ちもした……」と思ったのは、当然のことであろう。味方の砲戦の技術を十分に発揮できる構えになれば勝てる、というのが彼の予測であり、今、正にバルチック艦隊はおあつらえ向きの運動の不自由な隊形で、対馬にやってきたのである。

一時五十五分、「三笠」のマストに信号が揚がった。

「皇国ノ興廃コノ一戦ニアリ。各員一層奮励努力セヨ」

トラファルガーの決戦に、ネルソンが掲げた「英国は諸君がその義務を尽くすことを期待する」という信号とならび称せられる名信号である。

すでにバルチック艦隊は対馬海峡の出口に近い。東郷艦隊はその前を横切る形になっている。このままでは同航に持ち込むことは難しい。まえもって研究したT字戦法を取るべき時刻が迫っている。

秋山が東郷のそばに行って、

「長官、間もなく撃ち合いが始まります。司令塔の中にお入り下さい」

とすすめたが、東郷はこれを断わった。

すでに敵の旗艦スワロフまでの距離は八千五百メートルに迫っている。初弾を放つのは日本かロシアか……世紀の海戦の幕開けが迫りつつあった。

戦艦「三笠」誕生

戦艦「三笠」は英国の西海岸、アイリッシュ海に面するバーロー港のヴィッカース社の造船所で建造された。

バーローはランカシャー州の一都市で、リバプールから海をへだてて北へ百キロほどのところにある。このあたりは英国海軍に関係の深い所で、リバプールには戦艦プリンス・オブ・ウェールズが建造されたバークンヘッド造船所がある。（註、戦艦プリンス・オブ・ウェールズは昭和十六年十二月十日、マレー沖で、日本海軍の航空隊の中攻に撃沈された、当時の英国の最新鋭の戦艦である）

ヴィッカース社は当時、アームストロング社と並ぶ英国造船界の双璧であり、第一次大戦後には両社が合併して、ヴィッカース・アームストロング社となり、世界の重工業界に君臨することになる。

日露戦争で活躍した六隻の戦艦の誕生した場所は、進水した順につぎのようになっている。

「富士」　テムズ・アイアン・ワークス社
「八島」　アームストロング社
「敷島」　「富士」に同じ
「朝日」　ジョン・ブラウン社
「初瀬」　アームストロング社
「三笠」　ヴィッカース社

建造契約は明治三十一年十二月に結ばれ、起工式は三十二年一月二十四日で、艦名は「三笠」と命名されたが、命名式は進水式の日である。起工後間もなく海軍省から「戦艦等級一等」と類別された。

進水式は三十三年十一月八日であるが、その前、五月十五日に「富士」艦長世良田亮大佐は、「三笠」回航委員長に補せられている。これが艤装委員長で、進水すると艦長となるのが普通であるが、世良田大佐は間もなく少将に任じられ、呉鎮守府艦隊司令官に補せられ、五月二十一日、早崎源吾大佐が「三笠」回航委員長を命じられた。

進水式の半年後の五月一日、早崎大佐は「三笠」初代艦長となった。初め「三笠」は呉を本籍とする艦であったが、このときから舞鶴を本籍とすることになった。

軍艦が進水すると、艤装にかかる。艤装とは機関、兵器を搭載し、艦長室、兵員の居住区などの内装、整備等を行なうことをいう。

「三笠」は建造も艤装も順調で、三十五年一月十日、バーロー港を出港、十二日、イングランド南岸のポーツマス軍港に回航した。ポーツマスは英国海軍を代表する歴史のある軍港で、提督ネルソンが座乗して、トラファルガー海戦で活躍したヴィクトリー号が、ここに永久保存してある。

（註、私は昭和四十九年、ネルソンを書くためにここを訪問した。四本マスト、二千百六十二トンの帆船は塗料も新しく、整然と保存され、英国民のみならず、各国の旅行者が敬意とともに参観していた。私はネルソン提督がここに立っていて、敵の狙撃兵から撃たれて戦死したというクォーター・デッキに立ってみた。この頃はまだ艦橋がなく、艦長は後甲板の一段と高いところに立って、艦を指揮したので、敵艦のマストの上の狙撃兵からは丸見えである。ネルソンは白の軍装をつけて、戦死したという）

「三笠」は十五日、ポーツマス出港、二十日まで公試運転を行なった。

ここに「三笠」の初期の要目をあげておこう。

常備排水量　一万五千百四十トン
速力　十八ノット
主砲　十二インチ（約三十・五センチ）砲　四門
副砲　六インチ（約十五・二センチ）砲　十四門

補助砲　三インチ（約七・六センチ）砲　二十門
魚雷発射管　十八インチ（約四十五・七センチ）　四門
馬力　一万五千馬力
乗組員数　八百五十九名

公試運転の結果、最高速力は十八・六ノットで燃料消費量も順調であった。

この後、「三笠」はポーツマスの西のポートランドで艤装の残りを仕上げ、弾薬、軍需品などを搭載し、三月一日、サザンプトン港で、ヴィッカース社から日本海軍に引き渡しの式が行なわれ、ここからは帝国海軍の軍艦となり、軍艦旗がマストに掲揚され、早崎艦長以下の艤装員は乗組員となり、感激の面持で英国の港の風に翻る旭日の旗を仰いだ。

すでにこの年一月三十日、日英同盟が成立したが、日露の関係はますます悪化の道をたどり、開戦は時間の問題と思われていた。

「三笠」竣工の知らせを聞くと、東京の海軍省では、海相の山本権兵衛中将が喜んだ。これで「富士」型二隻、「敷島」型（「三笠」はこの型に属する）四隻で六隻の戦艦戦隊がそろうわけで、これに「出雲」「浅間」などの一等巡洋艦六隻を加えて、六六艦隊が完成し、対露開戦のときは、海軍の有力な戦闘力となるわけである。

山本は海軍官房主事の頃から〝山本大臣〟といわれ、海相の西郷従道も、人事、装備、補給などに関しては、山本に一任という形であった。

その山本が、最も力を入れていたのが建艦である。日清戦争で日本が勝ってから、日露の対決が必至となってきたが、この際、海軍として重要なことは旅順とウラジオストク（浦塩）にいるロシアの太平洋艦隊に匹敵する艦隊を整備することであった。それには六六艦隊を完成することが必要である。そして今、その山本の悲願が実るときがきたのである。

さて「三笠」は三月六日、サザンプトンを出港、七日イングランドの西端に近いプリマスに入港、ここで石炭、真水（飲料水）、糧食などを積み込み、十三日、同港を出港、ジブラルタル海峡、スエズ運河を通って、五月十八日、横須賀に入港して、山本海相をはじめ海軍関係者をほっとさせた。というのは、二年前、「朝日」が公試運転のとき、デヴォン・ポート沖の海面で座礁し、艦底に十数メートルの歪を生じたからである。このために完成が三ヵ月も遅れ、山本らを心配させたのであった。

世界の軍艦の歴史には、戦艦バウンティ号の叛乱など映画や物語になった多くの叛乱が記録されているが、残念ながら日本海軍にもそれはあった。

わが「三笠」の本土到着は予定どおりであったが、実は回航の途中、艦内で下士官兵の叛乱があった。

反軍運動の研究家である山本茂氏の『戦艦三笠の叛乱』によって、その概要を紹介しておこう。

すでに日清戦争の前から、日本にも社会主義の波は押し寄せており、戦後間もなく呉市で催された戦勝祝賀会で、士官はその大宴会に招かれたが、下士官兵には酒をくれただけなので、これは差別だと酒を返し反抗的な態度で気勢を上げた、という記録がある。

そのような士官に比べて下士官兵の待遇が悪いというので反感を示すという動きは、日露戦争直前の戦艦「三笠」の内部にもあった。

前述のとおり、「三笠」は三十三年十一月、バーロー港で進水したので、翌年六月、これの艤装員として二百名ほどの下士官兵が、バーローに送られた。彼らは八月六日、バーローに到着し、早崎艦長から直ちに「三笠」に乗艦するように言われた。しかし、士官の寝室はほとんど完成しベッドを入れれば、直ぐに起居できるようになっているのに、下士官兵の居住区（昼は食堂、休憩所、夜はハンモックを吊って、寝室となる）はまだ未完成で風雨が吹きこむので、彼らは大いに不満であった。

そこへ九月十五日から、それまでの現金給与が現品給与に切り替えられたので、彼らの怒りは爆発した。現金ならば余裕があり、食費などを節約すれば、家族への送金をすることもできる。しかし、現物を与えられるだけでは、その妙味がない。

然るに、士官たちは寝室に入らず、会社の社屋内に無料で起居し、海軍省からは毎日十円の宿泊手当をもらっていた。この不公平に下士官兵は怒った。

彼らは代表を決めて、現金給与を復活するよう副艦長に要求したが、許可されず、そこで彼らは同盟を結んで、下士官の指導のもとに百八十九名が下甲板に立て籠もり、入り口を閉鎖して、士官たちをロックアウトした。二日後、士官側は、相互に討論することを提案し、団体交渉が行なわれた。その結果、条件はよくわからないが、二日の朝、ストライキは五日間で幕を下ろした。おそらく下士官兵側の現金給与の要求が容れられたのか、あるいは弾圧されたのであろう。

叛乱に参加した百八十九名は呉鎮守府の所属であったので、帰国後、呉の軍法会議で全員が有罪で、二ヵ月半から一年半の禁固刑に処せられたという。

しかし、当局の懸念とは反対に、これらの下士官兵には社会主義の影響は認められず、禁固服役後は、再び軍務に服し、手柄を立てて特務大尉にまで進級した者もいたという。

明治時代はまだ海軍の揺籃期で、士官と下士官兵の意思の疎通が悪かったのか、あるいは士官は英国並みに貴族待遇で、下士官兵の待遇が低過ぎたのか、この後にも三十五年八月には、呉軍港内で軍艦「筑波」で叛乱事件が起きている。この「筑波」は後の巡洋艦「筑波」とは違って、明治維新の直後、英国から買った旧式の機帆船であった。

叛乱の理由は呉軍港に碇泊中、九月二十三日、下士官の一人が帰艦時刻に遅れたというので、最近とくに軍紀が乱れていると考えていた艦長が、腹を立てて、みせしめのために乗組員全員に上陸禁止の命令を出したことに始まる。下士官兵たちは、「連帯責任とは過酷に過ぎる」として、艦長に抗議し、十四日の点呼には、相当数の下士官兵が整列を拒否した。

士官の説得で後には、整列した者もいたが、百二十一名の下士官兵が抗命罪で逮捕され、軍法会議で一ヵ月半から一年の禁固刑に処せられた。

しかし、後に新聞の伝えるところでは、この事件の裏には難しい問題があった。

日清戦争後、台湾で日本政府に抵抗する動きがあったので、政府は軍艦を出してこれを制圧しようとして、「筑波」を派遣した。ところが「筑波」は老朽艦であったために、途中で機関に故障を生じて引き返してしまった。外国に行くというので、出発前に乗組員には三ヵ月分の特別手当が出ていたが、引き返しによってこれを返却しなければならない、ここに問題が起こった。

大部分の下士官兵は、この金を郷里への送金や自分の遊興費などに使っていた。それを返却するというので、下士官兵が非常に不満に思って、艦長に不信を抱いたのが、遠因であると新聞は報道している。

日本海海戦までの「三笠」の艦歴を眺めておこう。

五月十八日、全海軍の期待のうちに、横須賀に入港した「三笠」は、これから艦隊訓練に入るのであるが、まず第一予備艦となって舞鶴に行き、七月二十一日、当時の舞鶴鎮守府司令長官東郷平八郎中将の臨時検閲を受けた。ここに名将東郷と名艦「三笠」の最初の縁が生じるのである。

この検閲後、「三笠」は晴れて常備艦隊に編入され、室蘭、韓国などへ回航、洋上訓練の後、九月八日、舞鶴に帰着、十一月五日、常備艦隊司令長官日高壮之丞中将の旗艦となった。これでいよいよ日露戦争での奮戦への第一歩を踏み出す訳である。

翌、三十六年一月、早崎艦長は退艦、代わって「浅間」艦長中尾進大佐が「三笠」艦長となった。

すでに日露戦争の前年であるが、「三笠」はこのまま実戦に参加する訳ではない。

二月二十六日、常備艦隊旗艦をはずされ、四月十日、第一戦隊の一艦として、神戸沖の大演習観艦式に参列した。そして翌十一日、またも第一予備艦となる。

四月二十日、第二予備艦。二十一日、修理のために呉港着。六月八日、修理完了。十八日、第一予備艦。

そして九月一日、再び常備艦隊に編入。いよいよ日露戦争に臨むこととなる。

九月二十六日、艦長が軍艦「松島」（日清戦争のときの連合艦隊旗艦）艦長伊地知彦次郎大佐に交替、伊地知大佐は日本海海戦のとき、東郷長官と並んで、「三笠」艦橋に姿を現わすことになる。

九月二十八日、佐世保発、韓国へ回航。日露戦争はもう手の届くところにきていた。

十月四日、今福（伊万里の北）帰着。

十二月二十六日、常備艦隊司令長官東郷中将の旗艦となる。この艦隊は間もなく第一艦隊となり、連合艦隊の中心となり、日露開戦に直面する。

そして翌三十七年二月六日、わが連合艦隊主力は旅順口に向かうのである。

日本海軍事始め

日本の海軍に関しては、神功皇后の三韓出兵や文屋綿麻呂の蝦夷平定から室町期の水軍にまで遡ることもできるが、渡辺崋山の慎機論（天保九年・一八三八）が、海軍の必要を説いた初期の著作だといえよう。

幕末には海軍、造船関係の多くの先覚者がいたが、その一人は薩摩藩主の島津斉彬で、彼は日本で最初に蒸気船を建造した。嘉永四年（一八五一）、大船十五隻の建造を計画し、そのうち三隻は蒸気船であった。

当時、大きな船の建造は幕府によって禁止されていたので、斉彬は幕府に海防の重要性を建言して、同六年六月にはペリーが浦賀に来たので、九月には幕府もその禁を解いた。

薩摩藩では、すでに津山藩の医師で蘭学者の箕作院甫が翻訳した『水蒸船説略』を手に入れ、これによって建造にかかった。これ以前に薩摩藩には市来正容という人物が砲術、造船などを研究し、伊呂波丸という洋式の帆船を建造していた。その息子の四郎が斉彬が計画した蒸気船の建造を命じられた。この蒸気船は嘉永六年五月、桜島の瀬戸村造船所で起工され、翌安政元年十二月、竣工した。市来は蒸気船二隻を建造し、斉彬はその一隻を幕府に献上した。日本初の蒸気船の軍艦として知られる昇平丸がこれで、その要目はつぎのとおりである。

長さ十五間（一間は百八十センチ）、幅四間、深さ（吃水）三間、マスト三本、帆三段、大砲十二門、二十四ポンド砲二門、十一インチ臼砲二門、自在砲二門

薩摩藩には市来のほかに宇宿彦右衛門という造船の技術者がいて、彼は市来についで造船を研究し、また日本最初の水雷（機雷）を製作した。文久三年六月、生麦事件の報復として、英艦が鹿児島を砲撃したとき、彦右衛門は藩命によって機雷三個を沖小島の近くに敷設したが、英艦は薩摩側の砲撃によって、その地点の手前で反転したので、点火用の電気のスイッチを握っていた彦右衛門は落胆した、と薩摩海軍史は述べている。

幕府が初めて洋式船を建造したのは、安政二年（一八五五）、伊豆・君沢郡戸田《へた》で起工した君沢型という蒸気船で、幕府はオランダからも蒸気船を買っている。

しかし、具体的な近代海軍の始まりは、嘉永六年（一八五三）のペリー来航に刺激された大老井伊直弼や水戸の徳川斉昭が、軍艦、商船の建造を主張し、海防を説いたあたりからであるといえよう。

そして近代海軍の始祖・勝海舟が登場する。

嘉永六年六月、ペリーが浦賀に来ると、勝は海防の重要性を感じ、七月、『海防意見書』を幕府に提出した。これで認められた勝は安政二年（一八五五）七月、長崎の海軍伝習所の

伝習生を命じられる。

この伝習所が発足するには経緯があった。嘉永六年六月にペリーが浦賀に来ると、幕府はオランダに軍艦を注文した。オランダは新しく軍艦を造って売ることは難しいが、蒸気船を寄贈しようというので、安政二年六月、スームビング号を日本に寄贈した。船長以下の乗組員もきて航海術などを教えるというので、幕府は伝習所を造ることにしたのである。

伝習所での勉強を終わると、勝は江戸に帰り、軍艦操練所教授方頭取を命じられた。翌万延元年（一八六〇）一月、咸臨丸の船長として渡米し、アメリカ文明の進歩ぶりを視察した。文久二年には軍艦奉行並、すなわち海軍大臣代理となり、千石を給せられることになる。

この頃、坂本龍馬が門下に入る。文久三年、神戸に海軍操練所を造ることになり、龍馬が塾頭となる。元治元年二月、四国（米、英、仏、蘭）艦隊の長州攻撃を延期させるために長崎に行く。五月、軍艦奉行、安房守となり二千石を給せられる。八月、四国艦隊の長州攻撃を阻止するために豊後に行くが不成功に終わる。

明治元年、海軍奉行並兼陸軍総裁となり、三月、江戸の無血開城のため西郷と会う。五年五月、海軍大輔となる。六年十二月、参議海軍卿となる。八年、免官。

このように勝は、日本海軍の揺籃時代のリーダーであった。

では幕末の日本海軍には、どのくらいの軍艦があったのか？

嘉永六年、ペリーが来たとき、海防の重要性に目覚めた幕府は、文久年間には江戸、箱館、別所（能登半島）、下関、長崎、大坂を基地として、六備艦隊・三百七十隻、乗組員六万余の大艦隊を建設する計画を立てたが、それが完成する前に、異国の圧迫ではなく自国の内乱で幕府自身が倒壊した。

慶応四年三月、薩長を背景とする新政府が大坂湾で観艦式を行なったときは、参列した艦船はわずかに六隻、トン数は二千四百五十トンであった。

明治元年八月、薩長に降服することを潔しとしない幕府の海軍副総裁榎本武揚は、「開陽」「回天」「蟠竜」らの優秀艦八隻を率いて江戸湾を脱出して蝦夷に向かった。この八隻が幕府の艦隊の主力で、ほかには薩摩、長州らの藩に少数の軍艦があるだけであった。明治政府が江戸に入城したときは、「富士山」「朝陽」「翔鶴」「観光」の四艦しかなく、これが新政府の海軍の始まりであった。

海防を重視する新政府は明治五年、兵部省を廃止して海軍省を作り、六年には早くも「迅鯨」「清輝」の二艦を横須賀で起工した。

しかし、明治初年の日本海軍の主力は、オランダから買った「日進」、イギリスから買った「金剛」「比叡」「筑紫」で、それに国産の前記「迅鯨」「清輝」「天城」「海門」「天龍」「葛城」「大和」「武蔵」らが続くのである。

これらはいずれも蒸気機関付帆船で、その要目は、

国産　「天城」九百二十六トン、十二ノット、十二センチ砲六門

イギリス製　「金剛」「比叡」二千二百五十トン、十三・二ノット、十七センチ砲三門、十五センチ砲六門

でかなりの開きがあったが、国産でも「大和」「武蔵」になると、千五百二トン、十三ノット、十七センチ砲二門、十二センチ砲五門とかなりの進歩を見せている。そして明治二十二年には国産初の巡洋艦（帆を用いない）「高雄」が横須賀造船所で誕生する（千七百七十トン、十五ノット、十五センチ砲四門、十二センチ砲一門）。

しかし、これより先、海軍はイギリスに巡洋艦を発注しており、明治十九年には、「浪速」と「高千穂」が完成している。いずれも三千七百九トン、十八・五ノット、二十六センチ砲二門、十五センチ砲六門、魚雷発射管四を備えた当時の新鋭艦で、これにほぼ同型の「畝傍」が、フランスに発注されたが、日本への回航の途中行方不明になったので、その保険金でイギリスで造られたのが「千代田」である。

「畝傍」は三千六百十五トン、十八ノット、二十四センチ砲四門、十センチ砲七門、発射管四で、フランスのルアーブルで建造され、十九年十月十八日、フランス人艦長ル・フェーブル中尉の指揮のもとフランス人乗組員七十八名が運航にあたり、日本海軍からは飯牟礼俊位大尉らが回航員として同乗していた。

もともと同艦は建造の途中からトップヘビーだという批判があった。航行中に地中海で暴風に遭い、二十四センチ砲一門を取り外すという騒ぎがあり、縁起は悪かった。十二月三日、シンガポールに寄港し燃料、食糧、水を満載して出港したが、それ以後、「畝傍」の姿を見た者はいない。翌二十年十月十五日、海軍は「畝傍」の喪失を認めた。

この事故の原因は、

一、トップヘビーのために横波を受けて転覆した。
二、寄せ集めの乗組員のため軍紀が緩み、アルコールを呑む者も多かった。軍艦では酒がないと薬用のアルコールを水で薄めて呑むところがある。度が強いと火をつけてアルコール分を蒸発させるが、このとき無煙火薬あるいは石炭の粉塵などが空中にあると引火しやすい。それに石油ランプを使用しており、これが倒れたりして火災になったが、その処置がよくなかった。
三、日本へ行ってから使用するための予備の弾、火薬を大量に搭載していたので、嵐のときにこれに引火し爆発した。
四、フランス造船所で造る船は、舷窓が四角で大きく、水密を期し難いところがある。
などと推定されるが、本当のところは未だに謎である。

そして、日清戦争直前には、有名な三景艦が誕生した。「松島」（仏）、「厳島」（仏）、「橋立」（横須賀）で、いずれも四千二百七十八トン、十六ノット、三十二センチ砲一門、十二センチ砲十一門（「松島」は十二門）、発射管四で、これが日清戦争では中心となった。しかし、いずれも戦艦ではなく、初めは海防艦、後には「浪速」「高千穂」と同じく二等巡洋艦に類別されていた。

日露戦争前の日本海軍の膨張ぶりを示すために、明治元年以来の観艦式に参加した軍艦の数を並べてみよう。

元年　六隻　二千四百五十二トン
二十三年　十九隻　三万二千三百二十八トン
三十三年　四十九隻　十二万九千六百一トン
三十八年　百六十六隻　三十二万四千百九トン

これを見ると、日清戦争以降、艦の数が急激に膨張しているが、これは大佐で大臣と言われた明治海軍の建設者・山本権兵衛（官房主事、軍務局長、大臣）の努力が大きくものをいっている。勿論、大臣であった西郷従道、軍令部長の樺山資紀らの存在も忘れてはならないが。

山本に関してはすでに小伝を紹介しているが、とりあえず、日清日露戦争に関する彼の活躍ぶりに目を留めたい。

山本が「高千穂」艦長から海軍省に入って大臣官房主事になったのは、明治二十四年六月のことであるが、その最初の仕事が海軍軍令部を独立させることであった。

昭和の頃には、陸軍の参謀本部に対して海軍に軍令部があることは常識になっていたが、明治の初年には参謀本部が海軍の作戦も指揮することになっていた。海軍の仁礼景範が軍事部長、海軍部長になったりしていたが、主導権は参謀総長にあった。これではいかんというので、二十二年には海軍が参謀部を作ってこれを海軍大臣の下においたが、これは参謀本部の海軍部を海軍省に預けておくという意味で、実際の統帥権は依然として参謀総長の手中にあったのである。

山本は以前から、大国清国と戦うのに海軍が陸軍の参謀総長の指揮のもとに戦うのは、連絡が悪いとみて、軍令部の独立を考えていたので、自分が官房主事となると早速、軍令部を独立させる運動を開始した。

しかし、二十五年十一月、山本がこの案を閣議に提出すると、果然、陸軍から猛反対が出た。陸軍の考えは大日本帝国の作戦統帥は参謀総長の任務で、そのために参謀本部や参謀総長には陸軍という名が冠していない。つまり参謀総長は陸海軍の用兵すべてを取り仕切るもので、海軍参謀部も当然その下にあるというのが、陸軍の考え方なのである。

なぜこうなったかというと、明治政府ができたとき、軍務官が陸海軍を統率したが、この知事小松宮が陸軍系で副知事が陸軍の創始者大村益次郎、実力者の西郷隆盛が間もなく陸軍大将、軍務官が兵部省になると、やはり小松宮が兵部卿、兵部大輔が大村益次郎、前原一誠、山県有朋と陸軍系で固めていた。これで国軍の上層部は陸軍が握った。

明治五年には兵部省が廃止となり、陸、海軍省ができて、ここに初めて勝安房が海軍卿となり、海軍大輔は切れ者の川村純義となった。陸軍卿は山県で大輔は西郷従道である。

しかし、勝、川村の二人の英才を以てしても、陸軍の優位は崩すことができなかった。

さて参謀本部は初めは兵部省の参謀局といった。明治四年のことで初代局長は山県である。これが十一年には参謀本部となる。初代本部長はやはり山県である。そして二十二年に本部長が参謀総長となり、有栖川宮熾仁親王《ありすがわたるひと》（陸軍大将）が初代総長となる。

山本が官房主事になったときの海相は樺山、軍令部独立案を提出したときは仁礼であった。海軍参謀部長は井上良馨から佐賀出身の中牟田倉之助に代わる直前であった。

山本の爆弾動議を受けて立つ陸軍は、山県が司法大臣から枢密院議長、参謀総長が有栖川宮、次長は陸軍きっての軍政と軍制の切れ者川上操六、陸相は大山巌、次官児玉源太郎と鉄壁の布陣である。

しかし、山本は屈せずに戦った。

――今や、国内は治まり、当面の敵は清国である。海を渡って戦うのに、どうして海軍の指揮を陸軍に任すことが戦勝の条件となり得ようか。少なくとも清国に陸軍を上陸させるのには艦隊が要る。つぎにこの補給に輸送船と護衛の艦隊が要る。また今やヨーロッパの戦争を見ても海を挟んだ国との戦争には、制海権が不可欠であることは明白である……。

激論が続くうちに明治二十六年となった。日清戦争の前年である。三月、海相は西郷従道になった。三度目の海相である。明治政府には不思議な人事があって、西郷はもともと陸軍の人間であった。明治四年兵部大丞を皮切りに十年二月陸軍卿代理、十一年十二月参議兼陸軍卿、十七年二月同、十八年十二月初代海相、二十年七月海相、そして二十六年三月、三回目の海相である。

西郷が海相になると、山本は、早速、今まで苦心して作製した「海軍諸制度の全面的改革案」を刷新し、これを西郷に提出した。勿論、その中には軍令部独立案もはいっており、山本はこれを至急閣議に提出することを要求した。

「おう、このこっごわすか。よう知っちょりもす」

西郷は大きくうなずくと、それを大きな手でつかみ、机の引き出しに入れた。

翌日の夕方、山本は西郷に呼ばれた。机の上には昨日提出した改革案の束が載っている。

「山本どん、この案なまこと、よか案じゃ。このたび宮中に海軍制度調査委員会が設けられ、そこで検討されることになりもした。委員長は枢府議長山県伯、委員は内相井上馨伯、文相井上毅氏、陸相大山大将らでごわす。こんでよかごっなりもそう」

そう言うと、西郷はうなずいた。

山本は薩摩の海軍の中でも大西郷の弟である従道を一番信頼していた。誠実であるし、腹も太く発言権も大きい。しかし、清濁併せ呑むのはいいが、部下に任せ過ぎの嫌いがある。

――日本国の死命を制するかも知れないこの重要な案を読みもしないで、委員会に付するとは何事か！

山本は難しい顔をして言った。

「閣下、この案は不肖この山本が帝国海軍の前途を案ずるの余り、心血を注いで立案したものであります。これを一日で読了し、海軍に無知なる人々の委員会に付託するとは何事でありますか？」

これには大物の西郷も困ったが、真面目な顔でこう山本に説明した。

「山本どん、一大佐のおはんにこげん重責を負わせて相すまんごっ、おいは思っちょる。じやっどん、おいは海軍のことはよう知りもはん。内部のことはおはんに任せて、外部に対してはおいが全責任を取りもす。こんところはこの委員会に任せてはどげんか?」

山本が不安ながらも西郷の前を下がると、三日ほどして、「山県どんがおはんの話を聴きたいといわれもす」と西郷が言うので、山本は目白の椿山荘に出向いた。蓄財も上手な山県は、ここに山あり川ありの邸宅を営んでいた。その奥の一間で陸海の両雄は初めて親しく相会した。

参謀本部を己が牙城とする山県が最も反対していた改革案十九条がここで検討され、討論は九時間にわたり、後に〝目白会談〟と呼ばれた。激論が繰り返されたが、ついに山県は説得された。

二日後の閣議に出席した山県は、閣僚にこう言った。

「わしはこれまで山本君の風評を聴き、いわゆる遣手ではあるが、実は奸物ではないかと疑問を抱いていた。しかし、今回とくと会談したところ、大いに信頼すべき海軍の一人物なることを発見して、驚いたことである」

そこで井上内相と井上文相も会見を希望し、山本と会って会談し、その質疑を解明し、ついに二十六年五月中に、山本の案は天皇の裁可を得て公布されることになった。勿論、軍令部独立案も通り、ここに初代軍令部長として中牟田倉之助が誕生し、海軍の軍令は陸軍の参謀本部の指揮下から独立するのである。

ただし、ここに断わっておかなければならないことは、軍令部は独立したが、それは海軍の軍令即ち作戦用兵に関してであって、兵力量の決定に関しては、依然として海軍大臣がその権限を握っていた。それが山本が海相になると、作戦に関してもこの強力な提督は、大きく連合艦隊の方針に意見を述べ、ときには強く干渉した。海軍省が予算を握っているかぎり、ワシントンとロンドンの二度の軍縮会議で、軍令部は自分の必要とする比率が認められず苦杯をなめた。

軍令部が本当に兵力量、即ちどのくらいの軍艦を何隻造るかということの決定権を手に入れるのは、昭和八年以降のことである。

山本が日本海軍切っての軍政家であったことに異議をさしはさむ人は少ないであろうが、彼に十二分に腕を揮わせるには、西郷のような名伯楽を必要とした。従道は兄の吉之助（隆盛）が「おいより上でごわす」と評したとおり、腹の太い人物であった。〝小西郷〟と呼ばれ型破りであり、ときに薩摩っぽらしく無茶なこともやったが、それが当時の日本人には受けた。

大西郷は薩摩藩の勘定方小頭の長男で、弟が三人いた。次男吉二郎は戊辰の役に参加して、越後口で河井継之助の軍勢と戦って戦死した。三男の慎吾（信吾とも書く）が、〝小西郷〟と呼ばれた従道である。四男の小兵衛は三人の弟のうち一番重厚な人物と言われたが、明治十年二月、田原坂の戦闘で戦死した。

妹三人のうち三女の安は大山成美に嫁いだ。成美は元帥・陸軍大将で従道とよく比較された大山巌の長兄である。また巌の父小兵衛は、従道の父吉兵衛の実弟で、大山家に養子に行ったもので、したがって従道にとって大山巌は義弟であり、従兄弟にもあたる。また隆盛が奄美大島に流されていたときに結婚した愛子に生ませた菊子は、巌の弟誠之助に嫁いでいる。しかし、この親族が西南戦争のときには、敵味方に別れて血で血を洗う戦いを繰り広げた。大山巌は官軍旅団長で薩軍を攻め、誠之助は薩軍に属している。慎吾は官軍で陸軍卿代理で陸軍卿の山県を助けた。

しかし、従道が大山との縁故で出世したとみるのは誤りで、彼が陸軍中将になるのは、大山より五年早く、明治十八年、内閣ができてからは海軍畑で、海軍大将は大山の陸軍大将より三年遅い。

慎吾は天保十四年五月十四日、鹿児島の加治屋町に生まれた。大久保利通や東郷が泳いだという甲突《こうつき》川の河口から二キロほど上流で、その生地に「西郷隆盛生誕の地」という碑が立っている。このあたりは薩摩藩の下級武士の居住地で、大山もこの辺で生まれている。勿論、東郷もこの辺で生まれており、碑がある。

筆者は、戦争中、昭和十七年秋から翌年二月まで二度ほど鹿児島航空隊で勤務した。鴨池といって以前には民間航空の飛行場があった。

ここからは甲突川や加治屋町は近いので、よく散歩に行き、西郷や東郷の生誕地の碑のあたりを歩いたものである。

三男の慎吾と長男の吉之助（隆盛）は十六歳も歳が違ったので、親子に近い間柄で、しかも慎吾が物心ついた頃は、兄の吉之助は国事に奔走していたので、慎吾が兄の影響を受けたという痕跡は薄い。茫洋とした兄の風貌に、――何となく大物……という印象を受けていたという程度ではないか。

吉之助が藩主島津斉彬に気に入られて小姓となり、藩主について江戸に上ったのが、安政元年、慎吾はまだ十二歳であった。同五年七月、開明君主と言われた斉彬が死ぬ。折柄、江戸では井伊直弼が大老となって、アメリカと通商条約を結び、反対派の弾圧に乗り出していた。絶望した隆盛は斉彬に殉死しようとして、僧・月照に止められる。その後、幕府と斉彬の後を継いだ久光の圧迫に堪えかねて月照とともに鹿児島湾に身を投じ、隆盛だけが生き残る。この年、慎吾は十六歳であるが、兄隆盛の行動がどの程度理解されていたであろうか？

父の吉兵衛と母の政子はすでに病死していたので、次男の吉二郎が家計を担うことになり、十歳上のこの兄と慎吾は親しかった。

明治元年八月、戊辰の役、吉二郎と慎吾はともに北陸に出陣し、吉二郎は越後口の官軍であった。慎吾も同じ軍の中にあったが、鹿児島に帰って軍兵を募れ、という命令で一時帰郷した。その間に吉二郎は、長岡で名将と言われる河井継之助と戦って戦死してしまう。慎吾はそれを聞いて心から悲しんだ。

この頃、長兄の吉之助は官軍の参謀で事実上の司令官で、慎吾には遠い存在であった。

西郷家のルーツを辿っておこう。先祖は藤原鎌足で、その子孫の菊池則隆が肥後の国司として下向した。この菊池家は尊皇の家柄で、南北朝の頃は足利尊氏の軍隊と戦っている。

この菊池家から西郷太郎という人が出て、西郷家は薩摩に移って島津藩に仕えるようになった。慶長年間、薩摩が琉球を隷属せしめたとき、西郷壱岐守という者が藩主のそばに仕えている。元禄年間に西郷九兵衛という者がおり、その五代目が西郷吉兵衛である。

さて、安政年間、兄吉之助が斉彬について江戸に行った頃、慎吾は頭を丸めて茶坊主となり、龍庵と名乗って藩侯の近くに仕えた。このときの同輩に樺山三円がいた。後に鹿児島県令となる大山綱良で、熱血漢の大山は西南戦争のときは県令でありながら、私学校の火薬庫襲撃を黙認したりして、処刑されている。

兄隆盛に較べて従道は冷静であったと言われるが、幕末には血が躍ったとみえて、「突出事件」に加担している。この事件の発端は、尊皇の志厚い斉彬の死である。その跡を継いだ久光は公武合体派である。そこで薩摩藩の勤皇の有志が船で江戸へ出て、井伊大老に天誅を加えようと企図した。

同志の面々はつぎのとおりで、明治維新から日露戦争まで日本の命運に関係を持った人物も多い。

（人名の下は後年の地位）

在・鹿児島
大久保利通——内務卿
大山巌——元帥、陸軍大将
野津道貫——陸軍大将

野津鎮雄――陸軍中将
村田新八――西南役、薩軍大隊長
伊地知正治――宮中顧問官
西郷龍庵（従道）――元帥、海軍大将
海江田信義（有村俊斎）――薩摩藩京都留守居役
大山綱良、西郷吉二郎、有馬新七
　在・江戸
有村次左右衛門――桜田門外の変に参加
山口三斎、田中直之進
　旅行中
仁礼景範――海軍中将
　そのほか
三島通庸――大警視
田中新兵衛――尊皇攘夷派の刺客
五代友厚――大阪市長
このほか総勢百余名
彼らは奄美大島に流されていた隆盛のリモートコントロールによって、江戸に出て大老暗殺を決行しようとしたが、藩主久光に説得されて思い留まった。

こうして突出事件は阻止されたが、過激な藩士は江戸や京都でテロを行なった。有村次左右衛門は江戸に出て、万延元年三月三日、桜田門で水戸浪士と組んで井伊大老の首をあげ自決している。また田中新兵衛は京都に出て、公武合体を説く姉小路卿を斬ったというかどで自決している。龍庵こと従道は、文久元年九月、還俗してまた慎吾にもどった。十八歳である。

翌文久二年四月、伏見で薩摩藩の内紛である寺田屋騒動が起こる。

突出事件を挫折させられた過激派の有馬新七や田中謙助らは京都に行って、親徳川派の九条関白尚忠や京都所司代酒井忠義らを斬ろうというので、伏見の寺田屋に集合した。この船宿は坂本龍馬がよく利用したので知られている。このとき、熱血やみ難い慎吾も篠原国幹(後、陸軍少将。西南役時、薩軍大隊長)らとともに寺田屋に駆けつけた。

ところがこの頃、藩主島津久光は公武合体運動のために上京しており、有馬らの過激な運動の鎮圧を考え、藩でも腕利きの奈良原喜八郎、道島五郎兵衛らを討手として、寺田屋に派遣した。上意討ちということで、奈良原らは寺田屋に入ると、出てきた有馬新七らを斬った。

このとき慎吾は二階で篠原らと相談をしていた。奈良原、道島は突出事件のときは、有馬らと同志であった。これ以上同志を斬ることは避けたいと考えた奈良原は、全裸となり、二階に駆け登ると大手を拡げて決起を阻止した。これに度胆を抜かれた決起派は収まったが、目の前で先輩を斬られた慎吾は奈良原にいい感じをもたなかった。

明治二十三年、従道は出世して内務大臣になっていた。そこへ沖縄県知事となった奈良原が挨拶にやってきた。従道は奈良原をじろりと見ると、

「おはんはどなたでごわすか？」

と聞いた。奈良原は驚いた。子供のときからの遊び相手である。

「鹿児馬（鹿児島）の甲突川で一緒に泳いでいた奈良原でごわすが、お忘れでごわすか？」

奈良原がそう言うと、

「ああ、奈良原君な、もうとくに去《い》に（死に）もしたごっ、思うとりましたがのう」

従道はそう言うと、平然と執務を続けたという。

文久二年八月、横浜に近い生麦で、薩摩藩主の供先を横切った英人四名を、藩士が斬ると、英国公使は怒って薩摩藩に三万両の賠償と謝罪を要求したが、談判は決裂して、三年六月二十七日、英艦七隻が鹿児島湾内に侵入してきた。薩英戦争である。

藩では腕利きの藩士百二十名を選抜して水軍の斬り込み隊を組織した。示現流の達者であった慎吾も参加した。和船十二隻に十八斤砲を積んだが、蒸気船の黒船から見れば、川下り船程度にしか見えない。

談判が進行しないので、七月二日、英艦は鹿児島市内の砲撃を始めた。薩摩の水軍は総攻撃を行なったが、風が強くて英艦に近寄れず、陸上の天保山の砲台から敵艦を狙い撃ちした。薩摩藩の砲台は十箇所、砲の数は八十三門、英艦は七隻で百一門で、その中には新式のアームストロング砲もはいっている。

当然、英艦隊の勝ちとみられたが、湾内を左回りに航行中、祇園洲砲台の射程内に入った英艦隊の旗艦ユーリアラス号は、薩軍の猛烈な砲撃により、艦長ジョスリング大佐は戦死、同艦は反転した。英艦隊はほとんどの艦が被弾し、死傷者六十余名に及んだ。勿論、薩摩藩にも損害はあり、各砲台のほか、市街も一割が焼かれた。

英艦隊は翌三日、湾口に退却、四日、鹿児島湾を去った。結局、英国と薩摩の交渉は江戸で行なわれ、薩摩が償金二万五千ポンドを払い、犯人の逮捕処理を約束することによってケリがついた。

この薩英戦争で英艦隊の新鋭ぶりを見せられた薩摩の青年たちは、それぞれに考えるところがあった。慎吾と一緒に弾運びをしていた大山弥助（巌）は、英艦隊の大砲の威力を見て砲術家たらんと欲し、東郷平八郎は西洋に学んで近代的な艦隊を作ることの必要を感じた。そして慎吾は、力あるものは、強し、力なきものは戦を避けるべし、ということであった。

この従道の哲学は、後に大西郷が征韓論で敗れて鹿児島に帰るとき、従道を東京に残して山県の補佐をさせることにした。時代はもう大西郷の時代ではなく大久保の時代である。大村益次郎が制度を作った近代的な徴兵制度による新軍隊に薩摩の示現流が敵ではないことを、醒めている従道は見越していた。第一、薩軍には海軍がない。隆盛は英艦の砲撃のとき、沖永良部島の配所にいて、英艦の砲撃を見たことがない。

——あれを見たら兄も少しは考えるじゃろう……。

と従道は考えていた。

元治元年七月、京都で蛤御門の変が起きた。御所に入ろうとする長州兵と守備側の薩摩・会津の兵が戦い、長州は撃退された。このときも慎吾は薩軍の中にあって参戦した。続く第一次長州征伐にも従軍して広島に赴いた。このとき、長州はかなわぬとみて、恭順の意を表して、三人の家老に責任を負わせ切腹させた。その首実検が広島で行なわれた。これに出席した慎吾は、妄《みだ》りに事をかまえざることを胆に銘じた。

この年、兄の隆盛が藩主から許されて沖永良部島から鹿児島に帰ってきた。慎吾は喜んで鹿児島まで迎えに行った。西郷隆盛が上京して、坂本龍馬が動き出すと、薩長連合の機運が高まっていく。たまたま長州から脱藩して上京した伊藤博文、井上馨らを京都の薩摩藩邸にかくまったことがあったが、このときも慎吾は兄の命を受けて働いた。

慶応三年十二月、大政奉還、王政復古となり、長州に潜伏していた公家の三条実美を京に呼びもどすことになり、このときも慎吾は使者の一員となり、大山巌とともに春日丸に乗り、筑前で五人の公家を迎えて京にもどった。

翌四年一月、鳥羽伏見の戦いに、慎吾は官軍として従軍し、桐野利秋らとともに戦った。たまたま斥候に出たとき、幕軍の斥候と遭遇し、右の耳下に貫通銃創を受け、このとき耳が遠くなり、後年、都合の悪いことは聞こえぬふりをするようになった。

官軍が江戸に入ると、彰義隊が上野で反撃した。このとき大村益次郎が雁鍋という料理屋の二階に大砲を上げて砲撃したが、慎吾もこれに加わっている。

このあたりまでは、従道はほかの維新の功臣と同じく薩摩藩士として多くの戦乱に参加して弾の下をぐっている。そしていつも醒めている彼は戦陣を奔走する間に、合理主義と保身の術を学んだと思われる。

突出すると身が危ない、余程のことがないかぎり、過激な行動は慎むべきだということであろうか？

明治二年六月、従道は朝命によって山県有朋とともにヨーロッパ視察に行き、諸国の兵制を学び、三年八月に帰国した。この間、兄の隆盛は中央の政府を嫌って、鹿児島に帰り、藩主の要請によって藩政の改革を行なっていた。海外に眼を開く弟と、国内の政治を改革しようという兄、兄弟の溝は深く、二人の運命は離反していくようであった。

従道がヨーロッパから帰国した翌年、兄の隆盛は薩長土の藩兵一万人を引き連れて上京し、その武力によって廃藩置県を断行した。しかし、この結果、職を失った旧士族の不平は次第に増大していった。そして彼らの焦点は大西郷に絞られていった。とくに旧薩摩藩士は西郷を中心に私学校を起こし、独立王国のような組織を作りあげた。

一方、従道はヨーロッパを見てきた眼で、中央集権と軍隊の近代化を計る山県と近づき、兄弟は決定的な分岐点を迎えることになる。

明治六年秋、大西郷は征韓論に敗れて鹿児島に帰り、十年二月、旧士族らに担がれて兵を挙げる。従道は中央に残り、山県が参軍して九州に向かった後の陸軍卿代理を務めるのである。

大西郷は城山に討ち死にし、小西郷は山本権兵衛とともに日本海軍の近代化に力を注ぐ。

従道は海軍大臣など大臣（卿を含む）を八度も務めながら、ついに総理にはならなかった。兄が朝敵の汚名を被ったというのが、表面上の理由であるが、多くの英雄が目の前で権力闘争の後に滅亡していくのを見た彼は、権力の恐ろしさを誰よりもよく知っていたといえよう。

常に受け身の形で行動しながら、肝心のところでは腹の太いところを見せた。明治海軍でも異色の〝腹将〟といってよかろう。

以上、西郷従道の経歴に触れたが、明治以降の彼の足跡と逸話を拾ってみよう。

新政府の兵部省に入った従道は、明治四年兵部大丞となり、以後出世して、五年三月陸軍少将、六年七月陸軍大輔、七年四月陸軍中将になると同時に、台湾蛮地事務都督を命じられた。

この年、台湾で日本の漁師が多く殺害されたので、これを討伐することになり、従道がその討伐軍の司令官を命じられたのである。もともとは台湾の統治国である清国政府の直隷総督・李鴻章に交渉したのであるが、台湾の住民は化外の民（清国の統治の力が及ばぬ地域の民）だというので、相談に乗らないので、こちらで討伐に乗り出したのである。

ところが長崎まできて、いざ乗船というところで、従道ははたと当惑した。肝心のアメリカから借りた船が動かないという。というのは、アメリカ政府がこの問題で局外中立を宣言したので、日本軍には船を貸す訳にはいかないと言い出したのである。

政府はあわてて従道に征台を中止するといって、引き返すように言った。ときの陸軍卿は山県である。このとき、従道は珍しく怒った。

「聖断すでに下り征旗が帝都を離れた今、中途にして兵を止めるとは何事か？　従道は勅を奉じてあくまでも生蛮の巣窟を叩き、然る後死して止まんのみである。清国がもし異議を唱えたならば、政府は西郷以下を脱国の賊徒として処罰すると答えられたい」

この従道の憤怒ぶりを見て中央政府は驚いた。兄の隆盛はすでに鹿児島に帰っているが、従道は山県、大山と並ぶ陸軍の中心である。弟の従道までが造反したとなると、穏やかではなく新政府の威権が疑われる。

そこで政府は急いで船を調達して、従道の軍を台湾に渡した。向こうでは問題なく敵を制圧して、翌八年五月、凱旋することができた。

この事件を以て、薩摩閥の無理押しとみる向きもある。兄の隆盛が廟議に負けて鹿児島に帰ったので、ヒステリーを起こしたという見方もある。この頃、兄と同じく従道にも中央政府やこれに付随する閣僚、役人の増長やおごりへの不満があったことは確かである。

新しい日本は発足したが、その指導者となるべき閣僚、役人は早くも腐敗し始めていた。豪邸をかまえ、権妻といって妾の数を競う。そのようなふやけた維新後の高官の在りかたに、従道は憤慨していた。この際、中央に一撃を加える必要があると彼は考えたのではないか。

――維新後七年にして、早くもあの戦乱の試練を忘れて享楽に走る……。

それへの警鐘として、この出兵は有効であると彼は考えていたかも知れない。外征が国民の自覚をうながすと考えていたとしたら、彼にも大西郷と似たような発想があったのかも知れない。

明治十八年四月、朝鮮問題について伊藤博文が天津に行って李鴻章と会談をすることになったとき、農商務大臣であった従道は、全権副使をかってでた。その理由は当時、朝鮮に対する世論が沸騰しており、伊藤が平和談判に行くのは怪しからんというので、暗殺説が流れていた。

そこで従道はこれを心配して、

「伊藤は国家のために必要な人物でごわす。暗殺されるなら、おいが身代わりになりもそう」

と言って、同行したのだという。

明治の男であるから、従道には愛国思想と国家主義があったが、その腹の太さには型破りのところがあった。

明治十一年四月、彼は近衛都督兼全権公使としてイタリアに赴任したという。赴任の挨拶にイタリア政府及び各国の公使たちを招待した。そこで公使の彼が挨拶することになった。勿論、イタリア語などできるはずはない。あらかじめ通訳に自分の意図を話しておくと、壇に登った従道は、通訳を顧みて「よかたのむ」と一言いった。心得た通訳は十五分ほど演説をぶった。これを聞いた各国の外交官は、「日本語というものは大したものだ。公使が一言いうと、あれだけの言葉が出てくるのか……」と感心したという。（註、この話は赴任していないという説が本当である）

話は遡るが、明治十五年頃、伊藤博文が憲法調査でヨーロッパへ行き、ビスマルクに会ってその風貌と政治力にすっかり魅入られて帰ってきた頃の話である。

伊藤は二言目には、

「こういうときならビスマルクは、こう言っただろうな」

と言いながら、ビスマルクの真似をして葉巻をふかした。

あるとき重要な問題の討議の途中で、また伊藤の「ビスマルクならば……」という得意のポーズが出た。それを苦々しげに見ていた従道は、おもむろに、

「伊藤どん、いかにもビスマルクはおはんに似ておりもすのう」

と言ったので、伊藤も黙ってしまい、しばらくは葉巻を吸わなかったという。

話が先にいくが、明治三十一年のことである。ロシアがすでに第二期海軍拡張をやって、バルチック艦隊よりも太平洋艦隊のほうを増強するという話を聞いたが、日本では予算が尽きて、六六艦隊（戦艦六隻、装甲巡洋艦六隻）の最後の戦艦「三笠」を注文する金がない。時の海相は西郷から山本に代わったばかりであった。山本は信頼すべき唯一ともいえる先輩の西郷（当時、内相）に相談した。話を聞くと従道は笑い出した。

「権兵衛どん、おはん何時からそげん気の弱かごっなりもしたと？　お国のために大事な船なら造ったらよか。すぐにイギリスに注文しんしゃらんか」

「しかし、予算を取るには閣議と議会を通過せんならんですが……」

山本がそう言うと、

「よその予算を流用することでごわす。憲法違反ということで追及されたら、おいとおはん

で二重橋の前で腹を切るまでではごわはんか」

そう言うと、従道は笑った。

これで腹の決まった山本は、あえて「三笠」の発注に踏み切り、あの日本海海戦の大捷を招いたのである。勿論、「三笠」の予算は追加予算で承認された。

この話は海軍では有名な話で、西郷と樺山の相談だという説もある。しかし、樺山が軍令部長であったのは、明治二十七年、日清戦争の頃で、「三笠」が発注される三十一年頃には、彼は文部大臣であった。やはり山本と西郷の話のほうが筋が通るであろう。

この樺山も日清戦争直前の海軍拡張では、蛮勇を揮ったことがある。

樺山は第一次松方内閣（明治二十四年五月～二十五年八月）の海相であった。二十四年十二月二十六日に始まった第二議会に、樺山は日清戦争を予期した膨大な軍艦建造案を含む予算案を提出した。

野党はこれに反対した。とくに第二自由党の幹部である星亨は、政府、とくに薩長藩閥政府を攻撃した。星が政府の軍国化、海軍部内の腐敗を攻撃すると、結局、予算案は否決された。

怒った樺山は壇上に立ち、

「諸君は何かというと、薩長政治を批判するが、今日国家の安寧を保ち、四千万の精霊を損なうことなく安泰においてきたのは、誰の功と思うか！」

と大喝したので、議場は大混乱に陥り、松方総理は帝国議会初の解散権を行使するの止むなきに至った。
翌二十五年二月、政府側の大干渉のもとに総選挙が行なわれたが、やはり政府は野党に勝てない。五月の第三議会で野党はまたもや海軍予算案を否決したので、七月三十日、松方は総辞職し、お鉢は伊藤に回った。
伊藤は山県（司法）、井上馨（内務）、後藤象二郎（農商務）、黒田清隆（逓信）、陸奥宗光（外務）という元総理二人を含む維新以来の名士を網羅した内閣を造り、〝元勲内閣〟と言われた。（註、海相は仁礼景範）
しかし、この名題俳優をそろえた大芝居でも、野党を圧倒することは難しかった。衆議院議長の星は政府予算案と海軍拡張案を大幅に削った。
しかし、明治憲法の起草者伊藤は松方より役者が上であった。彼は天皇の大権にすがるという奥の手を用いた。これは立憲を唱える明治政府としては、正当ではないが、統治の最高権力を天皇にあると規定している明治憲法の建前からいくと、このような非常手段を用いる羽目に陥ることはよくあった。（註、大体、野党のほうが議員が多いのに、保守派から総理が出るのがおかしいが、当時は貴族院の勢力も強く、衆議院だけが立法の府として最高の力を持っていたとは言い難い）
君主憲法の特権を利用した伊藤は、二十六年二月、明治〝建艦詔勅〟と呼ばれる詔勅の渙発を仰いだ。その内容はつぎのとおりである。

一、今後六年間、皇室費から十分の一にあたる三十万円を建艦のために拠出する
二、官吏もその俸給の十分の一を献納する
三、故に国民もこれに相当する分を拠出せよ。官民半々で建艦費を分担するよう政府と議会の妥協を望む

皇室の費用も官吏の月給も国民の税金から出ているのであるが、当時の国民としては詔勅となると、反対がし難い。これが明治憲法起草者の奥の手であった。ここで自由党も政府と妥協して、軍事予算案は通過するのである。

ではこの議会で通過した予算が、直ちに日清戦争に役立ったかというと、実は間に合わなかったのである。すでに日清戦争で活躍する「浪速」らの巡洋艦は勿論、主力となる「松島」「敷島」は二十五年までに完成しており、「橋立」のみが横須賀で建造中であった。しかし、「秋津洲」「和泉」も建造中であったので、これらにはプラスになったかも知れない。

むしろこの建艦詔勅による予算は、日露戦争の主力艦の建造に役立ったと思われる。戦艦六隻のうち最も早い「富士」が二十七年八月、ついで「八島」が同十二月、「敷島」が三十年三月というように起工されているので、これには当然役に立っているのであり、勿論、三十二年一月起工の「三笠」にも効果があったと思われる。

樺山の話を続ける。

樺山は西郷と同じく薩英戦争、戊辰戦争、台湾征討に従軍、西南戦争では官軍の中佐で熊

本の鎮台参謀長として長官の谷干城を補佐して薩軍と激戦を交え、苦労をした。薩軍からは西郷軍に協力するよう要請もあったが、今は政府軍の幹部であるから、その任を尽くすというので、最後まで奮戦した。

もともと樺山には戦国時代の豪傑のような気質があった。熊本城で籠城中、軍議のときに敵の一弾が室内で炸裂したが、樺山は顔色一つ変えなかったといわれる。

樺山も従道と同じく陸海軍を渡り歩くという変わった経歴を持っている。西南戦争の後、彼は近衛の参謀長で大警視を兼ねた。陸軍少将となり、警視総監を務めたが、十六年十二月には海軍大輔となり、翌年には海軍少将となった。艦隊の経験のない提督である。間もなく海軍中将となり、軍務局長兼次官となった。海軍大臣は西郷で大山が務めたこともある。そして海相となり、爆弾発言となる。

松方内閣の瓦解後、彼は枢密院顧問官となって予備役になっていた。ところが日清戦争の直前、彼は中牟田と入れ代わって軍令部長となる。

これには批判があった。中牟田は佐賀の海軍を代表する提督である。その経歴は古く、安政二年には長崎の海軍伝習所で勝海舟と一緒に海事を勉強している。戊辰戦争では「朝陽」艦長として箱館に榎本の艦隊と戦い、その勇敢さを知られた。維新後は初代海軍兵学頭（海軍兵学寮——後の海軍兵学校の校長）を務め海軍の発展に功があった。その後は海軍大輔、横須賀鎮守府長官、呉鎮守府長官などを歴任し、海軍中将となって初代軍令部長となった。この中牟田に何の落度もあった訳ではない。要するに薩摩の海軍が佐賀の海軍を追い落として、独裁で日清戦争に臨もうとしたものとみられる。

山本権兵衛も、「中牟田中将は自分が兵学寮にいたときの恩師であり、なんら不足はないが、この際、刷新の意味で勇退してもらうことにした」と弁明している。

強いていえば中牟田は温厚篤実の士であるが、戦争をやるには樺山のような勇猛の士のほうがよい、というようなことかも知れないが、幕末以来鍋島侯の奨励で海軍の先進国である佐賀を、この際蹴落とそうというのであろう。このような佐賀人追放は、政治の面でも見られた。明治十四年秋の政変がそれである。

当時、西郷（隆盛）、木戸、大久保亡き後の筆頭参議は大蔵卿の大隈重信で、伊藤、山県、井上らの長州勢はこれを快からず思っていた。そこで明治天皇に上奏して、大隈を讒《ざん》言して、政府から追放したのである。これで大隈は野に下り、改進党を結成して、政府に対抗することになる。

これで海軍は薩閥で日清戦争に臨むことになった。海相西郷、連合艦隊司令長官伊東祐亨、そして軍令部長が樺山である。

七月、日清開戦となると、樺山はたちまち蛮勇を発揮した。九月十七日の黄海の海戦に樺山は仮装砲艦西京丸に乗って出陣した。軍令部長は陸上の軍令部で指揮をとっておればよいのだが樺山は熱血黙しがたく、戦闘に加わったものである。ただし艦隊の指揮は伊東がとるので、西京丸の樺山は観戦武官である。これが敵味方の間を往来するので、

「軍令部長はもっと後方に下がっていてもらいたい」

と苦情を言う参謀も「松島」の艦橋にはいたらしい。その参加の是非はともかく、樺山も日清戦争前の日本海軍の拡張に一役かった人物として残るであろう。

明治二十六年五月、海軍諸制度改革案がパスすると、山本は将来性のない海軍士官の首切りを始めた。

その中には彼の同郷の先輩を含む八人の将官と八十九人の佐官、尉官がいた。果然、山本はごうごうたる非難の矢面に立たされた。なかでも薩摩の先輩は、主事室を訪ねて卓を叩いて憤慨した。

「大体、貴様は大佐の分際で、おいのような先輩の首を切るとは僭越ではないか」

山本は冷然として答えた。

「なるほどおいは一介の大佐でごわす。じゃっどん海軍大臣の命を受けて、この人事整理を担当しておりもす。辞令は大臣名で出ておりもす故、ご了解願いたかごわす」

しかし、彼らは西郷が一種のロボットで、細部は山本の独裁であることを知っていた。

——なんか？　山本が事実上の大臣ではなかか……？

そういう疑問を抱いて主事室を出る士官も多かった。そこで山本は〝大佐大臣〟という仇名をもらうことになるのである。山本はこの後も日露戦争前のロシアとの建艦競争で、大いに腕を揮い、勝利に持ち込むのであるが、非常に逸話の多い人物であるから、後ほどその半生のあらましをのぞいておこう。

これに先立って明治の日本海軍を担った人々の生年を比較しておきたい。
勝安房　文政六年（一八二三）生まれ、日清戦争開戦の時は、七十二歳（数え）
西郷従道　天保十四年五月四日（一八四三）、五十二
中牟田倉之助　天保八年（一八三七）、五十八
仁礼景範　天保二年（一八三一）、六十四
樺山資紀　天保八年（一八三七）、五十八
伊東祐亨　天保十四年（一八四三）、五十二
坪井航三　同右、五十二
東郷平八郎　弘化四年（一八四七）、四十八
伊集院五郎　嘉永五年（一八五二）、四十三
山本権兵衛　同右、四十三
日高壮之丞　嘉永元年（一八四八）、四十七

この表によると、山本は東郷より五歳年下である。しかし、山本の大才はよくこの郷里の先輩の信頼をかちえて、その才能を発揮させることに成功したのである。

山本は明治天皇の信任が厚かったが、この主従は同年の生まれである。山本は嘉永五年十月十五日の生まれで、天皇は九月二十二日の生まれである。

山本が生まれた嘉永五年は、幕末の日本が内外多事多難の時代に突入していく頃であった。ペリーが浦賀に来るのは、翌六年の四月である。しかし、これが日本国が外国船の洗礼を受けた初めではない。外国船の日本への来航の系譜を調べてみると、つぎのようになる。ペリーが浦賀に来る八十年ちかく前の安永七年（一七七八）、ロシア船が蝦夷の南岸に来て、日本との通商を求めた。これが鎖国（オランダは例外）になってからのヨーロッパ船が通商を求めてきた初めとみてよかろう。これまでもロシア船は安房沖や阿波沖に姿を現わしていた。

先のロシア船の通商の要求に対し、松前藩はその翌日、要求を拒否している。十代将軍家治の代で鎖国の厳しい時代であるから、当然の処置であったろう。

十四年後の寛政四年（一七九二）、ロシアの使節ラクスマンが根室に来て通商を求めた。彼は伊勢の漁師大黒屋幸太夫という男を通辞に雇っていた。幸太夫は九年ほど前、アリューシャンに漂着して、ペテルブルクまで行って、エカテリーナ二世に面会したことがある。その経験は、井上靖氏の『おろしや国酔夢譚』に詳しい。時の老中松平定信はこれを断わったが、海防を考えて、海岸を巡視して、その防備の様子を見た。

林子平が『海国兵談』を出版したのは、この前年で、翌年、子平は処罰されている。

この後ロシア船はしばしば日本へ来航して、通商を要求するようになる。文化元年（一八〇四）には、ロシアの使節レザノフが長崎に来ている。

文化五年（一八〇八）八月には、イギリス船フェートン号が長崎に入港した。勿論、イギリス船の長崎入港は許可されていない。長崎奉行の松平康英も初めはオランダ船とみて、入港を許したのであった。松平はこの船がロシア船かとも考えていたが、実はイギリス船で、その目的は通商の要求ではなく、オランダ船の捜索であった。

この頃、イギリスはナポレオンの支配するフランスと激戦を交えていた。オランダがフランスに降服したので、イギリスは東洋におけるオランダの植民地を占領することを考えて、オランダ船を捜索していたのであった。オランダ船はいなかったが、オランダ商館の職員は逃げてしまった。イギリス船は悠々と港内を捜索し、奉行所を砲で威嚇して、三日後、出港していった。日の本の国の港を侵略されたというので、松平康英は切腹して、その責任を取った。道義の低下した時代の武士の在りかたとして、賞賛されたが、黒船とハラキリは、悲しい文明の相違といえようか。

同じ文化五年、幕府は江戸湾に砲台を造築、北では間宮林蔵が樺太を探検、間宮海峡を発見している。

文化八年（一八一一）には北海道でロシア艦長ゴロウニン少佐の幽閉事件が起きている。ゴロウニンはロシア政府から、樺太と韃靼《だったん》海峡（間宮海峡）の測量を命じられていたが、国後島に上陸したところ、領地侵犯として、日本の役人に逮捕された。彼は松前に二年間幽閉されていたが、その間に『日本幽囚記』を書き、後に優れた日本見聞記として、認められる。

翌文化九年には、今度は日本の高田屋嘉兵衛の船が、ロシア船に捕らえられた。高田屋の船はエトロフ島の漁獲品を箱館に運ぶ途中であった。翌十年、嘉兵衛はゴロウニンと交換に帰国を許された。

同じ年、またイギリス船が長崎に来てオランダ商館を奪おうとしている。その三年後には、イギリス船が琉球に来て、今度は通商を求めている。

そして文化十四年（一八一七）、ペリー来航より四十年近く前、イギリス船は浦賀に来ている。

文政六年（一八二三）、後に日本の医学に大きな貢献をするドイツ人シーボルトが、オランダ商館付の医師として長崎にやってきた。その翌年、イギリスの捕鯨船員が常陸、薩摩の海岸に上陸した。

相つぐ外国船の日本領海侵犯に業をにやした幕府は、文政八年（一八二五）、異国船打ち払い令を下した。これでしばらくは外国船は本土には近寄らなくなったが、十二年後の天保八年（一八三七）、アメリカのモリソン号が日本人の漂流民を載せて浦賀にやってきた。しかし、役人は先の打ち払い令によって、これを追い返した。

その後、中国大陸でアヘン戦争で清国政府がイギリスに屈したというような話も伝わり、天保十三年には先の打ち払い令が廃止され、外国船にも水や薪炭などを補給しても差し支えないことになった。その二年後にはフランス船が琉球に来て、幕府は薩摩藩にかぎり、フランスと交易を許すことになった。

弘化三年（一八四六）、アメリカの提督ビッドルが浦賀に来て通商を要求した。ペリーが浦賀に来る七年前で、幕府はこれを拒否した。

嘉永二年（一八四九）、イギリス船が下田に来航。その三年後にロシア船も下田に来る。そして嘉永六年（一八五三）六月、ペリーが浦賀に黒船四隻を率いて来航し、米大統領の国書を浦賀奉行に渡して大騒ぎとなった訳である。

こうしてみるとペリーの来航のときに、初耳のように国民が驚くのはおかしいが、アメリカはこの五年前にカリフォルニアを領土とし、その二年後、日本に開国をうながすことを議会で議決しており、ペリーも相当の覚悟をもって来日しているので、幕府も真剣になったといえよう。

一方この年の七月にはロシアの使節プチャーチンも、軍艦四隻を率いて長崎に来て、国書を奉行に手交している。

このように山本権兵衛が生まれる八十年ほど前から、日本の近海には外国船が姿を見せており、権兵衛は正に日本の幕府と国民が海防に目覚める時期に生まれたともいえるのである。

少年権兵衛

権兵衛の先祖は平氏の出であると言われる。平重盛の子孫が大隅に来て、それが島津家に仕える頃から山本と名乗るようになったと言われる。

権兵衛の曾祖父は植物に詳しく庭奉行を努め、祖父は書道に堪能で藩の祐筆を努めた。父五百助も祐筆であったが、武芸にも優れていた。権兵衛は五百助の六男として、城下の中でも下士の多い加治屋町で生まれた。

海軍の実力者となった権兵衛は、その不屈の実行力と傲岸、不遜で知られたが、子供のときからきかん気の負けず嫌いの少年で、体が大きく相撲も喧嘩も強かった。

加治屋町の士族の息子たちは、夏には甲突川で泳ぐのが例であった。維新の元勲もそうである。もっとも西郷隆盛や大久保は二十歳以上も年長であるから、権兵衛と一緒に泳ぐことはなかったと思われるが、年の近い東郷や伊集院五郎（後、軍令部長、元帥）や日高壮之丞（後、常備艦隊司令長官、大将）らは、ともに水遊びや喧嘩、悪戯の常連であったと思われる。

この甲突川の武之橋からは桜島がよく見えた。噴煙をふき上げる雄大な桜島と錦江湾（鹿児島湾）、そして甲突川の流れは、幾多の維新の英傑を育てた原動力といってよかろうか。

鹿児島では、六歳から十四歳くらいまでを稚児と呼び、その後二十三歳くらいまでをニセ（二歳）と読んだ。ニセは青年の代名詞である。鹿児島の歌に「今きたニセどん、よかニセどん、ソダン（相談）かけたらはっちこそニセどん」という歌がある。

権兵衛は十一歳頃から、郷中という青少年の勉学と鍛練の組織に入って、心身を鍛えた。また藩の造士館で学問をし、演武館で武芸に励んだ。居合い術や抜き打ちなども学んだ。薩摩には示現流という独特の剣術がある。己の身を顧みず、ただ直突の一本で相手を倒す、といういかにも薩摩っぽらしい剣法である。権兵衛もこれを習った。大国清国やロシアの海軍と戦うときには、この捨て身の示現流の覚悟が役立ったと思われる。

権兵衛は少年時代からお山の大将で、とくに相撲が強かった。後には宮相撲の大関で、花籠という名前までもらった。

西郷従道より九歳年下の権兵衛は、文久三年夏の薩英戦争のときは、十二歳で若いというので、大砲を撃つことを許されず、砲側で弾運びをやらされた。

このとき、未曾有ともいうべき国難に遭遇した薩摩藩では、十五歳から五十八歳までの男子を正規兵として軍隊を組織した。従道や大山、伊東、それより年長の仁礼や樺山は正規兵としてこの戦闘に参加したが、権兵衛や伊集院は遊軍として、弾運びや雑用を命じられたのである。

薩英戦争は七月二日正午から始まったが、砂揚場（天保山）の砲台（甲突川の河口にある）で味方の砲撃を見ていた権兵衛は、がっかりした。

折柄、台風が接近しており、暴風雨の中で兄貴分のニセどんたちは、懸命に権兵衛たちが運んだ弾を撃つが、一発撃つたびに砲が反動で後退するので、砲はどんどん下がってしまう。また先込めであるので、まず先から火薬を込め、棒で突いて固め、つぎに丸い弾を押し込む。一発撃つのに十分近くの時間がかかる。

それに反して英艦のアームストロング砲は、艦に固定してあるから、つぎつぎに弾を送って来る。不発弾が近くに落ちたのを見ると、薩軍の丸弾と違って先が尖ってよく飛びそうで、しかも地面に落ちると、爆発するのもある。

——こげんこってユッサ（戦）がでくっとか……。

権兵衛がそう考えている間に、敵の射弾の弾着は正確になり、砲台は破壊され、北の祇園洲の砲台も沈黙してしまった。すでにこの日の朝、薩摩藩が生麦事件の賠償金を払わないというので、英国艦隊は藩が大金を出して買った天祐丸、白鳳丸、青鷹丸を拿捕している。このままでは薩摩隼人の面目はつぶれる。

しかし、さすがに薩摩っぽはただで英艦の蹂躙にまかせた訳ではない。先に述べたように旗艦ユーリアラス号は祇園洲の砲台からの砲撃によって、艦長ジョスリング大佐、副長ウィルモット中佐が戦死して、早々に戦場離脱を計っている。

話が先に進んだが、この薩英戦争の原因になった生麦事件についてふれておきたい。

前年の文久二年八月二十一日、武蔵の国生麦（現在の横浜市鶴見区）に差しかかった島津久光の行列を英国人のリチャードソンという商人とその義妹のボラデール夫人ら四人が騎馬で横切った。

大名の供先を横切るのは非常な無礼とされていたので、供頭の奈良原喜左衛門は怒って馬上のリチャードソンに斬りつけた。肩と腹に二太刀を受けたリチャードソンは、逃走したが落馬し、そこへ追ってきた海江田武次が止めを刺した。このとき、ボラデール夫人も別の藩士に斬られたが、重傷のまま逃走した。

事件を知った英国側は怒った。英国政府は在日の英国代理公使ニール中佐を通じて、つぎの賠償要求を幕府と薩摩藩に行なった。

一、日本政府（幕府）は適切な陳謝を行なうべし
二、賠償金十万ポンドを支払うべし
三、薩摩藩はこの犯人を逮捕し、英国士官立ち会いのもとに死罪に処すべし
四、薩摩藩は死者の遺族と死を免れた英国人のために、英国政府に二万五千ポンドを支払うべし

これに対し幕府は協議の末、翌文久三年六月二十四日、十万ポンドを英国に払ったが、薩

摩藩はこれに応じなかった。そこで直ちに報復の行動を起こした英国側は、六月二十七日、艦隊司令官キューパー中将の率いる七隻の艦隊を鹿児島湾に派遣したのである。

この堂々たる近代的な艦隊の湾内侵入を見た薩摩藩は、薩主以下決戦することに一致した。藩主島津久光は、事件の当事者である奈良原と海江田を呼び、決死隊をもってこの英艦隊を全滅すべきことを命じた。

感激した奈良原と海江田は直ちに八十余人の決死隊を編成した。この中にニセどんの大山、西郷従道、伊東祐亨、黒田了介（清隆、後、二代目総理）らが入っていた。

二十九日午後三時、決死隊は八隻の船に分乗して英艦に近づいた。鶏、卵のほか西瓜多数を積んでいた。暑いので、英国人も喉が渇くだろうと考えたのである。後に有名になる〝西瓜売り決死隊〟である。しかし、彼らが武装しているらしいことが、艦上から認められたので、英艦は彼らの乗艦を拒否した。

これで英国艦隊の危機は去ったかに思えたが、薩摩側はなおも乗艦して英国将兵を斬殺することを企図していた。

この西瓜売り船の直後、藩は町田六郎左衛門を藩主の代理として、旗艦のユーリアラス号に送った。賠償金の件について交渉したいというので、四十名の護衛兵を連れてきていた。実はこの護衛兵の中には奈良原と海江田のほかに示現流の名手である志岐藤九郎が混じっていた。陸上からの合図で志岐が一刀のもとにニール中佐を斬ることになっていた。

しかし、他の英艦にも薩摩兵を乗艦させて一挙に事を起こすはずであったが、それができなかったので、結局、この町田らの謀略も成功せず、七月二日の英国艦隊の砲撃、薩摩藩砲台の応戦となったのである。

入港して三日目に英国艦隊は、鹿児島の一部を火の海としていったが、十二歳の権兵衛の胸には一つの苦い教訓が残った。彼の幼い胸に東と西の文明の差が食い込んだ。

——時代が違う。一発ずつに後退する砲では、とても艦砲には太刀打ちできない。また火縄銃は雨に濡れて使いものにならない。一刻も早くエゲレスやメリケンに負けないような新しい海軍を造らなければだめだ……。

同じ頃、島津侯の旗本にいて、警護の役を努めていた東郷平八郎は、雨の中で母の益子が届けてきた薩摩汁をすすりながら、鋭い目つきで炎上する鹿児島の市街と、砲撃を続ける英国艦隊の姿を眺めていた。

——艦隊が要る。一隻ではだめだ。新しい砲を積んだ新しい軍艦の艦隊が要る。これからの敵は海から来る。これを防ぐには強力な艦隊が要る。海から来る敵は海で防がなければだめだ……。

十七歳のニセどんはそう考えていた。

翌七月三日、英国艦隊は戦死者を水葬に付すると、抜錨して湾口に向かった。湾口に近い沖の小島の青山愚痴（砲術家）の砲台が砲撃するが、当たらない。当たっても口径が小さいので、効果は期待できないが。

薩摩の砲の届かない湾口で一泊すると、四日、英国艦隊は横浜に向かった。その後ろ姿を見ながら、砲台の薩摩隼人たちは、かちどきを挙げた。

〽おらんだんちゅ（外国人）が
薩摩ん国にユッサ（戦）しにきたとや
青山どんの大鉄砲で
尻に帆かけてえっさこりゃ……

ニセどんたちの歌は威勢よく錦江湾の水を渡っていったが、それを聞いている権兵衛の口許は無念そうに食いしばられていた。

――薩摩っぽは威勢はよいし、剣は強いが、それだけでは国は守れぬ。強か艦隊が欲しか……。

少年はそう考えながら、英艦の残していく煙を見送っていた。

英国艦隊には痛い目に遭わされたが、幕末における薩摩藩の海軍力は幕府を凌がんばかりの勢力を持っていた。

まずこの薩英戦争（一八六三）のときの藩の保有兵力は、つぎのとおりである。

薩摩藩建造の船

伊呂波丸　洋式帆船（一八五四年、建造）
昇平丸　同右、幕府に献上
雲行丸　蒸気船（一八五五年、建造）
大元丸　洋式帆船（同右）
鳳瑞丸　同右
承天丸　同右
万年丸　同右

外国より購入の船
天佑丸　一八六一年、購入　七百四十六トン
永平丸　一八六二年、同　四百四十七トン
青鷹丸　同右　四百九十二トン
白鳳丸　一八六三年、購入　五百三十二トン
安行丸　同右　百六十トン

この後、平運丸以下十二隻を薩摩藩では購入している。以上のうち、先述のように天佑丸、青鷹丸、白鳳丸の三隻は薩英戦争のときに英国艦隊に焼かれている。

薩摩藩は慶応三年までには七隻を薩摩藩で建造し、十七隻を買っている。この中には坂本

龍馬が乗った胡蝶丸や、鳥羽伏見の戦いのとき、阿波沖で幕府の船と戦った祥鳳丸や、維新後新政府の船となった乾行丸、榎本武揚の艦隊と戦い、新政府の船となった春日丸なども入っている。

文久三年は内外ともに多事多難の年であった。前年九月、朝廷は攘夷に決し、その実行を幕府に迫った。この年（三年）二月、まず将軍家茂の意を帯して徳川（一橋）慶喜が上京した。家茂はまだ若年で、慶喜が代理の形で朝廷（といっても一部の公家と長州の尊皇派であるが）の意図を伺いにきたのである。

翌三月、家茂が上京して攘夷の実行を朝廷に約束した。

そして五月、攘夷の先鋒である長州が、馬関海峡で米、仏、蘭の艦隊を陸上の砲台から砲撃した。六月、米、仏の艦隊が報復のために下関の長州の砲台を砲撃した。同月、家茂は海路江戸へ帰る。

一方、七月には前述の薩英戦争が鹿児島で起こる。

京都では尊皇攘夷派に対して、開港をも認めようという公武合体派が勢力を得てくる。八月に入ると、大和では天誅組の藤本鉄石らが挙兵して、攘夷の実を挙げ、倒幕の実行を叫ぶようになる。

同十八日、京都の御所で政変が起こった。公武合体派の薩摩、会津が御所を固め、攘夷派の長州は同腹の公家とともに京都を追われる。

そして翌元治元年になっても、政治の波乱は治まらなかった。

六月六日、祇園祭りの前夜、三条池田屋で、京に放火をして混乱のうちに京都守護職の松平容保を追って、朝廷に攘夷を実行してもらおうという計画を練っていた尊皇攘夷派の浪士たちが、新撰組に襲われて、死傷者を出した。

この死者に長州藩の武士が多かったことと、前年八月の政変で御所の守護役を追われたことを遺憾とした長州軍は、朝廷に直訴の件ありとして、御所に入ろうとして、警護の会津、薩摩藩士と戦いになり、長州は敗退した。これが蛤御門の変（禁門の変）である。

一方、下関では四国（米、英、仏、蘭）艦隊が長州の砲台を砲撃し、上陸して砲を持ち去るという異変が起きた。

この秋、幕府は長州征伐の兵を起こす。

そして翌慶応元年、幕府は第二回の長州征伐を行なうが、もはや幕府の力は、昔日の比ではなかった。徳川三百年の歴史にも、落日が近づきつつあった。幕軍は高杉晋作の奇兵隊や大村益次郎の洋式の軍隊に翻弄されて、撃退され、面目を失った。徳川恐れるにたらず、というので、各地に倒幕の気運が盛り上がる。

そして翌慶応二年一月、坂本龍馬の斡旋で薩長同盟が成り、翌三年（一八六七）秋、大政奉還、王政復古となるのである。

このような没落と革新の交替という時代の嵐の中で、権兵衛少年が何を考えたかは自ずから明らかであろう。

アームストロング砲を含む百余門の砲を持つ七隻の英国艦隊に郷里の鹿児島を焼かれて、海から来る敵は海で防がねばならない、と権兵衛や東郷平八郎が交々考えた文久三年夏の薩英戦争の翌年二月、文久四年は元治元年と改まる。

この年八月、四国艦隊は報復のために下関を砲撃した。この噂は薩摩にも伝わり、海事に関心を持っている権兵衛の耳にも入った。

「長州も異人の軍艦にやられもしたげな」

「薩摩の砲台もエゲレスのアームストロング砲には顎を出しよった。長州では歯が立ちもはんとよ」

権兵衛は五歳年長のニセの平八郎とそう語りあった。この二人にとって印象の残る妙円寺参りが、慶応二年九月十四日に行なわれた。

妙円寺参りというのは、二百六十年ほど前の関ヶ原合戦のときの島津勢の辛苦を偲んで、鹿児島から二十キロほど西の伊集院町にある妙円寺に、鹿児島周辺の若者が武装して参詣する行事で、この年は倒幕の意向もあって、盛大に行なわれた。

加治屋町郷中のニセや稚児もこれに参加した。十五歳の権兵衛は早くもニセの仲間入りで、二十歳の平八郎は、ニセ頭格で、若者たちを引率する。

上級武士の多い上町のニセたちは、きらびやかな鎧や陣羽織に身を固めて、威張って行列に参加する。下級武士の町である加治屋町のニセたちは、貧しい身なりながらも、

――薩英戦争で奮戦したのはおいたちでごわんど……。

とプライドに肩をそびやかせて、行列についていく。

身なりは貧しくとも、声は大きい。上町や千石馬場の少年たちが、

「チェスト関ヶ原！」

と叫ぶと、負けずに、

「チェスト！　薩摩藩！」

「徳川を倒せ！」

と気勢を上げながら、西田橋を渡って西に向かう。

行軍の途中で、権兵衛は姉の栄子のことを思い出していた。腹違いのゆき子と違って、栄子は同腹の姉で、小さいときから権兵衛を可愛がってくれた。能筆の栄子は久光の御殿に祐筆として奉公に上がっていたが、暇があると家に帰って、弟の面倒をみてくれた。今、権兵衛が肌につけている小袖も、栄子が御殿勤めの暇をみて、縫ってくれたものである。

――栄子姉、見とれや、よそのニセには負けんでよ……。

権兵衛はそう胸の中で叫んだが、姉の忠告を思い出して、首をすくめた。

――決して、無意味な喧嘩をしてはなりません。大体、権兵衛は人からボッケモン（豪傑）などと言われて、増長する嫌いがあります……。

姉はそう戒めたのである。

慶長五年（一六〇〇）の関ヶ原の合戦のとき、西軍に属した島津義弘は、石田、小西らが敗退すると、ままよ、と徳川の本陣近くを中央突破して、南へ逃げた。その後、苦労して大

阪へ出、船でやっと鹿児島に帰ったのである。この苦しい行軍を忘れまいと、薩摩の若者は妙円寺への行軍を行なうのである。

薩摩が徳川幕府に抱いている恨みはそれだけではない。江戸時代の中期、宝暦四年（一七五四）、薩摩の財力をにらんでいた幕府は、薩摩藩に濃尾三川（木曾、長良、揖斐）の治水工事を命じた。

薩摩は米作耕地は少ないが、奄美、徳之島、琉球などの砂糖、清国との密貿易、薩摩焼きなどで巨額の富を貯えているに違いないと幕府はにらんでいた。しかし、それまでにも幕府から寛永寺の普請などを命じられて、薩摩藩の財政は決して豊かではなかった。

しかし、幕命を拒むとなれば、徳川八百万石を中心とする各藩の軍勢を相手に戦わなければならない。家老平田靫負は泣いてこの工事を引き受け、奉行として美濃に赴き、工事完成の後、四十万両の借金の申し訳に腹を切り、四十名あまりの藩士もこのために自決を遂げた。

これ以来、遺恨百年、薩摩藩士は打倒徳川の剣を磨いてきたのであった。

したがって倒幕の気勢の上がりつつあるこの時世には、隼人たちの妙円寺参りも気合がこもるのである。

西田橋を渡り、西田通りを過ぎると、水上の坂にかかる。この坂を越えると伊集院町のある吹上浜の側に出るのであるが、鎧、甲に身を固めたニセたちにはきつい坂である。ニセになったばかりの権兵衛があえいでいると、先頭に立った東郷が、

「こりゃあ、加治屋町のニセどんないつもの根性はどげんしたと？　上町のニセに負くっと

ただではすまんど！」

と叫び、大声で歌い始めた。

〽鹿児馬（鹿児島のこと）湾をば侵さんと
エゲレスの船七はいが
アームストロングで撃ちよるばい
天保山の丸弾に
尻に帆かけて逃げちょるばい

すると加治屋町のニセたちも元気を出して合唱した。

「鹿児馬湾をば侵さんと」

「尻に帆かけて逃げちょるばい」

「チェスト！」

健児たちの歌声が峠の夏草をなびかせ、やがて峠の向こうに吹上浜の海が見えてきた。後ろを振り向くと桜島が緩やかに噴煙を上げている。

――この郷土を異人に踏ませてなるか……。

そう考えながら、権兵衛は鹿児島の街を眺め、伊集院のほうに坂を登っていった。

しばらく行くと坂の途中で、上町の連中が鎧をはずして休憩している。彼らは格式が上だというので、先に行ったのだが、疲れて休んでいる。なかには先祖伝来の大鎧を着たせいで、ふうふう息を切らしている者もいる。

このとき、平八郎は後のほうにおり、先頭を行く稚児たちは、上町の連中が道をふさいでいるので、行き悩んだ。すると気の強い権兵衛が先頭に出て叫んだ。

「おうい、上町の衆、どきもはんか？　加治屋町が先に通りもすきによ！」

これを聞いた上町の代表は怒った。代表のニセは家老の息子である。

「お前は山本のがんたれじゃな。相撲が強かとて威張るこたなか。上町の行列を押し分けて通れるもんなら通ってみい。この刀にかけても押し返しもそう」

そう言うと、腰の刀を抜いた。

「やるか！」

権兵衛も刀を抜いた。相撲も強かったが、剣のほうも示現流の道場では上位に札がかかっている。

あわや妙円寺参りに血の雨が降るかと思われたが、そこへ急を聞いた東郷が駆けつけた。若いときの東郷はケスイボという仇名をもらっていた。生意気、出しゃばり、という意味のほかに意外なことをする、という意味もあった。

「加治屋町のニセは、この場で、しばし休息じゃ」

そう言ってニセたちを制止すると、平八郎は権兵衛に言った。

「権兵衛どん、おはんもすでにニセの一員でごわすぞ。加治屋町の意地を示すはよか。じゃっどん、刃傷沙汰は非のある方は切腹でごわす。おはん、これから藩侯の御ために、いや日本国のために大いに働かにゃならん体ではごわはんか？　軽々に刀を抜くなら、その腰のものを預りもすぞ」

ケスイボと呼ばれた半面、東郷は若くして大人の風貌があった。日本海海戦の前に東郷に連合艦隊を任せた権兵衛の判断は、この若いときからの東郷の老成したともいえる幅の広さによるものであった。

権兵衛を叱ったものの、平八郎には権兵衛の無念さがよくわかっていた。峠を下って伊集院のほうに向かいながら、平八郎は徳川三百年の間、いやもっと昔から薩摩を支配している身分制度について考えるところがあった。

島津が薩摩の支配をするようになったのは、鎌倉時代の初期からであるが、六百年にわたる島津一族の支配は、厳格な身分を定めてきた。

上から藩侯の一門、一所持、寄合などといわれる上士と小番、新番、小姓与《くみ》などの下士に分かれており、大部分の下士は小姓与で、維新に活躍した西郷、大久保、日露戦争に登場する東郷、山本らはほとんど小姓与の出身であった。

また鹿児島城下に住む上士、下士のほか、郡部に住む郷士も多くいた。彼らは農兵で、いざというときには藩の守りにつくが、その身分は城下の士族に較べると非常に低かった。剣豪といわれた桐野利秋はこの郷士の出身である。

平八郎も権兵衛も武芸や砲術の勉強では、上士に劣らぬと考えているが、如何せん、身分の上下の差は、倒幕の叫ばれる今の時代でも、動かすことができないのである。

思いは権兵衛も同じである。

——いつの日にか、上士の奴に目にものみせてくれる日が来る。そのときは許さんぞ……。

彼はそう考えながら峠を下っていった。

加治屋町の行列は横井の町で夕食をとった。上士たちは茶店で飯を食ったが、加治屋町のニセや稚児たちは道端で握り飯を食った。

芋飯の者もいた。薩摩では薩摩芋のことを唐芋という。琉球芋と呼ぶときもある。琉球を通じて唐から来たという意味であろう。

芋は薩摩の常食である。関ヶ原で減封となるところを、やっと本領安堵となったが、土の下が火山灰なので、米作のできる耕地が少ない。芋や大根がよくできた。酒も米から取れる酒はなく、芋焼酎が祝の席でも注がれる。

——関ヶ原で苦杯をなめて、濃尾の治水でまた貧しくなった。おのれ、徳川、いつかは、見ておろう……。

そう考えて隼人たちは芋を噛んで武芸に励んだのであった。

夕食が終わるとニセの一隊は夜行軍で伊集院に向かった。初秋の星を仰ぎながら、平八郎は権兵衛に話しかけた。

「おはんな父上がなくなりゃしたげな」

「はい、六十四歳でごわした」

権兵衛の父盛珉は、前年の秋、世を去っていた。

「おはんの父上には、前ん浜のユッサのとき、殿の警護で同じ旗本でごわした。よう指導してくれもした」

「あんとき、こちらにましな軍艦がいて、湾の外でエゲレスの船を砲撃でけとったら、街を焼かれることもなかっごっ、無念に思うとります」

「いかにも、そいでおいは藩の海軍局に入りもした。おはんもきやんせ」

「そげん考えとります」

二人はこうして海軍で働くことに決めた。

伊集院の町に着くと、祭りはもう高潮に入りつつあった。本通りを過ぎてしばらく行くと、妙円寺で、関ヶ原の戦いで、前に向かって逃げたといわれる勇猛な島津義弘の、ここが菩提寺である。

義弘はこのあたりに領地を持っており、秀吉の朝鮮出兵のとき、南原という陶器作りの盛んなところから、優秀な陶工十数名を薩摩に連れてきて、伊集院の近くの苗代川というところに住まわせ、優遇してすぐれた陶器を作らせた。これが各大名に珍重される薩摩焼きとなるのである。

妙円寺の境内は参詣客で満員である。この年はとくに参詣が盛んで、それだけ薩摩藩領民の倒幕の意欲が燃えさかっていたといえよう。

「チェスト！　関ヶ原！」

芋焼酎を黒ジョカ（輪状の徳利）からラッパ飲みにしながら、そう叫ぶニセがいる。

「チェスト！　美濃尾張の水を忘れるな！」

と叫ぶ者もいる。

徳川三百年の治世は、多くの犠牲を生んできたが、その中でも薩摩藩は長州と並んで、最も忍従を強いられた藩といってよかろうか。

そしてこの妙円寺参りは、その先輩の辛苦を偲んで復讐を誓う夜祭りでもあった。

「チェスト！　関ヶ原！」

叫んでいるうちに夜が更ける。

ニセたちはまた夜行軍で鹿児島にもどるのである。行きはまだいいが、帰りとなると背中の鎧の重さが骨にしみる。

「がっつい（ひどい）きつかごわんど」

稚児たちはそう悲鳴をあげるが、ニセたちは痩せ我慢をしても、きついとはいわない。こうやって先輩のありし日の苦労を体験して、復仇の覚悟を固めるのである。

稚児のなかには眠さのために隊列を離れる者もいる。

「もう歩けもはん、おいてってたもんせ」

そう道端に座りこむ少年もいる。

「なきごとをいうてどげんすっか。これが戦場なら弾が飛んできもんそ」

平八郎はそれを叱咤激励しながら、部隊をまとめていく。権兵衛も及ばずながら、平八郎の補佐をしていくうちに、眠気も薄らいでいくようであった。

　こうして灯の消えた横井町を過ぎ、水上坂を越える頃には、早くも東の空が白み始めていた。

海軍兵学寮

慶応二年、日本全国が動乱の兆しに戦《おのの》いていた。

正月、坂本龍馬の暗躍で、京都の薩摩屋敷で、西郷と桂が会見して、薩長連合の密約ができたが、世間はまだそれを知らない。龍馬はこの前、鹿児島にも来て小松帯刀ら藩の有志と会って、薩長連合を説いていた。

慶応二年十二月二十五日、孝明天皇崩去。睦仁親王が即位。ここに日本の近代化を告げる、明治の時代が始まろうとしていた。

翌慶応三年四月、薩摩藩の老公（現藩主の父）島津久光は、洋式の薩摩藩兵を率いて上京した。朝廷を擁して大政奉還、王政復古を実現するためである。

この年十月、藩では新しい情勢に備えるべく、兵士を募集した。権兵衛の長兄は御小姓として藩に残り、次兄の吉蔵は二十二歳なので、兵士として従軍することになった。

これを聞いて権兵衛は黙っておれない。彼もさっそく応募した。兵士の条件は十八歳（数え）以上である。十六歳の権兵衛は二歳サバを読んで、検査に合格した。こうして権兵衛は現藩主島津忠義（久光の子息）に従って上京することになった。

十一月十三日、忠義は二個小隊を率いて前の浜から乗船して、海路大坂に向かうことになった。忠義は西郷吉之助とともに三邦丸に乗り、銃隊や砲兵隊は「祥鳳」「平運」に分乗した。

権兵衛は小銃八番小隊に属し、姉の栄子が縫ってくれた陣羽織を着て、栄子の見送りを受けて得意げに乗船した。栄子は権兵衛が幼いときからよく面倒をみてくれた。船の甲板から自分が縫った陣羽織を、自慢げに拡げてみせる弟を眺めているうちに、彼女の眼が曇ってきた。幼い頃からボッケモンと呼ばれて、近所の餓鬼大将であったが、まだ十六歳の少年である。立派にご奉公ができるであろうか。

姉の心配を知らぬげに、船上の権兵衛は得意げに歌い始めた。

「鹿児馬湾をば侵さんと、
　エゲレスの船七はいが……」

波止場の栄子はたまらずに声をかけた。

「権兵衛、体に気をつけて、ようご奉公しんしゃれ！」

すると権兵衛は、もらったばかりの新式のミニェー銃を高々と上げ、

「栄子姉よ、エゲレスの船も、徳川の船も、この権兵衛が銃でチングラッ（粉微塵）じゃとよ！」

これを聞くと近くにいたニセたちが笑い出した。小銃で軍艦が沈む訳がない。波止場にいた栄子も思わず白い歯を見せた。

「何がおかしかと？　栄子姉よ、今に見とれや。この権兵衛がでかい大砲を作って、異人の船をみんなチングラッとさせたるきに……」

権兵衛はそう言って胸を張った。栄子の眼の中で再び弟の姿が曇り、「平運」は遠ざかっていった。

権兵衛の属する薩摩の軍勢は、十一月二十三日、京都に到着した。すでに十月十九日、十五代将軍徳川慶喜は、大政奉還を上奏し、二十四日、政権は平安朝以来久方ぶりに朝廷にもどることになった。

十二月九日、西郷、大久保らの活躍で、王政復古が成った。もし反対があったときは、武力をもって鎮圧すべく、西郷は薩摩兵を駐屯させていた。権兵衛の小隊は相国寺別院に駐屯していた。

王政復古が成ったといっても、世間の混乱は治まらなかった。問題は慶喜を擁する徳川と譜代大名の動きである。縁故の大名たちは、慶喜を新政府の中枢に据えて、要職につかせようと望む。しかし、慶喜を残すならば、新しい政治はできないと西郷たちは考えていた。

歳末、慶喜を擁する徳川勢は、一旦、大坂に退去したが、そのまま江戸に向かう様子は見えず、十二月二十五日に江戸の薩摩屋敷が焼き打ちされたという悲報が京都に入ると、薩摩と徳川の間は一触即発の危機にさらされることになった。

二十八日の午後、相国寺に駐屯している権兵衛のところに、兄の吉蔵がやってきた。

「おい、権兵衛、いよいよユッサ（戦）じゃ。西郷どんも大久保どんも、ユッサなしに幕府は倒れんといいなはっとじゃ。まあ、呑んで景気をつけんばね」

そう言うと、吉蔵は持参した一斗樽から茶碗に酒を注いだ。薩摩の習いでニセとなった頃から、権兵衛は芋焼酎に親しんでいた。

「これが京の酒か？」

初めて呑む京の清酒は、焼酎より薄い感じである。

「やはり酒は鹿児馬ん鬼殺しにかぎりよるばい」

吉蔵も一杯あおると言った。

「のう、権兵衛、間もなく、徳川とのユッサが始まりもんで。おいは弾傷は嫌いじゃ。このダンビラで江戸の青侍に示現流の荒業を見せちゃる。おいが受くっとは刀傷にかぎっと」

すると権兵衛はそれを遮った。

「兄者の言葉ではごわすが、今後はおいはこのミニェー銃にもの言わせんごっ。あん鹿児馬湾のエゲレスとのユッサを覚えとろうが、新式の大砲さえあれば、でかい軍艦もチングラッじゃった。これからは洋式の武器の時代じゃと、おいは思うちょるきに」

「そうか、それも大きによかろう」

そう言うと、吉蔵は一気に茶碗の酒をあおり、空を仰いだ。権兵衛もそれにならった。大銀杏の梢に雲が流れている。慶応三年が暮れようとしていた。京の空は雪もよいであった。

慶応四年が明けると、正月二日、慶喜を擁する徳川勢は挙兵して、京を守る薩摩勢を除去し、朝廷に徳川の真意を上奏することに決した。いよいよユッサである。

攻める徳川勢は一万五千、守る薩長勢はわずか四千、これに土佐や安芸の藩兵がいたが、主力は当然薩長で、その頼みとするところは、洋式の軍隊と兵器であった。攻める徳川勢にも洋式の軍隊はあったが、鎧甲に身を固めて、伝家の宝刀を頼りにする旗本もいた。

三日、鳥羽街道を押さえる薩軍の椎原隊と徳川の先鋒が衝突して、天下分け目の合戦の幕が切って落とされた。

この戦いで山本家の兄弟は吉蔵が鳥羽、権兵衛は伏見と分かれて戦闘に参加した。権兵衛は六日の決戦といわれる八幡（石清水八幡宮の地域）、橋本の戦いに参加した。淀川と木津川の合流点にあたり、信長の死後、秀吉と明智光秀が雌雄を決した山崎はこの北にあたる。京都盆地から大坂平野への出口で、山崎の北にあるのが天王山で、その重要性は明治維新のときも同じであった。幕軍がここを押さえると、南下は困難となる。この事情を最もよく知っているのは、見かけによらず戦略家の西郷吉之助で、彼は事前にこの地域を偵察に行っている。

六日、早朝、八幡地区を守る幕軍に対する薩長勢の攻撃が始まった。守る幕軍は若狭、丹後らの千名ほどで、士気は揚がらず、攻める薩長勢は二千五百に砲二門を持ち、士気は旺盛であった。

権兵衛の所属する薩摩八番小隊は、主力の右翼隊の一部として前進したが、この正面の敵が一番頑強であった。権兵衛は前面にいる若狭勢に果敢に射撃を行なったが、初めて扱うミニェー銃は、必ずしも最新式ではなかった。最新式といえば、元込めのスペンサー銃であるが、ミニェー銃は先込めで発射速度が遅かった。

「チェスト！　もっと早込めの銃をばくれんかい！」

そう叫びながら権兵衛は射撃を続け、斬り込みの機会を狙っていたが、敵はふいに退却を始めた。木津川の北岸にある淀城を守る藤堂（津）藩兵が、突然裏切って、幕軍に発砲し始めたのである。浮き足立った幕軍は総崩れとなり、薩長勢は突撃した。

「チェスト！　裏切りはいけんぞ！　卑怯もんのするこっぞ」

そう叫びながら、権兵衛も銃をかまえて突撃した。

戦いは勝ったが、得意の示現流の腕を示す機会はなかった。しかし、権兵衛はこの戦いで、三つの教訓を得た。

一、戦いの勝敗は数によらず、大義名分なく士気揚がらざる兵は敗る。

二、もはや、組み打ち、斬り合いの時代に非ず。洋式の調練と新式の武器を持つもの勝ちを制す。これは外国に対しても同じなるべし。

三、大軍を擁するも統率厳ならざれば、兵弱し。裏切りを生ずるは主将の統帥の至らざる所以なり。

この鳥羽伏見の戦いの教訓は長く権兵衛の胸に残った。

負けた徳川慶喜は船で大坂から江戸に帰り、寛永寺で謹慎することになり、西軍は西郷を参謀として、江戸に進軍することになった。

権兵衛の所属する薩軍は、越後方面を平定することになり、五月十日、京都を出発、越後長岡の河井継之助の軍勢の抵抗にはてこずったが、これも河井の戦死でつぎは会津攻めとなり、九月には鶴岡の庄内藩を攻め、これも降服したので、権兵衛たちは庄内の城に入って警備を行なった。

大参謀の西郷は、九月二十七日、庄内藩の鶴岡にやってきた。一緒にきた官軍の黒田了介(清隆、後、総理)は、官軍に抵抗した藩主を他藩に預けることを主張したが、

「そん必要はなか。一旦、武士が降服するというたんじゃ。その一言を信用せんばね」

と西郷が言ったので、藩主もよそへ行くことはなく、庄内の人々は長く西郷に感謝した。

このとき、権兵衛は徴兵一番隊員として鶴岡にいて、西郷の人心の収攬《らん》の術に感心した。

——人は己を知る者に服するものだ……。

と権兵衛は思った。

東北が平定されると、戊辰の内乱も終わり、権兵衛たちは、十一月、京都に帰り、間もなく鹿児島に復員した。兄の吉蔵は会津の激戦で負傷し、横浜の病院で治療して傷を治した。

薩軍は、官軍として勝利を得て凱旋の形で鹿児島に帰ったのであるが、幕藩体制の崩壊は、勝ったはずの薩摩藩をも揺すぶらずにはいなかった。下級武士は従来の家柄によって出世が

決まるという制度の改革を望み、その中心は郷里に帰った大西郷であった。西郷は久光に進言して、藩政の改革を試み、いずれ新政府のために必要であろうと考えて、新しく四個大隊の常備兵を作り、中央への進出を考えていた。

翌、明治二年三月、全国の諸藩は優秀な青年を東京に遊学させ、官途につかせることを考えていた。新興勢力の雄である薩摩でも、権兵衛を東京に勉学に行かせた。しかし、上京した権兵衛は、昌平黌に入ったところ、大好きな西郷が薩摩兵を率いて上京したので、海軍に入ろうとして、西郷を訪ねた。

西郷の前に出た権兵衛は、その胸のうちを訴えた。

「ふむ、おはん何歳になりゃした？」

じっと権兵衛の顔を見ていた西郷はそう聞いた。

「十八歳になりもした」

「海軍で働きたいといわはっとか？」

「左様です。前の浜にエゲレスの黒船が来たときのユッサが忘れ得もはんで……。馬関のユッサも、やはり海軍のユッサでごわした。これからの日本は海でん勝負でごわそうが……」

熱を入れてそう言う権兵衛の顔を見て、このニセは見所があると西郷は思った。

彼の知っている鹿児島のニセは、未だに鹿児島藩が大事で、藩兵をもって天下に号令することを考えているが、あるいは占領軍のような形で東京に乗り込んで、新政府の権力者になって、出世することを計っている。このニセは日本の将来を考えて海軍の勉強をしたいと言っている。

「よかごわそう。おいが勝どんに紹介しもそう」

そう言うと、西郷は紹介状を書いてくれた。

勇躍した権兵衛は、その手紙を持って赤坂の勝の家を訪れた。勝は駿府に引きこもった慶喜の下で陸軍総裁を務めていたが、新政府に呼び出されて、紀伊藩の屋敷の一室に籠っていた。

西郷からの紹介状を見ると、勝は喜んで権兵衛を引見した。

「あんたが山本さんでげすか？　西郷さんの紹介では、海軍に入りたいというんかえ？」

勝が江戸の御家人のような言葉でそう言ったので、権兵衛は驚いた。西郷が日本一の知恵者だと褒めるので、余程の大人物かと期待してきたが、小柄で気さくなおじさんという感じである。第一、言葉が町人みたいで、ごつい薩摩弁になれた権兵衛には、軟弱にも聞こえた。

「左様ごわす。文久三年のエゲレスとのユッサで、海から来る敵は海で防がにゃあいけん思いもした」

権兵衛はそのときの経験と箱館の海戦の話をした。

「そうかい、あんた十八歳だといったね」

勝は温和な表情でそう言った。

「左様ごわす。江戸ではどげんかわかりもはんが、鹿児島では十八歳は一人前の侍にてごわす。どうか海軍に入れてやったもんせ」

勝がかつて海軍操練所の頭取や海軍総裁をやっていたことを聞いてきた権兵衛は、必死に食い下がった。

しかし、案に相違して、勝はなかなか海軍の幹部に紹介してやるとは言わない。

権兵衛は、もう一度、薩英戦争のときの自分の働きぶりや、自分の先輩に東郷という男がいて、これも前の浜では奮戦し、将来有望であること、また話に聞いた馬関での四国艦隊の破壊力のことなどを、繰り返し語った。勝の温和な表情に較べて、後に猛虎といわれた権兵衛の両眼はらんらんと輝き、弁舌は火を吐くかと思われた。

しかし、勝は動じない。悠然とこの気負った薩摩弁の青年の顔を見ながら、

「まあ、菓子でも、つまんだらどうでげすか?」

と自分は煙管《きせる》で煙草をふかしている。

いつの間にか陽は西に傾き、春の夕暮れ気配が赤坂の高台に漂い始めた。

「勝先生、それではまた明日、お邪魔致しもんで……」

権兵衛が辞意を表明すると、

「なんしろ海軍というのは、技術の問題で、陸軍よりは難しいもんでねえ……」

勝は相変わらずの温顔を崩さず、そう言った。

翌朝早く、また権兵衛は赤坂の勝の家を訪れた。

「勝先生、この山本を海軍軍人にしてやったもんせ。どげん苦労でん辛抱致しもんで……。おいは鹿児島ではボッケモンと呼ばれた男でごわす。絶対なきごとは言いもはんで……」

権兵衛は畳の上に両手をついて頼みこんだ。

「おい、まあ、その手を上げてくんなせぇよ。おいらは、御家人のせがれだ。れっきとした薩摩のおさむれぇに頭を下げられると、くすぐったくっていけねぇ。いいかね、お若いの、わっしはね、何も意地が悪くってお前さんに海軍は止めろと言っているんじゃねぇんだよ。ただ誰でも初めはえらい勢いで、操練所にやってくるが、いざ船で沖へ出ると、青菜に塩という奴が多いもんでね。なかなか龍馬のように肝っ玉のすわった奴にはお目にかかれねぇもんでげすよ」

そう言うと、勝は遠いところを見るように、庭の萩に目をやった。

坂本龍馬が軍艦奉行を務めていた勝のところにやってきたのは、文久二年の夏のことであった。千葉道場の息子だという体格のいい青年と一緒であった。海舟は一目でこの青年が、開国を説く自分を殺しにきた刺客だと覚《さと》った。

内外の状況を知らない二人の青年に、勝は海外事情を話して、もはや鎖国の時代ではないことを知らせた。体の大きい方——千葉重太郎は納得し難い表情であったが、龍馬の方は、さすがに勝の話の重大さがわかったとみえて、その場で勝の門下生になりたい、と申し込んできた。それから一年後に龍馬は神戸の海軍操練所の塾頭となり、日本の海軍の草分けの道を歩んだ。勝が最も嘱望した後輩であったが、大政奉還の前に暗殺されてしまった。

瞑想から覚めた勝は、ふと自分の目の前にいる青年が、龍馬の生まれ代わりのように思われた。龍馬と同じく体格も確《しっか》りしていて、気性も激しいようだ。鼻息も相当なものである。

勝は安政二年に自分が長崎の海軍伝習所に入ったときの話を始めた。権兵衛は興味深げに聞き入った。

「嘉永六年の春に浦賀に黒船がきよった。それで幕府は急に海防の重要性を覚って、オランダから船を買いたいと言い出したんでげすよ」

「おいが生まれたのは、その前の年でごわすが……」

「オランダは今売る船はねえが、スームビング号という船を船長船員付でくれてやろうというんでね、それで、おいらが伝習生に行って、船の操縦法を習ったという訳でげすよ」

続いて勝は、その伝習生時代の話をした後、

「オランダという国は妙な国でね、その頃の船長のカッテンディケという中尉が、おいらが万延元年に咸臨丸でメリケンに行く頃には、オランダに帰って海軍大臣になっているというんで、驚いた始末でやんしたがね」

勝は、また坂本龍馬の話もした。

「龍馬というのは、ひどい土佐弁だったが、あんたのように海には熱心な男でね。食いつきそうな目つきで、わしの講義を聞いておった。ありゃああの時代のどの人間よりも一廻り大きくて、先が見え過ぎたんだね。やるだけやって死んでいった。惜しい男でげしたよ。ほかに死んでもいい奴が大勢生き残っているのにね」

勝はそう言うと、煙管から煙を吐いた。

権兵衛はいらいらしていた。

……?

——海軍の話は大いに面白いが、いつになったらおいを海軍に入れる話が出てくるのか

権兵衛が思案していると、膳が運ばれてきた。いつの間にか昼である。昼食をよばれ、三時の菓子を頂いても、勝は海軍に入れてやろうとは言わない。到頭その日も空振りに終わった。

しかし、それでへこたれるような権兵衛ではない。翌日も彼は勝の家の前に現われた。これで三日目である。勝もその熱心さに感心しない訳にはいかない。勿論、勝は権兵衛を一目みたときから有望な青年だとは考えていた。

——しかし、今時代は変わりつつある。かつて自分が幕府の海軍奉行で神戸の操練所で支配していた頃なら、何とでも口を利いてかまうまい。しかし、今、時代は変動しつつある。西郷の頼みでもあるから、口を利くのはいいが、いつまで自分の権限がものをいうかわからない。それとこの青年を推薦して、船乗りになれなかったら、西郷に申し訳が立たない……。

そんなこともあって、勝は権兵衛を海軍に入れることを躊躇していたが、三日の間にその人柄もわかったので、勝は権兵衛を自分の家の食客として、とりあえず洋学を学ぶべきだとして、まず開成所に通学させた。英雄の仲立ちによる二人の英傑の出会いというべきであろうか。

そしてこの年（明治二年）九月十八日、あらためて築地に海軍操練所が設置されると、勝

はここへ入ることを権兵衛に勧めた。

このとき、各藩は海軍修業生をこの操練所で勉強させることにした。人数は大藩五人、中藩四人、小藩三人で、幸いに権兵衛はその選に入り、薩摩藩の貢進生として操練所で学ぶことになった。

元芸州藩屋敷跡の操練所では、明治の日本海軍を担う青年の訓練が始まった。間もなく三年十一月には海軍兵学寮となり、兵学頭に中牟田倉之助中佐がなる。中牟田は佐賀海軍の草分けで、後に海軍兵学校長、海軍中将、横鎮長官、軍令部長を務めることになる。

『海軍兵学校沿革』によると、海軍操練所の始業式は三年一月十一日で、久我兵部少輔という人物が政府を代表して出席した。校長はまだなく、創立に携わったのは、学者の田中義門（海軍学校御用掛）で、教授（初めは大助教といった）陣には、攻玉社の創立者近藤真琴、本山漸（後、少将、海兵校長）、伊藤雋吉《としよし》（後、中将、海兵校長）らがいた。近藤は鳥羽藩の出身で、幕末に藩邸内に塾を設けて、数学、航海などを教え、明治以降、彼が校長である攻玉社は海軍兵学校の予備校の形となり、鈴木貫太郎ら十数名の提督を輩出せしめた。

こうして海軍操練所は発足し、権兵衛もその生徒になったが、その内容は各藩から推薦されてきたとはいうものの玉石混淆で、兵部省でもこの前途に不安を感じたらしい。

そこで本格的な海軍士官の養成所とするべく、三年十一月四日に海軍兵学寮として再発足することになり、十月十一日に全生徒に進退を申告せしめた。辞める者はこの際辞めよ、という訳である。

そして十一月四日の兵学寮発足後間もなく、通学生全員を退学せしめ、在寮生の中から幼年生徒十五名、壮年生徒二十九名、計四十四名を選び、少数精鋭主義でエリートたる海軍士官の養成を行なうことになった。これが終戦時七十八期を数えた海軍兵学校の始まりである。

権兵衛はこの幼年生徒の一人で、壮年生徒には、後にともに海兵二期生となる日高壮之丞がいた。こうして権兵衛は勝の紹介もあって、待望の海軍士官の卵となったが、当時の兵学寮というものは非常に荒いものだったらしい。

維新後間もなく、生徒の大部分は実戦の経験者で、寮の中でも日本刀をさして歩いていた。喧嘩口論になるとこれをひっこ抜いて斬り合う。大体は薩長土肥といった勤皇派の藩士が多いが、そうでない者もいる。意見の相違から学問はそっちのけで、時局論を戦わす者が多かった。

ここで気の毒なのは実戦の経験のない文官教授である。何かというと、生徒は刀を提げたまま教授室に入りこんで議論をふっかけ、気に入らないと刀を抜いて暴れた。それで「寮内において抜刀すべからず」というお触れが出たくらいである。

権兵衛も、当時、暴れ虎の一匹になるところであったが、初めはおとなしく勉強していた。そのうち、四年一月、島津藩の軍制改革のために、一旦、鹿児島に帰って、西郷の率いる藩兵の一員となり、同年八月、西郷が朝廷の御親兵として薩摩兵を率いて上京するとき、権兵衛は伍長としてこれに従軍し、東京にもどると、西郷の許可を得て、兵学寮に復学した。

依然としてこの虎は神妙で、五年八月二十日、大試験に合格して本科生徒に進むときには、つぎのような賞状をもらっている。

右是迄行状宜敷且勉励につき自今生徒の諸役を差免候事
明治五年八月二十六日
従五位海軍少将兼兵学頭　中牟田倉之助

山本権兵衛

諸役というのは、食堂の食卓と掃除の当番である。

そして本科生徒になると、俄然、〝薩摩の虎〟はその本領を発揮し始めた。なにしろ彼はその十八番とする薩英戦争から、北陸、東北、箱館の戦いの経験がある。英語や数学ができる程度で、大きな顔をするな、というので、文官教授いじめの先頭は薩摩の虎であった。

また彼は賄征伐の筆頭であった。いつの時代にも生徒というのは食べ盛りである。明治初期の兵学寮の飯がいかに粗末なものであったかということは、当時の海軍の年間予算をみてもわかる。五年二月、兵部省が海軍省と陸軍省に分かれて、それぞれ予算が出ることになったが、全予算九百万円のうち海軍に割り当てられたのは、わずかに五十万円で残りは陸軍にいってしまった。

無理もない、維新の功臣の大部分は西郷隆盛（参議、元帥、近衛都督、六年五月、大将）、同従道（少将、近衛副都督、陸軍少輔）、山県有朋（中将、陸軍大輔）らの大物のほか、桐野利秋ら薩摩の高級軍人が大勢頑張っていた。

これに反して、海軍の先達の勝安房と榎本武揚はともに幕臣であり、薩摩の海軍の最長老としては、明治初期海軍の組織者、川村純義（少将、海軍少輔）がいる程度で、日本の軍部は創立の当初から陸軍が強く、軍令部も独立するまでは長い間、陸軍の参謀部長や参謀総長の下にあったのであった。

この頃には、兵学寮内での帯刀は禁じられていたが、薩摩の虎は、文官いじめや賄征伐で気性の激しい日高や一期下の片岡七郎、二期下の上村彦之丞らを引き連れて、寮内狭しと暴れ回った。

この薩摩の虎にも苦手があった。それは佐賀海軍の草分け中牟田兵学頭である。

中牟田は実戦の経験があった。権兵衛が勝の家に寄宿して、開成所に通っていた頃、箱館湾で榎本武揚の艦隊と、新政府の艦隊の海戦が行なわれた。このとき、長崎伝習所で勝と同期であった中牟田は、「朝陽」艦長として、大いに奮戦した。しかし、敵の「蟠竜」の射撃によって弾を火薬庫に受けた「朝陽」は二つに裂けて沈没した。「朝陽」の乗組員は副長以下五十六名が戦死したが、中牟田は観戦に来ていた英艦に助けられた。

このときの火傷の痕が顔に残って、戦闘の跡を偲ばせる。中牟田は温厚な男で、後年、中将となり、横鎮長官、軍令部長として人望があったが、兵学寮の兵学頭のときは、この凄い火傷の痕でにらみを利かせていた。

しかし、この佐賀海軍の大先輩をもってしても、幕末生き残りを自負している生徒たちをおとなしくさせることは不可能であった。全寮制であるから、授業後は寮内で自習や体育に打ち込むべきはずなのに、裏口から勝手に外出して日本橋や人形町に酒を飲みに、あるいは女と会いに行く者もいる。喧嘩口論や文官いじめも依然として後をたたない。

そこで中牟田は、まず文官教授を武官として、威厳を保たせることにした。大助教近藤真琴は海軍中佐・中教授、田中義門と本山漸は少佐・中教授の辞令をもらった。しかし、そのくらいの名目では、維新以来、血の騒いでいる客気の生徒は収まらない。相変わらず文官教官室に乱入して、教官を殴ったりする。しかもその元凶は勝海舟の推薦で入り、以前には表彰されたはずの薩摩の虎・山本権兵衛であった。

さすがに温厚な中牟田兵学頭も、これには怒り心頭に発した。彼は全生徒に、「自今、学則に従うべく血判を以て学頭の前で誓うべき事」というお触れを出した。

これを見た薩摩の虎はまた怒りだした。

「おい、生徒諸君、今は各雄藩も武器を収め、侍も刀を捨てようという（廃刀令は九年三月）時代ではないか。この文明開化の時代に、昔の封建武士のような血判を用いなければ、我々を規律で縛ることができないというのは、当局の時代錯誤ではないか！　学頭に抗議を申し込もう！」

後年、明治海軍随一の組織者となるだけあって、権兵衛の話は理路整然としている。

「そうだ、佐賀っぽに何がわかる？」

「学頭は生徒に我々薩人が多いので、これを抑えようというのではごわはんか」

「チェスト！」

日高、有馬（新一、後、中将、第一艦隊司令長官）、片岡らは勿論、権兵衛より三期後輩の伊集院五郎（後、軍令部長、元帥）らも権兵衛の尻馬に乗って騒ぎだした。

薩摩出身以外にも土佐や長州の生徒は、お山の大将の権兵衛に同調して、大挙して学頭室に押しかけた。そこには教育に血判を持ち出した中牟田への抗議もあったが、薩摩と佐賀の葛藤が尾を引いていた。

いうまでもなく、薩摩の海軍は幕末の海軍をリードして維新に繋いだが、これに劣らぬのが、佐賀の海軍であった。名君鍋島直正（閑叟）の卓見で、佐賀は早くから海軍の建設に力を入れてきた。薩摩が「春日」「乾行」らの新鋭艦を持てば、佐賀には「日新」「孟春」の洋式艦が維新後も活躍した。

維新後の兵部省では川村純義が兵部大丞で海軍造りに力を入れ、人脈を手繰っていたが、佐賀では文官ながら兵部少丞を務めた佐野常民がいて、海軍関係の建設（兵学寮の設置など）に力を入れ、後輩も集めていた。ここに薩・肥の暗黙のうちの争いがあった。（註、それは政治面でも同様であって、明治十年代は西郷、木戸、そして大久保の時代であったが、財政に詳しい大隈重信は大久保の死後は筆頭参議として、勢力を揮った。これを忌んだ伊藤博文らが、陰謀によって大隈を追放したのが、明治十四年の政変である）

要するに、幕末の佐賀には薩摩に劣らぬ人脈があって、新政府や陸海軍に重きをなしたので、つねに薩長の警戒するところとなっていた。

そのとばっちりが、兵学寮にも及び、中牟田は火中の栗を拾うことになったのかも知れない。

「学頭、お願いの筋があります。この達示には、『終生海軍に奉じ、学則に背くことなきよう血判を以て誓う事』とありますが、今は諸事変転つねなき時代であります。今の政府もいつ転覆するかも知れない。それにこの維新後の改革の時代に、血判とはいかにも封建的ではありませんか。撤回して下さい」

権兵衛は堂々と自分の意見を言うと、

「のう、諸君、大きにそうではないか」

と仲間の顔を見回した。

「そうだ、そうだ」

「チェスト！　血判は取り止めだぞ！」

薩摩っぽたちは、そう気勢を挙げた。

しかし、中牟田学頭の火傷の痕はダテではなかった。

彼は今までにない厳しい表情で、暴れ者たちの顔をじろりと見回した後、断固として宣言した。

「ええか、薩摩も長州、土佐もよう聞いておけ！　お前たちはこの兵学寮に入るとき、将来海軍将校として国に忠誠を誓ったはずだぞ。ここにきて学頭の命令に背く者は、即時退寮を命じる。今日かぎり荷物をまとめて出て行け！」

中牟田はそう大喝した。権兵衛はその気迫に押された。

——維新の生き残りでも、学頭は箱館の海で泳いだだけあって、筋金が通っているわい……。

そう考えて権兵衛は旗を巻くことにした。

あんときの中牟田どんの顔には殺気がごわしたな……。

後に権兵衛はそう述懐した。

間もなく中牟田は、この命令に違反した生徒八十三名を退学処分にしたが、早めに服従した権兵衛は、それをまぬがれた。このとき、退学していたら、日露戦争時の海軍の組織者は、この世に出現しなかったであろう。

大西郷と権兵衛

日本海軍切っての才物、山本権兵衛が海軍士官になるまでには、ほかの士官には見られない紆余曲折があった。血判事件で中牟田学頭に服従した権兵衛は、一つの危機を脱したが、またつぎの難関が控えていた。それは明治六年秋の征韓論による西郷らの下野である。

かねて朝鮮が清国の力を背景として、無礼な態度を取ることに怒っていた西郷は、八月三日、征韓の議を太政大臣三条実美に提出した。

自分を朝鮮に使節として派遣すれば、暗殺されるから、これを理由に征韓の兵を出して、朝鮮を日本の勢力下に入れるべきだ、というのが、西郷の意見である。そこには国威の発揚と国防の考えが見られたが、西郷と旧薩摩藩士の繋がりを知る人は、これを旧士族の就職運動とみる向きもあった。

すでにこの年一月十日、大村益次郎がかつて企図した徴兵令が公布され、兵士は一般国民から徴募され、士官は維新後の特任以外は、士官養成の学校を出た者を採用することになった。維新で大いに働いた薩長の藩士といえども、新しく学校に入って教育、訓練を受けないと士官にはなれないのである。

これで一番憤慨したのが桐野利秋である。薩摩藩切っての示現流の使い手として、京都でも勤皇に反対の侍を多く斬ったという桐野は、明治四年七月、陸軍少将となり、熊本鎮台司令官を経て、六年四月には陸軍裁判長となっていたが、自分の子分ともいうべき旧薩摩藩士の中には、特任で士官となった者は少なく、また新政府にも登用されずに、郷里で空しくくすぶっている者が多かった。

——もう一度、ユッサがあれば、この剣の達人たちに働く場を与えてやれる……。

桐野はそう考え、親分の西郷にもそう嘆願していたといわれる。腹の太い部下思いの西郷が、一身を犠牲にしても部下たちに働き場所を与えてやりたいと考えても、無理ではなかったかも知れない。

その苦肉の策が征韓論であったが、廟議は必ずしも西郷に賛成ではなかった。八月十七日の閣議は、一応、西郷の朝鮮派遣を認めたが、右大臣岩倉具視らが外国視察中であるので、その意見をも聞くということになった。

九月十三日、岩倉の一行が帰ってくると、今は世界各国に追いつくため、内政を充実させるのが先決問題であるとして、征韓論に反対した。

十月十五日の閣議では、激論の結果、天皇の信任の厚い西郷の派遣に再度決定したが、十七日、木戸、大久保、大隈、大木（喬任）らの参議は、西郷の派遣に反対して、辞表を提出し、岩倉もこれにならった。

十八日、派遣と中止の板ばさみとなった三条太政大臣は急病で倒れ、岩倉が代理となって、二十四日、派遣中止の議を強く天皇に申し入れ、天皇もこれに賛成した。

同日、陸軍大将・参議・近衛都督・西郷隆盛は、参議、近衛都督を辞任、翌二十五日には征韓論に賛成していた副島種臣、後藤象二郎、板垣退助、江藤新平らの参議はいっせいに辞職して、西郷と歩調をともにした。

この日、天皇は大いに驚いた。幕末以来、西郷は最も信頼できる力強い家臣であった。それが岩倉や大久保との意見の相違で、突然、辞職し、多くの高官も彼に殉じたのである。できたばかりの国軍の動揺を恐れた天皇は、特別の沙汰を下して、近衛局の佐官、各大隊長に職務勉励を強く求めた。

国論は内政派の岩倉や大久保と、外征派の西郷の二つの派に分かれて紛糾した。とくに直接関係のある薩摩の旧士族の動揺は激しい。その波は海軍兵学寮にも及んだ。中牟田兵学頭はこのためとくに訓示をして、征韓論の一派に引きずられることなく、海軍のために勉学すべきことを生徒に強調した。

しかし、西郷に心酔していた権兵衛やその他の鹿児島出身の生徒は、とても冷静ではおられなかった。権兵衛は、江藤新平が新政府の腐敗と旧士族の困窮を訴えた文を読んで、征韓論の人々に同感するところがあった。

十一月に入ると、西郷は鹿児島に帰ってしまった。薩摩出身の近衛将校も、続々とその後を追って帰国する。兄の吉蔵も帰るという。

「これはがっつい（大変だ）、おいたちも思案せんならんごっ、どげんすっかや？」

権兵衛は親友の左近允隼太と相談して、休暇をとって、帰国して西郷に会ってみることにした。といっても訓練の鬼のような中牟田学頭が簡単には休暇をくれるはずがない。兵学寮の歌に、

「不孝者だよ兵学寮の生徒
親の病気を待つばかり」

というのがあるが、親が病気のときは特別休暇で帰省できることになっていた。二人は偽の届けで母が病気というようなことを言って、休暇をもらい、七年二月十七日、帰国の途についた。

帰国には路銀がいるが、権兵衛は「困ったときは訪ねてきなさいよ」と言った勝の言葉を思い出して、海軍卿の海舟のところに無心に行った。様子によっては政府に反対する西郷軍に入るかも知れないのに、海軍卿にその資金を借りに行くなどは、権兵衛も相当なタマである。

「そうでげすか。母御さんが急病で……そいつはいけませんな」

そう言うと、勝は二人分というので、三十五両を包んでくれて、

「西郷さんに、いつまでも薩摩の片隅に引きこもっていると、頭が鈍るから早く東京に出てきなさい、と勝が言っていたと伝えておくれ」

とにやりと笑った。

――とてもこいつにはかなわんごっ……。

と権兵衛は背中がひやりとした。

途中、京都まで来ると交通が途絶している。江藤新平が、佐賀で反政府の兵（佐賀の乱）を起こしたので、政府の軍を通すので、道路を遮断しているというのである。間もなく二人は九州に至り、二月下旬、長崎から船で鹿児島に着いた。

上陸すると権兵衛は加治屋町の自分の家の前を素通りして、武村の西郷邸に行った。西郷は農村で百姓をしており、その姿のままで西郷は二人に会ってくれた。

「おはんたち、海軍の修業をしていたはずじゃが、なして帰国したと?」

西郷は大きな眼で二人を見た。

「はい、我々は勿論、修業中でありますが、東京の政府のやり方は目にあまるものがあります。この江藤どんの本にも、大久保どんの牛耳る政府は、大隈、井上（馨）どんが財政を握り、私腹を肥やす者多しとか……。西郷先生が日本国のことを思って、朝鮮に使いされるのを止めたのも、大久保どんや岩倉、木戸という高官たちでごわす。この際、一番日本国に必要なんは西郷先生じゃとおいたちは思っとりもす。一体どげんお考えでごわすか？　それを聞きに東京からやってきもした」

権兵衛は西郷の大きな眼を見返すようにそう言った。

「大久保どんがいけんというか……」

西郷は腕を組んで、瞑目した。大久保一蔵とは、子供のときから甲突川で水遊びをした仲間である。大政奉還のときもたがいに協力した盟友である。

しかし、日月は、そして時代の流れはいつの間にか、この二人を離反させていった。それは時のせいだけでなく、二人の性格の相違でもあった。

西郷がつねに桜島のように燃える火の性であるならば、大久保は鹿児島湾の水のように冷静で、理性で判断をする。西郷のように情に流されるところがない。人望は西郷に集まるが、理論では大久保が勝つ。征韓論に反対した大久保はつぎのようにその理由を述べた。

一、外国事情を見るに、今やわが国は内政の充実が緊急の要である。

二、財政が不足である。維新の戦争のときに借りた外債五百万両をかかえ、しかも毎年の輸入は百万両が超過である。これでは朝鮮に兵を送る余裕がない。

三、横浜には英仏両国の軍隊が駐屯しており、日本が戦争を起こすと、これに干渉して利権を稼ぐ機会を待っている。

四、日本に対して無礼で不平等なのは、朝鮮だけではない。

五、朝鮮の後ろには清国がおり、またロシアも南下を計っていることを忘れてはならない。

理論では大久保の敵ではない。西郷は、ひとえに天皇がすでに内勅を出されたということにすがったが、三条が倒れ、岩倉が代理となると、文治派が天皇の気持を動かしたのである。

しかし、西郷は権兵衛たちの前では、一言も大久保の悪口は言わなかった。

——戦乱の時ならばともかく、これからの日本を引っ張っていくのは、大久保や大隅なのだ、もう俺は平和な日本には用事がない体だ。維新のときに生死をともにしてくれた薩摩藩士のために朽ちていくだけだ……。

そのような絶望の思いが西郷の胸を去来していることを、若い権兵衛たちが覚《さと》る訳もなかった。

「西郷先生、日本国は、今や先生を必要としておりもす。もう一度、東京にもどって、大久保どんと相談して腐った政府を立て直してたもんせ」

左近允がそう言うと、

「おはんたち……。なしておいが東京を去ったか、わかるかの？」

そう言うと、西郷は煙管の煙草に火をつけ、微笑した。

——これだ、この笑顔だ、西郷どんが人を引きつけて離さないのは、この笑顔の示す包容力だ。これで薩摩人は先生のために命を投げ出そうという気持になるのだ……。

権兵衛はそう考えた。

「なぜです？　先生！」

権兵衛が膝を乗り出した。

「おいはな、大久保どんに負けたとは考えていもはん。征韓論が正しいかどうか、後三年、五年たってみんけりゃ、わかりもはんで……。おいが鹿児馬に帰りもしたんは、桐野と別府の二人を連れて帰ったのでごわすよ」

そう言うと、西郷は煙を吐いた。

「桐野どんと別府どんでごわすか？」

二人とも西郷が信頼する腹心である。

「あん二人がのう、岩倉公と大久保どんを刺して、自分らも自決するというので、これではお上に、この西郷が申し訳がたつまい。そんでたい……」

そう言うと、西郷は煙管で二人の前に大きな円を描いてみせた。

「左様ごわしたか。――しかし、東京の情勢は先生が不在では、不安でなりもはん。一刻も早く上京をお待ちもすが……」

「うむ、おいもいよいよ困難到来の暁には、一兵卒となって、お上のもとに馳せ参じる覚悟じゃよ」

「先生、その国難といわれもすは、国内でごわすか、それとも外国からの難儀でごわすか？」

権兵衛がそう聞くと、西郷は大きな眼を一層大きくして、

「権兵衛どん、おはん何のためにおいが勝どんに書面をば書いて、海軍に入れもしたか？そげんこつがわからんでどげんすっとか！」

西郷にそう言われた権兵衛は、自分がうかつであったと反省した。陸軍は内乱を平定するために必要なときもあるが、海軍の相手は清国やロシア以外にはないはずである。

——やはり西郷どんは、外国とのユッサを心配しておらるるのじゃ……。

そう考えると、権兵衛は一陣の風が胸の中を吹き抜けるのを覚えた。

西郷は続けた。

「おはんたち忘れてはおるまい。維新後に、わが薩摩藩は藩公の命により、五十名のニセを各地に派遣して、今後の役に立つ学問をするようにおおせられたはずじゃ。おはんたちは海軍の勉強中じゃろう。途中で退学して、鹿児馬に帰って、おいのそばで百姓しようなどと考えてはいけもはんぞ！」

そう言うと、西郷は二人をにらんだ。

「ようわかりもした。家郷に挨拶をしたら、また東京に帰り、海軍の学問に励みもんで……」

二人は巨人の前でそう約束すると、武村の家を辞した。すでに夜も更けていたが、権兵衛は加治屋町の家に着くと、母に帰国の挨拶をした。兄の吉蔵はすでに帰国しており、深夜まで話は尽きなかった。

権兵衛はしばらく郷里に滞在して、危険なものを感じた。すでに一部の旧藩士は私学校というものを造り、西郷を首領と仰いで、中央に対抗しようという意気を見せていた。

——それは違う、西郷どんの志は、中央の大久保や岩倉に対抗しようとしてはおらん。国難があれば、一身を犠牲にして国に殉じようという純粋な愛国の精神なのだ。それを若い士族が郷士意識だけで中央と争うことになったら、かえって西郷どんの志に背くのではなかか……。

権兵衛はそう考えていたが、鹿児島のニセたちはそうではなかった。

加治屋町のニセたちが、権兵衛から東京の話を聞こうと集まった。権兵衛が、大久保や岩倉、井上の政府の腐敗に憤慨するかと予想してきたニセたちは、権兵衛が、

「今は若い我らは自重して、海外の事情や海軍、海運の勉強をして、将来に備えるべきだ」

と巨視的な弁を述べると、怒りだした。

「おい、権兵衛、おはんはヤソか?」

と一人が言った。かつての攘夷派の残党である。

「なしておいがヤソか?」

権兵衛が反問すると、

「おはんは何でんあちらがよかという。前の浜でエゲレスの軍艦を、おいたちの砲台がチングラッとさせた、あのユッサを忘れたんか?」

相手はそうやり返した。

「いや、残念ながら、あんユッサはこちらの勝ちとはいえもはん。わが軍艦三隻と町を焼かれ、敵は一隻も沈まずに、逃げよった。あんでおいは海からくる敵は、海で防がにゃいけん思って、海軍に入りもしたんど」

「おはん、薩摩藩がエゲレスに負けたと言うんか?」

「殴れ! 権兵衛は藩をば侮辱しとっとよ」

そこでニセたちの過激派が権兵衛を殴ろうとしたが、

「来るか！」

と権兵衛が立ち上がると、ニセたちはひるんだ。幼いときから喧嘩で権兵衛に勝った者はいない。しかし、引っ込みのつかないニセの一人が、

「おい、権兵衛を斬れ！　こいつは東京の政府のイヌ（密偵）じゃ！」

と言い出した。

「何？　おいが政府のイヌじゃというか？」

権兵衛は驚いたが、思いあたることがあった。西郷を訪問したとき、西郷は笑いながらこう言った。

「先日、元薩摩藩士の野津、安田というような陸軍の将校が帰省して、おいのところに話を聞きにきた。おいが一向に大久保の悪口をいわんもんで、落胆して帰ったらしい。後からわかったが、あれらは東京の陸軍の山県（陸軍卿）や鳥尾（少将、陸軍少輔）の密偵じゃったそうな」

確かに東京の陸軍省や内務省は、鹿児島の西郷の動向を危険視していた。それだけ西郷は超大物であったのだから仕方がない。（註、明治十年二月の私学校の決起も、中原という男が東京からの密偵らしいというところから起こったのである）

——しかし、このおいが事もあろうに西郷どんの様子を探りにきたイヌであろうとは……。

怒り心頭に発した権兵衛は叫んだ。

「どいつか？　今おいのことをイヌといったのは？　事情によっては、斬るど！」

一座は、騒然となった。たまたま傍聴の形で座にきていた貴島清という陸軍少佐が、仲裁に入った。貴島は鹿児島駐屯軍の指揮官であったが、上京中に鹿児島の兵営が放火（？）によって燃えたので、責任を取って辞職し、鹿児島に隠遁していたものである。

翌朝、貴島は権兵衛の家を訪れると言った。

「今、鹿児島には冷静な者は少なか、皆が西郷どんを崇拝するあまりに、東京のやり方に疑念を感じている。おはんを本当にイヌだと考えているもんも少なくはなか。ここで刃傷沙汰を起こすのは、西郷どんにも申し訳がごわはん。早々に東京に帰って、海軍の学問なしたらどげんか？」

貴島の忠告に権兵衛はうなずいた。確かに鹿児島のニセや私学校の連中は、どうかしている。その興奮状態は異常ともいえるほどで、これでは危険と思われるが、自分たちがイヌ扱いにされて、斬られてはたまらない。左近允にそれを告げると、

「西郷どんのことを心から心配して、鹿児島までやってきた我々をイヌとは何事か？」

と憤慨したが、長居は危険である。二人は、その日の船に乗ることにした。前の浜から乗るのは危ないので、南の谷山へ廻り、そこから船で長崎に出て、大阪を経て京都に出た。

しかし、ここで左近允と権兵衛は意見の相違で争いとなった。もともと左近允は大の西郷ファンで、西郷の護衛を務めるくらいの覚悟で鹿児島を訪れたのである。それがイヌと間違われて、暗殺を恐れて逃げ帰ったとあっては、西郷どんに申し訳がない、というのである。

もう一度、鹿児島に帰って、イヌではないという弁明をして、西郷どんまでがそれを納得してくれなければ、腹を切って身の証をたてよう、というのである。

危険を感じた権兵衛は、夜のうちに左近允の短刀を隠してしまった。それでやっと左近允を説得して、東京に帰ったが、結局、左近允は明治十年二月、西南戦争が始まると、鹿児島の西郷のもとに馳せ参じて、城山で戦死することになる。

権兵衛が海軍兵学校（明治五年、改称）を卒業して海軍少尉補に任官するのは、七年十一月一日であるが、その少し前から軍艦「筑波」で乗艦実習を行なった。

この年は、先述のように西郷従道が司令官となって、台湾の蛮族を討つことになった。この征討は四月から翌八年五月まで続いたので、権兵衛たちが乗っていた「筑波」もこれに参加して、実戦はなかったが、戦争の気分をいくらか味わうことになった。権兵衛たちを乗せた「筑波」は、七年十一月中旬、長崎を出港し、十二月二十九日、品川に帰港した。

この頃の海軍兵学校は少し変わっていて、権兵衛は翌八年一月、再び海軍兵学校に入校して、上級の教育を受けることになり、四月八日、「筑波」で日本近海の練習航海を行なった。

この年、十一月六日、「筑波」は品川を出港して、アメリカに向かった。権兵衛はこのとき初めて異人の国のサンフランシスコ、ホノルルなどを訪問し、翌九年四月、横浜に帰港した。折柄、秋の台風シーズンで、権兵衛は荒波に翻弄される「筑波」の甲板で何度も転んだ。

――だんだん俺も塩っ気がついてくるな……。

と権兵衛は海事に自信を持つようになった。

九年九月、権兵衛はまた海軍兵学校通学を命じられた。後の海軍であれば、卒業して士官候補生になれば、もう一度海軍兵学校で勉強することはないが、この頃は、何度も母校にもどったらしい。

翌明治十年は、いよいよ西南戦争が始まる宿命の年であるが、権兵衛は鹿児島の西郷や私学校のことを考慮することも忘れるほど、海の勤務に忙しかった。

この年、一月二日、権兵衛はドイツ軍艦ビネタ号乗り組みを命じられ、横浜を振り出しにマニラ、シンガポール、喜望峰、ケープタウン、イギリスなどを回って、十一月二日、ドイツに着いた。すでに二月末、西南戦争は始まっていたが、その頃、権兵衛はマニラを出港して、アフリカに向かっていた。五月一日、ビネタ号はアフリカ南端のサイモンズタウン港に入港した。ここからケープタウンの頂上が平たくなっているテーブルマウンテンに登山したりして、少尉補たちは快適な外国の航海をエンジョイしていた。

五月十四日、サイモンズタウンに帰って、ブリティッシュ・ホテルで、ロンドンの新聞を見た同期生の河原要一少尉補（鹿児島出身。後、巡洋艦「吉野」艦長、軍令部第二局長、中将、海兵校長、常備艦隊司令官）が、驚いて権兵衛に告げた。

「おい、山本、西郷どんが挙兵されたぞ」

「何？　西郷どんが……？」

権兵衛がひったくるように新聞を取って見ると、「ジェネラル・サイゴーが鹿児島の兵十七大隊を率いて兵庫に出て要件を朝廷に嘆願したが、容れられなかったので、戦端を開いた」というのである。

「そうか、ついに西郷どんが挙兵か……」

権兵衛は暗然とした。

鹿児島の武村で西郷が言った言葉を権兵衛は思い出した。鹿児島の事を心配せずに、外国よりくる国難に備えて、海軍の事を勉強せよ、と西郷は諭したのである。

――その西郷どんが、よくよくの事であろう……。

権兵衛の胸に桐野や別府の戦闘的な顔が浮かび上がった。

――西郷どんの本意ではあるまい。西郷どんは大久保どんとは争う気持はないと言っておられた、結局、桐野どんたちに引き摺られたのであろう……。

権兵衛は、そう河原と語りあったが、別の記事を読むと、ショックを受けた。

「グレート・サイゴーはレボリューション以来、テンノーの最も信頼の厚い実力者で、その部下は歴戦の勇士ばかりなれば、この戦はサイゴーの勝利となるべし。ただし、クマモトのタバルザカの激戦では、サイゴーの弟のコヘエも戦死しているので、サイゴー軍も苦戦しているらしい」

「そうか、西郷小兵衛殿も戦死か……」

権兵衛が左近允とともに武村の西郷家を訪れたとき、最初に出迎えてくれたのは小兵衛であった。西郷の兄弟の中でも重厚という評判の高い人物であった。

——早くも討ち死にしたのか……。

権兵衛が涙を浮かべていると、東京出身の沢良煥が、

「おい、貴様たち、西郷さんには、ずい分世話になっているんだろう？　鹿児島に行かなくともいいのか？」

と聞いた。

「うむ……」

権兵衛は河原と顔を見合わせた。義理や情からいえば、今にでも鹿児島に馳せ参じたいところである。しかし、大西郷の教訓は邦家のために勉強するのが先で、薩摩への情は二の次である。涙を拳骨で拭うと権兵衛は言った。

「西郷どんの考えは己の任務に忠実であれ、ということでごわした。俺はこの練習航海を降りるつもりはない」

すると一期下で佐賀出身の横尾道昱《みちあき》（後、「日新」艦長、大佐、横須賀海兵団長）も言った。

「実は俺も、佐賀で江藤先生が挙兵されたときは、ずい分迷った。しかし、佐賀に駆けつけるよりは、己の本分の海軍の教育を続けるのが、先生の意思であろうと、佐賀の先輩も言うので、俺は兵学校に残ったのだ。山本少尉補、よく決心してくれた」

と権兵衛の手を握った。

それから間もなく、六月八日付で権兵衛たち海兵二期生は海軍少尉に任官した。そして、

それから間もない六月二十四日、兄の吉蔵が官軍の鹿児島攻撃の軍に加わって、鹿児島の明神岳で薩軍の弾に当たって戦死するが、それが権兵衛の耳に入るのは、ずっと後の権兵衛のドイツ到着後になる。

九月二十四日、西郷は桐野らとともに城山で最期を遂げるが、その頃、権兵衛たちは仲間の七名の新少尉とともに、ブラジルのサントス港を経て、リオデジャネイロ、バヒヤ経由でイギリスのプリマスに向かっていた。大西郷の悲しむべき最期を権兵衛たちが知るのは、これもずっと後のことになる。

その後、ドイツのウイルヘルムスハーフェン港（北海に面したオランダ国境に近い）に入ると、権兵衛たちはベルリンに行き、大使館にきていた新聞で、兄吉蔵の死と西郷の自刃を知った。その夜、権兵衛はベルリンのホテルで一人喪に服した。

——巨星地に墜つ……。

権兵衛は机の前に座ると瞑目した。西郷の写真か遺品を飾りたいと考えたが、何もないので、腰の短剣を机の上に置いた。

——いろいろお教え受けましたが、何もでけんでごわした、相すみもはんこって……。

権兵衛はそう西郷に詫びた。しかし、西郷は権兵衛に邦家のために海軍の勉学を続けよ、と言ったので、その点では権兵衛は西郷の教えを守っている。そして遠い異国で聞く巨人の死に、権兵衛は時代の足音を聞いた。

——大西郷のような大物でさえも、時代の流れには勝てないのだ。一体、時代とは何か。

それは力の変転なのか、それとも神仏とか天命というような大きな力によって、世間が動いていくというのであろうか……？

考えこんでいた権兵衛は一つの結論に達した。

――勿論、この世には、神仏の意思というものはある。しかし、一つの国の運命を考えるとき、為政者というものは、つねに新しい思想、新しい文明に敏感でなければならない……。

大西郷が尊皇倒幕を考え、薩長同盟によって幕府を倒して、王政復古を実現したとき、その思想は確かに新しく、その武器や兵制は欧米の新式なものを取り入れていた。だから西郷の企図は成功したのである。しかし、明治の新政府ができたその瞬間から、西郷の思想はもはや過去のものとなり、内政や財政の充実を考える、大久保の欧米文明吸収と、秩序の統制の時代が到来していたのである。

――西郷を取り巻く桐野や篠原（国幹）、別府晋介、逸見十郎太らの、今一度旧士族の時代を復活させたいという考えは古く、かつ彼らが用いた示現流の斬り込みという戦法も古かったのではないか。確かに大西郷は偉大な人物で、その包容力はほかに比を見ない。しかし、おいをして言わしむれば、西郷どんは新しい時代の軍制、とくに海軍というものを知らなかったのだ。これからの為政者たる者、陸海軍の将軍、提督たる者は広く海外に眼を開き、世界の新しい思想、新しい文明を理解して、その水準に到達することを考えるべきではないか……。

西郷の死に涙を流しながらも、覇気満々の若い少尉は、異国のホテルの部屋で、そう苦い教訓をつかみ取ることを忘れなかった。

十一月六日、権兵衛たち新少尉は、ベルリンの日本公使館で公使青木周蔵に会った。青木は長州藩士で後に山県内閣の外相となる。紀州出身の陸奥宗光、少し下っては林董《ただす》、西園寺公望、田中不二麿、加藤高明らとともに記憶される明治初年の外務省の草分けである。青木は日本政府から到着していた海軍少尉の辞令をあらためて権兵衛や河原、横田に渡した後、ドイツの海軍大臣、外務大臣の官邸に連れていって、表敬訪問を行なわせた。

十一月十日、権兵衛は七人の同僚とともにウイルヘルムスハーフェンから今度は新鋭のドイツ艦ライプチッヒ号に乗り組んで、十七日同港を出港、南米に向かった。ウルグアイのモンテビデオに寄港した後、南緯五十五度のマゼラン海峡を通って太平洋に出、チリのバルパライソ、ペルーのカリヤオを経て、十一年三月九日、パナマに着いた。

ところが、当時、ドイツは中米のニカラグア国と紛争中で、ライプチッヒは同国のマナグア港に入って、陸戦隊を出して威嚇行動を取るよう本国から命令された。ライプチッヒ艦長は、日本の士官たちにこの陸戦隊に加わって、いざという時は、ニカラグアの軍隊と戦うよう要請した。この艦には陸戦隊の経験者がいないが、権兵衛たちが戊辰戦争の話などをするので、この際陸戦隊の参謀になってもらいたい、というわけである。

これには権兵衛たちも驚いた。戦争は軍人の任務であるから、避ける積もりはないが、自分たちは日本海軍の軍人である。ドイツのために戦う訳にはいかない。へたをすると日本とニカラグアの国交にも影響が出てくる。

そこで東京の海軍省に照会したところ、さっそく練習航海を打ち切って退艦、帰国せよ、という電報がきたので、権兵衛たちは十三日、退艦、アメリカ船でサンフランシスコに行き、イギリス船で五月六日、半年近い航海を終わって、横浜に帰港した。

海軍省に帰国の届けを出して間もなく、権兵衛はまた大きなショックを受けた。西郷を倒した元凶といわれた大久保内務卿が、五月十四日、参内の途中、紀尾井坂で暗殺されたのである。犯人は石川県士族・島田三郎ほか六名で、政府が徴兵令を施行し、西南戦争その他で旧士族の困窮を見殺しにしている、というのが理由であった。

——時代は、やはり移りつつある。あの大久保のような剛腹で厳格な人物でさえも、暗殺者の前には、瞬時にして亡き者となって、西郷の後を追ったのである。一体、何が新しくて、何が古いのか。そして誰が正しくて、誰が間違っているのか……。

権兵衛は迷ったが、ただ一ついえることは、軍人は自分の本分を守って国防のために研鑽《けんさん》しておればよいのではないか、ということであった。

〝薩摩の虎〟吠える

大久保が死ぬと、五月二十四日、伊藤博文がその跡を襲って内務卿になり、井上馨が工部卿になって、薩長の時代は西郷、大久保の死によって、長州の木戸のつぎの世代が中心の時代に移りつつあった。

薩摩も西郷従道（陸軍中将）が参議・文部卿、川村純義が参議・海軍卿になったが、長州に対する劣勢は覆うべくもない。

翌二十五日、権兵衛は日本海軍最大の新造艦「扶桑」乗り組みを命じられた。「扶桑」は三千七百七十六トンの大艦で、権兵衛の任務は、まずドイツ軍艦で収得してきた新鋭のクルップ砲の操作を乗組員に教えることであった。

この年も押しつまった十二月十六日、権兵衛はトキ女と結婚した。

権兵衛とトキの結婚には、薩摩の虎らしいロマンスがあった。

兵学校の上級生になると、休日に品川の遊廓に行く者もいた。権兵衛も人並みに若いエネルギーを発散させに行っていたが、少尉補になって「筑波」でサンフランシスコまで航海して帰国した年の秋のある日、彼は宿命的ともいえるショッキングな少女に出会った。新潟の漁村から売られてきた十七歳の少女、頬の赤い世の汚れを知らぬ純真な少女……それがトキであった。

激情家の権兵衛は、一目でこの白鮎のような清潔な少女に惚れこんでしまった。この女を自分の性欲の対象にするというよりも、彼は、この女を自分の生涯の伴侶とすることを真剣に考えた。薩摩の虎は、恋においても突撃的であった。

といって、海軍少尉補に遊廓の女を身請けするほどの大金はない。そこは権兵衛のことである。彼はこの少女を奪うことに決めた。一人では無理なので、同期生の少尉補七名にこの計画を打ち明けた。

同期生たちは驚いた。これが嵐の夜にマスト登りをやるとか、溺者救助に飛び込むというようなことなら、彼らもそれほど驚きはしなかったであろう。しかし、遊廓から遊女を奪取するなどという作戦は、海軍兵学校でも教えてはくれなかった。

だが権兵衛が、

「俺はあの女に心底惚れたのだ。決して浮いた話ではない。救出したら結婚するから、ぜひ協力してくれんか?」

と真剣な顔で言うと、そこは同期生の友情で、

「よし、権兵衛の一世一代の恋愛に協力してやろうじゃないか」

と衆議は一決して、兵学校のカッターによる遊女救出作戦決行となった。

品川の遊廓は高杉晋作の遊興で有名な土蔵相模をはじめ、裏の部屋が海に面している。九月半ばのある夜、少尉補たちは日本海軍始まって以来の遊女奪取作戦のために、兵学校のカッターを築地から品川に向けて漕ぎ出した。

浜離宮の森を右手に見て、芝の海岸沿いに漕いでいくと、品川の灯が見えてくる。廓の灯が海面に映ってゆらめいている。

「おい、諸君、あの店だ……」

権兵衛が指をさすと、士官たちはオールの音を忍ばせて、その店の縁側の下に漕ぎ寄せた。めざす廓の海際の部屋では、権兵衛の弟の盛実（学生、後、海軍少将）が遊客を装って、トキを敵娼《あいかた》に呼んで、権兵衛の来るのを待っているはずである。

権兵衛のカッターが店に近づくと、灯が上下に振られた。合図に行灯《あんどん》を振っているのだ。

「よし、諸君、首尾は上々でごわすぞ」

薩摩の虎の眼が闇の中で、らんらんと光った。カッターが縁側の下につくと、体格のよい盛実がトキをかかえて、舟の中に降ろした。

「出港用意、錨を揚げ！」

虎の声が低く海面に響いた。

カッターは静かに廓の下を離れた。縁の上では、

――兄者、確《しっか》りやったもんせ……。

と盛実が見送っていた。

その後、盛実は用事ができたと言って、勘定を払って店を出た。トキは見送らなかった。

が、「頭が痛いげな」という盛実の言葉を信じて、店の者は怪しむこともなかった。夜も遅くなると、トキが消えていることが、店の者にもわかった。

足抜きといって、遊女を逃走させることは、明治の時代になっても犯罪であり、店のほうではやくざを使って、その夜のトキの相手を探したが、まさか旧薩摩藩士の学生であるとは、見当がつかない。まして海軍少尉補たちが海からやってきて、兵学校のカッターでトキをさらったとは気がつかない。トキは行方不明のまま、権兵衛の知人の家にかくまわれ、晴れて薩摩の虎の妻になる日を待つことになった。

そしてあの秋の夜から二年あまりたって、権兵衛が欧米の練習航海から帰ってくると、トキが津沢鹿助三女・登喜子として、山本少尉補の妻となる日が来たのである。

海軍士官で芸者に惚れる者は多いが、正式に水商売の女を妻にする者は少ない。まして有名な提督で遊女を妻にしたのは、権兵衛くらいの者であろう。もっとも伊藤博文、板垣退助、陸奥宗光ら明治の功臣の妻には、馬関や新橋の芸者が多い。西園寺公望の妻同様の女性も新橋の芸者であった。海軍の提督にも一人くらいはいてよかろう。そしてその相手を品川の遊廓から奪取してきたというのは、いかにも権兵衛らしいではないか。

登喜子は権兵衛が見込んだとおり、京風の美人であるだけでなく、明治の元勲の夫人がそうであるように、よく夫を理解し、自分の分をわきまえた賢夫人で、権兵衛は終生彼女を愛した。権兵衛は彼女と結婚するとき、つぎのような誓約書を渡している。

一、夫婦は互いに礼儀を守ること
二、夫婦睦まじく生涯不和を生ぜざること
三、一夫一婦は国法の定むるところなれば、これを守ること

それはこの頃、まだ明治初年の権妻というような妾を貯える風習が権官の中に残っており、あるいは簡単に妻を追い出す者もいたので、森有礼のやり方にならったものと思われる。森は明治六年に結婚したが、そのとき、妻だけを愛し、ほかの女には目をくれない、というような誓約書を渡している。ただし、森はその十余年後に、妻と性格的に合わぬ、というような理由で離婚している。

権兵衛は登喜子の死の時まで一緒に暮らした。登喜子が死んだのは、昭和八年三月で、権兵衛はその年末にその後を追い、誓約書の誓いを果たした。

登喜子と結婚した十日ほど後、明治十一年十二月二十七日、権兵衛は海軍中尉に進級、翌十二年四月九日、権兵衛は「扶桑」乗り組みから海軍兵学校所属の練習艦「乾行」乗り組みを命じられた。

「扶桑」乗り組み当時、権兵衛と東郷平八郎のユーモラスなエピソードを紹介しておこう。

権兵衛が「扶桑」乗り組みになったのは、十一年五月であるが、八月には、五歳年長の平八郎が「扶桑」乗り組みになって赴任してきた。

東郷の経歴については後に詳説するが、彼は兵学寮には入らず、明治三年、イギリス海軍に留学を命じられ、八年間の修業の後、この年帰国し、この年七月三日、いきなり中尉に初任されていた。

東郷の仇名はケスイボで、生意気な奴、突っぴなことを言う、強情というような意味があったが、イギリスから帰って「扶桑」にくると、ますますケスイボぶりを発揮した。東郷はイギリスで長く修業して、英語は勿論、国際法にも詳しい。世界一周航海でも、権兵衛たちよりは充実した成果を上げている。第一、事々に東郷は英語を使い、本場の海軍ではこうである……と権兵衛ら若手の少尉連中を指導するようなことを言う。権兵衛もドイツ海軍で練習航海を行ない、ベルリンやアフリカ、南米へも行っているが、何といっても海軍の本場はイギリスである。

若手士官たちがいろいろと難題を吹っかけるのを、鼻っ柱の強い東郷は、一歩も退かずに応戦をする。それを艦長の伊東祐亭中佐はにやにやしながら眺めている。

理屈では、このケスイボにとてもかなわないと考えたボッケモンの権兵衛は、ある日、一計を案じた。マスト登りの競争をしようというのである。

ボッケモンの権兵衛は五尺七寸で大柄で、東郷は小柄であるが、マスト登りは権兵衛のほうが早い。東郷は気は強いが大人の風格があり、すばしこいほうではなかった。二人が競争

をするというと、これに劣らず負けん気の伊東艦長は大いに喜んで、

「そいつはよか。イギリス帰りが早いか、ドイツ仕込みが塩っ気が強いか、一つやってみい」

と言って、甲板に椅子を出して観戦することになった。

「用意、撃て！」

ケプガン（ガンルーム・士官次室の長）のかけ声で、二人はマストの両側から登り始めた。自信のある権兵衛はするすると登っていく。東郷は少し焦ったのか、トップの近くでズボンを引っかけてやぶれを作った。結果は権兵衛の勝ちである。

先に降りた権兵衛が、

「どげんか？　イギリスの海軍は、マスト登りは教えんとか？」

と東郷を冷やかした。

「何をばいうか。ズボンが破れんかったら、おいの勝ちたい。なしてドイツ仕込みに負くっとか」

ケスイボの東郷はこう言って、絶対に負けを認めない。

「どちらも薩摩っぽらしくてよか……」

椅子の上の伊東艦長はにやにやしながら、煙草をくゆらせていた。

二人はライバルのように見えながら、実は加治屋町の五年先輩後輩で、薩英戦争でも一緒に戦った仲であるから、仲はよかった。たがいに一脈相通じるものがあり、日露戦争前に海

軍大臣の権兵衛が、兵学校の同期生の日高を更迭して、東郷を連合艦隊司令長官にしたのは、友情というよりも東郷の人柄に対する信頼感から、大事を任せ得るのは、このケスイボ時代の仲間しかいない、という判断に基づいたものであった。

権兵衛が海軍中尉になった同じ日に、東郷も海軍大尉に進級した。その後もこの明治海軍を担う両雄は陰に陽に助け合いながら、困難な日本海軍建設の歩みを進めていくのである。

十二年四月、権兵衛は「乾行」乗り組みとなり、十月二日、長女いねが生まれる。後の海相財部彪夫人である。

十三年十月七日、権兵衛は「龍驤」（二千五百七十一トン）乗り組みとなる。海軍兵学校卒業生の遠洋航海用の軍艦である。

この頃、権兵衛は二つの重要な海軍改革案を提出している。一つは未だに日本の軍艦にイギリス人の教官が乗り組んで、実質的に艦長を指導しているのを止めさせようというのである。そしてこの提案が通らないうちに、権兵衛は危うく海軍を辞めるかどうかという大問題を起こした。

それは、維新直後に初任で佐官などになっている老士官は、新しい軍艦、兵器の操法に慣れていないから、この際「龍驤」に乗せて、海軍兵学校卒業生とともに再教育すべきだというのである。

この提案を受けとった海兵校長仁礼景範少将はもっともだと考え、海軍省に提出した。ところがこれが大きな波紋を引き起こした。

海軍卿は維新のとき箱館で官軍と戦って、死罪となるところを黒田清隆に助けられた榎本武揚であるが、その代理格の鹿児島出身の大先輩、伊東祐麿中将（軍務局長）が、この提案に大反対をした。

これを知って驚いたのは、東京にいた同期生の日高中尉である。彼は横須賀で「龍驤」に乗っている権兵衛を、電報で東京に呼んだ。

「おい、おはんの上級士官再教育の提案に伊東中将が大反対なのだ」

「なして？　仁礼校長は大賛成だと言っておられたぞ」

「あの案には、おいも賛成じゃ。じゃっどん伊東どんが、いまさら上級者の教育をやるのは、侮辱じゃと言わるるんじゃ」

「侮辱？」

「そうたい、古い士官は幕末から維新にかけて実戦の経験が豊富じゃけん、初任で大尉、少佐となって、今は大佐、少将となっているのじゃ。それを若い士官の下で再教育とは、古参士官の名誉にかかわる、と言わるるんじゃ」

日高の言葉に薩摩の虎は眼を剝いた。

伊東祐麿は明治三年、少佐に初任されている。元兵学頭の中牟田は初任が中佐である。維新の功績によるものであろうが、二人とも今は中将で、日本海軍の重責を担っているが、日進月歩の軍艦、兵器の操縦や取り扱いも知らずに、後進を指導するのは不可能である。中将はともかく、これから艦長や戦隊司令官になる可能性のある佐官クラスは、新しい艦や兵器に習熟しておく必要があるのではないか。ろくに艦のことを知らない艦長が指揮を執るのでは、部下は信頼できないであろう。

権兵衛はこの意見を懇々と日高に語ったが、

「権兵衛よ、おいにはおはんの言うことがようわかる。じゃがもう遅い」

「遅い？」

「伊東どんは榎本海軍卿を説得して、これは危険思想じゃというので、仁礼校長の提案を握りつぶしてしもうたんじゃ」

「訳のわからんお方じゃな……」

伊東は後に海兵校長、元老院議官、貴族院議員になる男であるが、自分と同じく維新後の学校を出ていない老士官を、再教育という名目で、練習航海に出すことは情に忍びないというので、これも同郷の者に厚い薩摩人としては無理からぬところがあったかも知れない。

「問題は仁礼閣下の進退じゃ」

「仁礼閣下の……？」

「左様、仁礼閣下は部下に危険思想を持つ者がいると言われたので、辞任して鹿児島に帰るといわれるのじゃ。それで、おいも行動をともにする。おはんも賛成してもらいたか」

日高がそう言うと、権兵衛は笑い出した。

「おい、日高、おはん、おいが西郷どんと会ったときの話を覚えちょるか？」

「ああ、聞いた」

「西郷どんな、こういわしゃったど。若いもんは一鹿児島や一西郷のことを考えるな。日本国のために海軍の勉学をすることを忘れるなち。よかか？　西南戦争のときは、西郷どんに桐野、篠原というような先輩が同調して、鹿児島に帰り、あの騒動になった。おいは絶対に仁礼どんと一緒に海軍はやめもはん。今から仁礼どんを説得に行く。おはんもついて来るがよか」

そう言うと、権兵衛は日高を連れて、築地の海軍兵学校に行き、渋る仁礼校長を説得して、とうとう辞任を撤回させてしまった。仁礼は一時、海軍省出仕となったが、その後、東海鎮守府長官、横須賀鎮守府長官を経て、西郷従道、樺山の後を継いで海軍大臣となり、日清戦争前の海軍建設に尽力した。

権兵衛のほうにも事件のとばっちりはあった。「龍驤」乗り組みを命じられたのが十月七日なのに、二十六日には、また元の「乾行」乗り組みにもどされてしまった。しかし、この薩摩の虎は、一向に出世など気にかけず、つぎの事件を引き起こすのであった。

権兵衛が「乾行」乗り組みになって間もなく、榎本海軍卿のところから、「乾行」に蒸気艇二隻を隅田川の桟橋に回せ、という指示がきた。当直将校の山本中尉は、さっそく、鹿野勇之進中尉を艇指揮として、二隻を指定の桟橋に回した。ところが榎本はこの艇に外国の使節を乗せて、船遊びの派手な宴会を催した。そのうえ、柳橋の芸者多数を乗せて、大騒ぎをしたというのである。

この報告を聞いた権兵衛は渋い顔をした。堅いことをいうわけではないが、軍艦の蒸気艇は軍用である。艦長の送り迎えなら当然であるが、海軍卿といえども、芸者との宴会に兵器である艇を濫用すべきではない。

そのうえ、榎本が京橋の料理屋で博徒と酒を呑んだという噂が伝わり、アンチ榎本の薩摩勢が怒りだした。もともと榎本は斬首になるところを、薩摩出身の参謀・黒田に助命された幕臣である。それが海軍卿になったことを、薩摩人はよく思わなかった。

薩の海軍、といわれるほどなのに、初代海軍卿は勝安房でつぎは薩摩の川村であるが、つぎはまた幕臣の榎本である。なぜ幕臣が二度までも海軍の長官になるのか？　一体、薩摩の海軍を何と考えているのか？　血の気の多い薩人は、さっそく榎本排斥運動を起こした。

伊東祐亨中佐（「比叡」艦長）、井上良馨中佐（「清輝」艦長）、有地品之允中佐（東海水兵本営長）、田中綱常少佐（兵学校監学課長）らが、榎本追い出しの急先鋒である。

結局、榎本は翌十四年四月、予備役となり、海軍を去って、清国駐屯公使、逓信大臣と政治家の道を歩むのであるが、この事件で権兵衛は、上からにらまれ、十四年二月十五日、突然、非職となってしまった。月給はくれるが職がない、士官にとって最大の侮辱である。

この虐待の理由は、権兵衛が薩摩人でありながら、榎本排斥に加担しなかったということらしい。最も政治家としての才能を持ちながら、いわゆる徒党を組む政治的な動きを権兵衛は警戒していた。西郷と西南戦争の教訓が、よほど身にしみていたものとみえる。しかし、理由はともかく、大尉直前の一人前のつもりの士官に配置を与えないとは何事か。

権兵衛は怒って、その辞令をつかんで、「乾行」艦長の浜武慎中佐の部屋に乗りこんだが、

艦長は、

「この辞令は兵学校を通じて海軍省から来たので、わしには何もわからん」

と言うだけで、一向に要領を得ない。のれんに腕押しであるが、薩摩の虎はこんなことでは黙らない。その夜、権兵衛は海軍卿の榎本に手紙を書いた。

「海軍士官たる者、非職となるのは、一、品行宜しからず、二、身体の健康激務に堪えず、三、本人の希望、の三つより考えられず、余は、身体健全にして、海軍に奉公の意気に燃えつつあり。何故の非職処分なりや。お聞かせ願いたい」

しかし、榎本は間もなく権兵衛に、その返事を書く資格を失った。前述のように、彼は予備役となってしまったからである。

榎本が海軍を追われたのは、必ずしも隅田川で芸者を揚げたからではない。几帳面で調査好きな彼は、海軍国際法の研究で、明治初期の海軍に貢献をしたが、薩摩一辺倒の海軍の組織や人事を整理しようとして、薩摩人の忌むところとなったのが、大きな理由だという。

それはともかく榎本が海軍を辞めて川村が海軍卿になっても、権兵衛の非職はとけなかった。

訳がわからなくなった権兵衛は、ある日、赤坂氷川に隠居している勝を訪れた。

「勝先生、ご無沙汰しております」

権兵衛が挨拶をすると、

「おう、来たか、薩摩の龍馬よ」

勝はいつの間にか、この覇気満々の青年に、坂本龍馬の再来を期待しているのか、冷やかし気味にそう言った。

「榎本さんが、海軍を辞めましたが……」

「うむ、あいつは海軍を自分の考えどおりにしようとする。それが薩摩の逆鱗に触れたんでげすよ」

そう言うと、勝は煙管に火をつけた。

「やはり薩人の仕業でごわすか？」

「うむ、榎本には、黒田がついていたろう。その黒田が人気がない、そういうことだわさ……。わしのとき（海軍大輔）は、西郷さんがいた。西郷と黒田では役者が違うんでげすよ」

勝はそう言うと、煙を吐いた。

「ところで私が非職になったのは、この事件と関係がごわしょうか？」

権兵衛がそう聞くと、勝は煙管を灰吹にのせて、腕を組んだ。

「幕臣を一人クビにした。釣り合い上、薩人をクビにせにゃあならん。まさか、仁礼や樺山というわけにもいくまいて……」

「それで中将と中尉のおいが、クビ同様になったというわけでごわすか？」

「中将と中尉では釣り合いが取れんかね？」

勝はそう言うと、意味ありげに笑った。

勝の言うことは、ときどき禅問答めいてわからないことがある。

「つまり、今の政府では幕臣と薩摩の釣り合いのためには、犠牲になる者も出てくるという訳でごわすか？」

「ふむ、だんだん龍馬に似てきよったな。龍馬ならとっくに了解しているところだがね」

そう言うと、勝はまた煙を吐いた。

権兵衛が非職になって憤慨している間に、妻の登喜子は、三月二十九日、次女のすえを生んだ。後に海軍中将山路一善の妻となる女性である。山路は愛媛県出身、海兵十七期、第二艦隊司令官を務めた。

権兵衛の非職は五ヵ月近く続いた。七月初旬、榎本の後を継いだ海軍卿川村純義から来いというので、権兵衛は麻布の川村邸に行った。薩摩は、後に〝薩の海軍〟と呼ばれるようになる多くの人脈を擁していたが、残念ながら明治初年には海軍の提督となるべき指導者を欠いていた。陸軍が西南戦争で多くの人材を失ったが、海軍でも初めの間は上に立つ人物が少なかった。川村が唯一の人間であったといえる。

したがって、この頃までの上層部は勝、川村、榎本というように、幕臣、薩摩、幕臣の順で海軍卿を担当し、ほかでは佐賀の中牟田、真木長義（海軍少輔、中将、海軍機関学校長）、静岡の赤松則良（海軍大丞、中将、横鎮長官）、大阪の安保（林）清康（中将、呉鎮長官）、京都の伊藤雋吉（中将、海軍次官）、長州の有地品之允、佐賀の相浦紀道（中将、横鎮長官）ら薩摩以外の軍人が要職に就いていたのである。

川村の後も、薩摩は海軍のトップの人材に苦しんだ。初代海軍大臣は陸軍中将で陸軍卿であった西郷従道で、大山巌が一時（西郷の外遊中）、陸海軍大臣を兼務したこともあった。西郷の後が樺山、仁礼、西郷、そしていよいよ山本となるが、その後も斎藤実（岩手）、八代六郎（愛知）、加藤友三郎（広島）と薩摩以外が続き、やっと財部彪で、薩摩にもどるのである。こうしてみると、薩摩人の中でも権兵衛が傑出した提督であったことがわかる。

さて薩摩海軍の先達・川村純義は権兵衛を呼ぶと、

「非職で退屈しちょったろう。今度は、『浅間』乗り組み（七月十六日付）をやってもらう。気張ってくれい」

と口頭で辞令を渡した。

「有難うごわす……」

礼を言った後、権兵衛はまた例の疑問にふれた。

「閣下、おいの非職の原因は何でごわすか？」

すると川村は急に不機嫌になった。

「おい、山本、おはん、これからも海軍で飯を食うていく積もりなら、余計な詮索はせんことぞ」

「勝さんの話では、薩摩が榎本さんを追い出そうとしたもんで、そのぶり返しで、おいがクビ同様になったということでごわしたが……」

「勝さんのように偉い人がいうんなら、そうじゃろう。そんな人事の裏を探るのは、おはんらしくなか。今度の『浅間』は砲術専門の練習艦じゃ。ドイツ仕込みのおはんに、クルップ砲などの教育を期待しとるんじゃ。まず、ご奉公を先にせい」

川村にそう諭されて、権兵衛は大体のことがわかったような気がして、川村邸を辞した。

――やはり勝さんが言ったように、自分は幕臣榎本が海軍を追い出されるのと引き換えに非職にされたのである。では自分は榎本と同格の大物とみられたのか……？

権兵衛は、旧大名の邸の多い麻布の坂道を下りながら苦笑した。

川村の言葉のとおり、権兵衛は「浅間」乗り組みとなり、この年（明治十四年）十二月十七日、大尉に進級し、砲術の指導にあたることになった。

「浅間」は明治元年、フランスで建造された千四百二十二トンの船で艦長は薩の海軍の長老井上良馨中佐であった。

ボッケモンの権兵衛は、「浅間」でも多くの意見具申を行なった。艦長の井上中佐はかつて軍艦「清輝」艦長として、明治十一年一月から翌年四月にかけて、ヨーロッパ方面に大航海を行ない、寄港地六十余箇所を数えて、天皇から賞されたという経歴を持つが、戊辰の役の生き残りであるから、海兵二期生で、久方ぶりの乗艦配置が決まっている権兵衛にとっては、古めかしい感じがする。

今回、権兵衛は、五つの提案をした。

一、専門の砲術で各艦まちまちな教え方をしないで、統一した教範のようなものを作って、砲術学校のようなところで、それを教えれば、どの艦に乗っても直ちに応用が利く。

二、陸戦隊は陸軍と協同作戦をすることが多いので、陸戦隊の小銃の操式を陸軍と同じにすること。

三、海軍兵学校も明治十四年には第八期生が卒業して、少尉補になっている。この幹部候補生を育成して、戊辰戦争生き残りの老朽（？）した士官の後継者とすること。

四、その半面、下士官兵出身の軍人にも、士官に登用する道を開くこと。（註、当時、海軍兵学校には、攻玉社のような中等学校から難しい入学試験によって選抜された者が生徒になっていたが、学歴のない少年は、四等水兵から昇進していくので、士官になるものは非常に少なかった。そこで権兵衛はイギリスの例にならって、下士官兵からでも士官、ときには将官にでもなれる道を開くべきだと主張した）

五、ラッパの譜を陸海軍共通として、協同作戦のときの便宜を計るべきこと。

これらのうちかなりの部分が、時期の早い遅いはともかく後の海軍で採用されている。後に砲術、水雷、航海、通信、潜水などの学校ができて、下士官兵は練習生、士官は学生で、それぞれ普通科、高等科の別があり、それぞれ専門的な知識を持つ者（マーク持ち）として、訓練、作戦の中心となっていった。

陸戦隊の方式は歩兵訓練をはじめとして、陸軍と同調するようになる。

下士官兵でも、前記の専門的な学校を出て、成績優秀なものは特務士官として大尉まで、その後は、一般士官として少佐以上に登用されるようになった。ただし、陸軍では一兵卒から昇進して、大将、元帥にまでなった武藤信義のような人物がいるが、海軍では中佐どまりくらいであったようである。

ラッパの譜面は、陸戦隊関係、学校、兵舎における日課（起床、食事）などはある程度共通となったが、その他はそれほど同調はできなかったようである。

明治十五年三月、権兵衛は一旦「浅間」から降りたが、また同艦勤務となり、つぎに十二月十一日、副長を命じられた。

このとき、また権兵衛はボッケモンらしい事件を起こした。

「浅間」は練習艦であるから、海軍兵学校長の隷下にある。兵学校の構内には、練習用の十七センチ砲が備えてあるが、権兵衛はこれを「浅間」艦上に移して海上で練習させようとした。「浅間」艦長の井上中佐はこれを認め、海軍兵学校長を通じて海軍省に申請し、その許可を取った。

しかし、実際にその移動を「浅間」乗り組みの島村速雄少尉がやろうとすると、校長の松村淳蔵少将が待ったをかけた。薩摩出身で、維新後、アメリカのアナポリス海軍兵学校を卒業、明治六年、初任で中佐となった人物であるが、そろそろ権兵衛のいう老化士官に入りつつあった。松村はまさか陸上の砲台を艦上に移すというようなことに、海軍省が許可を出すとは考えていなかったので、その書類を見落としていたのである。

このとき、砲の移動を行なった島村少尉は、海兵七期生のトップで、次席の加藤友三郎とともに、日本海海戦で活躍する人物である。

権兵衛が少壮士官として、海軍の改革に力を入れている間にも、東亜の時局は、朝鮮を巡って日清戦争へと動きつつあった。

壬午の変が起きたのも、権兵衛が「浅間」勤務中である。当時、朝鮮には親日派と親清派とが争っていた。親日派は国王・李太王の妃・閔妃が中心で開明派、親清派は国王の父・大院君を頂いて守旧派とされていた。

明治十五年七月二十三日、この二派の衝突によって、京城に異変が起きた。開明派は日本の進歩にならって、兵制を改革しようと試み、守旧派はこれに反対していた。給与の不正問題から、反日派の兵士の不満が爆発し、日本人軍事教官らが殺され、日本公使館も襲われた。弁理公使花房義賢は、暴徒を防ごうとしたが、危険とみて仁川に脱出、英国船で長崎に向かった。

そこで外務卿井上馨が馬関へ行き、花房を再び京城に行かせて、損害賠償の交渉をさせることになったが、それには裸ではゆけない。中艦隊司令官の仁礼景範少将の率いる「金剛」「比叡」「天城」ら数隻が、仁川港に乗り込んで威圧した後、花房が交渉を行ない、

一、犯人の処刑
二、日本人及び日本公館の損害に対し、朝鮮は五十万円を払う
三、自今、一年間、日本軍を朝鮮に駐屯させ、その費用は朝鮮の負担とする

という条約を結んだ。

このとき、日本海軍は清国の北洋水師提督丁汝昌の率いる「威遠」「揚威」らの前で、大いに新興海軍国（？）らしい威力を示したが、この後、反動的に朝鮮は閔派を中心に親清的となり、やがて日清戦争に至るのである。

明治十八年四月、権兵衛は大尉になってから、すでに五年目になっていた。

この頃の海軍では、大尉が分隊長、砲術長あるいは副長として、一人前の士官と認められ、十年近く大尉に留まる者も珍しくなかった。四月二十三日、権兵衛は「浅間」副長を免じられ、日本最初の高速巡洋艦「浪速」の回航委員を命じられ、英国に出張することになった。

「浪速」は三千七百九トン、十八ノット、二十六センチ砲二門、十五センチ砲六門で、すでに十七年三月二十二日、イギリスのアームストロング社（エルズウィック造船所）で起工され、翌十八年三月十八日進水、十九年二月竣工、であるから、権兵衛がイギリス出張を命じられたのは、進水後、艤装にかかった頃である。

権兵衛は十四名の先発委員の一人として、十八年五月二十六日、横浜を出港した。委員長は伊東祐亨大佐（同年十一月二十日、「浪速」艦長となる）である。航海の途中、六月二十日、権兵衛は海軍少佐になった。同日、東郷平八郎は中佐に進級している。

「浪速」を建造中のエルズウイック造船所は、イングランド北部のタイン河の近くにあるニューキャッスル・オン・タインにある。河口にはタインマウス、サンバーランドなどの港があり、石炭の積み出しのほか、貿易で栄えていた。

海軍省は、新鋭の「浪速」とその同型艦「高千穂」及びこれとほぼ同型の「畝傍」（フランスで建造、日本への回航中行方不明となり、その代艦として「千代田」が建造される）の完成を急いでいた。

日清戦争の恐れが、亡霊のように東亜の空を覆い、日本の為政者は戦備を急いでいた。先に明治十五年には、壬午の変が起きたが、十七年十二月四日には甲申の変が起きた。これも、日清の代理戦争の形であるが、壬午の変以来、閔妃一派を中心とする事大派（清国寄り）が政権を握っていたのに対し、日本寄りの独立党（金玉均、朴泳孝ら）は、清仏戦争における清の劣勢に乗じて、日本軍の援護のもとにクーデターを起こし、王宮を占領し、独立党の政府を作ったが、二日後には三千の清兵の支持を受けた事大党が王宮を奪回し、日本軍は力を失った。

この結果、日本人数十人が殺傷され、竹添公使も仁川に避難した。この後始末として、日本は十八年一月九日、井上が京城でつぎの条件で条約を結んだ。

一、被害者の日本人に十万円を払う
二、犯人を処罰する
三、日本公使館の修理費として二万円を払うしかし、これは日本と朝鮮の損害賠償の約束の程度で、その裏にある清国と朝鮮に関する権利について交渉する必要があった。

そこで十八年二月には、参議伊藤博文が全権大使となって天津に行き、清国の実力者李鴻章（直隷総督）と交渉することになった。西郷従道が伊藤の身が危ういとして同行したのは、このときである。また陸軍少将野津道貫、海軍少将仁礼景範も薩摩丸で天津に向かった。

当時、東亜を代表する政治家の伊藤と李は、五回にわたって渡り合い、つぎの条約を結んだ。

一、両国は朝鮮より撤兵すること
二、両国は軍事教官を派遣せざること
三、両国は朝鮮に派兵するときは、相互に事前に通告すること

伊藤の誠意と迫力ある説得が、李を動かし、ここに日清は朝鮮に関して同等の地位に立つことになったが、この派兵前の通告条項が、日清戦争の原因になることは、伊藤といえども予想はしていなかった。

そのような東亜の危機をひしひしと感じながら、権兵衛は遠くイギリスの造船所で、「浪速」の完成を急いでいた。

十八年秋から冬にかけて、速力試験、燃料消費量の測定などの公試運転で、十八・七七ノ

ットという高速を出すことに成功した「浪速」は、十九年二月竣工、日本海軍代表の伊東艦長に引き渡され、日本に回航されることになったが、このときの乗り組みには、後に日清戦争、日露戦争で活躍する士官が大勢乗っている。

伊東艦長は日清戦争の黄海海戦のときの連合艦隊司令長官、分隊長の坂元八郎太中尉は、同じ海戦で「赤城」の艦長として奮戦、戦死し、小艦の奮戦の模範ということで、『赤城の奮戦』という軍歌に名を残した。同じく分隊長の三須宗太郎中尉は、日本海海戦時の第一戦隊司令官、同砲術長の細谷資氏は、日露戦争時、第七戦隊司令官、水雷長は初め餅原平二大尉（日露戦争時、鎮海防備隊司令官）であったが、伊集院五郎大尉が交替して日本回航に従事した。日露戦争当時の軍令部次長である。乗り組みの吉松茂太郎少尉は、日本海海戦時、「常磐」艦長となる。

三月二十八日、「浪速」はタイン河口を出て故国に向かった。

この帰国の航海のとき、権兵衛は水兵にパン食をさせることを考えた。海軍には脚気が多かったので、麦を摂取することを、彼は考えたのである。このパン食は、その後も海軍では励行されたが、パンは腹持ちが悪いというのが、水兵の間での常識であった。

筆者が海軍兵学校に入った頃（昭和十二年四月）、朝食は毎日パンであった。しかし、教官の話では、軍艦乗り組みの水兵の間では、パンでは力が入らない、ということが言われるので、若い士官は、パン食がいかに体によいかということを部下に教育することを励行したということであった。

「浪速」は、スエズ運河を通って帰国することになり、五月六日、ポートサイドに停泊した。エジプトの港務官がきて、全乗組員の検疫を行なうから、整列させよ、という。これは上陸するなら、検疫をするという理屈であるが、港によっては、この検査に手心をするといって、袖の下を要求するところもあった。

権兵衛は、突然、総員に甲板掃除を命じ、

「このとおり全員健康である」

と言って、検疫を拒否してしまった。

また伊集院五郎水雷長が、カッターの中で作業中、火薬の爆発で重傷を負ったことがあった。権兵衛はそこへ飛び込んで伊集院を背負って、甲板によじ登った。権兵衛は伊集院の才能を高くかっていた。

伊集院は、日本海海戦当時、中将で軍令部次長であった（部長は伊東祐亨）。バルチック艦隊が対馬へ来るか津軽へ来るかで、連合艦隊司令部が頭を悩ませていたとき、軍令部作戦班長（作戦課長）の山下源太郎大佐が、かつて千島方面の気象観測を行なったときの経験を分析して、五月、六月は津軽方面は非常に霧が深いから、ロシアの艦隊は絶対に北には来ない、という結論を出した。これを聞いた伊集院は、さっそく、参謀の財部中佐を山本海相のところに急派して、この意見を具申させた。山本は直ぐにこれを鎮海湾の東郷に打電させ、対馬待機の大きなポイントとなったのである。

「浪速」は六月十一日（十九年）シンガポール着、同二十六日、無事、品川沖に帰投した。

権兵衛は一年一ヵ月ぶりに自宅に帰り、妻の登喜子に会った。長女いね、次女すえ、長男清らが、権兵衛を迎えて喜ばせた。

この年、十月十五日付で、権兵衛は「天城」艦長に補された。初めての艦長勤務である。海軍の若手のホープとされていた彼も三十五歳で、ここで一本立ちの艦長勤務が始まる。日本海軍にとって宿命の軍艦ともいえる「浪速」が日本に到着した段階で、この艦と切っても切れぬ縁のある、東郷平八郎に登場願わなければなるまい。東郷こそは権兵衛と並んで、この「三笠」物語の主人公であるからだ。

東郷平八郎、登場す

東郷平八郎は近代の日本の軍人の中で、最も有名な人物であったといってよかろう。であったというのは、戦後、かなり評価が変わったからである。

私事をいえば、私の少年時代——昭和五年から十二年頃まで——東郷元帥は日本歴史上、最大の英雄であった。無論、少年雑誌には古代から近代までいろいろな英雄が登場した。日本武尊から坂上田村麻呂、源義経、弁慶、北条時宗、楠木正成。そして戦国時代になると、織田信長、豊臣秀吉、後藤又兵衛、塙団右衛門、真田幸村、徳川家康ら無数の英雄が登場した。

また幕末には、少年たちのアイドルであった西郷隆盛をはじめ、多くの剣豪が少年たちの英雄主義をくすぐった。勝海舟や坂本龍馬の偉さはまだ紹介されておらず、桂小五郎、近藤勇、果ては架空の月形半平太などが、活動写真で少年たちの英雄となった。

しかし、私たちの時代には、どの英雄よりも、東郷さんが偉い、ということになっていた。

満州生まれの私が小学校三年生のとき、昭和三年六月に奉天で張作霖が爆殺され、日本軍部の大陸侵略が火ぶたを切った。六年生の秋には満州事変で、やがて満州国建国、国際連盟脱退……と日本は太平洋戦争への道を歩んでいくのである。

このような時期に、教科書は勿論、少年雑誌でつねにクローズアップされるのは、日清戦争、日露戦争の英雄たちであった。日清戦争では、「死んでもラッパを放さなかった」木口小平、「一太郎やーい」の一太郎、玄武門一番乗りの原田重吉、「煙も見えず雲もなく……」という歌で知られる〝勇敢な水兵〟（その頃は、まだその名前が三浦虎次郎だということは知らなかった）。

日露戦争になると、軍歌と英雄の結びつきは、いっそう密接なものとなった。まず、「轟く砲音《つつおと》飛びくる弾丸、荒波洗うデッキの上を……杉野はいずこ、杉野はいずや」という歌で、小学生の男子を魅了した広瀬中佐がいる。広瀬武夫は、戦後も有名で、『アメリカにおける広瀬中佐』というような本も出ている。

陸軍では、広瀬と並んで軍神となった橘大隊長がいる。これも、「遼陽城頭夜はたけて、有明月の影凄く……」という歌で今も知られている。

しかし、陸の乃木将軍と並ぶ海軍最大の英雄は、東郷元帥であった。そして乃木が旅順で万という犠牲を出した悲劇の英雄であるのに較べて、東郷は日本海海戦でバルチック艦隊を撃滅した、完全勝利の英雄であるということで、いっそう少年の夢をかき立てた。乃木がその戦闘よりも人柄で軍人の模範とされたのに対して、東郷は戦勝の英雄とともに、沈黙の英雄、聖将、神将として崇められた。

中学生時代の筆者は海兵志願であったので、一にも二にも東郷元帥の大ファンであった。

受験参考書の表紙裏に、

「贈　豊田　穣君へ
元帥　海軍大将　東郷平八郎」

と勝手に書いて、悦に入っていたものである。

これを友だちに見せると、陸士志願の友は、

「贈　佐分利君
陸軍大将　乃木希典」

と書いて得意になっていたものである。

不思議なことに、日本海海戦であれだけのパーフェクト・ゲームをやったにもかかわらず、東郷元帥の歌で一般に知られているものはない。乃木将軍に関してもそれは同じで、旅順攻撃の歌や二〇三高地の激戦の歌で、「遼陽城頭……」のように人口に膾炙《かいしゃ》しているものはない。

では、東郷元帥の徳を讃える歌は全然ないかというと、海軍の軍歌には立派なものがある。私たちが海軍兵学校で歌った軍歌集には『東郷元帥』という格調の高い歌が載っている。

一、出でては統《す》ぶる艦隊の

義烈に砕く敵の艦
入りては至尊の師傅となり
忠誠示す世の鑑《かがみ》
四海を挙げて慕いつる
嗚呼元帥は世の光

二、幕末維新の黎明期
風暖かき鹿児島に
大西郷の香をうけて
やがては薫る新日本
初陣早く名をなせし
嗚呼元帥は世の力

三、技を研《みが》きぬブリタニア
大提督のあとうけて
信号高しヴィクトリー
英雄何の気を学ぶ
今海軍の父となる
嗚呼元帥は世の儀表《しるし》

四、勇断沈む高陞号

鋭鋒下る威海衛
艨艟勇み行く所
風濤何時か治まりて
英気不断の香を残す
嗚呼元帥は世の誉

五、我皇国の興廃を
この一戦に担いつつ
日本海上強敵を
砕き沈めて民草に
護国の神と仰がるる
嗚呼元帥は世の護り

六、功名高し芙蓉峯
忠烈匂う桜花
千古不滅の勇名を
黙して撫する白髯に
位極めぬ人臣の
嗚呼元帥は世の誠

七、時艱にして雲早く

人英雄を思うとき
神人境を一つにして
我が帝国の行く道を
燦然空に指させる
明星仰げとこしえに

全文を引用したのは、ここに東郷の生涯と功績の要約があり、戦前、いかに彼が尊崇の的であったかを知るのに便利であると考えたからである。

このほか、一般には知られていないようであるが、戦前、歌手の東海林太郎が吹き込んだ、東郷元帥と乃木将軍を主題とした歌のレコードを、私は聞いたことがある。

海軍兵学校の軍歌集には、『日本海海戦』という歌も入っていたので、その初めの方を紹介しておきたい。

一、海路一万五千余哩《り》
万苦を忍び東洋に
最後の勝敗決せんと
寄せ来し敵こそ健気なれ
二、時これ三十八年の

狭霧も深き五月末
敵艦見ゆとの警報に
勇み立ちたる我が艦隊
三、早くも根拠地後にして
旌旗堂々荒波を
蹴立てて進む日本海
頃しも午後の一時半
四、霧の絶え間を見渡せば
敵艦併せて約四十
二列の縦陣作りつつ
対馬の沖にさしかかる
五、戦機今やと待つほどに
旗艦に揚がれる信号は
皇国《みくに》の興廃この一挙
各員奮励努力せよ

さて、あの敗戦で多くのものの価値観が変わったように、東郷元帥の評価も変わった。勿論、私のような海軍出身者は違うが、日本帝国の膨脹を軍隊の功績と考えていた人々は、海軍とともに東郷に対する敬意にもひびを入れさせるようになってきた。

日本の領土は日清戦争以前にもどす、という未だかつて国際法にない、数十年前に遡って領土を返還させるという無法な処置を連合軍は取った。台湾も樺太の南半分も、それぞれ下関条約、ポーツマス条約で、日本が領有することに決まったものであるから、太平洋戦争で米英に負けたからといって、今頃、これらを返還せよというのは、誠に無法な話である。

また、連合軍とマッカーサーの司令部は、極東軍事裁判という勝手な機構を作り、終戦時まではなかった共同謀議などという罪を作って、日本の指導者を裁いた。法律の世界では、その法律ができる前の事件を、その法律で裁くことはできない、ということになっている。しかし、連合軍は戦勝国の権力をカサにして、この無法を押し通して、主としてマッカーサーの報復と威厳回復のために、多くの日本の指導者を処刑したのである。

共同謀議で戦争を計画したというが、世界のどこに首脳部が謀議することなく、個人が勝手に戦争を始める国があるか？

また戦時に捕虜を虐待することは、国際法で禁じられているが、戦争を始めたから罪になるとは書いてないはずである。それを連合軍とマッカーサーは勝手に新しい法律を作って、数十年前に遡って、日本とその指導者を平和への罪という名目で断罪したのである。

こうして日本の指導者、とくに高級軍人は名誉ある国防の責任者から、軍国主義者、侵略者として罪人扱いにされ、過去の陸海軍と将軍、提督も尊敬の対象から、軍国主義の指導者として、批判されるようになった。

ソ連が一方的に日ソ中立条約を破棄して、満州に侵入したことを批判されたとき、スターリンは「あれは日露戦争の報復だ」と言ったそうである。そういう論法でいけば、日露戦争の英雄、乃木、東郷は帝政ロシアに対する侵略の指導者ということになりかねない。誠に勝利者、征服者というものは勝手なものである。

日清戦争後、日本が遼東半島を清国から割譲されることが、下関条約で決まると、満州侵略を企図していたロシアは、仏、独と結託して、三国干渉を行ない、日本に、この半島を返却させた。こんな無法な話が、どこにあるだろうか?

ロシアはかつて二回にわたって、ポーランドを分割している。そのとき、日本がそれは領土的野心によるものであるから、返せといっても、ロシアが承諾したであろうか?

かつて第一次大戦で負けたとき、ドイツは、旧領の一部をフランス、ポーランド、デンマークに割譲し、南洋諸島が日本の委任統治となったが、カイゼル・ウイルヘルム二世が退位しただけで、指導者が裁判にかかることはなく、ヒンデンブルク将軍は、戦後、大統領になっている。

しかし、第二次大戦後は日本と同じく多くの指導者が戦犯裁判で処刑されている。ここに第一次と第二次の大戦後の連合国の、報復の観念の相違を見ることができよう。

そのような価値観の転換から、本編の主題である記念艦「三笠」の衰退も起きた訳で、今では東郷平八郎の名前も知らない少年が多いのは、嘆かわしい。

翻ってイギリスの様子を見ると、先に書いたように、ポーツマス軍港のヴィクトリー号は、ネルソンが指揮した当時のままに保存され、提督ネルソンは、今も救国の英雄として尊敬を集めている。あのとき、ネルソンの英艦隊が、ナポレオンの頼みとする仏西連合艦隊に敗北していたら、フランス軍はイギリスに上陸して、大英帝国はフランスの領土になっていたであろう。

日本海海戦も同じことで、東郷の連合艦隊が、バルチック艦隊に撃破されたら、満州にいた大山巌の陸軍三十万は二階で梯子をはずされた形になり、ロシアは大きな顔をして、満州を占領し、朝鮮を属国扱いにし、日本も当然、その衛星国にされたに違いない。

いずれにしろ、太平洋戦争では米英に負けたのだから、日露戦争で負けていても、結果は同じだ、などということをいう人は、歴史を知らない人である。

日露戦争は帝政ロシアの東亜侵略に対する、日本の自衛権の発動である。属国にされるのが嫌なら、独立を保つためには、断固立つべきである。四十年後には負けたのだから、日露戦争で負けておれば、もともとであるなどという理屈は通らない。太平洋戦争の敗北は、軍部や帝国主義的な政治家が、中国大陸を侵略し、それを米英にとがめられ、戦いを仕掛けて、日清、日露戦争の成果を水泡に帰せしめたもので、日露戦争の勝利がこれで帳消しになる訳ではなく、とくに日本海海戦の完全勝利は、歴史上高く評価されるべきものである。

さて、長々と日露戦争から太平洋戦争、戦犯裁判について書いてきたのは、戦争に負けたからといって、提督や将軍の業績の全部を否定するのは、歴史への冒瀆であるということを言いたかったのである。

そしてここで強調したいのは、ただ日本海海戦の勝利者を再評価するだけでなく、山本権兵衛と並ぶ明治海軍の大物が、どのような経歴で、どのような人柄であり、彼のどこに教訓を学ぶか、ということでなければならない。

東郷平八郎は、弘化四年（一八四七）十二月二十二日、鹿児島城下、下加治屋町二本松馬場通りの東郷実友の四男に生まれた。

加治屋町は市街のやや南寄りを流れる甲突川の北岸で、下級武士が多く住む武家屋敷で、現在の南州橋の北たもとに西郷隆盛生誕の記念碑があり、その北東百メートルほどのところに「東郷平八郎生誕の地」という質素な記念碑がある。

下加治屋町から北へ上加治屋町、西千石町、東千石町と続き、照国神社の向こうに城山が見える。千石町は名前のとおり、千石を取るような上級武士の屋敷が並んでいたが、ここからは明治維新で名を残すような侍は、ほとんど出なかった。

一月下旬（昭和六十一年）、私は東郷平八郎、山本権兵衛の取材のために、鹿児島を訪れた。同行は勁文社の山口記者である。

鹿児島は昭和十七年に海軍中尉として、艦爆の搭乗員であった頃、ここの飛行場（鴨池）に勤務したことがあり、戦後も西郷隆盛と西南戦争、薩摩義士などの取材で、数回訪れたことがあるが、何度来ても、維新英傑の町と桜島のコントラストは、青年に夢を抱かせるものがある。

最初の二十三日は曇天で、桜島の南岳が不機嫌そうに噴煙を上げていた。

この日は、鶴丸城跡にある県立図書館で、東郷、山本に関する資料のコピーをとることにした。地元なので『東郷平八郎全集』『世界の大東郷』『晩年の東郷元帥』『東郷平八郎伝』など資料は山ほどあり、その中から関係分を選び出してコピーしているうちに、夕方になった。この日は全国的に寒気が厳しく、南国鹿児島でも雪がちらつくほどの寒さで、天文館通りをいく人も肩をすくめていた。

翌日も雲の動きは早かったが、青空が見えており、早速、山口記者と加治屋町の写真を撮りに出かけた。甲突川の北岸、加治屋町は江戸時代には上と下があったが、維新の元勲の大部分はこの加治屋町から出ている。

ざっと数えて西郷、大久保をはじめ、東郷、山本、井上良馨、黒木為楨（陸軍大将）、吉井友実（西郷と倒幕に加わる。枢密院顧問官、伯爵）、伊地知正治（戊辰戦争のときの東海道参謀。宮中顧問官、伯爵）、それに西南戦争の部将村田新八、篠原国幹らの生家の碑が、この加治屋町のそこここに今も建っている。

まず東郷平八郎の生家の碑を探す。「三笠」名誉艦長・福地誠夫元大佐の「仲五郎（平八郎の幼名）産湯の家」という文章（「東郷」昭和五十九年五月）によると、東郷の生家は今、中央高校の化学教室の中にあたるという。

そこで中央高校に車を走らせ、先生に聞いてみると、確かに化学教室の中にその意味の銅板があるという。水槽や実験の道具が積んである中の、水道のコックの横に、「東郷平八郎誕生の地」と書いた銅板が見つかった。

――こんなところにあったのか……。

私はなにか淋しい気がした。

かつては薩の海軍といわれ、東郷元帥は鹿児島の誇りであったはずである。それが生家の跡もなく、化学教室の中に銅板だけが残っているとは……。

複雑な思いとともに外に出てみると、「東郷平八郎生家の地」という高さ一メートル五十センチほどの石碑が見つかった。明治百年（昭和四十三年）記念事業で整備したものらしい。北側の道路に面したところに建っていたので、初めは見落としていたのである。

パネルには元帥の業績が、説明してあった。

私はほっとした思いで、その近くを歩いてみた。

東郷平八郎は弘化四年（一八四七）十二月二十二日、加治屋町の二本松馬場通りで生まれたとなっている。この通りから柿本寺通りに出る角に、「二本松馬場」という石碑が建っていた。

この中央高校のあるあたりからは、多くの有名人が出ている。

江戸時代の古地図を見ると、このあたりは下加治屋町で、今の柿本寺通りにあたる通りを北に行くと、柿本寺という大きな寺があったことになっている。その中には島津家祈願所もあった。この寺の北一帯が上級武士のいた西千石町で、その一角に平田家という表示が見える。これが宝暦の治水で奉行を務め、借財の責任を負って切腹をした平田靱負の屋敷であろう。現在、そこに平田公園があり、靱負の銅像が建っている。

中央高校の敷地を一巡りしてみると、多くの人物の生誕地の碑を見ることができる。井上、村田、篠原らの生家の碑は、東郷とは反対の校舎の南側にある。

山本権兵衛の碑は少し東に離れているので、西郷、大久保の碑をまず探すことにする。

中央高校の正門の斜め向かいに吉井友実の碑があり、やや甲突川に寄ったところに、八十坪ほどの公園があり、ここに西郷隆盛、従道兄弟の生家の碑が建っている。

東郷の碑よりは遙かに大きな堂々たるもので、さすがは鹿児島の西郷さんだ……という気がする。

明治二十二年十月に建てられた顕彰碑がある。五十人ほどの発起人の中には、大山巌、大久保利和（利通の子）らの名前が見える。

弟の従道の生誕の碑は、兄に寄りそうように、ひっそりと建っている。自分の兄は朝敵であった。自分は人前で出すぎた振る舞いはするまい……従道の頭にはつねにそういう思いがあって、彼の行動を規制していたという。

通称、西郷公園は高麗橋の北の南州橋と、西田橋の間にある。南州橋は新しいが、高麗橋は江戸時代の築造で、古い石橋で橋脚も石垣造りで、岩国の錦帯橋のように流れに向かうように、それぞれ向きが変えてある。

西郷の碑の近く、すぐ北の南州橋の北の川岸に面して、西郷に対抗した大久保の生誕地の碑が建っている。碑の大きさも公園の規模も、西郷とほぼ同じである。顕彰碑の発起人の名前も、建立の時期も、西郷と同じで、この時期には、一種の和解を関係者が考えたのであろうか？　二人の元勲の碑は、今は並んで幼い頃遊んだ甲突川を眺める形になっている。

大久保の碑の北、高見橋の北側には大久保の立派な銅像がある。西郷の銅像は、城山の上と市立美術館のそばにある。そして東郷元帥の銅像は、多賀山公園（鹿児島駅の北）の東郷墓地の中にある。

山本権兵衛の生家の碑を見る前に、私は甲突川を渡って、天保山の砲台跡に行くことにした。

甲突川には幕末に架けられた石橋が五つある。北のほうから新上橋、西田橋、高麗橋、武之橋、天保山橋となっており、いずれも練達の技師による立派な石橋である。

その中で興味を引くのは、英傑たちが一番よく泳いだという武之橋のあたりである。

近代的な大橋の南に、昔ながらの石橋がひっそりと残っている。勿論、今も人や自転車くらいなら渡れる。橋脚は先に書いた錦帯橋と同じく、水流の方向に併せて向きが変えてある。

このあたりはもう鹿児島湾に近いが、川幅はまだ百メートルあまりである。冬のせいもあって、水量も少ない。幕末の夏にはもっと水が豊かで、少年たちが泳ぎに興じ、疲れると煙を吐く桜島を仰いだのであろうか。

それを眺めてきた武之橋は、今、西郷や大久保が造った日本が、太平洋戦争の敗戦で元の木阿彌となり、碑や銅像だけが残っているのを、どのような気持で眺めていたのであろうか。

武之橋の北たもとに乃木夫人静子生誕地の碑がある。武之橋を南に渡って少し行くと、松方公園があり、四代目総理松方正義生誕地の碑がある。財政通と言われた後の元老松方も、甲突川で泳いだ一人である。

甲突川の南岸に沿って東に行くと河口に出る。桜島を眺めるには、ここと北の祇園之洲公園がよいとされている。空は晴れて、桜島がくっきりと湾の水に姿を浮かべている。湾に面して熱帯植物園などがある一帯は埋め立て地で、その北の天保山町が昔の土地で、ここに幕末には薩摩藩の代表的な砲台があった。

今も甲突川の岸寄りに、砲の台座が残っている。直径五メートルほどで、しっかりした石畳が、昔のままに残っている。このあたりが天保山公園で、古い松林がある。

その松林を抜けて海岸に出ると、南方に鴨池運動公園などの施設が見える。昔からこのあたりは市民の憩いの場所であった。その向こうに今の鴨池新町がある。ここが私たちがいた鹿児島航空隊の跡である。今は団地、ホテル、県福祉センター、フェリーの桟橋などがある。私たちはここの小さな飛行場を離陸して、桜島の上空近くを旋回しながら高度を取り、爆撃や航法の訓練を行なった。

天保山からは桜島の眺めがいいが、当然、沖を通る英国艦隊もよく見えた。文久三年夏、ここの砲台から薩摩隼人は、英国の軍艦を撃ちまくったのである。十二歳で砲員の数に入れてもらえなかった山本権兵衛は、ここで沖の英国艦隊をにらみながら、懸命に弾を運んだに違いない。

薩摩の砲撃のやり方は、旧式の丸弾を焚火で真っ赤に焼いておいて撃ち出すのである。手間がかかるが、命中すると火災を生じることが多く、英国艦隊の先の尖った炸裂弾より始末が悪いこともある。祇園之洲砲台の射撃で、敵の旗艦ユーリアラス号の艦長と副長が戦死したのも、この焼き弾の命中による。

私は天保山の砲台跡から、しばらく鹿児島湾の水とその向こうにそびえる桜島を眺めていた。また雲が出てきて、雲煙を上げている桜島は、昨日と同じく不機嫌に見えた。

あのとき、権兵衛や平八郎が働いた砲台の一発から日本の海軍が始まったのだ。天保山や祇園之洲から発した丸弾が、日本海軍の黎明を告げる号砲であったのだ。

そして、それから三十一年後、日清戦争で日本海軍は、黄海の海戦で清国の北洋艦隊を撃破する。その十一年後には、日本海海戦でバルチック艦隊を撃滅して、世界の一流の海軍国にのし上がっていくのである。

文久三年（一八六三）の薩英戦争から日本海海戦（一九〇五）までは、わずか四十二年しかたっていないのである。その驚異的な進歩の原因は、この天保山の一発に根源を発していることに間違いはない。

その頃、桜島は上機嫌で権兵衛や平八郎が泳いだ甲突川を眺め下ろしていたであろう。

しかし、日本海海戦の圧倒的な勝利からわずか四十年で日本は米英の海軍、とくにアメリカの海軍に圧倒されて、世界の三大海軍国の位置から、四等海軍国に落ちてしまったのである。

——お前たちは何をやっていたのか？　東郷や山本の努力を忘れたのか……！

そう考えて桜島は機嫌が悪いのであろうか。

私は天保山砲台に別れを告げて、再び加治屋町にもどった。

山本権兵衛と甥英輔（海軍大将）の生家跡の碑は、東郷の碑のある中央高校から少し東にいった田平病院の塀のそばにあった。この通りは高見馬場から新屋敷へいく電車通りで、古い地図には三官橋通りと書いてある。東郷の生家からは、歩いて四、五分というところであろう。

アテネの海軍以来、ベネチア、オーストリア、トルコ、中世のポルトガル、スペイン、オランダ、そして近代のイギリス、フランス、ドイツ、イタリア、アメリカと多くの海軍があり、多くの提督が、祖国防衛、領土拡張のために戦ってきたが、山本権兵衛ほどの軍政家が何人いたであろうか？

鹿児島紀行を続けよう。

田平病院横の山本権兵衛兄弟生誕の碑を確かめた後、私は、まず照国神社に参拝することにした。

昨日から私の頭の中には一つの謎があった。それは薩英戦争のときに、東郷平八郎が弁天の砲台で戦っていて、そこへ気丈な母の益子が、薩摩汁を鍋に入れて運び、平八郎と同僚を激励したという話が、多くの資料に出ている。

ところがあの戦争のときに、十近くあったという薩摩の砲台のうち、天保山と祇園之洲、洲崎はわかっているが、肝心の十七歳の平八郎が戦ったという弁天の砲台は、どの資料にもはっきり出ていないし、それが現在のどこなのかよくわからないのである。

とりあえず照国神社で、ここにある祭神の島津斉彬と久光、忠義の三人の銅像の写真を撮った後、私たちは祇園之洲に回った。薩英戦争のとき、最も活躍したのは天保山とこの祇園之洲砲台である。

もともとこの祇園之洲は、島津侯の磯の別邸の南、稲荷川の北に張り出した洲で、その東南の角に薩英戦争砲台の跡という碑が建っている。

前にも書いたとおり、イギリス艦隊は桜島の西沖を北上し、大きく左に旋回して、鹿児島市街の東を通過しながら、市街を砲撃しようと計画していた。それがたまたま祇園之洲砲台の沖にきたところ、薩摩の旧式な砲の射程距離に入った。そこで隼人たちは張り切って焼き弾をぶちこんだのである。

これが旗艦のユーリアラス号の艦橋に命中し、艦長のジョスリング大佐と副長のウィルモット少佐が戦死したのである。司令長官のキューパー中将とイギリス公使のニールは、かろうじて難をまぬがれたが、薩摩隼人たちは、

「チェスト！　行け！」

と気勢を上げたことは言うまでもない。

ここからの桜島の眺めもよろしい。当日の隼人たちは桜島を自分たちの護り神として、懸

命に弾を焼き、エゲレスの船に撃ち込んだに違いない。

——ところで平八郎が初陣を戦ったという弁天の砲台は、一体どこなのか……？

私は南岳から噴煙を上げている桜島を仰ぎながら、それを考えていた。

この祇園之洲には前にも来たことがある。それは、西郷軍敗走路をたどる、という記事の取材で、熊本から高千穂、椎葉、人吉と車を走らせ、深夜に鹿児島に入り、翌日、この祇園之洲にある官軍戦死者之碑を訪れたのである。

西郷軍の戦死者は城山の北にある南州墓地に、西郷以下桐野、篠原、村田、別府、辺見らが仲良く墓碑をならべているが、初めは官軍の墓地はなかったらしい。それで桜島を眺められるこの景勝の地に建てたらしい。

祇園之洲を出ると、車は多賀山の斜面を登った。この湾に面した要害は、かつて大隅の豪族肝付氏の居城があったところである。

その険しい崖の中腹の台地に、東郷平八郎の墓がある。東京の多磨墓地にも東郷の立派な墓があるが、こちらは分骨したものらしい。その墓の直ぐ近くの幅三十センチほどの急な階段を登ると、東郷の銅像が建っている。高さ一メートル六十センチほどであろうか。実に眺めのよいところに建っている。彼の視線は、ちょうど桜島のほうを向いている。説明によると、この銅像は岡山の博物館にあったのを、昭和三十五年にこちらに移転したものだという。

道理で私たちが鴨池の航空隊にいたとき、磯の別邸や尚古集成館にきたことがあるが、この銅像のことは知らなかった。

——東郷が初陣をした弁天の砲台は、一体どこであったのか……？

私は東郷の銅像を仰ぎながら、しきりに鹿児島湾の方を見つめていた。

多賀山の東郷墓地を降りた私は、県立図書館に車を向けた。しかし、多くの資料では薩英戦争のとき、東郷はまず常磐町（城山の西三キロの高台）の千眼寺の久光の本営で、旗本に入っていたが、やがて家老の町田民部に率いられて、弁天の砲台で英国艦隊と戦った。そこへ母の益子が、薩摩汁を鍋に一杯運んできた、とあるだけで、弁天の砲台が今のどこにあたるかは示されていない。

略図によると、当時の主な砲台は、南のほうから天保山、大波止、州崎、弁天波止、新波止、祇園之洲というような順になっている。（註、波止は防波堤）

このうち今の鹿児島地図に名前の残っているのは、天保山、州崎、祇園之洲くらいのものである。

私は現場に行ってみようと考えた。郷土史家に訊ねればわかるかも知れないが、その前に現場で探してみるのが、私のやり方である。

私は、もう一度資料をひっくり返すと、南泉院という地名を発見した。町田民部の率いる旗本は、この寺院を基地として、弁天の砲台で戦ったとなっている。では南泉院と弁天の砲台は近いはずである。

地図で鹿児島港のあたりをにらんでいると、南林寺町という地名が目に入った。その中に南州寺という寺があり、僧・月照の墓があるとなっている。月照は、安政六年、西郷隆盛といっしょに投身自殺を図り、西郷は助かったが、月照は死んだ。

――この南州寺と南泉院は縁があるかも知れない……。

そう考えて私は車をその南林寺町の南州寺に走らせた。

南州寺には地図に書いてあるとおり、僧・月照の墓と石像があった。しかし、南泉院とのつながりがわからないので、私はここの住職に聞いてみたが、

「僧・月照の墓は転々としてここへきた。南泉院という寺のことは知らない。また南林寺というのは、幕末までこの辺にそういう大きな寺があったが、明治の廃仏毀釈で破壊され、墓の一部が残っている」

という返事であった。

車にもどろうとした私は、隣りに南林寺に関する説明のパネルがあるのをみて、読んでみたが、住職のいうとおりで、南泉院とは関係がないらしい。

――さて、弁天の砲台はどこにあったのか……?

私はこれは専門家に聞かなければわかるまいと考え、とりあえず桜島に渡ってみることにした。フェリーに乗れば、イギリス艦隊の航路と、祇園之洲、天保山砲台からの射撃の様子がわかるだろうと考えたのである。

鹿児島には、薩摩藩以来の旧港とその南に現在の新港がある。桜島行きのフェリーは、旧港から出ている。

途中、松原町、州崎、住吉町というような海に縁のある地名の町を通る。弁天の砲台もこ

のあたりにあったのであろうが、地図には全然そのような町名は見あたらない。

住吉町にボサドの桟橋というのがある。屋久島へ行く船はここから出ている。ボサドとはどういう意味か？　鹿児島はフランシスコ・ザビエルが渡来（一五四九）した町であるから、ポルトガル語であろうか？

その北にいづろ通りがある。これはかつてこの近くに藩の船着場があり、イヅロ（石燈籠）がならんでいたので、この名が残っているのだという。

桜島までは、桜島町営のフェリーで三十分、料金は百円と安い。通学、通勤用ということであろう。

フェリーに乗った私は、港の外側を囲む防波堤に目をとめた。長さは百メートルもあろうか。石造りでかなり古いものである。その波打ち際の石組みの技術を、私はどこかで見たような気がした。

――武之橋の橋脚の技術だ……。

と私は思いあたった。

してみると、この防波堤はかなり古いもので、当然、幕末の薩英戦争のときにもここにできていたと想像される。ここに砲台を造って、沖の英艦を砲撃することも可能である。

――弁天の砲台も、このような防波堤にあったのではないか……？

そう考えたが、地図にはこの防波堤の名前は出ていない。

フェリーは十五分おきに出港するので、間もなく動き出した。途中、祇園之洲のほうを振り返ってみる。ここからは多賀山がよく見える。山の上の東郷元帥の銅像が、白く見えている。

ちょうどこの辺を通るとき、祇園之洲の砲台がイギリス艦隊を砲撃して、艦長らを戦死させる損害を与えたのである。なぜイギリス艦隊はそんなに町に接近したのであろうか？　薩摩の砲の射程距離が短いので、届くまいとタカをくっていたのか？　あるいは当たっても、丸弾ではさしたる被害もあるまいと考えていたのであろうか。

イギリス艦隊は損害を受けながらも、市街に沿って南下し、市街を砲撃して、桜島行きの桟橋のあたり、現在の小川町の一帯を焼いた。

――その頃は当然、弁天や天保山の砲台も火を噴いて、平八郎や権兵衛も忙しげに奮戦したのであろう。もし、先程の防波堤が、そのような砲台のあった場所ならば、弁天の砲台もそのあたりにあったのであろう……。

私がそう考えている間に、フェリーは、桜島・袴腰の桟橋に近づきつつあった。

鹿児島へは戦後も十回近くきているが、桜島に渡るのは、これで三回目である。こんな熔岩の台地によく木が生えるものだ、と感心しながら、薩摩ラーメンをすすり、鹿児島に帰る途中、南日本新聞社に寄ることを考えた。南日本新聞には、連載小説を書いたことがあるほか、鹿児島に来るとお世話になることが多い。

――ここで郷土史家を紹介してもらい、弁天の砲台ほかの疑問に答えてもらおう……。

私はそう考えた。

桟橋から南日本新聞社までは近いので、歩くことにした。フェリーを降りると直ぐ前が市場になっている。その中を歩いていると、南泉堂という古いお菓子屋さんが見えた。南泉院と関係があるかと思って聞いてみると、

「昔、今の照国神社のあたりに南泉院という大きなお寺があったので、その名前を取ったので、直接関係はない」

という。弁天という地名も聞いてみたが、それは知らないという。平八郎は南泉院を基地として、弁天の砲台で戦ったというが、照国神社は城山の麓にあり、海まではかなりの距離がある。私の謎はまだ解けない。

南日本新聞社に行って、デスクの神薗さんと部長の山崎さんにお目にかかる。郷土史なら、鹿児島女子短大教授の村野守次氏が詳しいというので、紹介してもらって、その短大に行くことにした。

鹿児島女子短大は、南鹿児島駅に近い紫原にある。途中、荒田八幡の前を通る。『東郷平八郎』『山本権兵衛』の著者米沢藤良さんは、この下荒田に住んでおられた。今回、お目にかかって、いろいろお話を聞こうと考えていたのであるが、数年前に逝去されて、お目にかかれなかったのが残念である。

鹿児島女子短大はかなりの高台の上にあって、桜島から指宿方面の眺めが非常によいところである。村野教授は鹿児島二中の出身で、私の同期生には、鹿児島の一中、二中の出身者が多いので、話に共通性がある。

教授は懇切な応対で、南泉院は確かに幕末まで、今の照国神社の位置にあり、幕府の息のかかった寺であったが、倒幕となり、維新後は島津斉彬をまつる照国神社の敷地となったのだという。弁天の砲台については、自宅に資料があるので、明日電話をもらいたい、ということで、この日は教授のもとを辞した。

翌朝、村野教授に電話をすると、市内の私たちのホテルまで資料を持って出向いて下さった。

まず教授は、天保年間の鹿児島の色刷りの地図を示された。これには城山の麓、今の照国神社の場所に、天台宗南泉院というかなり大きな寺が描かれている。その東が鶴丸城の二之丸（現在の県立図書館）、そして本丸、さらに厩（後に私学校となり、西南戦争の原因となる。現在は国立南九州中央病院）である。

また現在の南州寺のあたりには、禅宗・松原山南林寺という立派な寺が描かれている。

さて問題の弁天の波止は、私が桜島に行くときに見た防波堤の南に、三つほどあったはずの防波堤の一つで、北から二つ目である。

教授が持参された『鹿児島県維新前土木史』（昭和九年刊）によると、幕末には鹿児島港には、北から三五郎波止、新波止、弁天波止、大波止の四つの防波堤があった。

このうち弁天波止は安永年間、もしくは文政年間（一八一八～一八二九）の築造にかかるとなっている。そして問題の弁天波止は、ちょうど、いづろ通りが海岸に出たあたりの沖にあり、その海岸に天保年間の地図には弁天町という地名が出ている。弁天様は水と関係があるから、付近に弁天様が祭ってあったのかも知れない。
この弁天波止の位置からみると、今の住吉町の少し沖にあたる。
――では東郷たちが奮戦した弁天波止の砲台はどうなったのか……？
明治二十年の地図によると、弁天波止は確かに存在し、住吉町と橋で結ばれている。（註、教授の話では、薩英戦争のときは、海岸と弁天波止は、船橋で連絡されていたはずだという）
明治三十三年の第一期鹿児島修築図によると、弁天波止は、このとき周囲を埋め立てて増築されている。海岸との通路も拡張されている。またこのとき、弁天波止の東の一丁台場（大波止？）と新波止の間を埋めて繋ぐ工事も始められている。（註、新波止の北には三五郎波止があり、この棟梁・岩永三五郎は、甲突川の武之橋などを築造した棟梁である。三五郎波止は後に北からの突堤と繋がるが、新波止は今も残っており、その技術は三五郎の技術を受け継いでいるので、私が桜島行きのフェリーから眺めたとき、その古さに関心を持ったわけである）
さてこの第一期鹿児島港修築工事は、明治三十八年まで続くが、第二期は大正十二年に始まり、昭和九年まで続く。このときに港の拡張が行なわれ、弁天波止は全部削り取られてしまうので、東郷平八郎が奮戦した弁天の砲台跡も、住吉町沖の海底に沈んでしまったのである。港湾局は弁天波止を削った代わりに、その沖に新波止を延長して、新防波堤とし、また南の埋め立て地（現在、大洋水産などがある）からも突堤を延ばして、防波堤を強化している。

これで弁天砲台の謎は完全に解けたわけである。村野教授は明治年間の弁天台場跡の写真も見せて下さった。それは今残っている新波止と同じ石垣の上に、うっそうと樹木が茂っており、その中に家屋（兵舎？）や無電のアンテナのようなものが見えている写真である。

また教授は、完成当時の弁天砲台の設計図も持参された。これによると、弁天の砲台には、二十門の砲が備えられ、その砲門の方向が、一度あるいは一〇度も違っていたことがわかる。

東郷平八郎の甥（兄・実猗《なが》の長男）の東郷吉太郎の『薩藩海軍史』（昭和三年刊）から、薩英戦争当日の弁天砲台の戦闘ぶりを引用して見せられた。

「午後六時頃、敵兵上陸せりと。（中略）又、同日弁天波止内に敵船乗り入れたりと。一時騒然たりしが、これまた五代伝左衛門なる者の見誤りにして、あるいは言う、水軍隊の波止内に引揚げしを誤認したるものなりと。

当日は風雨非常に猛烈なりしが小銃の火縄は使用に堪えず、かつて斉彬公が、西洋の小銃を採用すべく、鋭意改良進歩に苦慮せられたる卓見もその薨《こう》去と共に途絶し、火縄銃に逆戻りしたり。また大砲の弾も（英国の如く）長弾にあらざれば、大艦を撃破すべからざるを悟り、大小砲銃の制度を一変すべく、この一戦による教訓は多大なるものあり。

祇園之洲台場は敵の猛射をうくるや、台場内砲数六門の内、ただ西方一門を残して、悉《ことごと》く破壊せられたり。

（中略）

弁天台場は敵弾の集中を受けること甚だしく、一時退去を命じたるほどなりしも、守兵退去の命を奉じるものと、之を承知せざるものの両派に分れ、後者は憤然として、船橋を撤去するに至りしも、前者はこれに関わらず退去せり。そのさい砲の火門に釘を打ち、弾薬を海中に投じたる者もありしという」

このようにして、弁天砲台の謎も解けて、同砲台の奮戦ぶりもある程度わかったので、私は鹿児島を去ることにした。

帰路、鹿児島空港に向かう途中、私は加治木の町に寄った。

加治木は人口二万、かつて関ヶ原で中央突破で逃げて、家康の心胆を寒からしめた勇将・島津義弘の居城があったところで、今もその石垣が残り、ここに加治木高校（旧、加治木中学校で、私の同期生でここの出身者もいる）、小学校などがあり、図書館の敷地の中に加治木町立郷土館がある。

この辺は薩摩焼きで有名で、それらの民芸品、西南戦争の兵器などが陳列され、壁に大きな東郷平八郎の書がかけてあった。「新甕百五十年記念」という長さ一メートル五十センチほどの大きなものである。加治木は学問が盛んな土地で、それを記念したもので、東郷といえば、「この一戦」とか「皇国の興廃この一戦にあり」「敵艦見ゆとの警報に接し……」というような日露戦争に関係したものが多いが、この書は珍しく、保存も極めてよかった。

初陣

　東郷平八郎の先祖は、相模国高座郡を領した渋谷庄司重国であるという。重国は源頼朝が挙兵（一一八〇）したとき、源氏方について、出世の緒口をつかんだ。

　承久の乱で功績のあった重国の長子・渋谷太郎光重は、遠い薩摩の国の一部を領地として与えられた。東郷（現在の東郷町――川内の北）など現在の鹿児島県東部の五郡を与えられたのである。

　光重は五人の子を薩摩に行かせ、各郡を統治させた。このうち東郷一帯を領した実重は東郷次郎と名乗り、これが東郷家の先祖となった。

　しかし、このあたりには、鎌倉時代の初期から南薩摩を領する島津氏がおり、東郷氏は三百年にわたって島津と争ったが、ついに元亀元年（一五七〇）、島津の軍門に下った。

　こうしてみると、平八郎には坂東武士の血が流れており、それが薩摩にきて、長い間の島津氏との抗争によって、反骨を養わされてきたものといえよう。

東郷の先祖がいたあたりには、現在、高座渋谷という小田急線の駅名が残っている。

江戸時代の初期に、東郷家に重弘が生まれ、これが平八郎の直接の先祖である。重弘の子・重友から六代目に実友（文化二年・一八〇五）が生まれ、これが平八郎の父で、鹿児島に生まれ、吉左衛門と称した。剣道に優れ、篠崎正心という師範の門に入り、水野流の皆伝を受けた。

天保十一年、郡奉行見習いとなり、八年後、奉行となった。元治元年（一八六四）、高奉行に昇進、一代小番となった。小番というのは、薩摩藩士の家格が八つある中で、上から六つ目である。西郷は一番下の御小姓与《くみ》、権兵衛の家格は平八郎とほぼ同格であった。

吉左衛門は政治力があり、郡奉行当時、指宿で灌漑用の井戸を掘って、水飢饉を救済し、池田湖から水路を造って、数百町歩の水田を開拓した。また薩摩半島東側の吹上浜の砂丘地帯は風が強く、砂のために作物ができなかった。文久二年（一八六二、生麦事件の年）、吉左遠門は藩に砂防工事の意見を上申して、許可を受けた。途中、薩英戦争で中断されたが、吉左衛門は工事を続け、海岸に松を植える仕事を続けた。現在、この吹上浜は白砂青松の自然公園となっている。

平八郎の母益子は甲突川の対岸・高麗町の生まれ（文化五年・一八〇八）で、薩摩藩士堀与左衛門の三女である。二十歳のとき、東郷吉左衛門の妻になったが、加治屋町では、この若妻に白梅オゴイサァという仇名をつけた。オゴイサァは、お嬢さんであるが、この若妻が色の浅黒い薩摩女にしては、色白で細面の楚々たる美人であったからだという。

前述の福地氏の文章には、東郷の生家の見取り図（昭和九年六月「日本少年」臨時増刊号）が載っている。

それによると、東郷家は敷地約三百三十坪（千百平方メートル）で、平屋ではあるが、部屋は八畳三間、六畳四間、四畳二間、二畳二間、それに八畳の納戸（物置）があった。長州の志士たちは、伊藤、山県ら足軽程度の家の出身者が多いが、薩摩の海軍に入った東郷や山本は、下士とはいえ、かなりの家に住んでいた。平八郎が生まれたのは、八畳の納戸である。台所と湯殿、便所に挟まれた部屋で、なぜ部屋が沢山あるのにここを産室としたかというと、薩摩は男尊女卑の国なので、妊娠中の女は不潔として遠ざけたものと思われる。

東郷家は北に門があり、入ると左側に小門があり、広い庭には多くの梅の木が植えてあり、なかでも中央の白梅は古木で、冬になると見事な花を咲かせた。これにちなんで若い益子は白梅オゴイサァと呼ばれたのである。

平八郎は五男一女の四男であるが、仲五郎と呼ばれた。長男の四郎兵衛実猗は砲術を勉強し、家老座番を務め、薩英戦争のときは、旗本隊として、久光の本営に詰めて、初めは平八郎と一緒に働いた。

戊辰戦争では、西郷の下で小隊長として参加し、出羽庄内の戦で負傷した。西南戦争のときは、尊敬する西郷のもとに馳せ参じたが、城山で奮戦して重傷を負って、官軍に捕らえられた。権兵衛の兄吉蔵が、西南戦争のとき、陸軍大尉として官軍にいて、薩軍と戦い戦死したのと反対である。

四郎兵衛実猗は、その後、鹿児島に逼塞《ひっそく》して、明治二十年、弟の名声を聞くこともなく、五十四歳で死去する。

実猗の長男が後に海軍中将となり、『薩摩海軍史』を著す東郷吉太郎である。吉太郎は海兵十三期、旅順で二〇三高地の砲撃を行なった黒井悌次郎（のち大将）と同期である。「高雄」艦長などを歴任した後、第一戦隊司令官を務めた。

実猗の下に弟と女子がいたが、ともに早死にし、三男が壮九郎である。壮九郎の妻は柴山竹子で、その弟が平八郎の喧嘩相手で、一緒に甲突川で泳いだ柴山弥八（呉鎮長官、大将）である。

壮九郎は戊辰戦争のとき、鳥羽伏見や東北の戦で手柄を立て、陸軍大尉となったが、西南戦争が起こると、西郷軍に参加した。熊本城を攻めたが、落ちず、西郷とともに転戦して、城山に籠り、九月二十四日、西郷が岩崎谷で自刃すると、その後を追った。割腹したと伝えられたが、戦いの後、母の益子が壮九郎の死体を掘り出してみると、額に弾の痕が一つあるだけであったという。壮九郎は短銃を持っていたので、それで自決したのであった。

平八郎の下に四郎左衛門実武がいた。十七歳のとき、戊辰戦争に参加し、会津の城攻めのとき負傷して、戦死した。したがって平八郎には四人の兄弟がいたが、長兄の実猗と一緒に薩摩海軍に入った壮九郎のほかは知るところが少ない。

仲五郎は小柄ではあったが、非常に負けん気の少年で、母の益子をてこずらせた。美少年に似合わず乱暴者で、盆の日に田圃の小川で、鮒を数十匹も刀で切って、農夫をびっくりさせた。若いときの織田信長に似たところがあった。信仰厚い農民の反感をかい、武士の子でなかったら、制裁を受けていたところである。

しかし、仲五郎は魚ばかりを獲っていた訳ではない。彼の相手は甲突川に泳ぎにくる千石町の上級武士のせがれたちであった。無能なくせに威張る上級武士のせがれがはなもちならない。大勢を相手に小勢で喧嘩をふっかけ、気絶するくらい殴られたこともあった。

この頃から仲五郎の仇名はケスイボ（生意気、意外なことをやる）であった。権兵衛のボッケモン（豪傑）とは、いささか違っていた。

ボッケモンの権兵衛は大勢を相手にしても、滅多に引けを取ることはなかった。仲五郎は負けるとわかっていても、かかっていくのであった。しかし、少し大きくなると、このケスイボはすばしこく、喧嘩早くなり、あるときは相手が一ヵ月も寝込むほどの痛手を負わせて、母の益子に心痛をかけた。子供の喧嘩だというので、裁判にかかるほどの問題にはならなかったが、後に薩英戦争後、第一回英国留学の選に漏れたのは、このような乱暴な実績があったからだともいう。

しかし、仲五郎は少しも悪いとは考えていなかった。仲五郎は母の益子にこう言った。

「母上、千石町の子供たちは、上士の息子をかさにきて、おいたちをいじめる。おいは大勢を相手に戦って、そのうち一人が打ちどころが悪かったとばい」

仲五郎は幼いときから、反骨の持ち主で、しかも徹底的にやるたちであった。

戦前、英雄的な提督であった東郷には、右のような話よりも、つぎのような逸話がよく語られていた。

　仲五郎が幼いときのことである。薩摩は琉球や奄美の砂糖を独占して、これで米を買っていた。したがって鹿児島にも砂糖はあったが、貴重品であった。子供にとって上等のおやつは、カルカンや春駒、兵六餅などよりも、甘い黒砂糖で、最高の菓子は氷砂糖であった。

　仲五郎が十歳くらいの頃の話である。

　ある日、仲五郎は茶簞笥の奥に、その美味しそうな氷砂糖がしまってあるのを見つけた。

「母上、仲五郎に氷砂糖を下され」

と仲五郎は母にせがんだ。来客用にするためにとっておいた益子は、

「そげなもんはあいもはん」

と否定した。

「あいもはんか？」

　ケスイボの仲五郎が、いつになく素直に承知したので、益子は少し気落ちした。仲五郎の計画はすぐにはわからなかった。間もなく母が外出すると、仲五郎は件の氷砂糖を出すと、全部なめてしまった。帰宅してこれを知った益子は、直ぐに仲五郎の仕業と気づき、呼んで叱った。

　しかし、仲五郎は平然として答えた。

「母上、氷砂糖はないといわれもしたな。なかもんがなくなるとはどげんですか？」

　益子は息子の言葉にはたと悟った。

日頃、嘘はいけないと、厳しくしつけていたのである。彼女は心の中で息子に詫びた。

同じ頃、仲五郎が兄をやりこめたことがあった。薩摩では親子長幼の序が厳しく、「議をいうな」というタブーがあった。目上の者に理屈を言うな、ということである。

ある日、仲五郎が自分の部屋で「一枚、二枚……」と勘定をしている声が聞こえるので、兄の四郎兵衛が聞きとがめた。薩摩では金勘定をするとき、そのように数えるが、侍の家では、それを非常に卑しいこととして蔑んできた。

「これ、仲五郎、何を数えとるんか！」

四郎兵衛が障子を開けると、

「これは兄者、紙はなんといって、数えるとですか？」

と仲五郎が半紙の束を見せたので、四郎兵衛は、黙ってしまったという。

東郷家には父の吉左衛門が奉行として乗る〝太刀風〟というたくましい馬が飼ってあった。栗毛のたくましい馬だが、悍馬でなかなか懐《なつ》かない。仲五郎が乗ると、ヒヒヒン！　と振り落としてしまう。

「この野郎！」

というので、仲五郎は木刀を持ち出して、馬の頬を殴った。悍の強い馬は、立ち上がると、前足で仲五郎の頬を打ち、そのうえ頭に嚙みついた。仲五郎は木刀を振り回して、馬を滅多打ちにして逃れた。

翌朝、いつもの例で益子が、仲五郎の髪を結ってやると、頭に傷があるのが発見された。

「仲五郎、この傷はどげんしたとか?」

母の問いに、仲五郎は馬に悪戯をして噛まれた、と答えた。益子は面を改めて、

「東郷家の男子たるもの一旦ことあらば、薩摩藩のため、日本国のため、働くのが務めです。馬などに悪戯して、大事な頭に傷を負うとは何事か」

ときつくたしなめた。

しかし、それで参るようなケスイボではない。

――母上から叱られたのも、あの顔の長い馬のおかげだ……。

というので、今度は噛まれないように長い棒で、太刀風の長い顔をぶん殴った。

ケスイボの仲五郎はこうして、父母を悩ませたが、茶目っ気のところもあった。

ある夜、晩酌のときに、父の吉左衛門が、

「今夜は刺身がなかじゃなあ……」

と淋しそうな顔をした。それを聞いた仲五郎は、

「父上、待ってたもんせ」

と網を持って庭の池に入り、金魚を数匹掬うと、台所で鱗を取り、刺身の形にして皿に盛って、父の膳に出した。これには吉左衛門もふきだした。

しかし、仲五郎の悪戯は激しくなるばかりで、父の吉左衛門も笑ってばかりですましているわけにもいかぬ場合が出てきた。

仲五郎が十一歳のときである。

吉左衛門が兄の壮九郎と仲五郎を連れて、吹上の海岸に近い吹上温泉に行ったことがあった。温泉旅館というものが初めてなので、仲五郎は庭を飛び回っていた。そこへ、湯船につかっていた壮九郎の声が聞こえた。

「おうい、仲五郎、水をもってこい」

これを聞いた仲五郎はむっとした。

——兄貴とはいえ、湯の中から、水を持ってこいとは、何事か……。

かんしゃくを起こした仲五郎が、庭を見回すと、真っ赤になった唐辛子の実が目に入った。

——これ、これ……。

仲五郎はそれをいっぱいむしると、すりつぶして茶碗に入れ水を注いで、湯殿の兄のもとに運んだ。湯気の中でその茶碗を受け取った壮九郎は、弟の悪企みに気づかず、ごくりと呑み干したが、その辛さに茶碗を投げ出して、仲五郎を追ったが、彼はもう表に逃げだしたところであった。

壮九郎からこれを聞いた吉左衛門は、眉をひそめた。悪戯にしては、度が過ぎる。馬の件といい、一度はこらしめる必要があると、吉左衛門は考えた。彼は仲五郎を下役の家に預けることにした。

その頃、薩摩藩で〝高崎崩れ〟というお家騒動があり、多くの家臣が切腹したり、処罰されたりした。仲五郎の気性の荒さを、吉左衛門は恐れたのである。

しかし、このケスイボ少年は、そのくらいのことではへこたれはしなかった。下役の女房が、「男の子は元気がなによりでごわすぞ」などとおだてるのをいいことにして、一向に改心の情が見られない。十日ほどして吉左衛門が、その強情さに諦めかかった頃、益子が詫びを入れ、やっと仲五郎を家に連れもどしたのであった。

このように腕白な仲五郎であったが、勉強するときは勉強した。毎朝六時に起きて、西郷吉次郎（隆盛の弟、戊辰戦争のとき越後長岡で戦死）の家に読み書きの勉強に行く。

朝食の後、藩校造士館で漢学を学び、午後は、演武館で示現流を習う。夜は友だちの家に集まり、太平記などの軍書を読んだ。

このほかに薩摩には、郷中という制度があった。これは青年団にボーイスカウトをミックスし、後のヒトラー・ユーゲントのような国家主義を加味し、海軍兵学校のような全寮制度のムードを取り入れた社会的教育制度といってよかろう。

武士の子供は、八歳になると郷中に入る。十五歳くらいまでが、稚児、その上の青年は二歳（ニセ）となることは、前に述べたとおりである。稚児のときは勉強よりも遊びと体育で、馬になった稚児を棒や縄で追い回したり、竹刀で戦ごっこといって、殴り合ったり、乱暴な遊びで体を鍛えた。

とくに激しいのは、郷中と郷中の対抗競技で、非常にあらっぽいもので、怪我人が出るのが普通であった。薩摩っぽが、気が荒く、また戦に強いのは、このような藩の青少年教育の成果であろう。

仲五郎がこうして少年時代を送っている間に、時代は慌ただしく移っていった。権兵衛が生まれた翌年、嘉永六年には、浦賀にペリーが来て、日本国内が、ひっくり返る騒ぎで、尊皇攘夷の議論が喧しくなり、西郷が月照と心中を図ったりする。

安政五年、大老伊井直弼はアメリカと通商条約を結び、一方、攘夷派が朝廷を動かす。怒った井伊は安政の大獄で志士たちを弾圧する。

その大老が水戸の浪士たちに、桜田門で暗殺された万延元年の十二月、ケスイボの仲五郎も十四歳となり、元服して、平八郎と名をあらためた。元服すると、平八郎はすっかり大人びて、悪戯もしなくなって母の益子を驚かせた。

平八郎は藩に出仕することになり、書記として、月に玄米の三斗俵一俵をもらうことになった。初の扶持米の目録を、益子は神棚に上げた。

――あのケスイボの仲五郎が、ようやく藩から扶持をもらうようになりました……。

そう彼女は先祖に報告した。

書記としての勤めのほか、平八郎は砲術を習い、火縄銃で射撃の練習を行なったり、天保山の原で洋式兵法の訓練を受けたりした。

そして文久二年、生麦事件が起こり、翌三年夏、薩英戦争が起こったのである。

――薩英戦争はどちらが勝ったのか？

不思議なことにイギリスの新聞の中には、イギリス艦隊が負けて敗走したと書いたものもあった。薩摩藩ではまだ知らなかったが、祇園之洲砲台からの砲撃によって、旗艦ユーリアラス号の艦長と副長が戦死し、近くにいた艦隊長官のキューパー中将やニール駐日公使も危うく難を逃れたので、長居は無用と、イギリス艦隊は、沖の小島から砲撃されながら、八月二十八日、湾口から外洋に逃げたのである。

勿論、隼人側にも勝った、と喜ぶ若者はいた。しかし、平八郎や権兵衛は違っていた。藩の汽船三隻は焼かれ、鶴丸城の目の前で、お膝元の城下町が焼かれたのである。

何よりも平八郎や権兵衛にショックを与えたのは、イギリスの艦砲であった。薩摩の大砲のように撃つたびに後退しないで、つぎつぎに連続射撃をしてきて、その精度は相当なものである。そして先の尖った弾は、炸裂して、四方に被害を及ぼす。兵器の新旧の差は決定的であった。

一旦、品川沖にもどったイギリス艦隊は、薩摩との和平に応じることになった。イギリス艦隊の砲撃の威力は、久光ら藩の幹部もよく知っていた。今度、準備を整えて来攻されると、鹿児島の街の大半は焼かれるし、海に近い鶴丸城も危ない。（註、薩英戦争の直後、藩主の居城を、国分に移すという説も出たが、敗北を認めたことになるという意見もあって、そのままになっていた）

和議は九月二十八日、品川御殿山のイギリス公使館で開かれ、強気の薩摩藩は、六万三百両の賠償金を払うことを、なかなか承知せず、一旦は再戦かと危ぶまれたが、イギリス側にも弱みはあった。それは、桜島側の袴腰の砲台が砲撃を始めたとき、その近くに停泊中であった英艦パーサス号が錨を捨てて逃げだした件である。

錨を捨てて逃げるのは、軍艦として最大の恥辱である。その錨を戦利品として、鹿児島で展示されては、恥の上塗りである。それで今後は薩英は親善に務め、薩摩の新式軍艦の購入をイギリスが援助するという条件で、薩摩も賠償金を払うことになり、調印が成立した。

このときは、まだ無償で錨を返すという約束まではしていなかった。それでイギリス艦隊が再び鹿児島湾にやってきたとき、藩は錨は返すが、引き揚げに費用もかかったことであるから、そのお礼にまだ日本になかったイギリスが自慢とする紡績機械を一台もらいたい、と申し入れ、まんまとその機械を手に入れたのである。

大阪商人という言葉があるが、薩摩の商魂もなかなかのものである。薩摩藩ではこれは取引ではなくて、外交手腕だというのであろう。

薩英戦争の結果、海防に目覚めた薩摩藩は、まず開成所を造り、ここで、一、海軍砲術、海軍操縦、陸軍砲術、陸軍兵法など、二、天文、地理、数学、測量、航海、三、器械、造艦術、四、物理、分析、五、医学、などを教えることにした。

また幕府が勝安房に作らせた神戸の海軍操練所（坂本龍馬が塾頭）に、五名の藩士を留学させることにし、慶応元年には町田民部ら十五名を選抜して、イギリスに派遣、海軍の研修をさせることにした。藩主の命令ではあったが、幕府の許可なしに海外に渡航することは禁じられていた。（万延元年に勝を艦長とする咸臨丸が渡航しているが、これは幕府の用で行ったもので、個人の勝手な渡航はできなかった）

藩の命令とはいえ幕府には秘密なので、串木野・羽島海岸からこっそりイギリス船に乗って、上海に向かった。留学生の中には、平八郎と同年の森有礼（のち文部大臣）や松村淳蔵（後、海兵校長、中将）らがいたが、十九歳の平八郎は選からもれて、小料理屋でやけ酒を呑んで、そこの娘に恋をしたが、ふられたと古老の話ではいう。

すでに開成所はできていたが、平八郎はここにも入れなかった。しかし、翌慶応二年六月、開成所に海軍局（所）と陸軍局ができると、父の吉左衛門は、壮九郎と平八郎を海軍局に入れた。いよいよ海から来る敵を海で防ぐ習練を積む機会がきた。平八郎は勇躍した。

ここに提督東郷平八郎が、海の生活のスタートを切ったのである。

海軍局は久光が、倒幕のための海軍を造ろうと考えた学校だけに、その規則も厳しかった。

一、海軍所御軍艦大小砲操練すべて英式になすこと
二、船中においては規則厳重に相守り、兵士の礼を失せざるべく相たしなむべきこと
三、平日の調練において、節度正しく、これを固く守ること
四、規則を破りまたは不出精の人は差免さるべきこと
五、号令官以下の面々、隊中の指図は勿論、その受け持ちについて万事責任を持つべし

海軍局は後の海軍の学校のように、軍紀は極めて厳格で、違反者は厳しく処罰された。

平八郎は『薩摩海軍史』の中で、海軍局の様子をつぎのように回想している。

「当時、海軍所は都之城屋敷跡にあり、英国式銃隊操練を教授し、海上のことは、軍艦についての操練はなく、大艇に四ポンド半の砲を搭載し、艦砲射撃の訓練をしたに過ぎない。小銃はミニェー銃で、中隊教練までを実習した。当時の兵士は与中《くみ》の志願者から採用したもので、一小隊八十人、添役を併せて百人。（中略）

初夏から秋まで同所において、兵術の調練を受け、十月頃上京を命じられる。これ海軍兵士として最初の上京なり。隊長は赤塚源六なり。明治元年（慶応四年）一月一日、赤塚源六、軍艦『春日』船将を命じられたにつき、余の次兄壮九郎、隊長となれり」

この回想にある平八郎の上京は、慶応三年十月のことである。この月、徳川慶喜は大政を奉還することになり、西郷隆盛は二千の薩摩勢を率いて、十月十二日、上京した。平八郎が、海兵隊の第一遊撃隊に加わって上京したのは、このときのことである。

二十一歳の平八郎は、当時の薩摩兵士の服装――筒袖の羽織にラシャのズボン、わらじばきにミニェー銃――といういでたちで、御所の北西にある乾御門（蛤御門の北）の警備についた。

御所は長い塀に囲まれ、ときどき侍に囲まれた公家が、慌ただしげに出入りする。その近くには宏壮な公家の屋敷が建ちならんでいる。表門は閉ざされているが、潜り門からは若い侍女らしい女が、かつぎをかむって出没する。

――この奥には、どのように美しい姫が住んでおらるるごっ……？

平八郎は鹿児島の料理屋の女とは、比べものにならぬ京女の優雅な姿に、茫然としかけていた。

しかし、彼の夢は間もなく破れた。京に着いて二日後の十四日、将軍慶喜は大政を奉還したのである。だが二条城に詰めている幕臣や会津、桑名など徳川縁故の大名たちは、

「王政復古は薩摩の西郷らの陰謀である。むざむざ天下を薩賊に渡してたまるか？」

と言うので、一戦をも辞せぬかまえである。

十一月二十三日、現薩摩藩主島津忠義が、兵三千を率いて、大坂より上京、続いて長州、安芸の藩兵も御所の警備についた。

京の街には薩長に安芸の御所方、旗本、会津、桑名の徳川方がにらみ合い、一触即発の危機をはらんだが、十二月九日、小御所会議で西郷らの強硬な態度がものをいって、王政復古と慶喜の官位辞退、所領返納が決まり、市街戦は避けられた。

しかし、慶喜が大坂城に入ると、会津、桑名二藩のほか幕臣が、続々と大坂城に詰めかけ、再び風雲は急となってきた。

いよいよ戦いか……平八郎は緊張した。

その頃、甲突川で一緒に泳いだ五歳年下の山本権兵衛は、兄吉蔵とともに部隊こそ違え、西郷軍に属し、相国寺の別院で会って、奮闘を誓い合ったりしていた。

合戦に至る直前、十二月十五日、平八郎に悲報がもたらされた。父吉左衛門が、過労のために六十二歳で死んだのである。

――父上、なんの孝養もできませなんだ。母上も、さぞお力落としでございましょう……。

乾御門の詰所でうなだれている平八郎を、隊長の赤塚源六が慰めた。

「平八郎どん、心中、察しもす。おはん勤めには出んでもよか……」

日頃、勇猛で〝赤鬼〟と恐れられていた隊長の優しい言葉に、平八郎もほろりとしたが、数日間、喪に服しただけで、平八郎はまた勤務についた。

平八郎の悲しみのうちに、宿命の年、慶応四年が明けた。九月からは明治元年となる年である。

その元旦の前夜、西郷は赤塚の第一遊撃隊に命令を下した。兵庫（神戸）港にきている薩摩の軍艦「春日」に乗り組んで、鹿児島で応援の陸兵を積み、下関で長州兵を載せて、兵庫に帰投せよ、というのである。

赤塚が艦長、砲隊長伊東祐麿（のち海軍中将）が副長で、「春日」は出港した。その乗組員の中に得意顔の青年がいた。父の死の悲しみも忘れんばかりに、初の軍艦乗り組みに張り切っている東郷平八郎の姿が、そこにあった。ほかには同じ加治屋町の出身の大山弥助（巌）、井上良馨や林謙三（安保清康、後、呉鎮長官、中将）らの姿もあった。

しかし、平八郎たちが「春日」に乗り組むのは、容易なことではなかった。

すでに一月一日、大坂の幕軍は京に向かって進軍を開始しており、一月二日の夜、平八郎たちが伏見から舟で淀川を下るときは、近くに砲声が聞こえた。

大坂の薩摩藩邸に入ると、

「ここから兵庫港へゆくといっても、幕軍がひしめいている。陸よりはむしろ海路の方がよかろう」

　と留守居役が言った。

　赤塚は海路をとることにしたが、戦乱のさなかで船頭がいない。彼は平八郎に言った。

「腕ずくでも船頭を探してこい！」

　承知した平八郎は、安治川べりの船頭の家へ行って、奥に隠れている二人の船頭を引っ張り出し、

「禁裡の御用だ。ゆかんとぶった斬るど！」

　と刀を抜いて脅した。

　二人はやっと承知して舟を出したが、大坂湾に出るには、安治川の関所を通らなければならない。大坂城代の配下が出張っている。文句を言ったら、撃ち殺して通ろう、と平八郎たちは小銃に弾をこめ、薦《こも》をかぶって息を殺していた。幸いに、警備の侍は、鳥羽、伏見の方に気をとられていたとみえて、海へ出る舟にはゆるやかであった。

　夜になって、兵庫沖の「春日」艦に乗船した。これが平八郎が軍艦に乗った初めである。

　鳥羽、伏見ではすでに戦火がしきりにあがり、権兵衛は銃隊に入って幕軍と戦っていたが、平八郎は生まれて初めての軍艦の甲板を得意そうに歩き、百斤砲の砲身をなでたりしていた。

　今までの船将・井上新右衛門は、赤塚源六と交代した。

「春日」乗組員の編成はつぎのとおりである。

船将　赤塚源六（元一番遊撃隊長）
一等士官（副長格）伊東次右衛門（祐麿、元二番大砲隊平隊長）
同　林謙三
同　和田彦兵衛（春日丸乗り組み、航海士官）
二等士官　井上直八（「春日」仮乗り組み）
同　伊地知休八（弘一、元一番遊撃隊分隊長、後、大佐）
三等士官　谷元良助
同　隈元源之丞
同　黒田喜左衛門（元一番遊撃隊分隊長）
同　東郷平八郎（同右、嚮導）
同　隈崎佐七郎（同右、ラッパ手）

このほかに陸軍砲隊より西郷新八ら、器械方士官として加世田新左衛門、医師・高島一次、通訳・上野敬介らが乗り組んでいた。

初めて軍艦に乗った平八郎は、はしなくも日本最初の軍艦同士の海戦を経験することになった。

というのは、すでに幕府海軍副総裁榎本武揚は、幕府の最新鋭艦「開陽」をはじめ、「富士山」「蟠竜」「翔鶴」「順動」の五隻を率いて、大坂湾に待機していたからである。

平八郎たちが「春日」に到着する前日、たまたま薩摩藩の汽船平運丸は、兵庫沖に移動しようとしたところ、海上にいた幕艦の「開陽」「蟠竜」が砲撃し、平運丸は船尾に命中弾を受けた。

平運丸は兵庫沖に逃げこんだが、「春日」の井上船長は怒って、部下の和田彦兵衛と有川藤助を「開陽」に送って、榎本に平運丸砲撃の非を抗議した。

二人の薩軍士官を前にして、榎本は傲然と言い放った。

「いまさら何をいうか。すでに江戸においては、放火などの狼藉を働いた薩摩藩邸を焼き打ちにし、幕府と薩摩は戦闘状態である。幕命は開戦を言ってきてはおらぬが、目の前の敵を見逃すことができるか！」

「ふむ、幕軍はやる気か」

「後で後悔するな」

二人は、榎本の顔をにらみつけて、「開陽」を後にした。

「ふむ、賊はやる気か」

二人の報告を聞いて、井上艦長は直ちに汽罐に点火し、戦闘準備を整えた。赤塚や平八郎らが「春日」に着任したのは、そのような一触即発のときであった。

兵庫港は東は大坂で、西の明石海峡と南の紀淡海峡が出口である。榎本は「開陽」以下五隻の幕艦をもって、この出口を封鎖してしまった。

当時、兵庫港には、「春日」、平運丸、翔鳳丸の三隻がいた。このうち、翔鳳丸は、品川で幕艦「回天」と交戦して、逃走した船なので、榎本はこの際、この船にも一撃を加えようというのである。

井上と交替した赤塚新艦長は、このまま港内にいては袋叩きに遭うと考えて、四日未明、囲みを破って鹿児島へ帰ることにした。「春日」は翔鳳丸を護衛し、平運丸は単艦で敵の封鎖を突破しようというのである。

このため、赤塚はつぎのように戦闘配置を定めた。

一番司令　谷元良助　左舷四十斤旋条砲
二番司令　隈崎佐七郎　右舷銅製十三斤砲
三番司令　東郷平八郎　左舷四十斤旋条砲
四番司令　隈元源之丞　右舷四十斤旋条砲
司令　黒田喜左衛門　中央表先十二斤アームストロング砲
司令　伊地知休八　中央艦部甲板百斤旋条砲
同　井上直八　同砲

そしてこれらの砲の全指揮をとるのが、薩藩有数の砲術の大家と自負する副長の伊東祐麿で、その弟の伊東祐亨も翔鳳丸からこの「春日」の乗り組みになっていた。いずれも加治屋町の出身者である。

兄祐麿は後に中将となって、山本権兵衛の海軍の老年士官再教育論をつぶす役を演じる。弟の祐亨は日清戦争時の連合艦隊司令長官で、「浪速」を指揮する東郷とともに、黄海の海戦で清国の北洋艦隊を打ち破る運命にある。

このような意味で、鳥羽伏見に始まる戊辰戦争は、藩の海軍の若き星たちに、実戦の経験を受けさせる場でもあった。もっとも平八郎より四歳年長の祐亨は、当然、薩英戦争のとき、英艦隊の砲火の中をくぐってはいたが……。

四日午前四時、「春日」は錨を揚げると東に向かった。後方には品川沖で破損した翔鳳丸がついて来る。前方には「開陽」「蟠竜」「翔鶴」「富士山」が待っているはずであった。

――いよいよ始まるか……。

数え二十二歳になったばかりの平八郎は、持ち場の左舷四十斤旋条砲の砲側で前方をにらんでいた。すでに砲には弾がこめてある。点火すればすぐにでも四十斤弾が敵の方に飛んでいく。

――今日は相当な激戦になるな。しかし、おいはやられはしもはんごっ……。

ケスイボの平八郎は、唇を引きしめて、明けていく東の空をみつめていた。

賊軍といえども敵は優勢である。

まず、旗艦「開陽」は、文久二年（一八六二）、榎本がオランダに留学したとき、発注した内輪蒸気船で、長さ七十二メートル、四百馬力、砲二十六門、前年の慶応三年に竣工（代金四十万ドル）して、榎本らが乗り組んで日本に着いたばかりの新鋭艦であった。

「富士山」もアメリカ製の新造艦で、長さ六十五メートル、代価二十四万ドル。

「蟠竜」は安政五年（一八五八）に英国女王が徳川将軍に贈呈したもので、新しくはないが、王室ヨットともいうべき豪華な内装を持っていた。

「翔鶴」は長さ六十三メートル、文久三年、横浜で幕府が外国人から十四万五千ドルで買ったものである。

以上の四隻は木造船であるが、「順動」は長さ七十二メートルの鉄船で、文久二年に幕府が十五万ドルで外人から買ったものである。

もちろん、赤塚艦長も、これらに立ち向かえば相当の被害は覚悟すべきで、無事に太平洋に脱出できるとは考えていなかった。

ところが、意外なことから最初の激突は避けられることになった。それは、三日夜半になって大坂の空が真っ赤に燃えたからである。

「イモ奴が……。大坂に火を放ったか……」

「開陽」の艦橋から見ていた榎本は歯がみをした。

鳥羽伏見の一戦が幕府方に不利なことは、彼も察してはいた。

――もし、将軍慶喜が陸から追われてきたら、これを援助し、収容しなければならぬ……。

榎本は直ちに兵庫の封鎖を解いて、大坂の天保山沖に向かった。

こうして、兵庫の封鎖が解けたので、平八郎たちの乗った「春日」は、平運丸を瀬戸内海に向かわせ、翔鳳丸を引き連れて淡路島の東を南下した。

「どげんしたとか。敵はおらんごっ……」

平八郎が気抜けしたようにこう洩らしている間に、「春日」は紀淡海峡を抜けて、早くも紀伊水道にかかり、右手に阿波の伊島が見えてきた。「春日」は十六ノットは出るが、傷ついた翔鳳丸は八ノットしか出ないので、これを曳航するため、船脚は遅い。突然、

「敵艦、『開陽』、後方！」

後部の見張りがこう叫んだ。

「来たか、賊奴……」

舌打ちをすると、赤塚は足手まといの翔鳳丸の舫綱《もやい》を解き放った。

「戦闘用意！」

鬼船長の号令が真昼の冬の海面を渡っていく。

追うは「開陽」、三本マストに全帆展張である。一旦は大坂の様子をうかがいに行ったものの、幕軍の被害がそれほどでもないと知った榎本は、さっそく、エンジンを全開して「春日」を追うことにしたのである。「春日」を倒せば、お荷物の翔鳳丸は自然にこちらのものになる。

「各砲、砲撃用意！」

艦橋の赤塚はそう怒鳴るが、如何せん、まだ「開陽」は百斤砲といえども射程内に入っていない。

平八郎は、四十斤砲の砲側でいらいらしながら、近づいてくる「開陽」の巨大な白鳥のよ

うな姿をみつめていた。「砲撃用意」といっても、「春日」の砲はすべて両舷側に装備されているので、尻に帆かけて逃げている状態では、後方の「開陽」を撃つわけにはいかない。

――敵の前方を遮るように九〇度変針して、どちらかの舷を敵に向けて発砲するほかない……。

平八郎がそう考えていると、「開陽」の方が、針路を東にそらせ、右舷の砲をこちらに指向して、砲撃を開始した。彼我の距離は、まだ八千尺（二千五百メートル）以上ありそうであるが、「開陽」は初弾を発砲した。新式なので、射距離に自信があるのであろう。

はるかかなたで白煙とともにピカリと閃光が発せられると、三十斤砲弾が「春日」の左舷五丈（十五メートル）ほどの海面に水柱を上げた。続いて敵は撃ってくるが、命中弾も至近弾もない。

「下手糞！」

平八郎はそう叫びながら、自分の四十斤砲をなでた。この距離では、英艦といえども、命中弾を得ることは難しいであろう。

――それより、こちらも艦側を敵に向けて、発砲せにゃあ、追いつかれてしまうごっ！

平八郎は、そう考えながら、艦橋の赤塚艦長を仰いだ。

「まだじゃ、まだ……」

艦橋では、鬼の赤塚が、撃たせよ、とはやる副長の伊東を抑えていた。左旋回して、「開陽」の鼻先を抑える形で砲撃を開始することは、彼も十分心得ている。しかし、如何せん、まだ距離が遠すぎる。これでは、「開陽」の弾は届くが、こちらの弾は三分の二ほども飛ばない。

「大丈夫じゃ、賊の弾は当たりゃせん！」

赤塚は腕を組んで後方の「開陽」を眺め、艦橋の時計をにらんだ。午後三時を回ったとこ
ろである。すでに太平洋である。冬の大洋は、うねりが大きい。このうねりでは、「開陽」

の腕では当たるまい。そうこうするうちに、「開陽」は優速を利して追いすがり、彼我の距
離が縮まった。

「いいか、今から賊に肉薄する。撃ちまくれ！」

赤塚がそう声を張り上げたとき、「開陽」のマストに信号が揚がった。

「艦長。降服せよ、しからずんば、撃沈する、と言っています」

航海科士官の和田彦兵衛が、そう信号を読んだ。

「小癪な……見ておれ！」

そうつぶやくと、赤塚は、

「取舵一杯！」

を命じた。

「春日」は大きく左に旋回して、「開陽」の頭を抑える形になる。英国式にいうならば〝T
字戦法〟である。

「おう、赤塚どんな、やってくれもしたな」

砲側の平八郎をはじめ、士官たちは奮い立った。

「ようし、撃ち方始め！」

そう下命すると、赤塚は艦橋で踊り始めた。

〽エゲレス船が
　鹿児島湾で
　薩摩の大砲で
　撃たれ申して
　逃げたげな
　チングラッ！

赤い陣羽織姿で踊る赤塚の姿を、望遠鏡の中に捉えた榎本は、

「何かこれは？　薩軍の艦長は血迷ったか？」

と眉をしかめた。

その瞬間、「春日」の全砲門（といっても「開陽」の二十六門に対して六門しかないが）が火ぶたを切った。

このとき張り切ったのは、中部左舷百斤砲を指揮した伊地知休八である。

同じ左舷にいた仲五郎が四十斤砲の弾を先からこめさせていると、近くにいた伊地知休八

が、にやりと笑った。

「おい、仲五、しばらく待たんかい。どうやらおはんの砲は弾が届きゃせんごっ！」

休八も、平八郎とは甲突川で水遊びをした仲間である。どういうわけか休八は二等士官で、平八郎は三等士官である。砲も休八の方が大きい。赤塚隊長の一番遊撃隊に入ったときも、休八は分隊長で士官の一人で、平八郎は嚮導といって、下士官兵の筆頭という形であった。

休八の悪態に対して、

「何をこくか！　休八のはウドの大木じゃ。おいのは、山椒《さんしょう》は小粒でもピリリと辛かっ！　今に見ておれ！」

ケスイボの平八郎はそう言うと、唇を噛んだ。

大体、加治屋町の郷中にいた少年時代から、平八郎は粗暴で仲間を半殺しの目にあわせたというので、上のお覚えがめでたくない。そんなことは承知ずみの平八郎は、初の海戦で砲撃を行なうことの喜びで、胸を踊らせていた。

もちろん、海国日本には古代以来、多くの海戦があった。伝説にある神功皇后〈応神天皇の后〉の三韓征伐はともかく、天智天皇時代には百済を助けるため、白村江〈はくすきのえ＝錦江〈扶余を通って群山で黄海に注ぐ〉の河口〉へ大艦隊を送って、新羅、唐の連合軍に大敗を喫したことは、韓国の『三国志』にも記録が残っている。

その後、源平の頃には、源義経が水軍を率いて屋島や壇ノ浦で平家と戦っている。

そして、鎌倉時代には元の大軍を河野通有らの伊予の水軍が博多湾に迎え撃って、神風

（台風）の加護もあって、これを撃退している。

室町時代には〝八幡船〟という日本海賊が、朝鮮、中国の沿岸はもちろん、ベトナム、タイにまで、その荒々しい爪跡を残している。

豊臣秀吉の天下平定のときには、伊勢志摩の〝九鬼の水軍〟が秀吉につき、毛利について、瀬戸内海の王者〝村上の水軍〟を相手に激闘を繰り返した。九鬼水軍は、〝安達船〟という大砲を積んだ巨船を建造し、大坂湾の木津川口で、鯱のように群がる村上の小船群を圧倒して、秀吉に勝利をもたらした。

しかし、その九鬼の水軍も、朝鮮出兵のときは、李朝の名将・李舜臣のために苦杯を喫した。李は亀甲船という甲鉄で装甲した快速船に小銃多数を積んで、朝鮮南方の麗水方面の島の多い内海を駆けめぐり、地理にうとい日本の水軍を悩ませた。

それからしばらく、日本近海は鎖国のためにうわべだけではあるが平和が続いた。その夢は嘉永六年のペリーの来航で破られ、文久三年の薩英戦争ではエゲレスの艦砲の洗礼を薩摩藩はうけたのである。

しかし、洋式軍艦の砲戦は、この〝阿波沖の海戦〟が日本最初のもので、そこまで詳しいことは知らない平八郎も、車の重大さに緊張していた。

「それ、点火じゃっ！」

休八の命令で点火された百斤砲が火をふいた。

「見ておれ、こん弾が『開陽』の土手腹に風穴をばあくっど……」

休八は得意そうに弾の行方を見守った。（註、この頃の砲弾は初速が遅いため、弾の飛んでいくのが見えたという。西南戦争のときに、小銃弾が白い煙を引いて飛んできたので、兵士たちはこれをよけた、という説もある）

しかし、残念ながら休八の百斤砲の弾は、火薬が少なすぎたのか、弾が重すぎたのか、「開陽」の十間（二十メートル）ほど手前で水しぶきを上げてしまった。

「見ろ！　休八、弾が太いばかりが能ではなか！」

鼻の先でせせら笑って、平八郎は、艦橋の方を向くと、

「赤塚どん！　艦《ふね》を近づけてたもんせ！」

と大声で怒鳴った。

「わかっちょる、早う弾を出さんかっ！」

仇名のとおり、赤鬼のように顔を赤くしながら、赤塚艦長が怒鳴り返した。

取舵をとった「春日」は、「開陽」に左舷を見せながら肉薄している。間もなく、平八郎の四十斤砲も射程距離に入りそうである。

伊地知休八の百斤砲弾が手前に落ちたのを見た「開陽」艦橋の榎本司令官は、

「見たか、イモの大砲では届くまい」

と、指揮下のクルップ砲、カノン砲に連射を命じたが、「春日」がどんどん接近して来るので、弾が「春日」を通りこして〝遠〟に落ちる。と思うと、〝近〟に修正しすぎると手前に落ちる。

「春日」は水煙に包まれながら、吹雪の中を突進する猪のように、一目散に突進して来る。

「撃て！」

頃合よしとみて、平八郎は、火口に火縄をつけた。轟音とともに四十斤砲弾が飛んでいく。

「見ていよ、休八、おいの砲が火をふけば、賊の艦などはチングラッ（形がなくなる）じゃど……」

平八郎は腕を組んで、弾着を待った。

その弾が、「開陽」の艦橋の手前二間ほどに水柱を上げると、その水煙をかぶった榎本も驚いたが、もっと驚いたのは、撃った方の平八郎である。

「見よ、休八、見よ！」

と叫んだきり、後は声にならない。生まれて初めて撃った弾が敵の巨艦「開陽」への至近弾となったのであるから、まさかと思っていた平八郎は、しばらくは、

「あ……」

と口を開いたきりである。

「畜生、ケスイボの奴め……」

焦立った休八は、

「強薬じゃ、もっと火薬をたんとこめんかっ！」

と叫び、第二弾を発射したが、今度は、「開陽」の艦尾に弾が落ちた。この敵恐るべし……とみた榎本は、エンジンを全開して増速しつつあった。

「よし！　つぎの弾こめい！」

次発を装填すると、平八郎は速射のかまえである。

「こちらも負けるな、急げ！」

休八の方も、速射に移ろうとしたが、弾が重くて、そうもいかないし、あわてると火薬が少ないのか、〝近〟に落ちる。

「見たか、休八、おいの四十斤砲にはのう、ネジ（旋条）ちゅうものが切ってあってのう、タマがくるくると、こう宙を舞って……」

平八郎が得意そうに説明していると、艦側に至近弾が落ちて、水柱が上がった。

「急げ！　撃たんかい！」

平八郎は、父の形見の主水正《もんどのしょう》正清の名刀を引き抜くと、それを振りかざしながら歌い出した。

〽賊どもの軍艦が
撃ったげな
丸に十字の
薩摩の艦《ふね》に
撃ち返されて
チングラッ！

それを見た休八はあわてた。

「おい、こちらも負けるな。この百斤弾を賊の艦に撃ちこんでやらんば！」

こうして、阿波と紀伊の間の海面で、期せずして日本最初の洋式砲戦が繰りひろげられ、両軍必死の射撃の応酬が続いた。「春日」に針路を抑えられた形の「開陽」は、接近戦は不利とみて、アウトレインジ作戦をとるべく東へ針路をひねるので、紀州の山なみが近づいて来る。

「これはいかん。あんな小さな薩摩の艦に、幕府随一の新鋭艦が押されるとは……」

「開陽」の艦橋では、総帥の榎本がオランダ渡りの望遠鏡をのぞきながら、舌打ちをしている。まったく四分の一にも足りないくらいの「春日」に、これほど苦戦を強いられようとは、彼も予想していなかった。

それというのも、「開陽」の方は士気があがらず、砲戦の訓練も十分ではない。一方、「春日」のほうは、五年前の薩英戦争で実戦の経験を経た兵士もかなりいて、砲戦訓練にも力を入れただけあって、平八郎のような新乗り組みの士官が多くいても、士気は旺盛、砲戦にも気合が入っていた。

紀伊半島の方に追いつめられるように変針していく「開陽」に射撃を続けていくうちに、平八郎の左舷四十斤砲の一弾が、「開陽」の艦橋後部マストの根元に命中して、カッと火花を散らした。

「何？　イモのタマが当たったと？」

振り向いた榎本の視野に、マストの根元の火災が入っていた。弾が四十斤なので小火災で喰いとめられたが、百斤がまともに当たっていたら、マストが折れたかも知れない。

一方、自分の撃った弾の命中を認めた平八郎は喜んで、

「見たか、休八、おいの弾が賊のマストに命中したど。いまに、あの『開陽』めは、チングラッじゃ」

そう言うと、彼はまたもや名刀主水正正清を振り回して、射撃を急がせた。この刀は薩英戦争で弁天の砲台に詰めるとき、「敵が上陸してきたら、この刀で戦うべし」と母の益子が父の差料を出してやったものである。

――その父上も亡くなったが、今日は、十分に仲五郎の働きを見てもらいもすぞ……。

平八郎の眉にちらとかげりがさしたが、すぐに得意の歌がこれをかき消した。

〽ニセどんの大砲が
賊の土手腹打ち破り
榎本どんも
チングラッ！

これを聞いた伊地知休八も、砲側で督促したが、ついにこの日は、命中弾を得ることなく

して終わった。

熾烈な射弾の応酬が続けられている間に、早くも冬の陽は四国の剣山山脈の方に傾いている。

この日、「春日」の砲隊は、平八郎の一弾をはじめ三弾を「開陽」に当てた。もちろん、甲鉄艦の「開陽」の被害は小さなものに止まったが、新鋭艦であるはずの幕軍の主力艦「開陽」が、薩摩の小艦「春日」を撃沈できなかったことは、榎本に大きなショックを与えた。「開陽」の砲は、その前評判にもかかわらず、ただ一発が「春日」の外輪をかすめたのに止まったのである。

日没が近いとみると、「春日」艦長の赤塚は戦場離脱を考えた。艦首を翻すと、彼は艦首を南に向けた。室戸岬を回って薩摩に逃げこもうというのである。

「おのれ、逃げるか……」

怒った榎本は、「開陽」に右変針をさせて、「春日」を追跡した。すると、今度は「春日」は右舷を「開陽」の方に向けた。

喜んだのは右舷の砲を指揮する隈崎佐七郎（十二斤砲）、隈元源之丞（四十斤砲）、井上直八（百斤砲）らである。

「それ来たぞ！」

「左舷の連中に負くるな」

「賊の『開陽』に止めを刺せ！」

今まで、左舷の奮戦ぶりを指をくわえて見ていただけに、彼らは張り切って発砲した。

一方、「開陽」の方はひるんだ。先ほど命中弾を喰っているだけに新鋭艦の自信が崩れている。へたに接近するとまた弾を喰うおそれがある。

この頃、「開陽」の艦橋では、主将の榎本と副将格の幕府陸軍奉行松平太郎の間で激論がかわされていた。松平が砲撃はその程度にして「春日」を見逃し、大坂湾にもどろうというと、意地になっていた榎本は眼の色を変えた。

「何をいわるる？　松平殿！　あのような薩摩の小艦になぶりものにされて、幕府一の大艦がこれを撃沈し損なったとあっては、徳川家の恥辱、このまま見逃すわけには参らぬ！」

しかし、松平のつぎの言葉は、榎本のプライドをも挫くほどのものであった。

「榎本殿、海軍副総裁のお言葉とも思えぬ。われら艦隊の第一の御用は慶喜公の守護でござるぞ！　鳥羽伏見の戦況思わしからず。万一のときには、上様を陸路江戸へとお連れすることは危険でござる。海路となれば、貴殿が、この『開陽』で上様のお供をするのが当然ではござらぬか」

理非を分けた松平の言葉に、榎本も屈した。

「是非に及ばぬ。一旦、引き返して、鳥羽伏見の様子を聞くと致そう」

止むを得ず考えを改めた榎本は、「開陽」の艦首をめぐらせた。早くも太陽は四国の山なみに近づきつつある。

「今夜は和歌の浦に仮泊して、早飛脚で京方面の戦況と、上様のご様子を伺わせるべきです」

松平の言葉に、榎本は無念そうにうなずいた。

この日、「開陽」の発射弾は二十五発、「春日」は十八発と、『薩摩海戦史』は記録している。

「開陽」があきらめて回頭するのを確かめた「春日」は、赤塚艦長以下凱歌を掲げ、イモ焼酎で乾盃し、一月六日、鹿児島に帰投した。船中、焼酎をなめながら、平八郎は父吉左衛門に報告した。

――父上、仲五郎はやりましたぞ。見事、敵の旗艦に四十斤弾をぶち当ててやりました。もうこれで、暴《あば》れ者のケスイボの仲五郎ではございませぬ。軍艦「春日」の四十斤砲の指揮官ですぞ……。

箱館戦争

「春日」が鹿児島に入港したのと同じ一月六日、鳥羽伏見の敗戦に入京をあきらめた将軍慶喜は、「開陽」で江戸に向かった。

翌七日、慶喜追討の号令が朝廷から発せられ、西郷が参謀となり、有栖川宮を東征軍総督として、追討軍は東に向かった。

ここに戊辰戦争が始まることとなり、一月十八日、平八郎の乗っている「春日」は鹿児島で、陸兵を搭載した三邦丸を護衛して兵庫に向かった。強敵、榎本の艦隊が東へ至った後の兵庫に入港すると「春日」は陸兵を揚陸したが、「春日」は長崎で修理をすることになり、大坂の町で勝利の快感を味わう暇もなく再び西へ向かった。

長崎へ行くと、この外国から買った艦の修理は長崎ではできぬというので、「春日」は上海へ回航されることになった。

「お、上海か、異国が見られるど……」

平八郎は喜んだが、赤塚艦長のほか彼を含む三名は鹿児島で待機ということになり、

――なんでおいは連れて行ってくれんのじゃ……。

と恨みながら丸山の花街で別れの酒を呑むと、「春日」を降りて鹿児島に向かった。

二月末、平八郎は鹿児島に帰った。十月に家を出てから五ヵ月ぶりである。鹿児島の町は戦勝に沸き返っていた。

関ヶ原で島津義弘が家康の陣を脅かしたというので、この南国の大藩は、ことごとに江戸の幕府からにらまれていた。謀叛を企んでいはせぬかというので、始終隠密が入って来る。宝暦四年（一七五四）の濃尾三川分流のお手伝い普請で、四十万両という大金の借財ができる前にも、薩摩は、寛永寺の普請や徳川家の姫の婚礼用の御殿を造らされたりで、大金を費やされてきた。いつの間にか薩摩には、〝徳川討つべし〟の気風が漲っていた。それがいよいよ、倒幕の勅命によって、江戸征討に西郷の指揮する軍隊が進軍することになったのである。

伯吉町をはじめ下町の角々には酒樽（といってもイモ焼酎であるが）が据えられ、町民は自由にこれを呑んで酔っぱらい、

「徳川見たか！」

「薩摩っぽの腕を思い知れ！」

と叫んでいる。

弁天波止に近いボサド（菩薩堂）の桟橋に上陸した平八郎が、真っ先に見たのは、そのよ

うに戦勝に酔う市民の姿であった。

「おう、仲五どんではなかか……」

出迎えの一人の兵士が、珍しそうに寄ってきた。加治屋町の郷中の後輩である。

「珍しか服を着ちょんのう……」

彼は、異国人でも見るように、平八郎の頭の上から爪先までを見下ろした。平八郎は髪をざん斬りにし、金色のボタンのついたイギリス式の士官の服をつけ、黒い靴をはいていた。

「いやあ、ご苦労さんじゃった。まあ、一杯やらんばね」

友のさす茶碗の焼酎を一杯干すと、平八郎は、加治屋町に急いだ。兄たちはすべて官軍に従軍しており、母の益子一人が家を守っているはずである。

「おう、平八郎……」

出迎えた母に、

「母上様、この平八郎は、父上のご最期にも間に合わず……」

と平八郎は詫びた。

「なんの、父上は、おはんの立派な働きをあの世から見て、がっつい喜んでおいでじゃ、さあ、父上に報告じゃ……」

そう言うと、益子は仏壇に灯明をあげた。

「父上……平八郎でごわす」

仏前にぬかずいた平八郎は瞑目した。幼児からのさまざまな思い出が瞼の裏を去来した。

そのなかでも、父の愛馬太刀風を殴って負傷させたことが、ひとしおいたく思い出された。

「平八郎のワヤク（いたずら）奴……」

そう言いながら、父は乗る馬がないので、徒歩で登城したのであった。

――父上は、本当は、おいをいとおしんでいてくれたのじゃ……。

そう思うと、父の恩愛の想いが、平八郎の胸を嚙んだ。

帰郷した平八郎は「春日」が修理を終わって上海から帰るまで、藩の海軍局に出仕して、実戦を経験した助教として、新入生の訓練にあたることになった。

新前を相手にすると、どうしても阿波沖での「春日」の経験が口先に出てくる。

「おいがのう、阿波沖で、実弾をば発射したときにはのう……」

これが口癖なので、平八郎は〝阿波沖先生〟という仇名をつけられてしまった。

平八郎が助教を務めている間に、江戸では大きく時勢が動きつつあった。

三月十三日、勝海舟は西郷隆盛と三田の薩摩屋敷で会合して、江戸の無血開城を約束した。

四月一日、徳川慶喜は江戸城を明け渡して、水戸に謹慎することになった。

しかし、品川沖に無傷の艦隊を擁する榎本たちは、この降服を承知しなかった。

四月十二日、榎本は艦隊を率いて出港、房州館山沖に仮泊した。蝦夷（北海道）の地に共和国を建て、徳川にもつかず薩長にも頭を下げないで、独立国として、外国と条約を結ぼうというのが、榎本の新しい構想で、これは、少し後に越後長岡の河井継之助も同じことを考える。違うのはこの先進的なアイデアマンのうち、河井は結局、中立を維持することができず、奥只見（福島県西部）の山奥で病死してしまうが、榎本は官軍と一戦を交えた後、助命されて新政府の大臣となる点である。

榎本が艦隊の引き渡しを拒んで品川沖を出港したことを聞いて、一番驚いたのは勝海舟である。せっかく、西郷との肚芸によってかち得た江戸の無血開城も、榎本の離反によって水の泡となる。勝は、急遽、館山沖に向かうと、旗艦の富士山丸に乗りこんだ。

この際、

「勝を斬れ！」

と取りまく将兵をかき分けて、勝は榎本の部屋に入った。

「榎本君、君は江戸を戦火で焼くつもりか？　慶喜公の身の上がどうなってもよろしいのか！」

珍しく勝は興奮していた。

「お許し下さい、敗れた旗本にも徳川三百年を想う侍の意地があります。どうか幕府の艦隊だけは残してもらいたいと、西郷さんに、相談して頂けませんか」

榎本の眼の色にも必死なものがうかがわれる。返答によっては、師と仰ぐ勝をも斬らねばならぬ。

「よろしい、わしも徳川の家臣だ。西郷さんに頼んでみよう。このまま北へ行くことだけはやめてほしい」

了解した勝は急いで江戸にもどり、薩摩屋敷で待っていた西郷と会見し、艦隊の半分だけは慶喜の警護という理由で、榎本の指揮に任せる、ということになった。

四月十九日、榎本の艦隊は品川沖にもどり、主として老朽艦を官軍に譲渡した。しかし、その後、江戸で薩長の横暴が目にあまるものがあり、五月十五日、上野の山によった旗本たちの彰義隊が敗走すると、八月十九日、榎本は艦隊を率いて北海道に向かい、やがて箱館戦争が始まるのである。

一方、鹿児島では七月初旬、修理を終わった「春日」が帰港して、平八郎たちを喜ばせた。

しかし、乗艦してまた機関が故障したので、赤塚艦長以下、平八郎は伊東祐亨、井上直八らといらいらしながら、その完成を待った。東北ではすでに官軍が奥羽の会津、仙台、庄内などの諸藩を攻撃にかかっている。早くゆかないと戦は終わってしまう。

八月初旬、突然、西郷隆盛が「春日」にやってきた。奥羽へ送る援軍を引率するために帰郷していたものである。

「赤塚どん、越後へ千二百ほど、急いで送ったもんせ」

西郷は若輩にでも腰が低い。若いもんは国の宝じゃ、というのが彼の考え方である。

まだ五日ぐらいはかかるというのを、西郷を尊敬している平八郎は、伊東、井上と連合軍を組んで、八月六日の出港を赤塚艦長に約束させた。

「仲五どん、おはんも大きうなったのう。よっぽど吉左衛門どんに見せてあげたか……」

そう言うと、西郷は平八郎の手を握った。大きな肉の厚い温かな掌であった。

八月六日、「春日」は陸兵を満載した「丁卯《ていぼう》」「乾行」の二艦を率いて鹿児島を出港して、豊予海峡、関門海峡を抜けて日本海に出、越後の柏崎に向かった。

五日間の航海中、平八郎はあらためて今や日本の第一人者である西郷の威風に接し、大いに感化されるところがあった。

西郷は、艦橋にいて赤塚の操舵ぶりを興味深く見ていたかと思うと、砲側で当直をしている平八郎たちのところにきて、話をした。

井上が、

「賊はどこまでやる積もりでごわしょうか？」

と聞くと、

「賊という言い方はやめにせんかい。今は日本国中が天朝様の世の中でごわす。ただ、徳川には徳川の、奥羽の伊達や松平には彼らの意地ちゅうもんがごわそう。大体、会津の松平は長く京都守護職として禁裡の警護にあたっていた藩じゃ。朝廷への忠義をば忘れるはずはなか。蛤御門で長州の乱入を薩摩とともに防いだのも会津勢であった。それが会津に籠るというのは、よくよく薩摩の下にはつきとうないという松平侯の意地というもんでごわそう。薩摩側にも反省がなかなかないけん」

西郷はそのように、会津側の心理に同情を寄せた。

ある日、艦橋で当直将校をしていた平八郎は、

「遅い、遅かのう……」

と西郷がいら立たしげに前方をにらみ、展張した帆を仰ぐのを見た。

「西郷先生、風は追い風、エンジンも全速を出すと焼け切れますゆえ、この十二ノット程度でごわす」

と赤塚が説明すると、

「船のこと言うとるのではなか。日本国のことじゃ」

と西郷は大きな眼を剝いて赤塚をにらんだ。

「おはんたち……この西郷は、憎くて奥羽を抑えるのではなか。早く日本国を統一せんば、諸外国の侮りをば受くることとなりもす。エゲレス、フランス、メリケン、オロシヤ、みんなこの日本国を東洋侵略の基地として欲しがっとるのじゃ、日本は早く一本立ちにならにゃあいけん。内戦をやっとる時ではごわはん！」

そう言うと、西郷は大きな眼を沖の白雲の方に向けた。

――大きいのう……。奥羽側もあのように、日本国の将来を考えてくれたら、内戦も早くかたづこうものを……。

そう考えながら、平八郎はこの英傑の言動に見入っていた。

このとき、広量の西郷に、平八郎が一つだけ甘えたことがあった。

「西郷先生、おいをエゲレスに留学させてたもんせ。新しい日本のために、海軍の勉強をしとうごわす」

西郷が後甲板を散歩しているときに、平八郎はそう頼んでみた。

「おう、おはん、第一回のエゲレス行きにはもれてもはっと？」

「はい、森（有礼）たちは、もうロンドンで相当にエゲレス語を学んでいるはずでごわす」

「そげんか……」

西郷は大きな眼で平八郎を見下ろすと、にこりと笑った。

——この笑顔だ……。童子のようなこの笑顔が日本国を引っ張ってゆくのだ……。

平八郎は、自分までが心が広くなっていくような気がした。


八月十日、「春日」は柏崎に入港、十一日、新潟に入港すると西郷は上陸した。官軍は鶴岡（山形県）で庄内藩の軍勢を攻撃中であった。

九月二十七日、陥落した後の鶴岡に来て西郷が、「藩主を他所に預けた方が、今後の叛乱を予防する意味でよい」という黒田清隆の意見を退けた話は、山本権兵衛の項で書いた。

話をもどして、「春日」が新潟に入港したとき、官軍はすでに、その北の村上を陥していた。

八月十五日、「春日」は新しく薩摩の兵と五個小隊を載せて秋田に急いだ。秋田の土崎で秋田藩と官軍との戦いが始まっていた。土崎に陸兵を揚陸すると、十七日「春日」は土崎を発って、また新潟にもどった。

八月二十五日、出羽、庄内、秋田を攻撃する友軍を支援するため「春日」は再び新潟を出港、途中、庄内などの敵陣を砲撃しながら、二十六日、土崎に到着した。

日本海側の最終戦である出羽の戦いは今がたけなわで、「春日」は海上より敵の陣地を砲撃した。

「榎本の艦隊はどげんしちょっとの、こげん陸上の攻撃に弾を使って、今、榎本の艦隊が出てきよると、弾が不足するごっあるばい」

赤塚艦長がそう嘆いた。

八月末、陸上の官軍は、優勢な敵に圧倒され、退却し始めた。「春日」はその一部を収容したが、折柄の台風で男鹿半島の舟川港に避難した。敗戦というほどではないが、勇壮な阿波沖の海戦とは大分様子が違うようで、――戦とうもんは、負けてはいかん――という考えを、深く平八郎は自分の肝に刻みこんだ。

九月六日、「春日」は舟川を発って新潟にもどった。このとき、長州出身の奥羽征討総督府参謀木戸孝允（桂小五郎）が「春日」にやってきた。西郷と桂が薩長を代表して、慶応二年一月、京都の薩摩屋敷で会見して、土佐の坂本龍馬の仲介で薩長同盟を結び、倒幕に踏み切った話は、そろそろ平八郎らの耳にも入りつつあった。

平八郎の見たところ、木戸は西郷ほど体も大きくないし、要領のよさそうな男で頭は切れるかも知れぬが、大人物ではなさそうであった。

――なるほど、西郷どんを補佐するには、こげん目から鼻に抜けるような人物が必要であったのだ。坂本龍馬は切れ者だったというが、いいところを見抜いとるのう……。

そう考えるところが、平八郎にはあった。

木戸は、日本海の戦況が思わしくないので、その援兵の輸送を赤塚艦長に相談しにきたのであった。

木戸がもどると、「春日」は嵐のため、一旦、小木に仮泊した。九月九日朝、越後の柏崎の方向から、盛んに砲声が聞こえた。

「こいつはいけん、あの方面には、友軍の軍艦であれほどの巨砲を持った艦はいないはずじゃ」

赤塚艦長は腕を組み、

「賊がストーン・ウォール号をこちらの海面に回しよったかも知れん」

と心配そうに言った。

平八郎は、よく知らなかったが、ストーン・ウォール号（千三百トン）は、後に「甲鉄」と改名される幕府の装甲艦で、三百斤という巨砲を七門持ち、その火力は「開陽」の比ではない。

――そいつがきたら、阿波沖の「開陽」のようにはゆくまい。ここらがそろそろ年貢の納めどきか……。

と平八郎も観念した。

長居は無用と「春日」は錨を揚げて、能登の七尾に移動した。

七尾に上陸した平八郎が加賀藩の侍に聞くと、すでに会津若松の松平軍は官軍に降服して、その方面の戦闘が終わったことを知った。

「春日」は再び新潟にもどった。

ストーン・ウォール号は、新潟方面に来てはおらず、赤塚たちが聞いた砲声は、陸上で勝利を祝う祝砲であったのだろう、ということになった。

そこで会津の戦況を聞いた平八郎は、弟の実武が若松城の戦いで戦死したことを知った。先に父を病いで失い、今度は弟の戦死であるが、平八郎はどちらの死に目にも会えなかった。それもこれも戦乱のためで、早くも家郷に縁の薄い海軍士官の生活が平八郎に密着しつつあった。

かくして、十一月一日、戦闘任務を終わった「春日」は鹿児島湾にもどったが、北の海では、まだ戦火が収まってはいなかった。

先述のとおり、四月の話し合いで、榎本は幕府艦隊をもらうという約束であったが、実際に榎本が官軍に返したのは、「翔鶴」「富士山」「観光」「朝陽」の四艦と貨物船「飛龍」だけであった。

残りの新鋭艦を含む軍艦四隻、汽船六隻、帆船三隻は、なお榎本の指揮下にあった。

そして、八月十九日、榎本武揚は幕府艦隊の残存艦のうち、「開陽」「回天」「蟠竜」「千代田形」「長鯨」「美加保」「神速」「咸臨」の八隻を率いて品川沖を出港、予定どおり北に向かって、官軍を驚かせた。

王政復古とは名ばかりで、薩長の横暴の目立つ天下に反抗して、男一匹の意地を通そうとした榎本ではあるが、太平洋へ出ると台風に遭遇し、「開陽」「回天」は大破し、「咸臨」は官軍に捕獲されてしまうという災難の試練を受けた。（註、阿波沖で「春日」と砲戦を交

えた「開陽」は、十一月十六日、江差海岸で嵐のため擱座沈没する）

しかし、幕軍は五稜郭城を陥落せしめ、十一月、松前、江差を攻略、十二月十五日、蝦夷全島を平定、ここに共和国の制を布くことになり、選挙によって榎本が総裁、松平太郎が副総裁、海軍奉行荒井郁之助、陸軍奉行大鳥圭介という顔ぶれで、その経営にあたることになった。

怒った東京の中央政府は、大久保、木戸らが中心となって、翌明治二年二月、蝦夷地征討軍を派遣することになった。

一方、東北の戦争を終わった平八郎たちの「春日」は、前年十月、鹿児島に帰り、十一月十九日には、藩主島津忠義を乗せて大坂へ送り、その後、品川へ回航したが、右大臣岩倉具視が鳥羽へ行くというので、これを鳥羽へ送った後、大坂へ回航、十二月二十四日、大坂を出港して間もなく暴風のため船体を破損し、紀州の浦神に入港して、修理を行なった。

翌明治二年一月十六日、下田を経て横須賀に入港しようとした「春日」は、またもや暗礁にふれたので、横須賀で修理を行なった後、品川沖に入った。

すでに太政官政府では、蝦夷征討の議が決まり、三月九日、政府の艦隊は、威風堂々、品川沖を出港した。旗艦はかつてその名前で新潟方面で赤塚艦長を脅かしたストーン・ウォール号、今は「甲鉄」となって官軍のものとなった新鋭艦である。小粒ながらも、「春日」も歴戦の艦としてこの戦列に入り、「陽春」「丁卯」が編隊を組んだ。ほかに武装運送船として、「飛龍」「豊安」「戊辰」「晨風」が同行、計八隻の艦隊である、陸兵六千五百人も運送船に乗っていた。

「よか艦じゃのう……」

「春日」の艦橋で当直将校として勤務する平八郎は、前方をゆく旗艦「甲鉄」の堂々たる姿を飽かずに眺めた。

「甲鉄」は長さ五十メートル、千二百馬力、千三百トン、三百斤砲を七門持っていた。

北へ向かった政府の艦隊は、三月二十一日、三陸海岸の宮古湾に入港した。ここは白い岩山が海岸に並び、浄土ヶ浜と呼ばれている奇勝の地である。

二十二日正午出港して、いよいよ箱館に向かう予定であったが、暴風雨のため湾内に停泊して天候の回復するのを待った。天候はなかなか回復せず、二十四日に至っても艦隊は宮古に閉じこめられたままである。

当時、艦隊の総指揮は海軍参謀増田鹿之助で、「甲鉄」艦長は中島四郎、「春日」赤塚源六、「陽春」石井忠亮、「丁卯」山県久太郎であった。

平八郎は当時、左舷一番六十斤砲の砲長を務めていた。百斤旋条砲の砲長は、阿波沖以来の伊地知休八と井上直八である。

「春日」には陸軍参謀の黒田了介（清隆、後、中将、二代目総理）が乗っていた。黒田は後には酒乱となり、妻に斬りつけて物議をかもす人物であるが、この頃は、先見、了察の明に富んでいた。

彼は会議のとき、海軍副参謀の石井忠亮に、

「情報によれば、南部藩の某港に敵艦が接近してきたという。この港内の艦隊を奇襲するかも知れない。斥候を出し、かつ、港外に哨艦を出した方がよい」

と警告した。

これに対し、石井は、

「ここはすでに敵地でござる。敵が虚報を放っても動揺する必要はござらぬ」

と黒田の言を否定した。

「海軍の考えとは、その程度でごわすか」

と黒田も言ったが、結局、増田海軍参謀は、哨艦は出さなかった。

果たせるかな、翌三月二十五日未明、「甲鉄」が、幕艦「回天」の奇襲を受けることになった。

午前四時、総員起床の後、朝の調練のため、平八郎が服装を整えて艦橋に出ると、見張員が、

「アメリカの軍艦入港します」

と報告してきた。

アメリカの軍艦とは珍しい、と平八郎が見ると、確かにマストに星条旗を揚げてはいるが、どこかで見たことがあるような中型艦である。しかし、この軍艦は一本マスト、一本煙突で、手元の船の名簿には、そのような日本の軍艦は見あたらない。

——やはり、メリケンの艦か……。

と思って見ていると、するすると星条旗が降ろされ、代わって日章旗が揚がったかと思うと、やにわに砲撃が始まったのである。

この大胆不敵な幕艦は、青年艦長甲賀源吾を艦長とする「回天」であった。

「すわ！　賊艦……」

「春日」よりも「甲鉄」の乗組員があわてた。

星条旗を日本旗に代えた敵艦は、旗艦の「甲鉄」にT字形になるように突進してきた。

「回天」は「甲鉄」を乗っ取る積もりなのだ。

「戦闘用意！」

「砲戦用意！」

赤塚艦長の号令で、砲戦のために六十斤砲の砲側に走りながら、平八郎は頭をひねっていた。

――なぜ、一本マストに一本煙突の軍艦が、日の丸を掲げたのか……？

元来、「回天」は三本マスト、二本煙突であったが、北海道へ向かう途中、マスト二本と煙突一本をもぎ取られて変貌したのであるが、官軍の士官たちは、それを知らなかったのである。

甲賀源吾は優秀かつ勇敢な青年士官であった。

遠州掛川藩の旗奉行の四男に生まれ、築地の海軍操練所で軍艦操縦や数学、蘭学を学び、秀才の誉れが高かった。

安政六年、見習三等士官（少尉候補生）となり、文久元年には、操練教授方出役に出世した。

その後、海軍伝習生徒取締をへて、慶応四年一月、軍艦頭取に昇進、「回天」の艦長となったものである。

甲賀は若いのに大胆で親分肌のところがあり、部下の人望も厚かった。

甲賀が、「甲鉄」に「回天」を横づけして、斬り込み、これを捕獲する計画を具申したとき、奇襲に過ぎるとして反対する者もあったが、フランス士官の軍事顧問ブリュネー大尉（榎本軍には、八人のフランス士官が軍事顧問などの資格で従軍していて、彼らは幕臣と組んで、イギリスに対し、榎本軍を支援して、ゆくゆくは蝦夷共和国をパイプとして、フランスが東アジアに基地を造ることを企図していた。ブリュネーは、榎本降服の後、フランスに帰って、陸軍中将に昇進している）が、

「これはネルソンの艦隊以前からヨーロッパの海軍にある接舷乗り込みによる乗っ取り戦術で、決して奇矯なものではない」

と支持したので、結局、榎本も実行の許可を与えたものである。

最初、甲賀の計画では、「回天」「高雄」「蟠竜」の三艦が参加し、「回天」が敵艦の攻撃を阻止している間に、他の二艦が「甲鉄」に横づけして斬り込むことになっていた。

しかし、箱館を出た三艦は暴風雨のため散りぢりとなり、結局、「回天」一艦のみで決死の襲撃を行なうこととなった。

――止んぬるかな……天、未だ我に時を藉《か》さず……されど我、人事を尽くすのみ……。

天を仰いだ甲賀源吾は、かくして、「回天」一艦のみで、政府艦隊の只中に突入することになったのである。敗亡に瀕しつつある幕軍の中を貫く、一筋の光芒というべきであろう。

進入する米艦が、幕艦であることがわかると、「甲鉄」側はあわてた。「春日」の六十斤砲側にきた平八郎も、直ちに応戦しようとしたが、砲員がそろわず、なかなか砲弾が出ない。他の政府の艦も砲に火薬をつめるやら、汽罐に火を入れるやらで、あわてふためいている。

「回天」は、艦首にある五十四斤砲を連射しながら、「甲鉄」めがけて突進する。

その艦首では、艦長の甲賀自らが、斬り込み隊の先頭に立っている。額には白の鉢巻、腹には胴巻、腰には大刀をぶちこんで、八幡船の海賊かとも見まがうばかりの、勇ましいいでたちである。

甲賀の計画では、「回天」を「甲鉄」に横づけさせて、いっせいに斬り込む手はずであったが、舵が思うように利かず、「回天」は艦首を「甲鉄」の後部マストのあたりに突っ込む形になった。

「それ行け！」

源吾の大刀が一閃すると、新撰組や彰義隊の生き残りを中心とした斬り込み隊員が、一段と高い「甲鉄」の甲板によじ登って突入する。

艦橋でこれを見ていたのは、海軍奉行で司令官の荒井郁之助と陸軍隊長の土方歳三である。

土方は京都の新撰組副長として尊皇方からは悪名の高い剣客であるが、箱館にあっては、陸戦のほか、抜刀術、居合術の指導をも行なっていた。

艦長は艦橋にもどるべきだ、という荒井の指示で、源吾は、一旦、艦橋にもどったが、不満であった。

斬り込み、捕獲となれば、海戦後、「甲鉄」を操縦する艦長が要る、斬り込み隊は土方が指揮して、自分が、「甲鉄」を操縦して箱館に帰る……という案を源吾は言ったのであるが、荒井の認めるどころとはならなかったのである。

そして、斬り込み隊に参加していた方が、源吾にとって、より安全であったということが、間もなく、事実によって判明する。

このとき、最も威力を発揮したのが、「甲鉄」の最上甲板に備えられていたガットリング砲という機関銃である。西部劇の映画などで見られる、太い蓮根のようにいくつも穴があいていて、これが旋回するたびに弾が出て来る。その発射速度は一分間百八十発というから、銃口が一つの後の機関銃よりも速い。（註、筆者は、明治二年にこのガットリング砲を輸入していた日本軍が、なぜ三十数年後の日露戦争において、ロシア軍の機関銃に手を焼き、わが方に機関銃が少なかったかについて、大きな疑問を感じている）

このとき、ガットリング砲の射手は冷静で、その狙いは正確であった。「回天」より「甲鉄」に登ってくる幕兵は、つぎつぎにこの機関銃弾の犠牲となった。「回天」からの突入箇所は一ヵ所に限定されているので、射撃目標はその一点に絞られる。

幕兵の突撃が頓挫すると、ガットリング砲は「回天」の甲板や艦橋の掃射にかかった。とくに艦橋の幹部が好目標となる。まず、フランス人顧問のニコール中尉が撃たれて負傷した。その近くで甲賀源吾は、声をからして突撃を叫んでいる。

「艦長、危ないです。後ろに下がってください」

二等見習士官の安藤太郎が、甲賀の肩に手をかけたとき、一弾が安藤の腕に当たった。ついでガットリング砲弾は、勇敢無比の甲賀艦長を襲い、まず、その腕と左脚に弾が命中した。

このとき、司令官荒井郁之助は、戦況を見るため、自ら艦首甲板に出向いていたが、横づけができない以上、突入は無理と判断し、

「作戦中止、後退!」

と甲賀艦長に指示した。

血だらけで艦橋にいた甲賀は、

「司令官、まだやれます。私が指揮をとります!」

と艦橋を降りようとした。

そのとき、飛来した一弾は、甲賀の眉間に命中し、顔面を血に染めた甲賀艦長は、しばらく仁王立ちになっていたが、ゆっくり前に倒れた。

急いで艦橋にもどった荒井は、

「後進全速!」

を下令し、「回天」は官軍の諸艦が乱射する中を湾口に避退した。舵をとっていた水夫小頭の半七が射弾に倒れたので、荒井司令官自らが舵輪を握って、「回天」は港外の太平洋へ

向かった。

「回天」側の戦死者十六名、負傷者三十名。官軍側は、戦死九名、負傷二十名と記録されている。

日本海軍の戦記にその名を残す青年艦長甲賀源吾の武者ぶりとその活躍の様子は、若手砲術士官の平八郎の胸に深い印象を刻みつけた。

このとき、平八郎は左舷の一番六十斤砲で突入して来る「回天」を射撃したが、近すぎて命中弾を得ることができず、逆に「回天」の砲は、「戊辰」「飛龍」を砲撃して死傷者を生ぜしめた。

「回天」が逃げ出すと、午前七時、政府軍は「春日」を先頭に「甲鉄」「陽春」「丁卯」の順で、追撃に移った。しかし、逃げ足も速い「回天」は一本のマストに帆を展張し、全速で北に向かい、政府軍の追撃を振り切ってしまった。（箱館入港は二十六日である）

仕方なく、「春日」「陽春」は、機関故障で漂白している「高雄」を発見、砲撃した。

「高雄」は沈没をまぬがれるため、余力を絞って南部九戸の雑賀海岸に艦をのし上げ、乗組員の大部分は、陸上に逃れた。

平八郎は伊地知休八とともに艦内の捜索を命じられ、ボートで「高雄」に向かった。艦内はも抜けのからで、「春日」乗組員は黒田了介の指揮下に陸戦隊を編成して上陸、「高雄」の乗組員を追った。「高雄」艦長古川節蔵は、今はこれまでと、艦に火を放ち、南部藩に降服した。

すでに官軍側についていた南部藩は、古川以下九十五名を官軍に引き渡した。彼らはやがて各藩へお預けの身となったが、やがて箱館戦争終了後は、お咎めなしということで解放され、一部は日本海軍に入ったらしい。

甲賀源吾の勇敢な突入に肝を冷やした政府艦隊は、四月六日、厳重な警戒の中に、霧の深い陸奥湾に入った。

これから六月にかけて津軽海峡は霧が深い。バルチック艦隊が対馬海峡に直行したのは、長旅の疲れもあったが、濃霧の津軽海峡で大艦隊が混乱するのを恐れたからでもあった。それより三十六年前に、すでに東郷平八郎は、この海峡の濃霧を経験していた。

いよいよ蝦夷共和国を唱える榎本軍の征討である。

青森港に集結した政府軍は、「春日」「甲鉄」「陽春」「丁卯」「飛龍」「豊安」で、中牟田倉之助（のち海軍兵学頭）の指揮する「朝陽」も北に向かいつつあった。

対する榎本軍は頼みとする「開陽」を、昨年九月、嵐のために江差で失い、わずかに、「回天」「蟠竜」「千代田形」の三艦で、勇名を馳せた「回天」は後任艦長に根津勢吉を頂き、窮鼠却って猫を喰む、の勢いを示していた。

一方、政府軍では四月七日、陸軍参謀山田顕義（長州出身、後、陸軍中将）を加えて行なわれた作戦会議では、直接、箱館を襲うことをせず、まず、江差北方の乙部に七千五百の陸兵の一部を揚陸することに決した。箱館を避けたのは、すでに各国の公館ができており、人家も多いので、紛争を避けたのである。

九日朝、政府艦隊は乙部沖に達した。榎本軍の抵抗は弱く、上陸した陸兵は容易に江差を占領して、幸先よしと緒戦の勝利を祝った。

そこまではよかったが、十日になると、松前に退いた榎本軍のうち、有名な幕臣の剣客・伊庭八郎の指揮する幕兵五百が逆襲してきた。伊庭は、伊庭道場の逸材で双手突きを得意として、幕末の名剣士の一人に数えられる男であるが、武将としての能力もあった。

伊庭隊の攻撃に押されて、政府軍は北方に敗走した。

一方、十二日、箱館湾岸の木古内（現在の松前線と江差線の分岐点）へも政府軍は上陸してきて、陸軍奉行大鳥圭介の率いる隊と交戦し始めた。

また近くの二股口では土方歳三の率いる隊が、政府軍を奇襲し、損害を与えた。

こうして陸上の緒戦は幕軍に有利であったが、艦隊が参加すると、政府軍は優位をとりもどしてきた。

「春日」の一番砲指揮官であった平八郎は、松前より北へ進撃する伊庭軍を海上より砲撃して、幹部を含む多数を殺傷した。精鋭を誇る伊庭の銃隊や斬り込み隊も、海上はるかから砲撃してくる軍艦にはかなわず守勢に立った。

そこへ、味方の「甲鉄」「陽春」「丁卯」が加わり、中牟田艦長の指揮する「朝陽」も戦列に入り、海岸に肉薄して幕軍を砲撃した。

平八郎は、つぎつぎに六十斤砲に弾をこめて、海岸を敗走する伊庭軍を砲撃していた。

突然、赤塚艦長が「砲撃止め！」を下令した。味方が追撃して、敵の背後に迫っているので、同士討ちをするおそれがあるというのである。

「いや、おいの腕でやれば、味方を撃つことはありもはん。必ず敵の退路を遮断してみせます」

ケスイボの平八郎は、そう言い張った。

「ふむ、やってみっか！」

そう言うと、赤塚は、砲撃の許可を出した。

「弾こめっ！」

平八郎は頬をふくらませたまま、砲撃の準備を命じた。

「発射用意、撃て！」

照準器なしの、いわゆる腰だめ射法であるが、先ほどからの射撃で、海岸までの距離はわかっているので、平八郎が発射した弾は、見事敵の退路の前方に落ちて、砲煙を上げ、伊庭軍をたじろがせた。

「どげんですか、艦長！」

平八郎が得意げに艦橋を仰ぐと、

「うむ、六十斤砲はよか砲じゃのう」

と赤塚は苦笑いをして、平八郎に上陸して松前城の敵状を偵察することを命じた。

——それが命中弾の褒美かい……。

ぶつぶつ言いながら、平八郎は伊地知休八とともに準備をした。

松前は、箱館がヨーロッパふうの五稜郭を持っているのに対し、北海道唯一の日本式の天守閣を持っている城下町である。この日、四月十七日、松前はまだ遅い春の訪れを待っているところで、天守閣周辺の桜の蕾もようやくふくらみかけたところである。

——鶴丸城の桜は、もう盛りをすぎた頃かのう……。

平八郎は淡い郷愁を感じながら、松前城下の小径を偵察して歩いた。すぐに幕軍は撤退したとみえて、城の周辺も閑散として、残された幕軍の死体が、無言で初春の陽光を浴びているのみであった。

この日、午後、政府軍は松前に入城し、伊庭の隊は松前を避けて、札刈方面に移動し、陣地を構築にかかった。

その途中、政府軍の放った一弾が伊庭の胸に命中した。土方と並ぶ榎本軍の闘将も、三十八歳を一期として、蝦夷の土と化してしまった。伊庭の遺体は五稜郭に運ばれた。変わり果てた剣豪の姿に、榎本は天を仰いで号泣したという。

一方、二股峠を守る土方軍は頑強であった。この剣客は新撰組副長の頃から、指揮統率は近藤勇以上という評判があったが、峠の地形を利用した銃砲隊の用法も巧みで、政府軍は攻めあぐんだ。

参謀黒田了介は、山田顕義と相談して、海軍によって、直接、箱館の敵艦隊を攻撃することにした。

四月二十四日朝、「春日」「甲鉄」ら五艦は、箱館湾に突入した。巴港といわれるこの湾が狭いので、単縦陣の航行ができず、「甲鉄」が単艦で旋回しながら敵艦を攻撃して湾外へ向かうと、つぎに「春日」が砲撃を行なうというまどろっこしい攻撃になった。

このとき、政府軍は箱館山の下にある弁天の砲台の存在を忘れていた。「回天」「蟠竜」「千代田形」は湾内に閉じ込められるのを嫌って、湾外へ出ようとしたが、それを追跡する形となった「朝陽」は、弁天砲台の射程内に入り、一斉射撃を受けて、左舷に命中弾を受けた。「甲鉄」は右舷に被弾、「春日」も右舷に被弾し、機械室付近に被害を出した。

弁天の砲台の反撃にたじろいだ政府艦隊は、一旦、湾外に出、榎本艦隊は再び湾内に入った。

二十六日、政府軍の五隻は再び湾内に侵入したが、榎本軍は士気旺盛に弁天の砲台とともに反撃し、「春日」「陽春《やんぐらい》」は命中弾を受け、この日も物別れとなった。

二十九日、政府軍は矢不来で大鳥圭介の軍と戦い、初めは大鳥軍が優勢であったが、「甲鉄」が海上から砲撃すると、大鳥軍は富川の方に後退した。この報を聞いた二股峠の土方軍は、退路を遮断されることをおそれて、それまで優勢であったのに、急に五稜郭の方に退却を始めた。

幕軍の形勢は、ようやく不利となり、その夜、「千代田形」が拿捕されるに到って決定的となった。「千代田形」は港内で座礁し、森本艦長は艦を捨てて逃げ出したので、「甲鉄」の捕獲するところとなってしまった。

——海陸ともに頼むに足らず……。こんなことで、徳川三百年の恩顧に報い、蝦夷共和国を確立することができるのか……！

　榎本は歯がみをしたが、傾く太陽を呼びもどすことは難しい。

　新たに「千代田形」を艦隊に編入した政府軍は図に乗って、五月四日、湾内突入を試みた。

　しかし、今度はツキが敵側に回ったのか、「甲鉄」は浅瀬にのりあげ（潮の干満差の計算を誤ったのであろうか？）、「春日」は海中に敷設された防御索に引っかかり、進退不能に陥った。

「これはいかん、今撃たれると、縁日のだるま落としのごっ……」

　豪胆の赤塚艦長もあわてた。

「千代田形」のように敵に捕獲されたら、腹を切ったくらいでは収まらない。

　ひとり、平八郎は悠然としていた。

　――くるならきやったもんせ……。

　ケスイボはまた、つむじ曲がりでもあるらしい。自分の砲座で一番近い「回天」に狙いを定め、接近したら撃ちのめそうと待ちかまえていた。

　ところが敵は一向に攻めて来ない。「回天」らも弾薬が残り少なくなっていたし、「春日」が防御索にからまりつかれていることは、まだ情報が入っていないのである。

　赤塚艦長は、その夜、敵が攻めてこないうちに、付近の船頭をかり集めて潜水作業を行なわせ、索を切断させた。その間に潮が満ちて、「甲鉄」も離礁に成功し、政府軍の参謀たちも、やっと愁眉をひらいたのであった。

五月七日、政府軍は箱館の総攻撃を決行した。

「甲鉄」「春日」「朝陽」は、湾内に進入して、「回天」「蟠竜」を砲撃した。「回天」はその勇名にたがわず最後まで奮戦した。接近した「甲鉄」が三百斤砲の斉射を喰わせると、その数発が「回天」に命中、機関部を破壊された「回天」は、最後の余力で浅瀬にのりあげ、浮き砲台となって反撃を続行した。このため「甲鉄」も二十数発を被弾した。

「春日」は平八郎の六十斤砲をはじめ、各砲が連続射撃を行ない、蝦夷地へ来てからの発射弾数は百七十二発を越えたが、この日までに十七発の命中弾を数えた。

こうして、榎本軍の海軍のほとんどが撃破されると、十一日、政府軍は、陸の総攻撃に移っていた。

「甲鉄」「春日」は、弁天の砲台を制圧し、「朝陽」「丁卯」が陸戦に協力した。

ところが、榎本艦隊では、まだ「蟠竜」が残っていた。「蟠竜」の艦長は、甲賀源吾と並び称される操艦の名手・松岡磐吉である。

「今日こそ最後だ。よく狙えよ！」

松岡の命令一下、「蟠竜」の砲弾は、接近してきた「朝陽」の中部舷側に命中、火薬庫を爆発せしめた。「朝陽」は爆音とともに、二つに折れて海中に沈んだ。

「うーむ、小癪な賊艦め……」

幕末佐賀海軍の先駆者といわれた艦橋の中牟田艦長も、目を剝いたが、止むを得ず、海中にとびこんだ。

これを見た陸上の幕軍は勇気百倍して、政府軍を西の七里浜へ押し返した。

怒ったのは、「朝陽」の近くで弁天の砲台を攻撃していた「春日」の六十斤砲指揮官東郷平八郎である。

「『朝陽』が爆沈したのは、敵の弾が火薬庫に命中したからじゃ。こちらも『蟠竜』の火薬庫を狙うがよか！」

と艦橋の赤塚に叫んだ。

「そうたい、『朝陽』の仇じゃ。撃たんかっ！」

艦長の命令で、平八郎は一番砲の谷元良助と協力して、「蟠竜」の中部舷側を狙った。

しかし、小型の「蟠竜」は、松田の機敏な操艦で、湾内を動き廻り、なかなか命中弾を与えさせない。間もなく、「丁卯」と新たに参加した肥前の「延年」が砲撃を開始し、「蟠竜」も、つぎつぎに命中弾を受け、大きく傾斜して、弁天台場の浅洲の方に逃げだした。ここへのりあげて「回天」同様、浮き砲台となってなおも砲撃を続けたが、すべての砲も破壊されたので、松岡艦長は蒸気機関を破壊し、火を放って陸上に逃げた。

この時点で、先に浮き砲台となっていた「回天」も弾薬を撃ち尽くし、荒井司令官以下は火を放って上陸、五稜郭に逃げた。

「回天」「蟠竜」二隻の火災の焰が、箱館の空を焦がし、五稜郭からこれを望み見た榎本や土方には、徳川三百年を葬る送り火のように見えた。

榎本軍の残存兵力は、すべて五稜郭に立て籠り、最後の抗戦を試みた。「甲鉄」「春日」

「陽春」らは、今度は五稜郭を砲撃した。もう勝敗は明らかで、五稜郭の陥落は時間の問題である。

五月十八日、榎本武揚は政府軍に降服した。

その直前、土方歳三は、弁天の砲台から馬に乗って、政府軍の囲みの中に突入した。

「新撰組副長、土方歳三、薩軍参謀、黒田殿に物申す！」

そう叫びながら彼は馬を走らせた。

京都で新撰組にいたときは、白い襟に電光の羽織を着ていたが、榎本軍に入ってからは、フランス陸軍式の黒い洋服で、胸に肋骨のような飾りがついていた。

土方の狙いは黒田清隆と刺し違えることであった。しかし、その意図は政府軍士官の見破るところとなり、小銃の一斉射撃によって、土方は馬から転げ落ちた。（註、今、彼の戦死の場所には「土方歳三最期の地」という碑が建っている）

英国に学ぶ

榎本軍が降服すると、「春日」も鹿児島に帰り、平八郎は退艦した。

多くの海戦に参加し、多くの勇者の戦いを目のあたりに見せられてきた平八郎は、当然のように海軍士官として新しい日本のために尽くすことを考え、海軍に留まることを熱望していた。彼も二十三歳になっていた。

この年（明治二年）秋、平八郎は藩命によって、東京遊学を命じられた。山本権兵衛が海軍兵学寮に入ったのもこの年である。

翌三年春、英国留学を念願とする平八郎は、英語学者の箕作秋洋の塾に入って英語を学んだ。ケスイボの平八郎は、やるとなったら勉強の虫でもあった。少年たちの間にまじって、彼は、日夜、英語の勉強に取り組み、やがて儕輩をぬきんでるようになった。

この年十二月、平八郎は軍艦「龍驤」乗り組みの見習士官を仰せつけられ、月俸十四円を給せられることになった。家族持ちの巡査の給料が七円ぐらいのときであるから、二十四歳の青年としては、少ない給料ではない。

これで平八郎は海軍士官としてのスタートを切った。「龍驤」は熊本藩が政府に献上した艦で、長さ七十メートル、排水量二千五百トンであった。

明治四年二月、政府は毎年、兵学寮の生徒と、軍艦乗り組み青年士官の中から十名ほどを選抜して、英国に留学させることになった。

――今こそよき時、ござんなれ……。

平八郎は張り切ってこれに応募し、政府の実力者、大久保利通らにも頼みを入れた。

二月二十二日、兵部省は十二名の青年を英国に留学させることを発表した。

この中には平八郎が含まれ、後に海軍将官として知られるようになる、つぎの氏名があった。

佐双左仲（横鎮造船部長、造船総監）、赤峯伍作（呉鎮造船部長、造船総監）。

明治四年三月十三日、平八郎ら十二名は故国にしばしの別れを告げて、横浜からフランス汽船ロリア号で訪英の旅に出た。

香港からは英国船マンチェスター号でインド洋に向かった。暑いし海はシケたが、学生たちは意気軒昂であった。

スエズ運河とジブラルタル海峡を通り、四十日の航海の後、四月二十日、英国南岸のサザンプトンに入港した。

平八郎たちは、パリと並ぶ花の都ロンドンで数日間、市内見物をして、毎日、目を丸くした後、西、百キロにあるポーツマス軍港に行き、英国の中流家庭に下宿して、ここで英会話や英国の風俗習慣を習うことになった。

ポーツマス軍港の一部には、有名なヴィクトリー号が乾ドックの中にきれいに保管してある。いうまでもなく、英国が誇る名提督ホレイシオ・ネルソンが、一八〇五年十月二十一日、トラファルガー沖でフランス、スペインの連合艦隊を撃破し、ナポレオンの英国上陸の野望を打ち砕いたときの旗艦である。

「英国は諸君がその任務を遂行することを希望する」

という有名な信号を残したネルソンが戦死したクォーター・デッキの位置も明示され、その場所に立った平八郎は大いに感激して、自分も帝国海軍に身命を捧げることをあらためて誓ったが、この三十数年後、自分がネルソンと肩を並べる大提督になろうとは、夢想だにしていなかった。

英国の家庭に入った平八郎は、珍しいことずくめであったが、落胆することも多かった。

まず、その家の主婦から、「ボーイ」と呼ばれたことである。彼女は一メートル七十センチ以上もあるスマートな美人で、一メートル六十センチほどの日本の青年が少年に見えたのであろうか？　若者のことを愛称で、「ボーイ」と呼ぶ風習が英米にあることを知らぬ平八郎は、ばかにされたと思い、髭を生やし始めた。

また、東京で習った英会話が、全然、役に立たなかったことも平八郎を落胆させた。

東京では、英語の教師は江戸っ子弁で、平八郎は英語を江戸っ子弁に翻訳したものを、さらに薩摩弁に言いかえて記憶していたのであるが、この教師の発音が、英国では当然、通用しなかったのである。

ボリネーという僧侶が経営している学校に入って、平八郎は英語のほか歴史、数学、図画を勉強した。この学校は、日本でいうならば陸士、海兵の予備校的な存在であった。

日本の兵部省は、留学生たちをダートマスの海軍兵学校に入れる予定であったが、英海軍省は、ダートマスは定員オーバーだというので、海軍練習学校（商船学校）で訓練をして、その優等生を少尉候補生に採用するという。

明治五年三月、平八郎はウースター号という練習船に乗り組んだ。

ケスイボの仲五郎は、ここで英国の船員や練習生たちにまじって〝負けじ魂の平八郎〟となって、努力家ぶりを示した。しかし、英国人の東洋有色人種を軽蔑する考えは、この船にも現われており、あるとき、練習生たちが、平八郎のことを〝チャイナマン〟と侮辱すると、彼は大いに怒った。

ウースターで教官であったヘンダーソン・スミス大佐は、日露戦争の後に新聞記者につぎのように語っている。

「トーゴーは優秀な青年だった。敏捷ではないが刻苦勉励するタイプだった。覚えるのはおそいが、一度覚えたものは自分のものにし、技術もよかった。そして、ライオンのような勇気があった。英国人の練習生がトーゴーに向かって『ジョンニー・チャイナマン』と言うと、トーゴーは姿勢を正して、『おれはシナ人ではない。日本人である。二度とこういうことを言ったら、肋骨を砕いてやるぞ』と叫んだ。その後、練習生たちは無礼をしなくなった。トーゴーは、ウースター号練習生のなかで最高の海軍軍人であった」

しかし、二十六歳の平八郎は、ときには鹿児島の母益子のことを想って、ホームシックにかかることもあった。

——加治屋町の母上は、どげんしておわそうか……。

そう考えると無性に母に会いたくなったが、そのようなとき、平八郎は前田十郎左衛門のことを想い出して、自分を戒めた。

前田は郷土の先輩の中でも秀才で、兵学寮が創設されたとき、最初の留学生に選ばれて、英国に留学した。しかし、前田は日本人を蔑視する英人の圧迫に堪えかねて、英艦の甲板で切腹して果てたのである。

激しい孤独感から神経衰弱に陥ったものであろうか？　その切腹の作法の見事さに、英士官たちは震え上がりながらも感嘆したというが、

——おいなら孤独に負けたりはせんど。大体、船乗りちゅうもんは、大海原を駆ける孤独な仕事じゃ……。

こう考えて、平八郎は自分の気持を引きしめた。

この留学で平八郎は多くのことを学んだが、なかでも国際法と海商法が彼の興味をひきつけた。

——これからの日本海軍は、鹿児島湾や箱館湾の中で戦争をするだけではない。広く世界

に乗り出して、商船貿易の保護、侵略する敵艦隊との闘争など、国際法の知識は重要である……。

そう考えた彼は、懸命に国際法をマスターした。後に、ハワイの脱獄犯収容事件、仁川沖の高陞《こうしょう》号撃沈事件などで、彼が果敢な処置をとり得たのは、この青年時代の研鑽《けんさん》によるものである。

また彼は先のヴィクトリー号を何度も見学しては、ネルソンの果敢なファイティング・スピリットにふれるところがあった。

ネルソンの得意とする戦法は、二列になって一つ敵艦隊の中央に割って入り、両舷の砲を有効に射撃させつつ、敵の旗艦に横づけして斬り込み、敵将を倒して艦を捕獲するやり方であった。

ネルソンの伝記でこれを読んだとき、平八郎は宮古湾に突入してきた「回天」の奮戦を想い出した。

——甲賀源吾こそは、日本のネルソンだったのだ。接艦して斬り込み、敵艦を捕獲するという戦法を、源吾がネルソンの伝記から学んだとは思われない。しかし、英雄の方法はいつも果敢な点で共通している。虎穴に入らずんば虎児を得ず、とはこのことだ……。

ヴィクトリー号のクォーター・デッキで、彼はネルソンを想い、宮古、箱館の激戦を回想した。このとき体得した果断の精神こそ、後の日本海海戦で、T字戦法として顕現されるものなのである。

不思議なことに、日本海海戦が行なわれるのは、トラファルガー海戦のちょうど百年後にあたる。

ウースター号に乗り組んでから三年目、明治八年二月、平八郎はハンプシャー号という千二百トンの新型帆船で遠洋航海に出ることになった。

テムズ河口を出帆したハンプシャー号は、アフリカの南端喜望峰を回り、五月初旬、オーストラリアのメルボルンに入港した。二ヵ月間、シドニーをはじめオーストラリア国内各地を巡航して、英植民地の発展ぶりを視察、九月下旬、ロンドンに帰った。

平八郎がこの大航海に出る二年前、明治六年秋、彼の尊敬する西郷隆盛は、征韓論に敗れて、故山に引きこもったが、留学中の平八郎がこの情報を知るのは、ずっと後のことである。

ハンプシャー号を退艦した平八郎は、有名な大学の町ケンブリッジに行き、コーベルという牧師の家に下宿して数学を勉強した。

やがて、平八郎も留学を終わって帰国するときが近づいてきた。

明治五年、兵部省は陸軍省と海軍省に分かれ、海軍省は朝鮮・江華島事件、台湾征討などの変に刺激されて、海軍を充実させることの急に迫られた。

明治八年、海軍省は英国に、「扶桑」「金剛」「比叡」の三隻を発注した。

この三艦はいずれも甲鉄艦で、当時の日本海軍の水準をはるかに上回るものである。

後に平八郎が乗ることになる「比叡」は「金剛」と同型艦で、その要目はつぎのとおりである。

「比叡」二千二百四十八トン、速力十二ノット、二千五百三十五馬力、長さ二百三十一フィート、乗組員二百五十五名
「扶桑」三千七百十七トン、十三ノット、三千六百五十馬力、長さ二百二十フィート、乗組員二百九十五名

この三艦は十一年春までに完成の契約で、グリニッジの造船所で建造が急がれていた。その完成に先立つ二年前の九年四月、平八郎は海軍省から、新しい軍艦が出来上がるまで、英国に留まれ、という命令を受け取った。

四年三月に日本を発ってから、すでに五年が経過している。そろそろパンと肉の洋食にもあきて、母のみそ汁と漬物の味が恋しくなっていた平八郎は、また二年延長と聞いて、さすがに落胆したが、新艦建造の監督は、海軍士官として造船の知識を得るよい機会である、とグリニッジに赴き、三艦の出来上がっていく様子を見守ることにした。

グリニッジで三隻の甲鉄艦が、日一日と骨格を明らかにしていくのを監督し見守っているうちに、一年近くが過ぎた。そして意外な風報が、日本からロンドンの公使館経由でもたらされた。

この年（明治十年）二月、郷里鹿児島の私学校の生徒ら一万五千が、西郷隆盛をかついで、政府問責を名目として兵を挙げ、熊本に向かった、というのである。

「西郷どんな兵を挙げんしゃったと……」

同郷の伊地知弘一が、平八郎の下宿に駆けこんできた。

「西郷どんな、どげんお考えであろうか？」

尊敬する西郷の身の上を案じて、平八郎も腕を組んだ。

「西郷どんな東京の政府と戦うちゅことになると、おいはのめのめと海軍省の留学生などやってはおれんど。海軍を辞職して、今すぐに鹿児島に帰らにゃあいけんごっ……」

ボッケモンで通っている伊地知は、英傑西郷に殉じるつもりらしい。

「待て、伊地知、おいは英国留学を西郷どんに頼みにいったことがある。そんとき、あんた方は薩摩のためではなく君国のために尽くせ、と諭されたんじゃ。おいたちは今、日本国海軍のために、英国まできて海軍の勉強をしているんじゃ。これをなげうって帰国して、薩軍に投じるちゅうことは、西郷どんの教えに反《そむ》くことになるとおいは思うが、どげんか？」

平八郎はそう伊地知を説得したが、実は彼も迷っていた。兄の壮九郎が西郷軍に入ったという知らせも届いていたのである。

――兄弟別々の道を歩くのか。維新の陣痛はまだ終わっとらなんだのか……。

はるかな鹿児島の山河を想って平八郎は瞑目した。

西郷や兄のことを思いあぐんで、平八郎が悶々としているうちに、十月、西郷は桐野らとともに城山で最期を遂げ、兄壮九郎も行をともにしたという報が入り、平八郎を悲しませた。

しかし、翌十一年一月、「扶桑」と「金剛」が完成して日本へ出発し、三月、「比叡」も完成したので、平八郎は佐双左仲、山県小太郎とともに、これに乗り組んで日本へ帰ることになり、三月二十三日、ミルドフォルド港に回航された「比叡」に乗って、七年間滞在した英国を後にすることになった。

久方ぶりの帰国で平八郎たちは胸をふくらませていたが、悩みもあった。それは、この艦の回航員が艦長ボールン大佐以下英国の水兵で、平八郎らは実習はやるが便乗員にすぎないのである。

「早う日本の艦は、日本人の手で回航できるようにせにゃいけんのう」

佐双がそう言うと、平八郎はもっとでかいことを言った。

「そうじゃ、日本の手でこんくらいの艦をば造らにゃあいけんのう」

平八郎は遠ざかっていく英国の山影を眺めながら、力を入れてそう言った。

マルタ、ポートサイド、アデン、シンガポールなどに寄港した後、「比叡」は、五月二十二日午前十一時、横浜に入港した。

「久方ぶりじゃのう……」

異国情緒のある新開地の横浜の土を踏んで、平八郎は佐双や山県と握手を交わし、海軍省に報告した後、鹿児島に向かおうとしたが、軍務はそれを許さなかった。

鹿児島出身の士官に聞くと、やはり兄壮九郎は城山で自決し、加治屋町の家は戦火に焼かれ、長兄の実猗は薩軍に加担したかどで国分に隠遁し、母の益子一人が仮住居に独居しているという。一刻も早く郷里に帰って、悲しみの底にいる母を慰めてやりたいと考えながら、平八郎にはそれができなかった。

海軍省は七月三日付で平八郎を海軍中尉に進級させ、正式に「比叡」乗り組みを命じた。

海軍中尉の辞令をもらうとすぐに、七月十日、「比叡」は「扶桑」「金剛」とともに横浜港で天皇の行幸を仰ぐことになった。

平八郎は英国留学の実績を示すのはこのときとばかり、下士官兵の訓練に力を入れたが、「東郷中尉の命令はわからない」という苦情が出てきた。すでに明治政府の海軍も発足以来十一年になっている。長崎伝習所などで修業した旧藩以来の海軍士官が、艦の操法、号令のかけ方などを規定して、一つのパターンを作っている。

海軍兵学校も明治六年十一月には第一期卒業生を送り出し、第二期生の山本権兵衛は翌七年十一月、日高壮之丞、有馬新一らと一緒に兵学校を卒業、早くも海軍少尉として軍艦「扶桑」で勤務していた。

英国帰りの平八郎は、新知識を山のように詰めこんで気負って帰国したのであるが、水兵にはまず、英語まじりの号令がわからない。

「なに？　おいの号令がわからんとか？」

平八郎はその意味を説明するが、これが薩摩弁なので、また東北出身の水兵にはわからない。

見かねた同僚の士官が平八郎に忠告した。

「おい、東郷中尉、いくら海軍は英国が本場だといっても、下士官兵には英語はわからん。日本海軍の号令でやってくれんか」

するとケスイボの平八郎は平然として言った。

「わかってもわからんでも、上官の命令を水兵が文句をいうとは何事か！　違反する者は斬り捨てるだけだ」

これには相手も二の句がつげなかった。

しかし、このままでは平八郎は仲間はずれになる。

八月十八日、彼は「扶桑」乗り組みに転勤させられた。

艦長は阿波沖で「春日」が「開陽」と戦ったとき乗っていた伊東祐亨中佐、そして、乗組員の中にはボッケモンの山本権兵衛少尉が待っていた。

権兵衛が英語をつかう平八郎をやっつけてやろうと、マスト登りの競争を挑んだ話はすでに書いた。

ここで、平八郎の進級状況について一考しておきたい。

英国に七年間留学していた平八郎は、見習士官のまま進級が止まっていた。その間に、幕末から戊辰戦争にかけて平八郎とともに海軍で働いた者は、明治三年から五年にかけて、それぞれ経歴によって初任ということで階級を与えられていた。

明治五年三月、いきなり陸軍少将となった西郷従道や、五年二月、海軍少将になった川村純義、七年一月、海軍中将になった榎本武揚らは別格として、若手では伊東祐亨が四年二月海軍大尉、その兄祐麿は三年十一月海軍少佐、中牟田倉之助は三年十二月中佐、樺山資紀は四年九月陸軍少佐、また長崎伝習所組の赤松則良は五年二月海軍大佐、松村淳蔵はアメリカ、アナポリス海軍兵学校卒業後英国に留学して、六年十二月中佐、同じくアメリカ留学組の仁礼景範は五年十一月少佐となっている。

平八郎はこれらより少し若いが、明治十一年に海軍中尉初任というのは遅すぎる。一緒に「春日」で砲の指揮をとった井上休八（良馨）は、四年七月、大尉初任である。平八郎も十一年七月の初任ならば、大尉ぐらいに初任されてもおかしくはなかろう。

陸軍で後に東郷と並び称される乃木希典は、平八郎より二歳年下であるが、明治四年には少佐初任で、十一年には中佐で連隊長を務めていた。それでも十年の西南戦争で軍旗を奪われて進級に影響があったということもあり、順調にゆけば、間もなく大佐というところである。

平八郎の初任中尉はなんとしても遅いが、大西郷を崇拝している彼はそんなことに不平をいう人間ではない。ときにはボッケモンの山本権兵衛と意地の張り合いをしながら、日本式の号令になれようと、勤務に精励していた。

なんといっても平八郎は英国仕込みの新知識を持っている。新造艦「扶桑」に装備されている新式クルップ砲や魚雷発射装置に詳しいのは平八郎一人である。マスト登りで平八郎をやっつけた権兵衛も、砲や魚雷の操縦では平八郎にかなわず、神妙にその教えを受けた。

――この〝薩摩の虎〟は見所がある……。

と考えた平八郎は、とくに権兵衛には念入りに教えたので、権兵衛の技は日増しに上達した。

海軍の方も遅まきながら、東郷の新知識とその進級の不合理を悟ったのか、この年（明治十一年）十二月十七日、彼を大尉に進級せしめた。海軍は昔から、士官は大尉になるとやっと一人前で、分隊長、砲術長などが務まるといわれ、この階級が長く五年、七年とやる者も多かった。しかし、平八郎は、大尉を一年やっただけで、翌十二年十二月二十七日、少佐に進級した。

この間、彼は再び縁の深い「比叡」乗り組みとなり、少佐になると「迅鯨」の副長を命じられた。

明治十四年二月、三十五歳の平八郎は結婚した。花嫁は薩摩藩士海江田信義の長女てつ子である。

海江田は少し変わった経歴の持ち主であった。

島津久光が藩主となった文久年間、薩摩藩には突出組と呼ばれる過激な尊皇攘夷のグループがあった。

有馬新七、海江田信義らが中心で若き日の西郷従道（慎吾）もその一員であった。

鹿児島にいた彼らは大船を借り切って江戸にゆき、幕府の要人に攘夷の実行を迫ろうとして阻止されたが、やがて島津久光が兵を率いて上洛し、公武合体を実行しようとする動きを見せると、突出組の一部は、有馬新七を中心として上京、伏見の船宿・寺田屋に宿をとり、公武合体派の公卿を斬り、朝廷に攘夷を迫ろうと企てた。このとき、海江田は加わっていなかったが、支援者であったことは間違いない。

情況おだやかならずとみてとった久光は、剣士の奈良原喜八郎らを寺田屋に遣わして、突出組の暴挙を阻止せしめようとした。このため、有馬新七は寺田屋の玄関を入ったところで、奈良原に斬られる。西郷慎吾らは二階にいた。奈良原は全裸となり、二階に上って、藩主の意向を伝え、同藩士相討ちの悲劇を最小限に喰いとめた。

海江田はこの後、西郷、大久保の倒幕運動に参加し、維新のときは東海道征討総督参謀となって働いた。

しかし、戦乱が収まって、新政府の時代になると、依然として旧士族の擁護と排外の思想を持つ海江田はおきざりにされた。

明治二年夏、海江田は京都で弾正台忠（裁判所長？）をしていたが、彼のところにはこちこちの攘夷派の残党である神代道人らが集まっていた。海江田は兵部少輔の大村益次郎が徴兵制をしき、フランスふうの調練を行なうのを、外国かぶれで、旧士族を圧迫するものとして排斥した。

九月四日、神代らは三条の旅館に大村を襲い、このときの傷がもとで、大村は同年十一月五日、落命する。

時代に逆行した海江田は、ますます新政府からはとり残され、晩年には宮中顧問官を務めていた。

父はいささか異端で、そのために不遇であったが、娘のてつ子はなかなかの賢夫人であった。

当時、東郷家の財政は苦しかったが、彼女はよくこれを建て直し、結婚した年の明治十四年に、麹町上六番地に三百坪の屋敷を買い、鹿児島から平八郎の母益子を呼んで、一緒に住み、平八郎を喜ばせた。後年さらに三百坪を買い足し、日露戦争後には、洋式の玄関、応接室、食堂などを増築し、大提督の晩年のすみかにふさわしいものとした。

この家の前はゆるやかな坂道となっており、休日の午後などは提督が孫を連れて散歩する姿が見られた。町の人はいつとはなく、この坂を〝東郷坂〟と呼ぶようになった。

第二部

耕して山巓《てん》に至る

東郷が巡洋艦「浪速」艦長になったのは、明治二十四年十二月十四日のことである。

東郷は十二年十二月、少佐になってから、「迅鯨」副長、「天城」副長を務め、「第二丁《てい》卯《ぼう》」艦長で初めて艦長となり、佐世保軍港の測量に従事した。この後、「天城」艦長を経て十八年六月、中佐に進級、主船局勤務を命じられた。この年十二月二十二日、伊藤博文を総理とする日本初の内閣が発足して、西郷従道が初代海相となった。

西郷はそれまで陸軍中将で参議兼陸軍卿であったが、内閣ができると、陸軍中将のまま海軍大臣になった。西郷がいきなり海軍大将になるのは、明治二十七年十月、日清戦争の最中である。

東郷が初めて艦長となった十六年三月、山本権兵衛は大尉で、「浅間」の副長であった。彼が艦長になるのは、十八年六月、中佐進級後、十九年十月、「天城」艦長になったときのことである。

明治十九年五月、東郷中佐は「大和」艦長に補せられ、同十一月、「浅間」艦長兼横鎮付、二十一年十月、大佐進級、二十二年七月、「比叡」艦長、二十三年五月、呉鎮参謀長を経て二十四年十二月、「浪速」艦長となったものである。

東郷は呉鎮参謀長のとき、一つのエピソードを残している。

彼が「浪速」艦長に転出する少し前、二十四年七月五日、長崎、神戸などに寄港した清国北洋艦隊の水師提督・丁汝昌が、巨艦「定遠」「鎮遠」を主力とするご自慢の軍艦数隻を率いて品川沖にやってきた。

朝鮮の主権をめぐって、日清の風雲が急になってきたので、デモンストレーションにやってきたのである。明治十七年、ドイツで建造された「定遠」「鎮遠」は、ともに排水量七千三百三十五トン、三十センチ砲四門、速力十五ノットで、当時、世界有数の新鋭艦であった。丁汝昌はこのほか「経遠」「来遠」「致遠」「靖遠」などの軍艦を連れて来日したが、この大部分が三年後の日清戦争で撃沈、破壊され、自分も責任をとって威海衛で自決することになるとは夢にも思ってはいなかったであろう。

デモンストレーションが目的の丁は、品川沖に入ると、旗艦「定遠」に日本の朝野の名士を招待して、その巨砲や、艦橋、機関室など艦内の様子を見せた。

——どうだ、このような巨艦が日本にあるか、とてもかなわんだろう。朝鮮問題で清国に楯突くと、この巨砲がものをいうぞ。悪いことはいわんから手を引け……。

丁はそういわんばかりに鬚をしごいた。

残念ながら、当時、日本の新鋭艦といえば、巡洋艦「浪速」「高千穂」で、日清戦争時の主力艦「松島」「厳島」「橋立」の三景艦はまだできていなかった。

明治十九年竣工の「浪速」は、三千七百トン、二十六センチ砲二門、十五センチ砲六門、十八ノットで、速力の点以外では、とうてい「定遠」「鎮遠」の敵ではなかった。

品川沖で十分示威運動を行なった丁汝昌は、七月十二日、横浜沖を出港すると、最後の寄港地である安芸の宮島にやってきた。

丁はここでも「定遠」を公開して、地元名士の度肝を抜いた。

ただ一人、呉鎮参謀長の東郷だけは、そのような驚嘆や礼讃の声に雷同しなかった。彼は航行中の「定遠」を陸上から双眼鏡で遠望したところ、前甲板の主砲に水兵のシャツや褌《ふんどし》がかけてあるのをみて、

――武士の魂ともいうべき兵器に褌を干すようでは、北洋艦隊恐るるに足りん……。

と、当時の呉鎮長官中牟田倉之助中将や部下に語っていた。

実際に「定遠」に招かれてみると、豪傑肌の丁汝昌は、来客を前に大言壮語するし、兵士の軍紀もたるんでいるように思えた。

東郷は丁の横顔を眺めながら、彼が瀬戸内海を航行中、島々山々の上まで畑になっているのをみて、

「耕して山巓《てん》に至る、その貧や思うべし」

と冷笑したことを知っていた。

──奢る者は久しからず、いずれ目に物みせてくれるぞ……。

東郷はそう胸の中でつぶやいていたが、丁のかたわらにいる大男を認めて、視線を吸い寄せられた。

大声で広島県の高官や実業家に主砲の威力を説明している丁の少し後ろにいて、その男は悠然と盃を手にしたまま微笑していた。

悠揚迫らずという風姿のその男の名を、東郷は知っていた。清国海軍総兵（少将、相当）、「鎮遠」艦長林泰曽がその人である。

当時、世界有数の兵力を誇っていた清国海軍には、優秀な提督もいたが、林泰曽はその中でも名提督の声が日本にまで聞こえていた。

丁が豪傑肌なら、林総兵は冷静で知的な秀才肌で、丁が最も信頼している部下であった。東郷がそんな評判を考えながら、じっと林の方をみていると、林も東郷を見返した。林も東郷のことを知っていた。

明治十五年夏、朝鮮の京城で、国王の父・大院君と王妃・閔《びん》氏一派の争い（壬午の変・京城事変）が起きたとき、東郷は「天城」の副長として仁川に急行した。日本の公使館が朝鮮人に襲撃され、花房公使は逃走していた。このとき、清国もこの機に勢力を張ろうとして、陸軍と艦隊を仁川に送った。結局、日本側は清国の干渉を排除して、こちらの居留民が受けた損害の賠償などの条約を朝鮮と結ぶことになった。

この後、東郷は、清国側の代表という形で京城にいた袁世凱に会った。袁は後に中華民国の大統領となる人物で、権謀に富み、このときは直隷総督・李鴻章の命を受けて、朝鮮における事変の処理にあたっていた。

「天城」副長の東郷が訪問すると、待っていたとばかりに袁は清国の威勢とその陸海軍の強大をぶちまくった。二時間半にわたる長広舌を弄した袁は、最後に、

「明白？（わかったかね）」

と聞いた。

黙々として聞いていた東郷が、只一言、

「不明白！（全然わからん）」

と答えると、袁は顔色を変えた。

実力者李の片腕として出世の途中にあった彼は、日本の一海軍少佐から無視されて、憤慨したが、側近たちはかえって頼もしそうに東郷を眺めた。そのとき、林泰曽は艦長として仁川に来ていたので、早くも東郷の名を耳の奥に刻みこんだのであった。

林総兵が耳打ちすると、丁提督は、東郷の方に視線を移した。

――これが京城であの強気の袁世凱を凹ませた男か……。

そう考えながら、丁は東郷に笑いかけた。

袁はともかく、この大艦を持って日本を訪問している北洋水師提督の俺を無視することは、できないだろう、そういう自負が丁の眼元にあったが、一瞬にして、それは凍りついた。

「………」

東郷は、にこりともせず、丁の顔をみつめると、

「呉鎮守府参謀長の東郷でごわす」

と日本語で言ったきり、後は一言も発しなかった。

かたわらの林泰曽は、微笑しながら、二人の様子を見守っていた。京城事変のときの「天城」副長東郷少佐が、今は大佐になって、参謀長になっている。林は、東郷の沈黙の中に言いしれぬ闘志を感じとった。

——いずれ、俺が雌雄を決するのは、この男かもしれぬ……。

そう考えながら、林が東郷をみつめていると、ふいに東郷が視線を丁から林の方に移した。そのときも、林は微笑していた。そして、一瞬、東郷の頬に鳥影のような笑みが過《よ》ぎったが、それは間もなく消えた。

——好敵手、林よ。いつかは、この巨艦を俺の手で葬ってやるぞ……。

東郷の思いはそれであった。

東郷が「浪速」艦長に転補されたのは、明治二十四年十二月十四日のことである。

東郷は二回「浪速」艦長を務めており、それぞれ事件を起こしている。一回目はハワイのホノルルで日本人の脱獄囚をかくまった件、二回目は、日清開戦のとき、英国船高陞号を撃沈したときである。

ハワイにおける東郷にふれる前に、〝ボッケモン〟山本権兵衛が起こした事件についてふ

れておきたい。

権兵衛は明治二十二年八月、大佐に進級、二十四年六月には「高千穂」艦長から、海軍省官房主事になった。官房主事というのは、海相樺山資紀を補佐する兵務副官であるが、この悍馬が、ただの鞄持ちで満足するわけがない。

当時、海軍の実力者は前海相西郷従道で、海軍省で一番西郷の信頼が厚かったのは、海相の樺山でも、次官の伊藤雋吉でも、参謀部長の井上良馨でもなく、山本権兵衛であった。

そもそも二人はともに甲突川の水を浴びた仲であるが、西郷が権兵衛の軍政家としての能力を認め始めたのは、明治十八年十二月、彼が陸軍卿から初代海軍大臣になったときのことである。西郷は明治維新以後、ずっと陸軍畑を歩き、このときも陸軍中将であった。海軍のことには素人である。そこで彼は、同郷の後輩で切れ者といわれていた山本権兵衛少佐（「浪速」副長）を海軍省に呼んだ。

「おい、権兵衛、おいは今度、海軍を預ることになった。今、海軍はどげんなっちょるか？」

と西郷は聞いた。

むっとした山本少佐は言った。

「閣下、もっと礼をわきまえて頂きたいですなあ」

「なぜか？」

「ここは海軍でごわす。閣下は陸軍中将でも海軍では新参、権兵衛は古参でごわすぞ」

そういわれると、西郷も苦笑して、

「では、おいに海軍のことを教えてくれもはんか?」

と下手に出ざるを得なくなった。

三十六年三月、西郷は三度目の海相になった。西郷の命令で官房主事の権兵衛は、七ヵ月かかって海軍全般の報告書を書き上げて、西郷に提出した。

「おう、でけたか……」

西郷はその膨大な書類を受けとると、机の引き出しにしまった。一週間ぐらいすると、権兵衛は大臣室に呼ばれた。

「これはすんだけん、おはんに返すど」

西郷は例の書類を権兵衛に返そうとした。権兵衛はまたむっとした。

「閣下、もう全部お読みになったとですか?」

「ああ、読んだ」

そこで権兵衛は大声を出した。

「閣下、この権兵衛が七ヵ月かかって仕上げた書類をば、なして一週間で読了されるとですか? 無責任ではごわはんか!」

権兵衛の気迫に押されて西郷は、

「では読んでみっか……」

とまた書類を引き出しに入れた。

しかし、さらに二週間ほどして権兵衛が大臣室に行って尋ねると、まだ読んでいない、という返事である。

そこで権兵衛は声を励まして言った。

「閣下がお読みにならんということは、読んでもわからんということでごわすか。一切は、この権兵衛に任すということでごわすか」

「そのとおりじゃ」

西郷がうなずいたので、やっと権兵衛も納得して、書類をとり返して引き上げたという。

その権兵衛は、西郷が海相になる前、どえらいことを始めていた。もともと、権兵衛は大臣の樺山をしのいで、一切をとり仕切るので、〝権兵衛大臣〟と呼ばれていたが、西郷の実力を背景に、海軍の大改革を思い立った。というのは、明治の海軍も建軍から二十年もたつと大分垢がたまってきて、草創以来の将軍にも頭の古いものが増えてきていたからである。

この当時（明治二十六年、現在）、日本海軍には現役一万一千人、予備役千人、軍属二千余名がいた。軍艦二十五隻、水雷艇五隻の兵力である。

日清の風雲が急になるにつれて、権兵衛は次官の伊藤雋吉や第一（軍務）局長の伊東祐亨と相談して、建艦予算を増やすために人員整理をすることを企図した。

このため、権兵衛は、将官八名、佐官尉官八十九名をリストにのせ、二十五年から二十七年にかけて、これらを予備役に送りこんだ。将官八名のなかには、先輩の薩摩出身者もいた。田中綱常、児玉利国（以上、少将）らは、鹿児島出身であるが、このとき権兵衛の手によってクビを切られた類である。

鹿児島出身者以外でも犠牲者はいた。幕末の海軍の先達の一人であった赤松則良（静岡出身、五年二月海軍大丞、中将、横鎮長官）、安保清康（大阪、四年九月陸軍中佐、海軍中将、佐鎮長官）、福島敬典（福井、四年十一月少佐、少将、海軍省第二局長）、本山漸（静岡、少将、海兵校長）、山崎景則（長崎、少将、横須賀軍港司令官）、磯部包義（大分、少将、呉軍港司令官）らがこれに該当する。

権兵衛はかつて「浅間」で砲術教授を務めていたとき、幕末以来の佐官級の再教育を主張して、長官である伊東祐麿中将から大反対をされたことがある。もともと彼には、教育と人事刷新によって強い海軍を作ろうという根本的な狙いがあった。

この整理リストには、東郷の名前ものっていた。

権兵衛が整理の最後のリストを作り終わったとき、大臣は樺山、仁礼景範を経て、また西郷（明治二十六年三月十一日、任命）になっていた。権兵衛がこの大鉈をふるうには薩摩の大御所を引っ張り出さなくてはならない、と考えて引き出したものであろう。

権兵衛が出したリストをチェックしていた西郷は、東郷平八郎の名のところで指をとめた。

「権兵衛どん、仲五郎もやめさせっとか？」

西郷は、権兵衛と東郷の仲をよく知っていた。

「さあ、病気が多いというもんですからのう」

権兵衛は首をひねった。東郷は佐官時代は病気がちであった。

「あれは、どこか見所がある、とおいは思っちょるがのう……」

西郷は権兵衛の顔を見た。待っていた、とばかりに権兵衛はいった。

「では、病気も治ったごっあるですけん、『浪速』にも乗せておきましょうばい」

これで東郷の首はつながった。危ないところで、日本海海戦の名将が大佐で葬られるところであった。

西郷は苦笑した。彼には権兵衛の手口がわかっていた。先輩、同輩を多く処分して、友人の東郷を温存すれば、きっと悪口をいう者が出てくると考えて、彼は東郷をリストに載せたのである。

案の定、西郷が異議をさしはさんだので、得たりとばかり、現役に残したのである。


西郷と権兵衛のおかげで、あやうく首のつながった東郷は、「浪速」艦長として海上勤務を続けることになった。

明治十九年イギリスで建造された「浪速」は、「松島」「厳島」ができる前の日本海軍の新鋭艦であった。

――三千七百九トン、二十六センチ砲二門、十五センチ砲六門、六斤砲六門、二十五ミリ四連速射砲十基、十一ミリ十連速射砲四基、朱式魚雷発射管四門――を載せて、十八ノットで走る「浪速」は、同型艦「高千穂」とともに、「定遠」「鎮遠」にはかなわぬまでも、日本海軍の根幹で、この艦長を務めるということは、名誉なことであった。

間もなく東郷は、ハワイで問題を起こした。

東郷の指揮する「浪速」がハワイに派遣されたのは、二十六年二月初旬のことである。

八つの部族が抗争を続けていたハワイ諸島は、八十余年前の文化七年（一八一〇）、カメハメハ王が統一して大王となり王制を布いていたが、明治二十五年、憲法改正をめぐって、アメリカからきた白人たちがリリオカラニ女王に反対し、ついに市民大会で王政廃止、共和制宣言を採択し、仮共和国政府を樹立することを議決するに至った。

これはアメリカに移住してきたヨーロッパの白人の常套手段で、彼らはインディアンの国を勝手に占領して東部十三州で合衆国を作ると、豊かな国テキサス（メキシコ領）に勢力を張り、一八四五年、議会で合衆国への併合を決めた。怒ったメキシコは米墨戦争を起こしたが、負けて、カリフォルニア、ニューメキシコ（現在のアリゾナとニューメキシコ）を、わずか千五百万ドルで合衆国に売らされることになった。

ハワイでも同じ手で、参政権をもつ白人の市民が結託して仮政府を作り、女王を追って共和制とした後、議会で合衆国への併合を議決（一八九七年六月、実現）して合衆国領としようというのである。

もちろん女王はこれを違法とし、王制を支持する原住民のカナカ族も抵抗したが、合衆国軍隊に支持された新しい武器をもつ白人に圧倒され、明治二十六年一月、女王は王座を降りて、仮政府に服従することを宣言し、ハワイの王制は終わったのである。

この政変と市街戦で危機にさらされた日本人居留民を保護するため、政府は「浪速」をハワイに派遣した。

二月八日、横須賀を出港した「浪速」は、二十三日、椰子の茂るホノルル港にその姿を見せ、旭日旗を認めた日本人市民を安心させた。港には、すでにサンフランシスコより回航された「金剛」が碇泊していた。

「浪速」が入港すると間もなく、仮政府首席ドウル（元判事、ハワイの実業家）が大統領の資格でホノルル港内のアメリカ艦隊を視察した。

アメリカ艦隊は、ドウルに対して国の元首に対する二十一発の礼砲を発射、イギリス艦もこれにならい、殷々たる砲声がハワイの空に轟いた。ところが、日本の「浪速」と「金剛」の砲塔は静まりかえっている。

——ドウルは仮政府の首席である。日本はこの政府を承認していない。礼砲を撃つなどもってのほかである……。

イギリスで国際法を頭に叩きこんできた東郷は、そう考えながら、「浪速」の艦橋で悠然とドウルの乗艦を眺め下ろしていた。

ドウルをはじめアメリカ太平洋艦隊の提督たちは口惜しがったが、国際法的には日本の艦長の処置が正しい。岸壁で様子を見守っていた邦人たちは喜んだ。

三月十六日、事態が一応落ち着いたので、「金剛」は、「浪速」に後事を託して日本に向かった。

それから間もなく、

「人間一名、こちらに泳いでくる！」

という見張りの報告で、東郷は当直将校のいる舷門に向かった。泳ぎついたのは日本人の青年である。

とりあえず東郷はこの青年を艦内に保護したが、実はこの青年は犯罪者であった。砂糖キビ畑の労働者で、同じ日本人を殺した罪でオアフ刑務所に入っていたのが、海岸で作業中逃亡して、海にとびこんだものである。

間もなく仮政府の警官が「浪速」にやってきて、青年の引き渡しを迫ったが、東郷艦長は厳としてこれをはねつけた。

仮政府の警視総監は憤慨し、ホノルルの英字紙は、東郷艦長の処置を政府の司法権への干渉として強く非難した。

東郷は平然としていた。

この話は日本にも伝わってきた。政府は憂慮した。日清の風雲は一触即発のところまできている。今ここで、大国アメリカと事をかまえるのは不利である。政府はハワイ駐在の藤井総領事に訓電を打って、東郷艦長を説得するよう指示した。

藤井が東郷を訪問する前に、仮政府の副大統領デーモンが「浪速」を訪問して、犯人の引き渡しを要求したが、東郷は、この申し出も藤井の説得もピシャリと断わってしまった。

紛争が続くホノルルで、デイリータイムズが、東郷支持の論説を掲載した。

「国際法によれば、仮政府と日本政府の間に、犯人引き渡しの相互条約がないかぎり、『浪速』艦長の処置は正しい。ホノルル碇泊中の『浪速』が商船ならば、ハワイの法律に従うべきだが、日本はまだハワイの仮政府を承認していない。また軍艦の艦内は一国の領土であるから、外国政府の主権は及ばない。判断は、『浪速』艦長の自由であるべきだ」

署名は法律家エドウィン・フォーク、となっている。

「おお、アメリカにも、国際法のわかる人間がいるとみえる」

艦長室でこの新聞に目を通した東郷は、会心の笑みを浮かべた。

もとより、国際的に騒ぎを起こすことは東郷の好むところではない。しかし、日本の艦長は国際法を知っており、日本軍艦は国際法によって行動することを示すのも、この際日本海軍の存在をハワイやアメリカに示す好機である、と彼は考えていたのである。

予想どおり、数日すると、本国の西郷海相より訓電がきた。

「国際間の紛糾を避けるため、犯人をハワイ政府に引き渡すべし」

——とうとうきたか……。

ケスイボの東郷は唇をゆがめて、その電報を読んだ。

——国際法的にはおいの処置が正しい。それは西郷どんもわかっておられもそう。しかし、敵はアメリカではなくて清国で、それはおいもわかっておりもす……。

結局、東郷は犯人を受けとりにきた日本総領事館の館員にその青年を引き渡した。青年は大いに感謝し、更生を誓って「浪速」を後にした。

〝キャプテン・トーゴー〟の名は、ハワイの邦人の間に拡がり、五月二十日、「浪速」が本国に向かうときは、多くの邦人とともにカナカの原住民までが岸壁で日の丸の旗を振った。彼らは王制を倒した仮政府の鼻をあかしたトーゴーの艦を見送りにやってきたのであった。

こうして東郷は、国際法に則る処置を貫く姿勢を示し、ハワイのアメリカ艦隊にまでその名を知られるようになった。そして、一年後の日清開戦のときは、その名前はロンドンにまで聞こえるようになったのである。（註、東郷はハワイ事件の後、明治二十七年四月、一旦、呉海兵団長に転出させられたが、同年六月八日、風雲急とみた海軍省は再び「浪速」艦長を命じた）

そしていよいよ日清戦争であるが、開戦に至る経過と、〝権兵衛大臣〟こと山本権兵衛の動きを眺めておきたい。

明治二十四年六月、海軍大臣官房主事となった山本権兵衛大佐は、清国北洋艦隊に追いつくため、必死の建艦競争を推進した。

「定遠」「鎮遠」（各七千三百三十五トン、三十センチ砲四門）に迫るものとして日本海軍が考えたのが「松島」「厳島」「橋立」の三景艦（各四千二百七十八トン、三十二センチ砲一門、十二センチ砲十二門、七センチ砲十一門、加式魚雷発射管四門）である。

この三艦の予算案は、議会をパスして二十一年以降起工にかかっていたが、二十四年十一月開会の第二帝国議会で、民党の猛烈な反対に出合って、建艦予算七百九十四万円全額削除という障害にぶつかり、海軍の対戦準備は不可能に近くなった。

時の海相樺山資紀は大いに怒り、予算総会において、

「おいは議会に大砲をぶちこんでも建艦予算案をば通してみせっど！」

と威勢のよい放言をして、これが民党の反対に火を注ぎ、ついに全額削除が決定した。

山本官房主事も苦悶した。

二十五年八月、第二次伊藤博文内閣が発足したが、海軍の苦難は続いた。

二十五年十一月開会の第四議会は、二十六年二月、またしても建艦予算全額を削ってしまった。

〝権兵衛大臣〟は仁礼海相（明治二十五年八月、就任）では頼みにならずとみて、直接、伊藤総理に海軍拡張の必要を訴えた。伊藤は明治天皇にこの旨を奏上し、天皇は二月十日、異例の勅語を賜わった。世に〝建艦詔勅〟といわれるものである。

一、今後六年間毎年三十万円の内帑《ど》金（皇室経費）を建艦費として下賜する
二、文武官僚も六年間俸給の十分の一を献納せよ

この異例の勅語によって、民党も国防に協力することとなり、議会は「七年間に一千八百万円を支出して戦艦二隻、巡洋艦一隻、通報艦一隻を建造する案」を通過させた。

このため、政府は「定遠」「鎮遠」をしのぐものとして、戦艦「富士」「八島」（各一万二千六百四十九トン、十八・二五ノット、三十センチ砲四門）をイギリスに発注したが、日清

戦争には間に合わなかった。

さて、日清戦争であるが、この戦争の近因となったのは「東学党の乱」である。

東学党というのは、東学という宗教を信奉する人々の結社で、その教えは儒教、仏教、道教をミックスしたものであるが、これが一種の革新勢力として、朝鮮国内で力を得ていった。

明治二十七年四月、全羅道の大地主が暴利を貪っていた件で、政府が規制をしないので、東学党が決起して暴動を起こした。

政府はそれを抑える力がなく、清国に救いを求めた。

そこで、袁世凱が大兵を率いて朝鮮にやってくることになった。この際、朝鮮統治の実権を握ろうというのである。

日本は天津条約（明治十八年）で、日清両国のいずれかが朝鮮に出兵するときは、他の一国も出兵し得る、という約定になっていたので、対抗上出兵を考えた。

六月八日、清国兵は京城南方の牙山に上陸を開始した。

この六日前、朝鮮政府が清国に派兵を要請したという報が入ると、伊藤は直ちに閣議で出兵のことを議した。

今度こちらが出兵すれば、清国と戦争になる……という懸念が、どの閣僚にもあった。

陸軍大臣大山巌は、慎重派というよりは、茫洋としていて、はっきりしない。西郷海相は、

「やらにゃあいけんごっ……」

というだけで、どういう意味か、伊藤にはよくわからない。伊藤は参謀本部を訪ねた。

参謀総長は有栖川宮であるから、次長の川上操六が参謀本部の意見を述べる。

「この際、断乎、出兵すべきでごわす」

東洋のモルトケ（プロシアの名参謀総長）といわれた軍政軍略の秀才、川上はそう決意のほどを示す。

「しかし、この際、出兵すると、清国と戦争になることを考えなければならんが……」

伊藤が眉をひそめると、川上は、

「戦争のことはお任せ下され」

と平然としている。

薩人の川上のいうことが信用できぬというわけではないが、伊藤は同郷の山県有朋を訪ねた。

山県は前総理で、このときは枢密院議長として天皇の側近にいたが、陸軍卿、参謀本部長などを歴任した陸軍の総帥である。

しかし、後に〝恐露病患者〟といわれる山県は、このときは〝恐清病〟（？）に近かった。彼が慎重論なので、伊藤はあらためて陸海の首脳を集め、出兵と開戦、そして果たして勝算はあるのかということを議することにした。

席上、山県が自重論を唱えると、川上が、

「我に十分の勝算がごわす。開戦何を恐れることがごわそうか」

といって、山県を抑えたので、まず出兵が決まった。

続いて、翌日、今度は全閣僚と関係陸海軍幕僚を集めて、特別会議で開戦を議することとなった。このときは山本官房主事も出席した。

例によって、川上が主戦論をまくし立てる。山県と大山は黙って聞いている。

「このことあるに備えて、わが陸軍は多年兵を鍛え、また大陸進攻作戦を練ってきもした。まず朝鮮に兵を揚げ、続いて満州に上陸、旅順の要塞を制したうえで、北京に進軍をば致しもす。一年間で清国は降服致すでごわそう」

川上の雄弁に一度は引きずりこまれて、そのまま開戦覚悟で出兵ということに決まりそうになった。

聞いていた権兵衛は面白くなかった。なるほど川上は郷土の先輩（明治四年、中尉初任）で、このときは陸軍中将で、陸軍を一人で担っているようなことをいう。

――しかし、内戦の戊辰戦役や西南戦争でも軍艦が大きく物をいったのである。まして海を渡って異国に兵を送るというのに、海軍を無視するということがあるものか……。

権兵衛の中の皮肉の虫がむくむくと頭をもたげてきた。

「川上どん、ちょっとお聞きしとうごわすが、日本の陸軍は川に橋をかける工兵部隊をお持ちでごわそうか」

それを聞いた川上は、何をこの大佐風情の若僧がいうか、とばかりに、眼をむいて、

「もちろん、大部隊を錬成しちょる。川に橋をかけるくらいはわけはなか」

と答えた。

「では、陸軍はその工兵の大部隊をもって、九州から対馬へ、そして朝鮮の釜山へと、大きな橋をかけて、歩兵や砲兵の部隊を渡そうというのでごわそうか」

権兵衛からそういわれると、川上は沈黙した。

――ボッケモンの権兵衛にやられた……。

そう考えて、川上は唇を嚙んだ。権兵衛が一大佐ながら海軍省の実権を握っている、という話を、川上は知らぬわけではなかった。それにしても、朝鮮や満州に兵を送るというのに、海軍の了解をとらずに、一人で力んでいたのはまずかった、と、川上は反省した。

維新後長い間、海軍の作戦部は参謀本部の中にあり、海軍軍事部、同参謀部といって、陸軍の参謀部長、後には参謀総長の下についていた。昨二十六年五月、やっと軍令部が独立して、海軍参謀部長であった中牟田倉之助が初代軍令部長となったが、未だに陸主海従、作戦はすべて参謀本部がやるものだと、陸軍の参謀たちは考えていた。

権兵衛はその傾向に一矢を報いたのである。

「いやあ、権兵衛どん、こいつはおいの言い過ぎじゃった。おいは陸軍のことばかり考えよったもんじゃけん……」

ばかでない川上は、率直に頭を下げた。

そこで今度は権兵衛が、とうとうと海軍の軍略を述べた。

「まず、近代戦では、大陸間の戦争でないかぎり、制海権を握ることが必要でごわす。トルコ、ロシアのクリミア戦争、オーストリア、イタリアの戦争、あるいは、ナポレオン時代の英仏の戦いも制海権をとった方が勝っておりもす。朝鮮の西海岸に基地をもち、黄海を中心とする海面で決戦を行ない、敵の艦隊を撃破すれば、朝鮮や満州への輸送、あるいは敵都北京に近い威海衛、芝罘《チーフー》あるいは天津に近い太沽《ターク―》あたりへの上陸も不可能ではごわはん、それから後は陸軍の仕事でごわそう」

権兵衛がこういう調子で海軍の方針を説明すると、川上はもちろん、伊藤総理以下の閣僚も納得した。

かくして日本も朝鮮に出兵することに決し、海軍の部隊にも臨戦準備が指示された。東郷艦長の「浪速」も、六月十八日、横須賀を出港して門司に向かった。任務は仁川に陸兵を運ぶ輸送艦八隻の護衛である。

日清戦争の宣戦布告は八月一日であるが、実質的な開戦は、七月二十五日の豊島沖の海戦とみるべきであろう。

このときの主役は、坪井航三少将（山口出身）の指揮する第一遊撃隊、「吉野」（砲術長は加藤友三郎少佐）、「秋津洲《あきつしま》」（艦長上村彦之丞少佐）、そして「浪速」の三艦である。指揮官の坪井少将は、当時日本海軍で、最も外国の戦史を研究した戦術家であった。

この頃は、まだ最後の突撃で艦首のラム（衝角）による衝撃で敵の横腹に穴をあける戦法が盛んであったので、旗艦を中心とする横陣戦法が広く採用されていた。

しかし、坪井は軍艦の砲が首尾線上の砲塔に収められ、左右両舷の砲戦が可能となったことから、単縦陣でつねに敵と同航または反航しながら砲撃を行なう方が、砲の威力を発揮し易いとして、もっぱら単縦陣の優勢を説き、仇名を〝単縦陣〟といわれるほどであった。

七月二十三日、佐世保を出港した連合艦隊（長官伊東祐亨中将）は、二十四日夕刻、朝鮮西岸の群山西方の黒山島付近に達し、伊東長官は速力の速い第一遊撃隊を仁川南西方面に進出せしめた。

第一遊撃隊は十二ノットの速力で北進（もちろん単縦陣である）、二十五日早朝、豊島（仁川の南南西四十キロ）沖に達し、午前七時、二隻の軍艦を発見した。これが清国軍艦「済遠」と「広乙」で、坪井司令官は「合戦準備」を下命し、速力を十五ノットに増速、午前七時五十二分、彼我の距離三千メートルになったとき、「済遠」が発砲した。

このとき、日本側が礼砲を撃つ準備をしていたところ、相手が撃ってきたので応戦したという説があるが、『元帥伊東祐亨』（小笠原長生著、昭和十七年、南方出版社刊）には、そのような記述はない。

やる気満々の坪井は、得たりと、砲撃開始を命じ、「吉野」をはじめ三艦は斉射を行なった。

早くも、命中弾を浴びた「済遠」は逃走を始めた。「広乙」は勇敢というか、無謀というか、「秋津洲」と「浪速」の間に突入してきたので、三艦は近距離用の連射砲で、掃射を浴びせた。

「広乙」も北方へ逃走を始めたので、坪井は「秋津洲」に「広乙」を追わせ、「吉野」と「浪速」は「済遠」を追うことになった。「吉野」は二十六年イギリスのアームストロング社で建造された新鋭艦で、四千二百二十五トン、主砲の十五センチ砲四門が速射砲になっており、ほかに十二センチ速射砲八門をもち、二十二・五ノットと艦隊一の高速を誇っていた。

「吉野」がぐんぐん前進して「済遠」との距離をつめていき、その後へ「浪速」が続く。

そこへ、西方から、軍艦「操江」と英国旗を掲げた商船（高陞号）が姿を現わした。「済遠」の信号によって「操江」は北方に避退したが、高陞号は「浪速」の近くを通って東方に向かおうとした。

東郷が双眼鏡で見ると、この商船は清国兵を載せている様子がみえる。国際法によると、敵性が極めて強い。東郷は万国信号で、

「直ちに停止し、投錨せよ」

と信号した。

坪井司令官も「浪速」にこの商船の臨検を命じた。

停止した高陞号を「浪速」の人見善五郎大尉が臨検すると、千余名の武装した清国兵が乗っている。明らかに兵力輸送である。

東郷は拿捕する目的で、高陞号船長（ガルスという英国人）に、

「『浪速』に随行せよ」

と信号を送ったが、船内の清兵が阻止するので、なかなか指示に従わない。

人見の報告によると、このとき高陞号の船内には、清兵千百名、大砲十四門、弾薬多数などが積んであった。

「浪速」は同号の船員に、

「直ちに船を見捨てよ」

と信号し、船長から、

「ボート派遣を乞う」

といってきたが、東郷は、

「ボート送り難し。速やかに船を去れ」

と信号した。

このとき、英国人船長が、

「重大なる事項も知らせたし、至急ボート派遣を乞う」

と信号してきたので、再び英語のできる人見大尉が行くことになった。東郷は人見を呼ぶとこういった。

「よいか、清国兵がこちらの命令に応じないような様子であったら、船長以下イギリス人の乗組員に、わが艦に移乗する気があるならボートを送る準備がある、といえ」

人見が高陞号に行くと、ガルス船長が、困惑している。

「清国指揮官は、貴艦に随行することを拒否しています。太沽を出るときは、まだ清国と日本は宣戦布告をしていなかった。この船は英国船であり、我々は英国領内にあるのだから、太沽にもどればそれでよいので、拿捕するとは何事か、と銃剣で脅かすのです」

船長の話を聞いた人見が「浪速」に帰ってこう報告すると、東郷は時計をみた。停戦を命じてから、すでに一時間が経過している。

——もはや撃沈するほかはない。しかし、国際法上はどうなのか……。

東郷は、若いときイギリスのポーツマスやロンドンで習った国際法を復習するように、広くもない艦橋を歩き回った。艦橋には、航海長有馬良橘大尉（海兵12期、後に旅順の閉塞隊長）と砲術長の広瀬勝比古大尉（10期、広瀬武夫の実兄、後、「浪速」艦長）が、心配そうに艦長の様子を眺めている。

有馬航海長は日露開戦時中佐で、第一艦隊首席参謀であったが、旅順口の閉塞が始まると、東郷司令長官に直訴して、閉塞隊の指揮官として旅順口に赴いた熱血漢で、その後、第一艦隊司令官となり〝強気の提督〟といわれるほどで、東郷の決断が遅いので、じりじりしていた。一方、広瀬大尉は、砲撃の責任者であるから、緊張している。

副長の石井猪太郎少佐（4期）も艦橋にあがってきて、東郷艦長の様子を見守った。

しばらくして東郷は歩みを止めた。決断がついたのである。

「直ちに高陞号に信号せよ」

彼は航海長にこういった。

「ボート送ること不可能なり、イギリス船員は直ちに船を捨てよ」

沈痛に響く東郷の声を聞いた有馬は、

「撃沈するんですか、艦長？」

と反問した後、広瀬砲術長の方をみた。

「浪速」のヤード（旗を揚げる横桁）にするすると旗旒信号が揚がった。間もなく高陞号の船長から返事の信号がきた。

「清兵我を制す、離船は不可能なり」

東郷はまばたきもせずに言った。

「即時船を去るべし、間もなく砲撃を開始す」

「浪速」のヤードに赤旗が揚がった。B旗と呼ばれる「ただ今より砲撃を開始す、危険なり」という意味である。海軍では信号旗のAをゴゼン、Bをアカ、Cをシース、Dをデッキというふうに呼称する。AのゴゼンはAMが午前というところからきている。B旗は赤く、危険人物のことを〝あいつはB旗だ〟というようにいったりする。

「艦長！　砲撃開始ですか？」

B旗を仰いだ広瀬が半信半疑でそう問うと、東郷は大きくうなずいた。これが東郷のパターンで、十一年後、対馬水道の北でT字戦法開始のときも、加藤参謀長の言にうなずいたのみである。

「目標、右前方の英船、距離一〇《ひとまる》（千メートル）、撃ち方始め！」

広瀬の号令で「浪速」の二十六センチ砲が火ぶたを切った。

近距離で目標は停止している。当たらぬ方が不思議である。

轟音とともに飛んでいった砲弾は、高陞号の中部水線下に命中、続いて第二弾が後部甲板に当たると、高陞号は傾斜し、後部から沈み始めた。東郷の双眼鏡には、甲板から豆のようにこぼれ落ちる英船員や清兵の姿が映っていた。

午後二時過ぎ、高陞号は波間に没した。

英船員は全員「浪速」に救助され、偶然にもガルス船長は、東郷がウースター号に乗っていて、「俺はシナ人ではないぞ！」と、一喝したときの同期の練習学生であった。二人は艦橋で顔を合わせたが握手を交わそうとはしなかった。ガルスは東郷の処置に不満であった。

——拿捕は合法的であるかもしれぬが、撃沈するとは何事か。砲撃で脅して近くの港に連行し、武装解除する程度でよかったのではないか……。

商船乗りのガルスはそう考えていた。

東郷には軍務があった。

——味方は「済遠」「広乙」と戦い、今、「操江」も出てきている。拿捕、連行をやっている暇はない。国際法に違反せぬなら撃沈すべきだ……。

艦橋上の長い思考が、この男にそういう結論を出させたのであった。

東郷は、この日のことを日記に書いている。文章は簡潔である。

七月二十五日（水）天候晴、晴雨計二十九度、寒暖計七十九度（華氏）、午前七時二十分、豊島沖において、遥かに清国軍艦済遠号、広乙号を認む。直ちに戦闘を命ず。同七時五十分、開戦五分にして砲煙の蔽うところとなりしを以て、間々敵艦を見て砲撃す。

「広乙」わが後部にあり、急速発射をなし、左舷砲を発す。大概適中し、それより「広乙」

は逃走して再び陸地を指して回航せり。我は「済遠」を追撃す。

それより英船に行逢いしに、空砲を放ち、「止まれ、投錨せよ」と命じ、直ちに投錨せしめたり。益々「済遠」を追撃す。三千碼《ヤード》余りに至り前砲を発射す。この時、（「済遠」が）日本海軍旗の上に白旗を添えて掲ぐ。降服をなす。この時、司令官より本艦に近寄れの命あり。進撃することを止め、司令官の命を得たり。

続いて「商船を本隊に連れて行け」の命あり。よって船内臨検の為に人見大尉を派遣せり。即ち（この船は）清国に雇われ、船中に清国兵千百余名及び武器積載し、去る二十三日太沽を出帆、牙山（京城の南約百キロ）に航行の途中の旨を高陞号船長より聞き届く。故に我が命を船長に伝えしめたるところ承諾せり。

直ちに人見大尉帰艦して前談を報ず。故に信号を以て、「直ちに、投錨、本艦に継続すべし」と命じたるところ、「肝要なる事件を通知致したきにつき、端舟（ボート）を送られたし」と信号なせしに、再度人見大尉を差し出し、要求のこととは何事なるや談合したところ、清兵の主張は、本艦に継続することを拒み、太沽出帆のときは開戦宣言なき今日、外国船内にあるを以て太沽に回航の議申し立てたり。その儀なれば本船より命ずるまで待て、と人見大尉を帰艦せしめたり。

その後、信号を以て「その船を見捨てよ」と赤旗を掲げしに、また「端舟を送られたし」と彼より信号なせしにつき、その（向こうの）端舟をもって来れと命ず。彼許されずと答う。故に清兵の意を以て我に敵意を表するを認め、破壊することに決して砲撃をなす。右舷砲二発発射して止む。直ちに後部傾き遂に沈没するを見る。三十分を以て沈む。

この時、高陞号船長及び按針手（航海士）ら三名を救助して帰る。午後三時、右始末をなし本艦隊に帰航したり。六時、「吉野」に会う。「吉野」より命ずるに、本艦は、「秋津洲」と共に来れと命ず。

この前に本艦より司令官に肝要なる事件を報告致し、本隊へ行きたし、と信号なせしに、右の信号により「秋津洲」と共に（群山方面に）帰航せり。


豊島沖の海戦で「広乙」は大破して擱座、「操江」は捕獲され、「済遠」は逃走した。緒戦の勝利と言いたいところであるが、まだ宣戦布告は行なわれておらず、事は東郷の日記の文章のように簡単にはゆかなかった。

高陞号はジャーデン・マジソン会社に所属する英国船である。たとえ清国に傭船されていたとしても、天下に冠たる海運国イギリスのユニオン・ジャックを掲げた船を撃沈するとは何事か、イギリスの朝野はいきり立った。

国内でも東郷に対する批判の声があがった。

「東郷艦長を軍法会議にかけるべし」

「海軍はイギリスに謝罪すべし！」

なにしろ、イギリスは他国の海軍の二倍ないし三倍の力をもつ世界一の海軍国である。清国との戦いにイギリスが海軍を差し向けたら、日本の海軍ではとうてい太刀打ちはできない。

日頃は太っ腹を自認し、春風駘蕩たる総理の伊藤も顔色を変えた。彼は、さっそく西郷海相を呼ぶと、

「どうも海軍は、大変なことをしてくれた。英国を相手にするとなると、清国との戦いに勝利は覚束ない。わが国のアジア政策も見込みがなくなる。早急に処分をしてくれんか」

と叱りつけた。

しかし、大西郷の弟は動じない。

「目下調査中でごわすが、東郷には東郷の信念があったと思いもす。総理は少し、あわて過ぎではごわはんか？」

と反撃した。

「そんな悠長なことをいうちょるときではない。英国と戦争になったら海軍はどうする積もりかね」

伊藤はなおも言いつのった。

しかし、西郷は英国と聞いて尻尾をまくような男ではない。

「エゲレス？　エゲレスに非があって、非道の戦をしかけてくるとなら、戦うまででごわす」

文久三年夏、薩英戦争でイギリス艦隊を撃退したと信じている従道は、エゲレスを恐れてはいなかった。

「どうにもならんな、海軍は……。上から下までどうかしちょる。一体この東郷という艦長

はどういう男かね？」

伊藤の問いに、従道はぶすりと答えた。

「東郷はケスイボでごわす」

「何かねそのケスイボというのは？」

不審そうな伊藤に、従道は顔色も変えずにこう答えた。

「ケスイボというのは、左様、長州でいえばバカということでごわす」

「バカ……？　艦長がバカだというんかね？」

さすがの伊藤も絶句してしまった。

——薩の海軍というが、薩摩っぽも、海軍も、まったく頭がおかしい。えらい奴を大臣や艦長にしてしまったもんじゃ……。といって、薩の海軍抜きで、長の陸軍だけでは戦争ができん……。

伊藤が腕をこまねいている間に、「後始末は山本がやるでごわしょう」というと西郷は席を立ってしまった。

イギリス外相キンバレーは、ロンドン駐在の青木周蔵公使を招くと、

「貴国海軍のやり方は、不法かつ非道である。英国の財産たる商船の補償と、船員の慰謝料を請求する」

と決めつけた。

イギリス東洋艦隊司令長官フリーマントル中将からも、群山の伊東司令長官のもとに抗議

の電報が届いた。

群山沖の「浪速」艦橋は平静であった。東郷は自分の行動を国際法に則ったものと信じている。

東京にも、同じ考えの男がいた。ボッケモンの官房主事山本権兵衛大佐である。

西郷がこの処理は山本に任せるといったので、伊藤は権兵衛を呼びつけた。西郷仕込みの〝権兵衛大臣〟は、またしてものんびりとした態度で、総理の顔を逆なでした。

「総理、そうあわてることはごわはんごっ。東郷はイギリスで国際法を勉強しとります。あいつはハワイでも国際法に則って行動しておりもした。今度も国際法の本を読んで、撃沈を決めたのでごわしょう」

「では山本主事、君は国際法ではどうなっているというのかね？」

伊藤が反問すると、権兵衛はけろりとして答えた。

「おいどんは、とくに勉強はしておりませんが、東郷はよく勉強しておりもす」

伊藤はここでも肩すかしを喰って山本を返したが、間もなく、外相の陸奥宗光が、かんかんになって首相官邸にやってきた。

「今、イギリス公使館にいって、詫びをいうてきました。まったく、ハワイの囚人の件といい、東郷という奴は大変な艦長ですな」

陸奥にとっては、東郷は第一級の要注意人物である。

このように東郷艦長は国内でも悪評の中にあったが、意外にも光明は、海の向こうから射しこんできた。

ロンドン・タイムズに東郷の措置を国際法上正しい、とする二人の法学博士の論文が載ったのである。

その二人とは、ウェストレーキ、ホランドといって、世界的な国際法の権威である。戦時国際法上、どの点からみても、東郷艦長の処置は当然である、と当のイギリスの学者が証言したので、ロンドンの新聞も沈黙し、ついに「キャプテン・トーゴーは、若いときイギリスに留学して国際法を学んだインテリ軍人である」というように賛辞を載せ始めた。


危機を脱した東郷は、一旦、帰国して事件の報告のため海軍省に出頭した。

東郷と顔を合わせた権兵衛は、苦笑しながら言った。

「東郷どん、おはんのケスイボは、仲々直らんごっあるのう。おいなら高陞号の船長のほか、清兵の指揮官も脅して、あん船をば拿捕して、佐世保に連れてきて、陸軍の輸送に使う。そうすればおはんの処置は満点じゃったがのう」

権兵衛は東郷より五歳年下であるが、大佐進級（明治二十二年八月）は東郷（二十一年十月）と一年足らずしか違わない。ボッケモンの権兵衛は、今でも東郷を友だち扱いしている。

これを聞いた東郷は、びくりと眉を動かした。

「権兵衛どん、海軍省の机の上なら何とでもいえもそう。あんときは戦の最中《ユッサ》じゃ。『済遠』も『広乙』も逃げちょる。商船を拿捕して連行していたら、戦はできもはん。これしかなか！」

　そう言うと、東郷は右手で相手を斬る真似をしてみせた。あくまでも、実戦が第一、〝見敵必戦〟の東郷と、軍略家山本権兵衛の違いがそこにあった。

黄海の海戦

明治二十七年八月一日、日本は正式に清国に宣戦布告をした。

明治天皇は大本営を広島にすすめて、陣頭指揮の形で戦務をみられることになった。

このとき、丁汝昌の率いる北洋艦隊主力はどこにいたのか？

八月十日、伊東長官は、大同江（平壌市内を流れて黄海に注ぐ）河口の西方海面にあって丁汝昌の艦隊との決戦の機をうかがい、八月十日、主力をもって北洋艦隊の主要基地である山東半島北岸の威海衛を砲撃したが、丁の主力は出港して大同江方面に向かっており、両軍はすれ違いとなった。

すでに七月二十九日、日本の大島旅団は牙山から成歓に北上していた清軍を撃破、三十日には牙山を攻略している。

九月十二日、清の大軍が駐屯している平壌を攻撃するため、陸軍の主力は、連合艦隊の援護のもとに仁川に上陸した。

伊東長官と司令部は、丁の艦隊が一向に姿を現わさないので、山東半島北方の渤海湾を捜索したりしていた。

九月十五日、丁艦隊が大孤《こ》山（鴨緑江の河口の西方八十キロ）沖に現われたという情報が入ったので、伊東艦隊は十六日午後五時、平壌西方のチョッペキ岬沖の根拠地を出撃した。めざすは海洋島（大連の東方二百キロ）付近の海面である。いよいよ、「定遠」「鎮遠」の巨艦を擁し、「耕して山巓に至る、その貧や思うべし」と日本を冷笑した丁汝昌の艦隊との決戦が近づいたのである。

わが連合艦隊の単縦陣は、先に豊島沖で戦った坪井司令官の第一遊撃隊を先頭に、伊東の座乗する旗艦「松島」を先頭とする「千代田」「厳島」「橋立」「比叡」「扶桑」の主力部隊である。

もちろん敵発見までは、前後左右、前衛、側衛の駆逐艦を配するが、敵発見後は右の単縦陣による戦闘隊形をとるのである。

翌十七日午前十時二十三分、第一遊撃隊の旗艦「吉野」のマスト上見張員は、海洋島の東北東の水平線に、一条の煤煙がたなびくのを発見した。

「敵ラシキモノ見ユ！」

見張りの声に坪井司令官以下、艦長の河原要一大佐、砲術長の加藤少佐らは緊張した。

「敵ハ二隻、三隻、五隻……」

明らかに敵艦の数は増えていく。北洋艦隊に間違いなし、と確信した坪井司令官は、

「敵ノ艦隊東方ニ見ユ」

と信号すると、「合戦準備」「戦闘用意」を下命した。

「吉野」の十二門の速射砲がぐるぐると旋回し始めた。

そのような様子は、四番艦の「浪速」にはわからない。ただ、旗艦の信号を「高千穂」「秋津洲」が中継するので、「敵発見」「戦闘用意」を了解し、東郷も「戦闘用意」を下命した。

各艦が吹き鳴らす「戦闘」のラッパがけたたましく午前の黄海の海面を流れる。東郷の双眼鏡は、早くも敵の主力らしい巨艦を捉えていた。

「どちらが『定遠』で、どちらが『鎮遠』か……？」

その疑問をさしおいて、東郷は「浪速」の乗組員三百二十六名の全員に上甲板に集合を命じた。機関科当直などを除くほとんど全員が整列したのをみると、砲塔の上に立った東郷は、全員の眼をみつめながら唇をひらいた。

「乗組員諸君、いよいよ北洋艦隊との決戦である。日本帝国の運命は、今や諸君の双肩にかかっているのだ。各人の勇戦が、『浪速』の勇戦につらなり、『浪速』の勇戦は、第一遊撃隊の連合艦隊の、そして日本海軍の勇戦につながるのだ。それを肝に銘じ戦ってほしいのだ」

艦長の気合のこもった激励の言葉に、一同は奮戦を誓いあって、部署に散った。

すでに第一遊撃隊はもちろん、「松島」以下の主力艦も単縦陣をとって、砲口を東北東の敵に向けている。

このとき、主力の左後方に変わった艦が二隻くっついていた。樺山軍令部長を乗せた仮装巡洋艦西京丸と、沿岸偵察艦「赤城」（艦長坂本八郎太少佐）である。

樺山を前線に出したのは、山本権兵衛である。

この戦争で海軍を一人で動かす積もりの権兵衛には、軍令部長の樺山が少々邪魔であった。東京にいて口出しをされるより、前線に行ってもらった方がよい。幸い陸軍では元参謀本部長、前総理の山県が、自ら第一軍司令官をかって出て朝鮮に赴いている。西郷海相に樺山の説得を頼むと、もとより血の気の多い樺山は、喜び勇んで承知した。

「おいどんは、海戦ちゅうもんをやったことがなかど（西南戦争のとき、樺山は陸軍中佐で官軍の参謀長として熊本城を守っていた）。今回は前線でとっくりと見たかもんじゃ」

権兵衛の下心を知らぬ樺山は、こうして観戦武官の形で黄海にやってきたのである。

「吉野」では、すでに加藤砲術長が砲戦命令を下していた。

「右砲戦、右四五度、反航する敵の旗艦、距離一二〇《ひとふたまる》（一万二千メートル）」

後続の「高千穂」「秋津洲」「浪速」もそれにならった。

北洋艦隊の陣容を見てみよう。

丁汝昌が日本艦隊の煙を発見したのは、「吉野」の見張りよりも、実は、二十分以上も早かった。

巨艦二隻をそろえて、自信満々の丁は、全艦隊に出港を命じると、単横陣に展開させた。

リッサの海戦（一八六六年七月）以来の古典的戦法である。

中央に「定遠」「鎮遠」を据え、日本側よりみて、向かって左から、「揚威」「超勇」「靖遠」「経遠」「鎮遠」「定遠」「来遠」「致遠」「広甲」そして豊島沖で逃走した「済遠」という順である。

敵の陣形を認めた東郷は、開戦前の坪井司令官の戦法を思い出して、大きくうなずいた。

〝単縦陣〟という仇名をもつ坪井はこういったのである。

「『定遠』『鎮遠』を沈めることが不可能であっても、落胆することはない。艦上の砲や兵員をことごとく破壊、殺傷すれば、無能となり、捕獲も容易である。それにはわが艦隊の高速と速射砲による機敏な砲撃が有力である。このためには単縦陣よりほかにはない」

そして、いよいよその単縦陣が効力を発揮するときがきたのである。そしてこの海戦こそが、維新以来、勝海舟などが営々と蓄積し、築いてきた日本海軍が初めて艦隊決戦を行なうときであり、それは北洋艦隊にとっても同様であった。いわば、東亜を代表する二強の処女決戦といってよかった。

日本艦隊の十二隻に対し、北洋艦隊は計十四隻（北方に「平遠」「広丙」がいた）と数においてはやや優勢であるが、勝敗を決するのは、一に将兵の士気と練度、二に指揮官の戦法である。果たして勝利の女神はどちらに微笑むであろうか。

横陣で南下してくる丁艦隊の前面を扼する隊形を示した、T字戦法に近い形である。

十二時五十分、両軍先頭の「吉野」と「揚威」の距離が三千メートルに迫ると、「定遠」

艦橋にあった丁汝昌は、「射撃開始」を命じた。

横陣戦法に備えて、すべて前甲板に装備されていた「定遠」の三十センチ砲四門が「吉野」に指向され、火ぶたを切り、四発の砲弾が「吉野」の周辺に大きな水柱を立てた。このとき「定遠」と「吉野」の距離は五千八百、「定遠」と「松島」の距離は五千メートルであった。十二時半、伊東艦隊は単縦陣で針路を北西にとっていた。

「定遠」にならって清軍のほとんどが目標を「吉野」にすえた。これは、先頭の「吉野」に司令長官の伊東が乗っているとし、また緒戦で先頭艦を破壊すれば、相手は士気が阻喪し、味方は上がると考えたものであろう。

「吉野」は、たちまち数十発の水柱に囲まれ、東郷の「浪速」からは艦形が見えないほどになったが、命中弾はなかった。清国の軍艦では「定遠」「鎮遠」が十四・五ノット、最も速い「靖遠」「致遠」でも十八ノットであるのに対し、「吉野」はほぼ二十三ノットという高速であるので、射弾の大部分は後落していた。

「おかしいのう航海長……」

と東郷はかたわらの有馬大尉を顧みた。

「山本はシナの大砲はタマが出らんというとったが、ちゃんと出るじゃごわはんか」

それを聞いた有馬は、東郷が冗談を言っているのかと思った。東郷は北洋艦隊が日本へ来たときよく観察しており、ヨーロッパで造られた清国の軍艦の性能がかなりのものであることは知っているはずである。山本大佐もそんなことを言うはずはない。

やがて有馬には東郷の意図がわかった。決戦を前にはやっている部下の気持を落ち着けさせようというのである。彼は後方で測距儀で敵までの距離を計っている砲術長の広瀬の方を向くと、言った。

「砲術長、シナの大砲はタマが出ますぞ。しっかりやりましょう」

測距儀から眼をはなした広瀬大尉は言った。

「今日はしっかり当てるぞ。操艦を頼んだぞ」

一方、「吉野」の艦橋では、林のような水柱に囲まれて、坪井司令官、河原艦長、そして加藤砲術長もずぶ濡れになって、伊東長官の砲撃開始の命令を待っていた。

「松島」艦橋でも戦機は熟していた。伊東はかたわらの鮫島（員規、大佐）参謀長を顧みると、

「いよいよ煙《けむ》（砲弾）を出すときでごわすな」

と言った。

「松島」のマストに「砲撃開始」の信号があがった。

「きたぞ！」

「吉野」艦橋では、坪井が大きく右手をあげたが、続く信号を見て首をひねった。

「第一遊撃隊は右方の敵を撃て」

となっている。

このとき、伊東と鮫島のプランは、向かって右側の「定遠」「鎮遠」に対しては、「松

島」「橋立」らが対戦する、他の主力は左側を撃つので、第一遊撃隊は「定遠」らを含めて右側を撃て、ということであった。

しかし、坪井はこの信号を「敵の右翼、すなわち、『揚威』『超勇』『靖遠』『経遠』らを叩け」というように受けとった。敵の横陣に対して、味方は北西に針路をとっているので、先頭の遊撃隊に一番近いのは「揚威」「超勇」（同型、千三百五十トン、十センチ砲二門、十五ノット）らである。

坪井は面舵をとって、一番左端にいた「揚威」の左側に回りこむ作戦をとった。

「吉野」のマストにはつぎつぎに信号が揚がる。

「厳正に単縦陣を守れ」

「三千メートルに迫って発砲せよ」

「まず敵の右翼を撃破せよ」

「吉野」以下四隻の巡洋艦は、一斉に「揚威」「超勇」の二隻に襲いかかった。「吉野」の主砲十五センチ速射砲が火をふいて、まず、「揚威」を炎上させると、東郷の「浪速」は二十六センチ主砲と十五センチ副砲で「超勇」に命中弾を与え、それを火だるまと化した。

坪井はなおも前進右旋回して、「揚威」「超勇」の背後から斉射を加え、これらが戦力を喪失すると続く「靖遠」（「致遠」と同型、二千三百トン、二十一センチ砲三門、十八ノット）、「経遠」（「来遠」と同型、二千九百トン、二十一センチ砲二門、十五・五ノット）の側面から射撃を始めた。

この結果、「超勇」は数十分後に沈没、「揚威」は火をふきながら西方に遁走したが、浅瀬にのりあげを図る。

このときの清軍の戦法にふれておこう。

清軍は信号連絡に英語を用いていたが、開戦の少し前に全面的に改造したので、この不徹底をおそれた丁汝昌は、つぎの三原則を各艦長に示した。

一、同型艦は相互に共同、援助せよ
二、つねに艦首を敵に向けよ
三、旗艦の運動に注意せよ

しかし、清軍の動きをみると、艦隊運動というほどのものはなく、横陣で各艦各個に戦って、陣形が混乱し、半ば自滅したという痕跡が濃い。

このときの第一遊撃隊の働きぶりは目ざましく、坪井は四隻の高速巡洋艦を、鵜匠が鵜を使うように、自由自在に捌いて、その動きは、「定遠」に乗っていたドイツ人軍事顧問をして、「日本の高速巡洋艦四隻は、猟犬のように清国艦隊の周囲をとび回り、前後左右から攻撃をした」と賞賛せしめたほどである。

山口県出身の坪井航三は、当然、将来の連合艦隊司令長官あるいは海相、軍令部長を予定された逸材であったが、天齢をかさずこの後、二十九年二月、中将進級、常備艦隊長官、横鎮長官となった後、三十一年二月、五十五歳で病没する。

日清戦争の前、山本権兵衛は海大校長であった坪井をおいて第一遊撃隊司令官を務め得る人材はいないと考えて、西郷海相に相談した。西郷は疑問を表明した。

「坪井どんはよかごっあるが、祐亨どんの下につきもそうか？」

坪井は優秀な戦術家であるが、温厚な伊東祐亨を批判もしていた。薩人ならともかく鼻っ柱の強い長州人を説得することは難しかろう、と西郷は心配したのである。しかし、山本のすすめに、坪井は出馬を快諾し、黄海での奮戦となったのであった。

坪井の遊撃隊の砲撃に続いて、主力の「松島」も砲撃を始めた。しかし、期待された「松島」の三十二センチ主砲は、ほとんど役に立たなかった。この巨砲は軍艦の大きさに較べて重すぎたので、右に旋回すると、その重みで艦が傾き照準が困難になるというもので、結局、この海戦での「松島」の発射弾数は零、「橋立」一、「厳島」一という数で、もっぱら副砲の十二センチ砲十二門、七センチ砲十一門が活躍することとなり、総体に日本軍は中小口径砲の速射で勝利を得たといってよい。

さて、第一合戦は第一遊撃隊の独壇場で、ようやく「松島」らの主力や他の艦も砲撃を開始する。

このとき、主力の後方にあった「赤城」の奮戦にふれておきたい。遊撃隊の素早い砲撃に眩惑された清軍の一部は、この列外にあった偵察艦に射撃を集中した。艦長坂元八郎太少佐（海兵5期）は、四門の十二センチ砲をふるって、「来遠」「致遠」に火災を生ぜしめたが、坂元艦長も敵弾を受けて戦死した（この「赤城」の戦いぶりは、後に『赤城の奮戦』という軍歌になっている）。

「赤城」は、やっと沈没をまぬがれたが、近くにいた樺山軍令部長の乗艦西京丸も無事ではなかった。十一発の命中弾をこうむったところへ、四十メートルまで肉薄した水雷艇が魚雷を放った。艦橋にいた士官たちは思わず樺山の顔をみた。

「近いから当たるというもんではごわはんで」

西南戦争のとき、熊本の籠城で苦しみぬいた樺山は、これが最期かと覚悟しながら、そう負け惜しみを言った。水泡を発しながら近づいた魚雷は、まだ発射後の深度の沈下から回復しておらず、西京丸の船底下を通過した。

「どげんか、おいがこげんところで死んでたまるか」

樺山は去っていく魚雷にこう毒づいた。

さて、第二合戦である。

「揚威」「超勇」を撃破した第一遊撃隊は、「赤城」とその近くで奮戦している「比叡」を救うため、敵主力の前を横切って、その左前方海面に進み、「松島」らの主力は大きく迂回して敵主力の背後に出た。

第一遊撃隊とわが主力の間にはさまれた敵主力は、中心の「定遠」「鎮遠」が「吉野」「高千穂」「浪速」に砲口を向け、その右に「広甲」「経遠」、後方に「致遠」「靖遠」、左方に「来遠」「平遠」がいたが、艦首も砲口も思い思いの方を向いて効力の少ない射撃を続けた。そのうちに豊島沖で逃げ出した「済遠」は又しても北方に逃走を図り、「広甲」もこれに同調しようとしていた。

間もなく、「定遠」のマストが砲撃によって折れたので、この後、清国艦隊は、まったく各個ばらばらで戦うこととなり、烏合の衆に近くなってきた。

第三合戦。

「浪速」らの猛射で大破した「超勇」は午後三時頃沈没、「揚威」も浅瀬にのりあげようとしたが沈没した。

続いて「致遠」も沈没、午後四時半、敵は「済遠」「広乙」を先頭として大連湾の方に逃走を始め、「平遠」「経遠」「来遠」もそれに続き、残ったのは炎上している「定遠」とこれを援護する林泰曽艦長の「鎮遠」、水雷艇一隻となった。

この日、「定遠」には百五十九発、「鎮遠」には二百二十発が命中したが、中小口径砲なので甲鉄艦は火災に止まった。三十二センチ主砲が命中したら沈没していたであろう。すでに丁汝昌は脚を負傷し、顔に火傷を負っていた。

日本軍は、二隊に分かれ、第一遊撃隊は「平遠」や「経遠」を追い、主力は二巨艦を包囲攻撃することとなった。

敗勢明らかになった清軍の中に、すっくと立ち上がった関羽髭《かんう》の猛将がいた。「鎮遠」艦長林泰曽は、必死の反撃をして日本軍の旗艦めがけて突進し、二千七百メートルの近距離で三十センチ主砲を発射、その一弾（二弾の説あり）が「松島」の中部甲板に命中、副砲全部と前部三十二センチ砲台を使用不能に陥れ、戦死二十八名、負傷六十八名を生ぜしめた。後に同艦水雷長木村浩吉大尉（海兵9期）からその惨状を聞いた東郷は、「シナの大砲はタマが出らんどころではない。林泰曽という奴は、恐ろしか艦長でごわす」と舌を巻いた。

午後五時過ぎ、あたりが暗くなってくると伊東は戦場を収拾する必要を感じて、

「旗艦に集結せよ」

という信号を掲げ、黄海の海戦は終わった。

坪井はなおも追撃と作戦を考え、東郷も同じ考えであったが、「松島」らの主砲が発射不能のうえ、「松島」が大破したので、伊東の司令部は戦闘の切り上げを考え、追撃不十分のうらみを残した。

結局、「定遠」「鎮遠」らが旅順口に逃走し、戦果は、「揚威」「超勇」「致遠」「広甲」（大連湾口で自爆）の撃沈に止まると思われた。

しかし、さすがに清国海軍には、林泰曽のほかにもサムライがいた。勇猛な提督として知られる「経遠」艦長・鄧世昌は、突然、一八〇度回頭すると遊撃隊の先頭を直進する「吉野」にラム攻撃をしかけてきた。

「何をするか」

「小癪な奴め！」

「吉野」をはじめ、「高千穂」「秋津州」「浪速」の四艦は斉射を加え、たちまち、「経遠」を炎上せしめた。「経遠」の二十一センチ主砲は、沈没の最後まで波の間から射撃を続

け、「これぞ北洋魂ぞ！」と絶叫しているようにみえた。鄧世昌艦長は艦と運命を共にしたが、湊川の楠木正成のようなその武者ぶりは、強く東郷らの脳裡に残った。

この戦いで「浪速」は十数発を被弾したが、一人の負傷者も出さなかった。この報告を聞いた伊東は、

「仲五郎の奴、『浪速』を宝船にしよった」

と苦笑した。

伊東は、ハワイにおける囚人事件も知っており、高陞号事件でも長官として頭を悩ませた。しかし、東郷がいるかぎり「浪速」は無傷のようであった。

遠く広島の大本営で、この報告を聞いた山本権兵衛は、

「運の強か奴じゃ、東郷の奴は……」

とつぶやいた。

国際法の知識に乏しい権兵衛は、ハワイに続いて高陞号事件でも東郷が危機を切り抜けたとき、東郷を悪運の強い男だと考えていた。

しかし、黄海の激戦で一人の負傷者も出さないということは、本当に東郷が運のよいことを示しているのかも知れない。このとき、権兵衛は知らなかった。開戦にあたって、東郷が独自の訓示をして、士気を高めて、乗組員の緊張をもたらしたことを……。東郷は、伊東や権兵衛たちが考えているよりも、〝実戦的〟な艦長であったのだ。

初めての大海戦に勝利を得て黄海の制海権を握った伊東の連合艦隊のつぎの仕事は、旅順口に逃げこんだ「定遠」「鎮遠」「靖遠」「済遠」「平遠」「広乙」ら六艦の撃滅であった。しかし、伊東の艦隊が補給修理に追われている間に、十月十八日夜、丁汝昌は右の六隻を率いて旅順口を脱出、山東省北岸の威海衛に入ってしまった。この点、日本軍は偵察能力を欠き、この敵艦隊を直隷海峡で捕捉、撃滅することができなかった。

——無傷の第一遊撃隊でも哨戒させておけば、敵の勢力をさらに半減することができたであろう……。

と坪井も東郷も残念がった。

一方、満州大陸では陸軍の進出が目立った。

大山巌の第二軍は十月二十四日、遼東半島東方の花園口に上陸、西に向かって金州、大連を攻め、十一月二十一日朝から旅順要塞の攻撃にかかり、海軍の協力を得て、清国が十年かかって築いたといわれる要塞を、一日で落としてしまった。

東郷と「浪速」の動きを追ってみよう。

十月二十五日、日本軍の輸送船団を襲うため、北洋艦隊が出てきはせぬかと、東郷は「秋津洲」（艦長上村彦之丞中佐、海兵4期）を率いて、二艦で威海衛の偵察に出かけた。

早朝より湾口付近を見張っていると、「定遠」を先頭に六隻が湾外に出てきた。

「艦長、撃たせて下さい。『秋津洲』と二隻だけで、『定遠』に肉薄しましょう」

はやった広瀬砲術長が、東郷のもとにかけよった。

「うむ……」

　東郷は双眼鏡を眼にあてたまま返事をしない。敵までの距離は八千メートル、肉薄して攻撃すればできぬことはない。

　しかし、今度は敵もわが方の手の内を知っている。まかり間違って、機関や舵機を損じると、敵の領海で捕獲されるかも知れない。何よりも、われらの任務は偵察である。「敵を発見したら通報せよ」というだけで、戦えとはいわれていない。しかし、この敵を目の前にして攻撃しないというのは如何なものか。

　東郷が迷っていると、二番艦の上村艦長が信号してきた。

「好機会なり。砲撃を許されたし」

　しかし、東郷はそれを否定した。

「わが任務は偵察にあり。早々にこれを司令部に報告すべし」

　この信号を見た猛将上村は舌打ちをした。

「ちぇっ！　仲五どんは、今度はえらい慎重なことじゃ。豊島沖ではあげん手の速かったごとあるが……」

　しかし、豊島沖と今は状況が違っていた。ここでは敵の全艦隊が相手である。味方の主力を誘導するのが東郷たちの役目で、抜け駆けをして怪我をしては叱られるに決まっている。

「彦どんは、口惜しがっておろう……」

　甲突川で上士のせがれとの喧嘩のとき、大勢の敵に一人で突進していった上村の少年時代を思い出して、東郷は微笑し、通信長に司令部に送る報告の電文を打たせた。

上村艦長の期待も空しく、丁汝昌の艦隊は、「浪速」と「秋津洲」を認めたのか、湾口付近を一周すると、また港内に入ってしまった。運動不足解消のための散歩という形である。

東郷の報告を聞いた伊東は直ちに全艦隊に出撃を命じたが、その頃、丁の艦隊は港の中で錨をおろしていた。

伊東は、全艦隊をもって威海衛を封鎖して敵の出撃を待つ戦法を考えていたが、その前に、旅順口を攻める陸軍に協力する任務があった。

泊地の長山列島にもどった東郷は、威海衛と旅順の海図を前にして、

「どちらも巾着のごっ、似た形をしとるが、この入り口を閉めてしまうわけにはいかんじゃろうか?」

と有馬航海長に訊ねた。

「封鎖できれば、敵の艦隊はわが輸送艦を襲うこともできず、あってなきが如しですが、それには大艦隊を、長期、湾口に待機させる必要がありますな」

有馬がそう答えると、

「いや、艦隊がいつも待っている必要はなか。この入り口にわが古船を十隻ほど沈めるのじゃ。半分も封鎖すれば、敵はたまらんごとなって出てきもそう。それを叩くのでごわす」

聞いていた有馬は、なるほど、と手を打った。古代ギリシャならともかく、近代戦では沈船をもって敵の湾口を封鎖するという戦法を、有馬は聞いたことがなかった。

「艦長、それはよい考えですな。さっそく具体的に計画してみましょう」

有馬は緊急の作戦である旅順口要塞攻撃と併合して威海衛の封鎖を実施すべく計画を練ったが、残念ながら詳しい海図も地図も乏しく、実施するには測量の必要があった。

東郷と有馬が焦っている間に、旅順口総攻撃は、十一月二十一日と決まった。

一方、旅順口総攻撃に際して、北洋艦隊が妨害に出てくるとうるさいと考えた伊東の司令部は、丁艦隊のおびき出しを考えて、十一月十五日、第一、第二遊撃隊を率いて大連湾泊地（大連は十一月六日、日本軍の手に陥ちた）を出て、十六日朝、威海衛沖を遊弋した。

しかし、丁の艦隊はますます港の奥に逃げこんだきり、全然、出撃の様子がない。

「どげんしたか、丁汝昌は……。林泰曽のごっすぐれた提督もおるというのにのう……」

「やはり、湾口を沈船で封鎖するほかはありませんな」

有馬航海長も無念そうである。

「うむ、湾口にフタをせにゃいけんごっ」

東郷はそう言った。

この湾口にフタをするという戦法が、十年後の旅順口攻撃で実施されることになり、真っ先に閉塞隊指揮官に志願したのが有馬中佐であったのだ。

十一月二十一日、未明、旅順口総攻撃の火ぶたが切られた。伊東の艦隊は湾口を囲む山上の敵砲台に艦砲の猛射を加えた。大山の第二軍は、夕刻までに、この大要塞を占領してしまった。

このとき、乃木希典少将は、歩兵第一旅団長として攻撃に参加している。日清戦争では一日で取ることができた旅順が、その後、三国干渉で清国に返還され、十年後には、ロシアによって補強されたこの要塞攻略に三万の犠牲を払うことになろうとは、乃木も東郷も夢想だにしてはいなかったであろう。

さて、これで南満州の主権はわが方の手に入ったので、つぎは威海衛を攻略して、丁の艦隊を叩きつぶし、陸軍が北京に迫る番である。

明治二十八年があけると、大本営は威海衛攻略の実施にとりかかった。

第二軍は、一月十九日以降、山東半島突端の栄成湾に上陸することに決した。

このため、伊東の艦隊は一月十八日から栄成湾周辺の敵砲台の砲撃を行なうことになり、まず第一遊撃隊が、この任務を与えられた（十二月二十日、単縦陣の坪井司令官は連合艦隊参謀長の鮫島員規少将〈十二月十七日、進級〉と交替した）。東郷の「浪速」もこの砲撃に参加し、芝罘西方の登州砲台を猛撃した。それでも丁の艦隊は湾を出ようとはしなかった。

丁は戦意を失っていた。黄海海戦で負傷したこともあるが、日本軍の意外な強さと、味方の腑甲斐なさである。豊島沖でさっそく逃げ出した「済遠」は、黄海でも真っ先に逃げて大連湾に入ってしまった。怒った丁は「済遠」艦長方伯議を銃殺刑に処したが、それでも出ばなを叩かれて、北洋艦隊の士気は揚がらなかった。

一月初旬、大山の第二軍が大同江河口に集結したとき、北京の李鴻章はしきりに威海衛にいる丁に、出撃して日本軍の輸送船団を叩き、伊東の艦隊と決戦することを指示したが、逆に丁は、つぎの手紙を李に送ると、十月十八日、全艦隊を率いて威海衛に逃げこんでしまったのである。

「無事の日にあっては軍艦製造の需費を整備せず（西太后は軍艦建造費を流用して、頤《い》和園の別荘を造り、海軍の恨みをかっていた）、有事に際すれば偏《ひと》えに進撃の命を伝え、彼我の衆寡を計らずして一急接戦を促すのみ。勝算を操るの術なきこと誠に愧《は》ずべきなり」

西太后が海軍の予算を費ってしまったので、海軍は戦う意思がない、というのであてつけに威海衛に逃げこんでしまったのであるが、日本の提督とは大分考え方が違うようである。また、日本の天皇は議会が建艦予算を否決すると、内帑金を割いても軍艦を造れと指示されている。清国は、負けるべくして負けたといってよいであろう。

丁をさらに落胆させることに、十二月十八日、右腕とたのむ「鎮遠」艦長林泰曽が自決した。

この日、港外で訓練を行なった「鎮遠」は、機雷原を避けようとして暗礁にのりあげて艦底を傷つけた。威海衛にはドックがない（旅順にはあったがすでに日本軍に占領されている）ので修理は不可能で、以後、「鎮遠」は戦列からはずされることになった。総兵として、丁長官を補佐する役にありながら、失態を生じたというので艦長としての責任をとって、この夜、林は服毒自殺を遂げた。敗運せまる清軍のなかにあって、林の死は一陣の清風を思わせるもので、後にこれを聞いた東郷は、ますます林を尊敬した。

さて、威海衛の攻撃である。

「定遠」「鎮遠」が出てこないので、伊東は水雷艇の夜襲でこれを脅かし、湾外に追い出すことにした。二月三日の攻撃開始の前に、伊東は丁汝昌に降服を勧告したが、丁はこれを拒否し、部下を集めて、

「今や勝算はないが、最後の一兵まで戦い、一死もって臣道を全うすべきである」

という訓示を行なった。

三日後から、軍歌にも残る有名な威海衛の夜襲が始まった。後に連合艦隊司令長官、終戦時総理となる鈴木貫太郎大尉ら勇敢な水雷艇隊が、湾口の防材を破壊して湾内に入り、五日、「定遠」の脇腹に魚雷をぶちこみ、これを擱座、航行不能に陥らしめた。

六日、「来遠」を転覆させ、「威遠」と砲艦「宝筏」を撃沈。丁は旗艦を擱座していた「鎮遠」に代えて最期の日を待った。

七日、伊東は全艦隊の艦砲をもって、威海衛の砲台を猛射せしめ、東郷の「浪速」も勿論、この砲撃に参加した。

この日、清軍の水雷艇十数隻が湾外に脱出、芝罘の方に逃走を計ったので、第一遊撃隊は追いすがって、その数隻を沈めた。

二月九日、日本陸軍は占領した鹿角嘴砲台からの砲撃で、港内の「靖遠」を撃沈した。残るは「平遠」「済遠」「広丙」と擱座した「定遠」の四隻である。この後、丁汝昌の今一人の片腕、「定遠」艦長劉歩蟾は、火薬を集めて「定遠」を爆破し、拳銃自殺を遂げてしまった。

今や、孤城落日となった北洋艦隊であるが、丁汝昌は最後の勇気をふるって、劉公島の艦隊司令部に各指揮官、士官を集めて、残兵を残る「平遠」「済遠」「広丙」に載せて、湾外に出撃し、最後の一戦を行なって、北洋艦隊の意地を示すことを説いたが、士官や水兵たちは承知せず、逆に剣を抜いて丁に降服をせまる始末である。

覚悟を定めた丁は二月十二日、人命保全を条件に降服を申し入れた。

これを承諾した伊東は、戦陣の辛苦を慰めるためにシャンペンなどを「鎮遠」の丁に贈った。丁は感謝したが、

「国家非常の秋、かかる厚情の粋も私的に受納すること能わざるを深く悲しむ」

と書き残して服毒自殺を遂げた。

このとき、丁の胸中を去来していたものは何か？　大艦隊を率いて東京の紅葉館で獅子吼する自分の姿か、それとも夕陽に輝く瀬戸内海の段々畑であったのか……。

日清戦争は明治二十七年夏に始まり、翌年春には終わる短い戦争であったが、「浪速」艦長東郷平八郎は、緒戦の高陞号撃沈以来、大きな数々の教訓を受けとった。

黄海海戦における「鎮遠」「経遠」の奮戦、林泰曽、劉歩蟾の最期、そして丁汝昌の自決……。奢りと戦術の古さの故に敗れるべくして敗れた敵ではあったが、末期を迎えた清国海軍の中にも、日本的な武士道を全うしたサムライはいた……と、東郷は後々までもこの戦いを懐かしく懐古するのであった。

東郷大佐の先を急ごう。

日清戦争の講和会議は、三月、下関の春帆楼で、伊藤博文と李鴻章の間で行なわれるが、その少し前、二十八年二月十六日、東郷は海軍少将に進級、常備艦隊司令官に補せられた。いよいよ艦隊司令官である。中央では三月八日、少将に進級、海軍省軍務局長の要職についた山本権兵衛がほくそ笑んでいた。

――東郷の奴、とうとう少将で艦隊司令官になりよった。二十五、六年の異動ではクビになるところじゃったが、今回は相当の働きじゃった。おいの人を見る眼もまんざらではなかったわけたい……。

しかし、その権兵衛の頰から笑みが消える大事件が出来《しゅったい》した。

日清の講和条約は、四月十七日、ようやく調印の運びとなったが、その中の遼東半島を日本に割譲するという条項に、ロシアが介入したのである。

四月二十三日、ロシア公使は、ドイツ、フランス公使を同伴して外務省を訪れ、

「遼東半島を日本が領有することは、朝鮮の独立をあやうくし、清都北京を脅かし、極東の平和を阻害するものである」

として、返還を申し入れた。

世にいう三国干渉である。

これには、戦勝に貢献した山本、東郷のみならず、日本国民全員が悲憤慷慨したが、残念ながら清国との戦いで疲弊した日本には、この三国を相手に戦うだけの余力がない。実力者

の米、英も黙って見守っている。彼らはロシアの強大もこわいが、日本が東洋の番犬として強くなると、利権を拡大することができなくなることと、ロシアの眼を極東に向けておくことの利を思って、日本を見殺しにしたのである。

衆寡敵せず、ヨーロッパの帝国主義三国の陰謀に足元をさらわれた日本は、五月五日、遼東半島を清国に還付する旨を公表した。

外相陸奥宗光は、終始還付拒否を叫んだが、伊藤の説得についに承諾し、病床にたおれ、二年後、世を去ることになる。（註、一般にはよく知られていないが、「ただで返す手はない」というので、陸奥の後、外相代理となった西園寺公望は、清国と交渉して三千万両《テール》の代償金をとった。病床の陸奥はこれを聞いて涙を流して喜んだという）

この後十年間、日本国民が〝臥薪嘗胆〟を合言葉に、国力の充実を計ったことは有名であるから、ここでは省略する。

この十年間に、東郷はいくつかの職について、とくに近代的な海軍の発展について研究するところがあった。二十八年十一月十六日、技術会議議長となり、砲術、水雷は勿論、航海、通信などについても勉強した。

二十九年三月二十三日、海軍大学校長。勿論、作戦は対露戦術である。三国干渉で日本に遼東半島を返させたロシアは、厚かましくも旅順、大連などを清国から租借し、満州の鉄道敷設権をも獲得して、ハルビン経由でシベリア鉄道で物資を輸送し、大連に近代都市を建設、旅順に大要塞を建設し、太平洋艦隊を増強しつつあった。

──いかにして、ロシアの艦隊を撃破するか……。

東郷と山本の念願はここにあった。

二十九年十一月五日、東郷は再び技術会議議長となる。

三十一年二月一日、海大校長を兼務する。

少将時代の東郷は、近代兵器、技術の研究と対露戦略、戦術の研究に明け暮れた。もともと重厚な性格の東郷は、この時期、陸上における勉強で、ぐっと提督としての厚みをつけた。もうケスイボと呼ばれた時代の面影は消えて、思慮分別も盛んな、日本海軍を担う大提督に成長しつつあった。権兵衛が、東郷のことを、真に日本の艦隊を任せることもできる人物として信頼を厚くするのは、この時期である。

明治三十一年五月十四日、海軍中将に進級。同日、権兵衛も中将に進級している。

そして、この年十一月八日、権兵衛はついに海軍大臣に任じられる。次官ぬきの進級で、この後三十九年一月までの八年間、彼は日本海軍を預かるのである。

東郷は三十二年一月十九日、佐世保鎮守府司令長官となった。いよいよ長官である。

三十三年五月二十日、常備艦隊長官。

三十四年十月一日、舞鶴鎮守府長官。

三十六年十月十九日、再び常備艦隊長官となり旗艦「三笠」に将旗を掲げた。

ここで一つ大きな問題があった。

常備艦隊長官は、戦時には連合艦隊長官となる要職であるが、三十三年に東郷がやった後、角田秀松（中将、青森出身、軍令部第一局長、常備艦隊司令官を歴任）、日高壮之丞（海兵2期、山本と同期、日清戦争時「橋立」艦長、海兵校長、常備艦隊司令官を歴任）がやって、来る日露開戦のときは、当然、自分が連合艦隊長官をやるものと、猛将型の日高は張り切っていた。

ところが、開戦の直前になって、日高は舞鶴鎮守府長官となり、東郷が常備艦隊にもどってきた。

この人事について大不満の日高は、海軍大臣室にくると権兵衛に嚙みついた。

しかし、権兵衛は動じない。

「日高どん、おはんは頭もよいし、気合も十分じゃ。じゃっどん、おいが連合艦隊を任せ得るのは、もっとおいの考えを十分に果たしてくれる長官たい。わかったもんせ」

そういわれると、日高は沈黙した。

権兵衛とは鹿児島以来の旧友である。しかし、気の強い日高は、ややもすれば同期生の権兵衛のいうことを聞かぬところがあった。それでは、大敵ロシアを相手の決戦に、指揮の統一ができぬうらみがあるのだ。

日高を東郷に代えたことについて、明治天皇が権兵衛に下問されたところ、権兵衛が、

「東郷は運のよい男でございます」

と答えたことは有名である。

確かに権兵衛は東郷の強運を知っていた。しかし、運だけで国の艦隊を任せるわけにはい

かない。この更迭の裏には、権兵衛の戦略的計算があったのである。そういう説明を省くために、「運のよい男」という表現を用いたのであるが、内情を承知の天皇は、微笑されたという。

日露決戦

いよいよ旗艦「三笠」の出番であるが、日露戦争及び旅順口閉塞、黄海海戦、日本海海戦の経過は多くの本に書かれているので、ここでは東郷と「三笠」に関係のある部分を略記するに止めたい。

三国干渉で日本に遼東半島を返還せしめたロシアは、その後も、満州に大兵を送りこみ、日本の再度の抗議も無視して戦争の準備を進め、一方、朝鮮に対しても権力を誇示することを止めないので、明治三十七年二月十日、日本はロシアに宣戦布告を行ない、臥薪嘗胆、苦節十年の恨みをここに晴らすことになった。

日清戦争のときと同じく、日本軍はこのときも宣戦布告前に戦火を交えている。

二月八日、仁川港外にあった、わが第二艦隊の第四戦隊司令官瓜生少将は、港内の露艦ワリヤーグ、コレーツに仁川退去を要求し、二艦が港外に出るとこれを砲撃、ワリヤーグは大火災を生じ、コレーツは沈没した。

一方、八日夜、旅順に向かった第一艦隊と第二艦隊の主力は、駆逐隊を派遣して旅順港外に行動中のロシア戦艦ツェザレウィッチ、レトウィザン及び巡洋艦パルラーダに大被害を与えた。

欧米の軍事評論家は、三十七年後の真珠湾攻撃をふくめて、日本がつねに宣戦布告の前に攻撃をしかけるのを非難するが、日本がつねに国力の優る大国と戦う以上、相手の虚を衝く奇襲戦法に出るのは当然であり、情況が切迫した場合、戦闘行為が先行するのは止むを得ないと、筆者は考える。

連合艦隊の人事にふれておこう。

「三笠」に座乗の東郷長官を補佐する参謀長は、加藤友三郎と同期で海兵七期首席の島村速雄少将、首席参謀は「浪速」の航海長を務めた有馬良橘中佐、作戦参謀は後に〝作戦の神様〟として有名になる秋山真之少佐（三十七年九月、中佐進級、海兵17期）、第二艦隊長官は、「秋津州」艦長を務めた上村彦之丞中将、参謀長は加藤（友三郎）少将である。

開戦とともに、東郷たちの司令部を乗せた「三笠」は旅順港外に姿を現わした。

東郷が直率する第一艦隊の編制は、

第一戦隊　「三笠」「朝日」「富士」「八島」「敷島」「初瀬」

第三戦隊（司令官出羽重遠中将）「千歳」「高砂」「笠置」「吉野」、他に駆逐隊三、水雷艇八

第二艦隊
第二戦隊「出雲」「吾妻」「浅間」「八雲」「磐手」「常磐」
第四戦隊（司令官瓜生外吉中将）「浪速」「明石」「高千穂」「新高」「千早」、駆逐隊二、水雷艇八
第三艦隊（司令長官片岡七郎中将）
第五戦隊「鎮遠」「厳島」「橋立」「松島」
第六戦隊「和泉」「須磨」「秋津州」「千代田」
第七戦隊「扶桑」「平遠」以下十一隻（ここには日清戦争で逃げ帰った「済遠」も入っていた）

さて、旅順港外に集結した第一艦隊と第二艦隊（第四戦隊は仁川方面で行動中）の主力の最初の任務は、旅順口の敵太平洋艦隊の撃滅であるが、このとき、「三笠」の作戦会議で、首席参謀有馬中佐が熱心に閉塞隊の派遣実施を強く主張し、東郷、島村も賛成した。

もともとこの構想は、十年前、東郷が威海衛攻めのとき有馬に洩らしたもので、得たりかしこしと、有馬は二月二十四日、第一回隊長として閉塞に赴き、第二回では福井丸を指揮した広瀬少佐（戦死後、中佐）が戦死したことは歌になり、長く教科書に載って日本人の精神を鼓舞した。

しかし、二月末、ウラジオストクの露艦四隻が朝鮮海峡を脅かしたので、上村中将は第二

艦隊の第二戦隊と第一艦隊の第三戦隊を率いて、この露艦の攻撃に赴き、八月の蔚山沖海戦まで、霧の中で辛苦に満ちた戦いを続けることになった。

三月上旬、新しくマカロフ中将が太平洋艦隊長官として旅順に到着、ロシア将兵は喝采した。マカロフこそは当時世界有数の名戦術家で、その水雷戦術の理論は、日本にも広く知られていた。

しかし、四月十三日、味方の駆逐艦が港外で苦戦しているのを知ったマカロフは、旗艦ペトロパウロウスクに座乗し、戦艦一、巡洋艦三を率いて港外に出撃した。着任後、最初の戦艦による堂々の出撃に見えたが、その裏には陥し穴があった。マカロフは東郷の司令部の策にひっかかったのである。

この頃、一旦旅順港外にもどっていた第二艦隊旗艦「出雲」の艦橋では、上村と加藤が相談して、マカロフを港外におびき出して、味方が敷設した機雷原に向かわせよう、という策を考え、これを東郷に報告した。

マカロフが非常に部下を可愛がるということを聞いていた東郷の司令部では、十三日、まず、第四、五駆逐隊がロシア駆逐艦二隻を攻撃して大打撃を与えた。これを知ったマカロフは、着任早々、部下を救援して自分の襟度を示そうとばかりに出撃して、午前十時過ぎ、日本軍の機雷にふれて、ペトロパウロウスクは艦体が二つに折れて沈没、マカロフは戦死してしまった。

このとき、「三笠」の艦橋にいた東郷が、ただ一人ドイツ製のカール・ツァイスの双眼鏡

を持っており（彼は私費を投じて、この双眼鏡をとりよせている）、

「今沈没した先頭の戦艦は旗艦に違いない」

と断定したことは有名な話である。

しかし、東郷は心の中でマカロフを厚く弔うことも忘れなかった。ロシア宮廷と国民の輿《よ》望を担って、はるばる極東まできて、一戦も交えないで戦死とは、さぞ残念だろう……と東郷は敵将の胸中を思いやったのである。

東京の海軍省で、これを聞いた権兵衛大臣は、

――やはり、東郷は強運だ、マカロフも東郷には負けたのだ……。

と大きくうなずいていた。

しかし、その東郷の強運にも、挫折するときがきた。

五月十五日、日本海軍はダブル・ショックに打ちのめされた。

午前一時半、第三戦隊に新しく参加した新型装甲巡洋艦の「春日」と黄海海戦の老雄「吉野」が濃霧の中で衝突し、「吉野」が沈没した。単縦陣の名将坪井航三司令官の旗艦として、猟犬のように奮戦した「吉野」の沈没を聞いて、瞑目していた東郷の耳に、さらに凶報がとびこんだ。

午前十時五十分、まず新鋭戦艦の「初瀬」が、ついで、「八島」が機雷に触れ、沈没したのである。

「初瀬」艦長中尾雄（海兵5期）、「八島」艦長の坂元一（7期）の両大佐は、顔面蒼白と

なって「三笠」の長官室に出頭した。

「長官、お許し下さい！」

「この責任は必ずとります！」

二人は床に打ち伏すと号泣した。

長官室には東郷のほかに島村と秋山がいて、いたましそうに二人の艦長を見やった。男として一戦も交えず、自分の艦を沈められるくらい無念なことがあろうか。

二人は、この二人が長官室を辞した後、自決する空気をありありと読みとった。

卓の向こうの椅子に座っている東郷は、一向に頓着する様子が見えなかった。

「おい、二人とも泣いとらんでこちらへこんかい。まあ、一杯やったらどげんか」

東郷は引き出しからワインの瓶を出すと、二つのグラスに赤い液体を満たした。

「長官……」

「まことに今回は……」

二人はそういったきり、グラスに手を出そうともしない。二人のうち坂元は島村の同期生で同じ高知の出身である。

——さぞや辛かろう……。

同期生の胸の内を察して、島村は唇を噛んだ。

「そうか、酒どころではなかちゅうんか。では菓子でもつまんだらどげんか？」

東郷はゆったりとした動作で、卓上の菓子器を二人の方に押しやった。

二人は驚いた。

——一日のうちに秘蔵の戦艦二隻を失って、この長官は一向に気にするふうがない。一体、豪傑なのか、大馬鹿者か……。

眼をぱちくりさせている二人の前で、東郷は様子を改めるとこう告げた。

「ええか、二人とも、戦《ユッサ》はまだ終わっとらん。戦はこれからじゃ。あくまでも生きてご奉公すると、おいに約束してくれもはんか」

東郷の声に二人は電流に打たれたように、長官の顔をふり仰いだ。そこには元の温顔にもどった東郷がいた。

——自決は許さん。あくまで生きて奉公せよ……。

そういう東郷の訓えに島村は感動した。参謀長に転出するとき、権兵衛大臣は島村を呼ぶとこういった。

「東郷のことをとやかくいう奴が昔はいた。じゃっどん、今の東郷は一回りも二回りも太うなっとる。話のわかるボッケモンじゃ。あの男の下なら戦はやれもそう」

——確かに東郷は大きくなっている……。

と島村は考えた。

二人の自決を止めた後、東郷は、二人が有能の材であることを山本に連絡して、決して早計で予備役に回さぬよう頼んだ。

中尾は、この後、横鎮参謀長を経て、日露戦後に第二艦隊司令官となり、中将に進級している。

坂元も舞鶴工廠長、旅順鎮守府長官を歴任、中将に進級している。中尾は広島、坂元は高知であるから、薩閥のイモヅル人事でないことは確かである。

二人の艦長に対する手厚い処置は、どこからともなく艦隊中に伝わり、将兵はようやく東郷の偉大さに気づくようになってきた。

そして、ようやく東郷艦隊にもツキが回ってくる。

八月十日、午前九時、ウイトゲフト少将（ロシア太平洋艦隊長官代理、マカロフの後任となった）は湾内に残存していた旗艦ツェザレウィッチを先頭に、レトウィザン、ポルタワ、ペレスウェートら戦艦六隻、巡洋艦三隻の単縦陣で港外に姿を現わした。

ウイトゲフトが、勇敢に決戦を挑んできたわけではない。旅順にいては封鎖されてしまい、日本の陸軍が背後の山を占領すると危ないと考えた彼は、ウラジオストクへの遁走を計ったのである。

これを見逃す東郷ではない。

円島（旅順東方九十キロ）の泊地にいた東郷は、哨戒艦からこの通報を受けると、直ちに第一、三、第五、六戦隊に出撃を命じた。

敵の戦艦六に対して、「初瀬」「八島」を失った我は、「三笠」「朝日」「富士」「敷島」の四隻で、しかも、頼みとする高速の装甲巡洋艦中心の第二艦隊は朝鮮海峡の警備についている。ただし、新造の装甲巡洋艦「春日」「日進」が第一戦隊に入って、「初瀬」「八島」の喪失を補う形となっている。

ここで両艦隊の旗艦の要目を比較してみると、ツェザレウィッチは、一万三千二百トンと「三笠」より二千トン近く少ないが、速力十八・五ノット、主砲三十センチ砲四門は、「三笠」とほぼ同じである。

結局、戦艦は我四に対して彼六、装甲巡洋艦二対三で、主力は彼が優勢であるが、中小艦艇はこちらが多かった。

午前七時、泊地を出撃した東郷艦隊は、午後十二時半、遇岩（旅順口東南東五十キロ）南方の地点でロシア艦隊主力九隻の単縦陣を発見した。

敵はツェザレウィッチ、レトウィザン、ポベーダ、ペレスウェート、セワストポリ、ポルタワ（以上、戦艦）、アスコリド、パルラーダ、ジイヤーナ（以上、装甲巡洋艦）の順で、八隻の駆逐艦がその左舷に同行している。

「三笠」艦橋の東郷は直ちに、

「戦闘用意！」

を下命した。

「初瀬」「八島」の仇をとるのは今だ。敵は東郷艦隊の南約一万メートルを東南東に進んでいる。

「右砲戦！」

「三笠」以下各艦の主砲が回りだす。

「取舵一杯！」

東郷は左八点（九〇度）一斉回頭を行ない、さらに左九〇度一斉回頭を行なうと、「日進」先頭の逆番号単縦陣となし、同航戦で砲戦を行なおうと企図した。

午後一時十五分、砲戦開始。しかし、ウイトゲフトは決戦を避けて南東に針路を変え、ひたすら逃走を計る。その逃げ足はなかなか速く、「三笠」が全速の十八ノットを出してもふり放されそうである。

これに対し東郷は一時三十分、右一八〇度の一斉回頭を行ない、再び順番号単縦陣とし、敵の前面を抑えるT字戦法をとり、先頭のツェザレウィッチに射弾を集中した。敵は一路、針路南東で脱出を計る。

このときまで東郷の司令部は、今までもそうであったように、ウイトゲフトは結局は旅順口に逃げ帰るであろうという計算があった。しかし、敵は完全に遁走の覚悟を決めており、その逃げ足は異常に早く、東郷艦隊の射弾は命中せず、東郷は苦戦に追いこまれた。一時は一万数千メートルまで引きはなされて、「三笠」の艦橋にも暗い空気が漂った。一人、東郷は悠然と前方の黒煙を眺め、

「いずれ追いつきもそう」

と悠然としている。

そして、午後五時半、ようやく東郷艦隊は敵の殿艦（最後尾）ポルタワまで七千メートルのところまで追いつき、敵の右舷に同航追撃する形で砲撃を再開した。位置は山東半島の北

八十キロ、もう威海衛にほど遠からぬ地点である。

午後六時三十七分、「三笠」の三十センチ砲弾が、旗艦ツェザレウィッチの司令塔を直撃し、ウイトゲフト長官以下十数名の幹部をふきとばし、生き残った参謀長マセウィッチ少将、イワノフ艦長も、第二弾が司令塔の天蓋を破って炸裂すると、すべて長官の後を追った。

ここで、ロシア艦隊は重なる不幸に遭遇する。負傷を負った操舵手は取舵をとったまま舵にもたれて絶命した。ツェザレウィッチは、死人に舵をとられたまま大きく左旋回を続け、事情を知らぬ二番艦レトウィザン、三番艦ポベーダは取舵をとって左旋回を続けた。ツェザレウィッチはなおも旋回を続け、四番艦ペレスウェートの横腹に突っかけた。この艦に乗っていた次席指揮官のウフトムスキー少将は、回避するとともに、旗艦の異常を知り、戦局を収拾して旅順に帰投を計った。しかし、ペレスウェートはマストが二本とも倒れて信号を出すところがないので、司令塔横に出したが、他の艦にはよく見えず、日本軍の猛撃の中で、ロシア艦隊は四分五裂に陥った。

あてどもなく南方へ走っていたツェザレウィッチは、ようやく舵手が交替して、山東半島の東方に逃走した。

ここで残念だったのは、せっかく敵が混乱したのに、味方の砲撃が続く有効弾をあげ得なかったことである。

「当たりもはんな……」

艦橋の東郷は、丁汝昌の艦隊を逸しかけたときよりも苦い顔をしていた。ツェザレウィッチに二弾を当てたのに、後の弾が当たらない。参謀長の島村も暗い表情である。

砲術長の加藤には、その理由がわかっていた。敵が整然とした単縦陣を組んでいたときは、見事司令塔に二弾を命中させ得た。わが方の砲戦技術は決して悪くはない。しかし、敵が四分五裂し、勝手な運動をし始めてからは、かえって照準が難しくなってきたのである。肝心なときに旗艦が意味のない左旋回を続けて四番艦めがけて突進するなどとは、誰が予想し得たであろうか。

また、この戦いで「三笠」にも敵の主砲弾が命中し、多くの死傷者を出していた。午後五時五十六分、後部三十センチ砲塔に敵弾が命中、分隊長伏見宮博恭王以下五名が負傷、軽傷十二名を出した。

「三笠」の損傷は日本海海戦よりも甚大で、午後六時半には前艦橋にも敵弾が命中、伊地知艦長以下八名が負傷、参謀殖《うえ》田謙吉少佐以下八名は戦死している。「三笠」への命中弾は、合計十七発である。

黄昏の海上で、なおも東郷は旅順口へ遁走を計る敵に追いすがったが、午後八時二十五分、主力の戦闘を中止、追撃を水雷艇隊に任せた。

逃げ足だけは速いツェザレウィッチは長駆して山東半島南岸の膠州湾に逃げこみ、中立国清国に武装解除された。残る戦艦五隻は浸水の激しいレトウィザンを含めて旅順港に逃げこみ、巡洋艦ノーウイク、アスコリド、ジイヤーナはそれぞれ樺太、上海、サイゴンへ遁走した。

十二月十二日、旅順艦隊が全滅すると、東郷の連合艦隊は佐世保に帰り、補給修理、休養を行なった。二月に佐世保を出てから、十ヵ月ぶりである。

大本営は作戦会議のため、連合艦隊の幹部を東京に呼び、十二月三十日、東郷らは新橋に到着した。大衆の歓呼のなか、東郷、上村、島村、加藤らは馬車で霞ヶ関の海軍省に着き、山本権兵衛の出迎えを受けた。

「おう、仲五郎どん、ご苦労でごわしたな」

権兵衛は東郷の手を握ると、じっとその眼をみつめた。

——おはんがやってくれたもんで、やっとおいの面目も立ちもした。旅順の敵をウラジオに逃がしたら、やはり、東郷よりは日高のほうがよかった、と人からいわれるところじゃった……。

権兵衛の眼はそういっていた。

「いや、まだ不十分でごわす。戦いは、これからでごわすぞ」

そういうと、東郷は権兵衛の手を握り返した。

この後、東郷たちは、山本と伊東に伴われて参内、天皇に拝謁した。

「ご苦労であった。また新しくヨーロッパより強力なロシア艦隊が来攻する由、しっかり対策を練ってもらいたい」

天皇がそう激励の言葉を賜わると、

ら、撃滅以外のやり方は許されないのである。

「誓ってこの敵を撃滅し、聖慮を安んじ奉ります」

と東郷が断言したので、近くにいた権兵衛は驚いた。天皇に「撃滅致します」と明言したら、撃滅以外のやり方は許されないのである。

──どうも東郷のケスイボは、まだ直っとらんのう……。

権兵衛は眉をしかめながら、その横顔を眺めていた。

果たして、控えの間にもどると、上村が東郷を詰《なじ》った。

「長官、彼の戦艦は八隻、わが方は四隻、撃滅する自信がありもすか？　部下への訓示とはわけが違いもすぞ……」

東郷は思案した後、答えた。

「まだ自信はごわはん。じゃっどん、陛下の心配げなお顔を拝しとるうちに、ああいわざるを得なくなったんじゃ」

上村は黙ってうなずいた。

明治三十八年一月十三日、島村少将（明治三十七年六月、進級）は連合艦隊参謀長から第二艦隊の第二戦隊司令官に転出、代わって第二艦隊参謀長の加藤（友）少将（三十七年九月、進級）が連合艦隊参謀長として「三笠」に着任し、秋山参謀とコンビを組むことになった。

しかし、東郷たち司令部はまだ東京にいた。

二月に入ると早々、山本、伊東、斎藤（海軍次官）らは、東郷、上村、加藤らと最高幹部会議を開き、作戦方針を打ち合わせた。なかでも問題は、バルチック艦隊の針路である。ウラジオストクに入るには朝鮮、津軽、宗谷の三つの海峡のどれかを通るわけであるが、今のところ、朝鮮海峡を主力とするという決定がなされ、朝鮮南端の鎮海で猛訓練を行なうことになった。

会議の後、新聞記者が秋山をとらえて、

「バ艦隊はどの海峡にやってくると参謀は思いますか？」

と聞いた。

「左様、バ艦隊は現在マダガスカルにいるが、ロジェストウェンスキー中将の心境は、行けばウラジオ、帰ればロシア、ここが思案のインド洋、というところじゃろう」

と秋山はしゃれのめして、新聞記者を驚かせた。

東郷の司令部は、二月六日、東京を発って呉に向かい、十四日、旗艦「三笠」に乗って呉発、佐世保経由で二十一日鎮海湾に入り、さっそく、後に月月火水木金金といわれる猛訓練に入った。

一方、ロジェストウェンスキー中将のバ艦隊は、二ヵ月も予定が遅れ、三月十六日、やっとアフリカ南端マダガスカル島のノシベ泊地を抜錨、インド洋に向かった。

四月十二日、仏印東岸のカムラン湾に入ったが、すでに旅順の第一太平洋艦隊は全滅しており、ロシアではペテルブルク、モスクワで反政府派の暴動が続き、〝血の日曜日事件〟（一月二十二日）が起こるなどしているので、艦隊の士気は低下する一方であった。勿論、長期の航海で艦底にはカキが付着してスピードが落ち、諸種の故障も修理できず、艦の性能も低下していた。

四月二十二日、ロ中将はバ艦隊をすぐ北のヴァン・フォン湾に移動させた。五月九日、待ち兼ねていたネボガトフ少将の第三戦艦隊が入港し、戦艦ニコライ一世、装甲海防艦ら四隻が戦列に加わったので、やや勇気を得たロ中将は、五月十四日、重い腰をあげてヴァン・フォン湾を抜錨して、ウラジオストクへの最短コースをとるべく、ツシマ（対馬海峡）に針路を向けた。

鎮海湾の「三笠」艦上にいた東郷が、バ艦隊北上を知ったのは、十八日のことである。

東郷は、敵の針路を察知するため、片岡七郎中将の第三艦隊に哨戒索敵を命じていた。

——朝鮮海峡か、津軽か、宗谷か……？

「三笠」の司令部のストレスは日増しに高まっていた。

さすがの参謀たちも迷っていた。願わくば朝鮮に来てほしい。しかし、バ艦隊にとって宗谷は遠いが、津軽ならば、海峡を突破できれば、ウラジオまでの最短距離にある。では、能登半島沖に網を張って、両様のかまえをとるべきか、七段構えの作戦をかまえた秋山は、靴もぬがずに作戦室で夜を明かし、加藤は持病の胃痛で呻吟した。ただ一人、東郷のみは、粛然としていた。

——天皇に約束した〝撃滅〟をどう果たすのか……。

しかし、彼の胸にあるのは、尊敬する大西郷の〝敬天愛人〟という言葉であった。

——天に任せるほかはない。すでに人の和もよく、なすべき訓練はなしたのだ……。

東郷の胸には諦観に似たものが、風のように吹き抜けていた。

——朝鮮海峡しかない……。

と東郷は信じていた。念じていたといってもよい。

——自分がロジェストウェンスキーならどうするか……。

東郷は夜半、長官室で思いを凝らした。

——艦は汚れ、兵は疲れている。津軽へ回れば、必ず日本東方海面で日本軍の哨戒艦にキャッチされ、海峡の出口で待ち伏せを喰う。一か八か、朝鮮海峡突破よりあるまい……。

東郷は念力をもってそう断じた。後に、神将、聖将と呼ばれる神秘的な決断がそこにあった。もし、敵をウラジオに逃がしたらどうなるか。三隻のウラジオ艦隊に十倍する艦隊が、ウラジオの要塞を根拠地として夏の霧にまぎれて、わが大陸との連絡路を荒らすことになり、満州軍の支援も撤退も危険にさらされる。長官一人が腹を切ったくらいでは収まらないことを、東郷は知っていた。そして、なおも東郷は動じなかった。バ艦隊は、朝鮮海峡に来る……それが信仰にも似た彼の考えであった。

東京の大本営にも、東郷と同じ信念を持っている男がいた。軍令部作戦班長（作戦課長）山下源太郎大佐（海兵10期、米沢出身）で、後に軍令部長となり、〝米沢の海軍〟の総帥となる人物である。彼は大尉のとき、軍艦「武蔵」の航海長として、北海道、千島の気象状況を詳しく調査したことがあり、五月から六月にかけて津軽海峡方面は非常に霧が深いことを知っていた。

「三笠」の司令部が、朝鮮か津軽かで迷っていることを知ると、五月二十三日夕刻、山下は軍令部次長の伊集院五郎中将に、自分の意見を述べた。伊集院は権兵衛を説得し、二十四日、大本営は敵が朝鮮海峡に来ると考えていることなど、その理由も説明した。

この電報をみた東郷は、加藤と秋山の顔をみて笑った。

「おいの鹿児島では、腹のへった馬は、真っ先にマグサ桶の方に走るというちょりもす」

東郷の言葉に、参謀たちもやっと明るい顔を示した。

五月二十三日、バ艦隊は上海南東百三十マイルに達し、海上で最後の石炭搭載を行なった。

この日、午後八時、ロ中将は仮装巡洋艦リオンと運送船六隻を上海に行かせた。

これらの運送船は、二十六日、上海に入り、上海総領事館の領事官補松岡洋右（後、国際連盟全権、外相）は、この旨を日本政府宛に打電し、これを転電された東郷の司令部は、ますます、敵は朝鮮海峡にくる、ということを確信した。

そして東郷の信念が証明される日がやってきた。

五月二十七日、午前二時四十五分、哨艦信濃丸は、バ艦隊の病院船アリヨール（戦艦と同名）の灯火を発見した。位置は五島列島中通島の北西にある白瀬灯標の西五十マイルである。

四時四十五分、この灯火が病院船のものとわかったとき、同時に信濃丸は、周辺に無数のロシア軍艦がひしめいていることを発見した。

――バルチック艦隊だ！

艦長成川揆大佐は、さっそく無電を打った。

「敵艦見ユ、四五六地点、信濃丸」

有名な「敵艦見ユとの警報に接し……」と、東郷の出撃報告に出てくる歴史的な発見電である。

「三笠」の電信室がこの無電を受信したのは、午前五時五分である。

そしてこの後、冒頭に書いたように、連合艦隊は鎮海湾を出港して、対馬海峡東口に向かうのである。


午後一時三十九分、敵発見後、北西に向かっていた「三笠」は二七〇度に変針し、さらに二時二分、南西微南に変針しているので、敵との距離は八千五百メートルにつまってきた。

砲術長の安保少佐は、いらいらしてきた。三十センチ主砲は有効射程が一万五千以上あり、一万で射撃を開始して有効弾をあげるというのが、砲戦の常識であった。しかし、東郷は黙って敵の方を見ている。たまりかねた安保は叫んだ。

「参謀長、撃たせて下さい！」

すると加藤は、東郷の方をチラッと見て、

「砲術長、君、スワロフを計ってくれい」

と言った。加藤は時をかせいだのである。難しい顔をして長谷川少尉に代わって測距儀についた安保は、

た。

「すでに八〇《やあまる》！（八千メートル）」

と叫んだ。

そのとき、一番前に立っていた東郷の右手が高くあがって、力強く左斜めに降りおろされた。

「取舵一杯！」

加藤が叫んだ。

「三笠」は艦体をきしませながら、左に回頭し始めた。時に五月二十七日午後二時五分、有名な十六点（一八〇度）回頭、T字戦法の始まりである。

前年八月、黄海海戦で旅順のロシア艦隊を逃がした東郷司令部は、このT字戦法で敵の鼻を抑え、同航で砲戦にもちこむことを考えたのである。

このとき、ロシア艦隊旗艦スワロフの司令塔内にあったロジェストウェンスキーは、

「われ勝てり！」

と叫んだ。

距離わずか八千で、つぎつぎに同じ一点で回頭する日本艦隊を狙い撃ちにするならば、大きな損害を与え得るのである。少なくとも、ロジェストウェンスキーが、学校で習った戦術の講義ではそうなっていた。

しかし、この当時、八千という距離で、つぎつぎに回頭点に到着する日本艦隊を狙撃することが、決して考えたほど容易ではないことを、この日の砲戦の結果は示した。

スワロフの砲術長は、測的（目標艦の針路、速力、風向を考えながら砲の方向を決める）を行ないながら、「三笠」を見つめていた。しかし、まだ砲撃開始は指令されていない。砲術長にとって一番容易な射撃法は、目標の敵艦が同じ針路、同じ速力で航行してくれることである。これならば、一定の苗頭《びょうどう》（目標の前進を考えて、砲の角度を調節する）をとれば、命中弾を得ることができる。射撃直前に目標が大きく変針すると、各種のデータを変更しなければならないので、射撃の精度は期待し難い。

この時点で、天才といわれた秋山は、八千では、変針中の目標に対するロシア艦隊の射撃の精度は高くない、とみていた。確かに同一地点でつぎつぎに艦隊が回頭するのは危険であるが、それが致命的にはならないことを、この日の結果は示した。

「三笠」が回頭を始めたのが午後二時五分、一八〇度回頭して、東北東に定針したのが二時七分、ロ中将の期待に反して、回頭中の「三笠」に対してロシア艦隊は砲撃ができなかった。

スワロフが砲撃を開始したのは二時八分で、「三笠」の東郷司令部もこの発火を認めたが、その弾着はかなり外《そ》れていた。

ロシア艦隊はなおも針路二三度で北北東に進み、彼我の距離は接近してきた。

二時十分、東郷は、加藤の方をふり向いてうなずいた。「射撃開始」である。伊地知艦長は、ラッパ手に「撃ち方始め！」を下命した。待っていた、とばかりに三隻の主砲は発砲した。続いて十五センチ副砲も射撃開始である。

二時十二分、スワロフに最初の命中弾を得る。これ以後、連続命中弾を得る。鎮海湾を基地とする猛訓練の成果がここに発揮された。

初弾の命中は「三笠」の方が早かった。

勿論、「三笠」には、スワロフをはじめアレクサンドル三世、ボロジノなどの砲弾が集中した。

この日、「三笠」は、一日で右舷で四十発、左舷に八発の敵命中弾を数えた。

その大部分は、二時八分以降の敵の射撃によるもので、なかでも二時二十分、前艦橋右舷下に命中した三十センチ砲弾は、司令塔内にいた参謀飯田久恒少佐（海兵19期、後、中将、第三戦隊司令官）に重傷を負わせ、副長松村亀雄中佐ら多くの負傷者を生ぜせしめた。

この弾の破片は艦橋にもとびこみ、東郷の両脚の間を通り抜けて、マントレット（釣床による防御用兵装）に突き刺さった。しかし、東郷は権兵衛がいったように幸運で、身じろぎもせず、艦橋中央に屹立していた。

このとき、東郷の唇がかすかに動いた。少年のとき、エゲレスの軍艦を弁天の砲台に迎え撃ったときの歌が、彼の唇の端に甦った。

〽エゲレスの軍艦が
鹿児馬湾を攻めたっちゅう
薩摩っぽの大砲で
チングラッ！

この点、なぜ艦隊の最高指揮官が十六点回頭の後も、吹きさらしの艦橋で危険を冒したのか、外国の評論家が疑問を呈し、筆者もそれに同じであるが、下部のアーマー（装甲に囲まれた司令塔）にいた飯田参謀が重傷を負い、艦橋の東郷は終始無傷だったのであるから、人の運命は計算どおりにはいかないものらしい。

戦術家は、確率、公算によって砲の精度、これによる被害を推測するが、確率は全能ではない。確率の捉え得ないところに、艦や指揮官の運命が有機体として働いているのであり、神のみがその結果を知るのである。東郷の信念が、神の心を動かしたとしたら、兵法家たるもの、また何をかいわんやであろう。

その逆に神に見放されたのが、ロシア宮廷の寵臣ロジェストウェンスキーであった。厚い鋼鈑に包まれたスワロフの司令塔内にあったロ長官は、午後二時五十二分、司令塔ののぞき窓に直撃した砲弾のため、頭部に重傷を負い、この後、直接指揮は不可能となった。スワロフ艦長イグナチウス大佐も重傷で、参謀長コロン大佐は無事であった。

しかし、この一弾はスワロフの舵機を破壊し、同艦は右旋回を続けながら逆方向に進み、戦列から去った。しかし、このときのロシア艦隊は黄海海戦のように大混乱を起こすことはなかったが、東郷艦隊の精度のよい射弾がつぎつぎに命中するので、落伍者が続いた。

二番艦アレクサンドル三世も集中砲火を浴びて落伍、スワロフの西を進んでいた第二戦艦戦隊の旗艦オスラビアも集中砲火によって、午後三時六分、あえなくも転覆、沈没した。

今や先頭艦となったボロジノのセレープレンニコフ大佐は、残余のアリヨールとオスラビアを除く第二戦艦隊、ニコライ一世以下の第三戦艦隊の先頭に立ち、東郷艦隊の後尾を回ってウラジオをめざそうとした。

しかし、決戦を避けて遁走を図る艦隊が、結局、自滅するのは、十年前の丁汝昌の北洋艦隊が示している。

午後二時五十二分のスワロフへの命中弾の後、ボロジノを先頭とするロシア艦隊が、北へ回頭するのを認めた「三笠」艦橋の東郷は、二回（連続）の左九〇度一斉回頭によって針路を西北西にとり、敵の退路に立ちはだかろうとした。

時に午後二時五十八分、スワロフへの命中弾をきっかけに、戦況は刻々と変化しつつあった。

このとき、第一戦隊に後続する上村の艦隊（第二戦隊）は、第一戦隊の左変針に従わず、そのまま針路南東で前進した。独断専行である。

これについて「出雲」（第二戦隊旗艦）の艦橋にいた第二艦隊参謀佐藤鉄太郎中佐（海兵14期）は、後にこう説明している。

「第一戦隊はスワロフの左回頭を見て、敵が北へ変針したものとみて、その針路を抑えるべく左一斉回頭を行なったらしいが、第二戦隊はスワロフの左回頭を被弾による舵故障が原因とみて、そのまま直進した。このとき、わが戦隊が左一斉回頭を行なったなら敵を逃がしていたであろう」

しかし、スワロフが舵故障によって右回頭した事実は、外山三郎氏（防衛大学校戦史学教授）の『日清日露大東亜海戦史』（原書房刊）のほか、ロシア側のプリボイ著『ツシマ』も認めており、佐藤参謀が左回頭と認めたのは、三番艦のボロジノであろうと思われる。というのはこのとき、第二戦隊は第一戦隊より千メートル以上後方にいたので、敵状の視認が不十分であったからである。

では、上村艦隊の〝独断専行〟が間違っていたかというと、これが結果的には非常に有効であった。直進する「出雲」の右前方には、炎上するスワロフ、アレクサンドル三世、そして左回頭しつつあるボロジノ以下の諸艦がいたからである。

第一戦隊に砲撃のチャンスを奪われた感じを持っていた上村は、負けてなるかとばかりに、二十センチ砲を振り立て、敵を肉薄痛撃して戦果を拡大した。

この第一合戦は、結果として第二戦隊の判断が正しかった。間もなく火災を鎮火せしめたアレクサンドル三世が一番艦となり、左回頭をあきらめて南東に変針したボロジノ以下の先頭に立ち、どんどん南東に逃走を始めたので、二回左一斉回頭によって針路を西北西に向けた第一戦隊は敵主力から遠ざかり、午後三時半、濛気のためにロシア艦隊を見失ってしまった。このため、東郷の司令部はさらに二回の左一斉回頭を行なって、三時五十分、針路を東に向けて、敵の追撃を始めた。

一方、第二戦隊は針路南南東で敵主力を猛撃したが、敵が西に反転するのを見て、こちらも反転して北西に向かい、さらに敵の頭を抑える形で追撃の手を強くした。

午後四時近く、「三笠」の艦橋はようやく憂色に包まれていた。

「長官、敵が出てきませんな」

加藤がそう言うと、

「うむ、霧の中じゃな」

東郷は自慢のカール・ツァイスの双眼鏡で瞳を凝らしたが、依然として霧は晴れない。

この時点でロシア艦隊主力は、東郷艦隊のはるか数千メートル北をよろめきながら北東に向かっており、第二戦隊は第一戦隊より北に出て北東に針路を向けていた。

俄然、午後三時五十分、「三笠」は右舷はるかに数十条の黒煙を発見した。距離は六千五百メートル、続いて「出雲」もこれに気づき、またしても第一戦隊に先行する形で針路を真東にとって敵主力に直進した。

午後四時四分、「三笠」の主砲が火を吐いた。敵の先頭アレクサンドル三世までの距離六千。ロシア艦隊も針路を北から南に変え、しばらくは同航戦が続き、アレクサンドル三世、アリヨール、シソイウェリーキー、ナワリンが被弾、落伍、再びボロジノが先頭に立った。

四時三十五分、東に進み過ぎたことを知った「三笠」は、左九〇度一斉回頭を行ない、さらに右九〇度一斉回頭を行なって、四時五十分、針路を南東から南に変えて、ロシア艦隊の頭を抑えようとしたが、すでに南に変針していた敵は、またしても霧の中であり、第二戦隊が高速を利用してこれを追っていた。

しばらくは、砲戦が跡絶えたが、午後五時頃になって、「出雲」は突然、右舷に多数の黒煙を発見した。ボロジノ以下の敵主力のほか巡洋艦戦隊もまじっており、出羽中将の第三戦隊、瓜生中将の第四戦隊と激戦を交えているところで、第二戦隊も直ちにこの戦闘に加入した。敵巡洋艦オレーグ、アウローラはすでに炎上していたが、出羽中将の旗艦「笠置」も被弾、浸水していた。

瓜生戦隊の老雄「浪速」「高千穂」も奮戦し、東郷大将の第一戦隊が戦場に加わると、ロシア艦隊は北西に遁走を始めた。

午後五時五分、ロシアの戦艦、巡洋艦の群れは、再び霧の中に姿を消した。

――霧との戦いでごわした……。

と東郷は後に述懐している。

「長官、敵はこの霧でまた北上しますな」

秋山が、ささやくように東郷の耳に言った。彼の立てた〝七段構えの作戦〟は、ほぼ予定どおりに進行しつつある。とくに第二戦隊は予期以上の奮戦ぶりである。しかし、霧の介入は予想してはいたが、それ以上に遁走を計る敵に有利で、この天才参謀を悩ませた。

夕闇迫る日本海……東郷が耳をすますと殷々たる砲声は、濛気の中で北へ移動していく。五時二十七分、敵は北上したものとみて、南下していた東郷艦隊は、反転して、北北西に向かった。

そして、午後六時、太陽が対馬の山並みの方に傾いたとき、東郷は、思わず瞳を凝らした。

「ロシアの煙じゃ……」

夕陽を背景にした艦隊のシルエットが、水平線にくっきりと浮かんでいる。数条の煙を引いて、敵は北上しつつあった。ボロジノを先頭に、アリヨール、ニコライ一世、アレクサンドル三世、ナワリン、シソイウェリーキーの五戦艦が、傷つきながらも巡洋艦戦隊に守られて、粛々と北をめざしている。

——美しい……。

秋山は思わず息を呑んだ。

旅順で戦死した広瀬武夫とともに、彼は文学を解する数少ない海軍士官であった。敗走する敵艦隊の、それは悲しいまでも美しい姿であった。意気軒昂たる「三笠」以下に較《くら》べて、それは何と滅びの美学を示す姿であるのか。

——壇ノ浦だ……。

秋山はそうも呟いた。哀れではあるが、逃がすことのできない敵であった。

東郷は再び砲戦を命じ、「三笠」「敷島」「富士」の砲弾が戦艦群に集中し、アレクサンドル三世は、六時四十三分、横転、沈没した。先に取り残されたスワロフは七時に沈没しているから、これでオスラビアを入れて、三隻の戦艦が沈んだわけである。

ボロジノ、アリヨールも被害を受けたが、すでに、日はとっぷりと暮れており、戦場に到着した第二戦隊も照準は困難である。

七時十分、昼戦の打ち切りを下命した東郷は、駆逐隊、水雷艇隊に夜襲を命じた。待ちかまえていた水雷戦部隊は、猛撃を繰り返し、ナワリン、シソイウェリーキー、モノマフに、沈没に至る大被害を与えた。

闇の中で、日本海海戦第一日は、魚雷の爆発音によるフィナーレを奏でた。

翌五月二十八日午前五時、鬱陵島付近に集結した東郷艦隊主力（一、二戦隊）は、五時二十分、南方六十マイルにあった第五戦隊から、北東方に向かう敵主力を発見した、という報告を受け、東郷は三、四、六戦隊をも率いて、現場に急行した。

敗残のバルチック艦隊は、今や、最高指揮官であるネボガトフ少将のニコライ一世以下、アリヨール、アプラクシン、セニャーウィン、イズムルードで、戦艦として健在なのは、ニコライ一世だけとなり、艦隊速力も著しく落ちていた。

午前十時半、「三笠」が撃ち方を始め、午後一時四十三分、ニコライ一世のマストに、「我降服ス」を示す旗が揚がった。

「長官、ロシア艦隊は降服しました。撃ち方を止めます」

加藤がそう言ったが、東郷は黙っている。敵は一発も撃っていないが、こちらはまだ有効弾を送っている。

――長官は、皆殺しにする積もりなのか……。

顔色を変えた秋山は、東郷のそばに駆け寄った。

「長官……！　武士の情であります。撃ち方を止めて下さい！」

しかし、東郷は秋山の請いを拒絶した。

「いかん、敵はまだ走っとるではなかか……」

「参謀長！」

秋山は加藤の方を見た。訴えるような目つきである。秋山がこのような目つきをするのを、加藤は初めて見た。

「長官、ロシア艦隊に停止信号を出します」

加藤がそう言って、伊地知艦長の方を見たとき、

「そげん必要はなか……」

東郷の顔色が変わった。

ニコライ一世の煙突から煙が消え、艦速が急に衰えた。後続の各艦もこれにならった。

「これで戦《ユッサ》は終わりもした……」

東郷の口元に、やっと笑みに似たものが浮かんだ。

――天佑でごわした……。

口の中で東郷はそう呟いた。これで陛下に約束した〝撃滅〟を果たすことができた。

一瞬、東郷の眼の中に夢を見るような色が甦ったのに、加藤や秋山は気がつかなかった。

東郷は青春時代の砲煙の中にいた。

弁天の砲台で、弾運びをしている少年仲五郎の姿がそこにあった。

東郷の唇が呻くように震えた。低い歌声が彼の唇を動かしていた。

〽ロシアん軍艦が

対馬の海にやってきたげな
仲五どんの鉄砲で
チングラッ！

文久三年夏から明治三十八年初夏まで……それは四十二年の長い道のりであった。
――海からの敵は、海で防がにゃいけん……。
それは少年仲五郎の夢を果たすために流された歳月であり、その流れの中に、近代化しつつある日本の姿があった。

日本海海戦の戦果はつぎのとおりである。
撃沈　十九隻、戦艦六隻を含む
捕獲　五隻、ニコライ一世、アリヨールを含む
捕虜　ロ長官、ネボガトフ少将以下六千名
ロシア軍死傷者　四千五百名
脱走したロシア軍艦　巡洋艦三、駆逐艦一、特務艦一
日本側の損害
損失　水雷艇三、死傷者七百名

正しく撃滅であった。

負傷したロ長官は佐世保の海軍病院に入院し、東郷の見舞いを受けた。

捕獲されたロシア軍艦はつぎのとおり改名されて、六月五日、日本海軍の船籍に編入された。

戦艦ニコライ一世　「壱岐」
同アリヨール　「石見」
巡洋艦アブラクシン　「沖島」
同セニャーウィン　「見島」（浮揚せしめたものを含む）
また旅順にいた第一太平洋艦隊の残存艦もつぎのように改名されて、日本海軍で働くことになった。
戦艦ペレスウエート　「相模」
同ポルタワ　「丹後」
同レトウィザン　「肥前」
同ポベーダ　「周防」
巡洋艦バヤーン　「阿蘇」
同ワリヤーグ　「宗谷」
同パルラーダ　「津軽」

同ノーウイク　「鈴谷」

九月五日、アメリカ東岸のポーツマスで小村寿太郎全権とロシアの蔵相ウイッテの間で講和条約の調印が成り、十月八日、東郷艦隊は伊勢湾に集合、伊勢神宮に戦勝を報告した後、十九日、東京湾に向かい、東郷は天皇に海戦の経過を報告、勅語を賜わった。

連合艦隊は、翌二十三日、横浜沖で行なわれた観艦式に参列、二十二日午前十一時、先に述べたロシアよりの捕獲艦（日本海海戦関係）もこれに参列して、国民に勝利の実感を与えた。

正に大日本帝国海軍の栄光の日々であった。

しかし、このとき、東郷の乗艦であるはずの名誉の旗艦「三笠」に、すでに暗い運命が訪れていたことを知る国民は少なかった。「三笠」はすでに九月十二日、佐世保港内で爆沈しており、観艦式の旗艦は、「朝日」が務めたのであった。

「三笠」爆沈！

九月八日、東郷は軍令部長伊東佑亨から軍状を報告するようにいわれ、連合艦隊の指揮を上村第二艦隊司令長官に委ねて、第一艦隊を率いて、十日、佐世保に入った。「三笠」は工廠に近い第十番ブイにつながれた。

十日、東郷は幕僚を連れて陸路上京の途についたが、その夜半過ぎ、十一日午前零時三十分、後部左舷十五センチ砲弾火薬庫内で、突然、爆発が起こった。

詳しくいえば、初め十五センチ砲弾火薬庫から火を出し、小爆発が続いた後、後部艦橋前部に火災を生じ、消火作業中、一時三十七分、後部三十センチ砲弾火薬庫にも引火して大爆発となり、水線下舷側に破孔を生じ、浸水のため、「三笠」は二時半ごろ海底に沈座した。

（註、水深が浅いため、煙突やマスト、前部艦橋の上部は水面上に出ていた）

深夜の佐世保軍港は大騒ぎとなった。九月五日、ポーツマスで講和条約が締結され、連日の戦勝祝賀の提灯行列に沸いていたところに、東郷艦隊が入港したので、この歓迎に興奮して、人々はぐっすり寝こんでいた。そこへ、大音響と地鳴りが家屋をふるわせ、暗夜に真っ赤な火柱が立ち上ったのである。

夜が明けてみると、昨日までの殊勲の連合艦隊旗艦「三笠」は、煙突や主砲などを残して水没しており、市民に異様な感じを与えた。

昨日までの栄光の艦が、一夜にして、肩まで水没してしまったのである。

わずかな時間の差で、東郷とその司令部が上陸していて、被害をまぬがれたことは、不幸中の幸いであった。

乗組員のほとんどが熟睡中の事故で、十二日までの調査では、死者二百五十一名、その後の集計では死傷者五百九十九名というから、乗組員八百六十名の「三笠」は六十五パーセントの被害を受けたわけである。

「三笠」爆沈の原因については、いろいろな憶測が行なわれた。

折柄、ポーツマス条約に不満の国民の一部が、日比谷の焼き打ち事件を起こして、東京には、戒厳令が布かれるなど世情騒然たるときであったので、反政府分子の陰謀か、ロシアのスパイの仕業か、講和条約に対するいやがらせ、あるいは上官や海軍に対する不埒者の恨み、単なる過失か……、噂と疑問は急速に広まっていった。

海軍では直ちに査問委員会を組織して、原因の究明にあたった。

時の海相は山本権兵衛（明治三十九年一月から斎藤実）、佐世保鎮守府司令長官は海軍中将鮫島員規である。

また海軍省は九月十九日、「三笠」引き揚げ委員会を編成して、その引き揚げを急がせることとした。査問委員長は佐世保海軍工廠長向山慎吉少将（海兵5期、三十八年十一月三十日、中将）、委員は造船大監・機関大監平部貞一（「三笠」機関長）らで、「三笠」副長杉村竜雄中佐、砲術長安保清種少佐も委員になっていた。

ところが「三笠」爆沈の真因はなかなかつかめなかった。

爆沈当時のこの海面の水深は船首で十三・四メートル、艦尾で十三・一メートルであったが、「三笠」は艦尾方面を深く海底の泥の中にのめりこませているので、艦尾は海面下七メートルの下にあり、爆発箇所にも大きな破孔から泥土が浸入して、原因の探究は困難を極めた。

破壊の中心部は十五センチ砲弾火薬庫で、五箇所の大破孔から泥土が浸入し、艦は左に一・五度傾斜していた。

大体、甲鉄製の軍艦というものは、水線付近の舷側には厚い鋼鈑が張ってあるが、そこから下の艦底部分には弾丸が命中しにくいというので装甲がほとんどない（したがって機雷に艦底をやられると非常にもろい）。その弱体な部分で爆発が起きたのであるから、破孔が大きいわけである。

佐世保の市立図書館には、明治四十三年四月に佐世保海軍工廠造船部が作製した『軍艦三笠引揚工事大要』という記録が保存してある。これによると、艦底の破孔ＡＢＣＤＥのうち、海底の表面に近いＡ、Ｂの両舷の破孔はすぐに発見されたが、それより深い泥の中にできた

ＣＤＥの破孔は、なかなか発見されなかったという。

調査の結果、爆発現場と思われる十五センチ砲弾火薬庫には、装薬（弾を発射する火薬）、黒色火薬、弾丸、信管、火管、号火などが入っており、それらは爆発、自燃する可能性があるので、結局、査問委員会は「火薬の自然発火」という結論を出した。

『聖将東郷と霊艦三笠』（昭和十年五月、「三笠」保存会発行）を書いた尾崎主税大佐（筆者の同期生、尾崎伸也少佐の父）は、爆沈の原因を「左舷火薬庫に格納中の紐状火薬の自然的変質から発熱したものである、と報ぜられた」と書いている。

査問委員会の海軍大臣への報告もそうなっていたのである。

一方、「三笠」引き揚げ委員会は非常な苦心の後に、翌三十九年八月七日、やっと「三笠」を浮揚せしめるが、その苦心談を書く前に、「三笠」爆沈の真因と思われるものにふれておこう。

『陸奥爆沈』の著者吉村昭氏は、その巻末で、「三笠」爆沈にふれているが、はしなくも大正元年十月に、「三笠」が再び火薬庫火災事故を起こしたときの事実報告書から、「三笠」爆沈の原因らしいものを伝える資料を発見することができた、と書いている。

それによると、当時「三笠」の甲板士官海軍中尉松本善治（海兵36期、山梨県出身、真珠湾攻撃の機動部隊指揮官南雲忠一と同期）が、大正元年の「三笠」火薬庫火災事件に関連して、八年前の「三笠」爆沈事件に関する覚書を上司に提出した報告書に、爆沈の真因らしいものが記載されているという。

爆沈の翌年、明治三十九年夏、当時、海軍兵学校生徒であった松本は、江田島から山梨の郷里に帰省する途中、品川駅のホームで汽車を待っていた。そこへ、一人の看護兵が近づき、つぎのような話をしてくれた。

「私は、『三笠』爆沈当時、佐世保海軍病院に勤務していたが、爆沈の直後、大勢の負傷者が病院に運ばれてきた。その中の一人、火傷で瀕死の水兵が、つぎのような告白をしたのです。

〝私は、今日の『三笠』爆沈の原因をつくった一人です。『三笠』艦内の水兵居住区では、日露戦争中から発光信号用のアルコールを盗んできては、水をまぜて酒代わりに呑む風習があった（この飲料を水兵たちはピカと呼んだ）。あの夜、自分は他の同僚と一緒にそのピカを呑もうと考えて、信号用の工業アルコールを盗み出し、洗面器に入れて弾薬通路にゆき、いつものように火をつけてアルコールの臭みを抜き、火を吹き消して水を入れて薄めようとしたとき、火が洗面器よりあふれ出し、甲板に拡がりました。上衣でこれを叩いて消そうとしたが、洗面器が引っくり返り、火災が通路全体に拡がりました。自分は消火中に大火傷を負い、上甲板に逃げ出しましたが、その後、火が通路伝いに火薬庫に入ったものとみえて大爆発が起こったのです〟

そう告白すると、その兵士は間もなく死亡しました。私は死者の最後の告白を他人に洩らすにしのびず、今まで黙っていましたが、あなた方は兵士を指揮、監督することになる将校生徒であるから、お耳に入れておきたいと思って話すのです」

松本生徒はこのとき、このようなことは「三笠」の事故査問委員会で、すでに調査済みであろうと考え、とくにこの看護兵の名前も聞かなかったが、「三笠」乗り組みとなって、また火薬庫の火災事故が起きたので、この件を参考までに艦長に報告したのだという。

吉村氏は、その後、これと同じ趣旨の談話のレポートを宇川済《わたる》という海軍中将の話ということで記録されたものを見たこともあるという。（註、宇川氏は海兵28期、「榛名」艦長、第五戦隊司令官、昭和三年、海軍中将）

松本善治氏は海軍大佐まで進級した後、昭和二十四年一月、逝去している。その三男の喜三郎氏が逗子におられるので、父君のことを聞いてみた。

「父は生前公のことは話さないたちなので、『三笠』の爆沈関係の話は、その没後かなりたってから、人伝てに吉村氏の本に書いてあるということを聞いて知った程度なのです。父は砲術科で、士官の略歴によると『榛名』の砲術長、『古鷹』の副長、呉海兵団長などを務め、艦政本部にもいたようです。昭和八年頃、大佐で予備役に入ったようですが、シナ事変が始まる頃、飛行機の会社にいたのに、海軍にもどりたくなって、沢本頼雄（のち大将）、南雲忠一など同期生に頼みこんでまた応召で海軍にもどりました。開戦のときは輸送船の司令としてフィリピンの敵前上陸を指揮したそうです。その後、今村（均）中将の兵団のジャワ上陸のとき、敵艦にやられて、艦が大破し、沈没を避けるため、岸にのりあげさせましたが、このとき、肋骨数本を折る重傷を負い、サイゴンの病院を経て横須賀の海軍病院に移りました。一応快方に向かったところで舞鶴で海上運輸の仕事についておりましたが、ジャワでの負傷で体が弱り、戦後間もなく亡くなりました。ジャワでこちらの船団がやられた後、日本の水雷戦隊が現われて、見る間に敵の艦を全滅させたので、日本の海軍は強い！　と陸軍の兵士とともに感激した、と語っておりました」

ということであった。

栄光の旗艦「三笠」の将来に暗い翳《かげ》を投げかける爆沈事件の原因は、吉村氏による松本中尉の説が事実に近いようである。

さて、問題は「三笠」の引き揚げである。

まず、佐世保工廠では〝増舷〟工事にとりかかった。増舷工事というのは、海面下に没している艦の舷の長さを海面上に出るまで増築する工事である。

そこで、前部上甲板に長さ五メートル、後部では九メートルの肋材（木骨の木組み）を七十センチおきに立て、これに厚さ八センチの外板を張り、補強して、艦の舷側が海面上に出ている形にした。こうしないと艦底の破孔が修理されても排水ができないのである。

五箇所の破孔には潜水夫を入れて泥を排除し、肋材をつけ、これに外板を張り、内側から角材と支柱をつけて補強した。海中の作業で困難を極めたが、泥が排除されると、後は応急班の戦闘時破孔修理、防水の処置の要領なので、要具もそろっており、実務を経験した運用科の応急班の知識が役に立つことになった。

つぎは排水ポンプによる排水である。二十四インチ（一インチは二・五四センチ）遠心ポンプ四台（排水量各一時間三千四百トン）を組み立て、また救難船猿橋丸の二十四インチ遠心ポンプも協力することになった。

これらの準備ができると、三十八年十二月二十五日から排水を開始したが、後部左側の増舷部分に支障があって、中止となった。

第二回は、翌三十九年一月十六日、再開された。この後は上甲板が露出するまで排水が進んだが、突然、艦底から大漏水によって水が噴出し、艦底にまで破孔があることが発見された。

ここであらためて作業班は、困難に直面した。新しく発見された破孔は一番深い艦底中央にあり、この位置から外部の泥の表面までは十メートルもあって、泥をのけても水圧で浸水が強まる。

そこで作業班は、まず内部に累積した、破片、器具、爆発物を除去した後、艦外から潜水夫が泥の中にトンネルを掘って破孔に近づき、ついに七ヵ月後、両方から破孔の修理、水防を完成することができた。このコースがこの引き揚げのうち、最も困難なものであった。

第三回排水は、三十九年七月二十三日に開始され、まず前部が浮上したが、後部艦底にはまだ漏水部があるとみえて浮上が困難であった。そこで水防を強化するとともに、ポンプを増加して排水に努めた。

こうして三十九年八月七日午後二時十五分、「三笠」は十一ヵ月ぶりにその英姿を佐世保港に現わすことになった。

海軍大臣斎藤実は、やっと肩の荷が降りた形で、つぎの訓電を引き揚げ委員会に送った。

「客月、不幸ノ災厄ニ遭ツテ、空シク海底ニ沈座スルニ至リシ軍艦『三笠』ハ、引キ揚ゲ委員長以下関係諸員ガ不屈不倒ノ精励ト刻苦トニヨリ、今日浮揚ノ報告ニ接スルヲ得タルハ、誠ニ国家ノ一大慶事ニシテ、明治三十七、八年戦史上最モ記念スベキ此ノ堅艦ヲ、再ビ東洋ノ海上ニ留ムルコトヲ得タルハ本大臣ノ熱誠以テ祝意ヲ表スルトコロナリ。ココニ重ネテ担任諸員ノ一同ノ労苦ヲ謝シ前途有終ノ成功ヲ祈ル

明治三十九年八月八日、海軍大臣斎藤実」

宮中から侍従武官、東宮武官が浮揚完了の十一日、佐世保にきて艦の内外を視察したほか、つぎのように各方面からの祝電が引き揚げ委員会に殺到した。その主なものを揚げておく。

（註、八日、着電順）

三笠浮揚ノ御成功ヲ祝ス　水路部長

三笠引キ揚ゲノ大成功ヲ祝ス　舞鶴工廠長

只今予期シタル一大快報ニ接シ特ニ満腔ノ熱誠ヲ以テ御成功ヲ祝ス、是偏ニ閣下以下各委員諸官ノ多大ナル御勤労ノ結果ナリト謹ンデココニ感謝ノ意ヲ表ス　三笠艦長　伊地知彦次郎

三笠ノ無事浮揚ヲ祝ス　呉港務部長

軍艦三笠浮揚ノ報ニ接シ、国家ノ為慶賀ノ至リニ堪ヘズ、ココニ委員長以下諸君ノ労ヲ

謝ス　艦政本部第一部長
三笠ノ成功ヲ祝ス　児玉利賢造兵総監（前佐世保工廠海兵部長）
三笠ノ無事浮揚ヲ祝ス　竹敷（対馬）要港部司令官
非常ナル御成功ヲ祝ス　呉海軍工廠長
三笠浮揚ノ御成功ヲ祝ス　第一戦隊司令官
三笠浮揚ノ報ニ接シ慶賀ニ堪ヘズ、謹ンデ祝辞ヲ呈シ貴官以下各位ノ御尽力ヲ感銘ス　呉鎮守府司令長官
三笠浮揚ノ報ニ接シココニ艦隊一同ヲ代表シ満腔ノ祝意ヲ表ス　第一艦隊司令長官（註、片岡七郎、このときは連合艦隊が解散され、第一艦隊が主力で、東郷は明治三十八年十月付で軍令部長になっていた）
三笠惨事以来殆ド一閲年、浮揚工事中多々困難ナルヲ聞キ一同衷心ノ同情ヲ以テ深ク憂慮ヲ禁ジ得ザリシニ、今ヤ万難ヲ排シテ成功ヲ遂ゲラレタルノ快報ニ接シ、欣舞ノ至リニ堪ヘズ、当事者ノ無限ノ辛苦ヲ感謝シ、併セテ満腔ノ敬意ヲ示シテ祝意ヲ表ス　横須賀鎮守付参謀長
三笠浮揚ノ吉報ニ接シ貴官並ビニ部下御一同ノ心労ニ対シ深キ同情ヲ表シ併セテ大ナル成功ヲ祝ス　横須賀工廠長
謹ンデ名誉アル三笠ノ浮揚ヲ祝シ、閣下始メ御部下各員連日ノ御苦心ヲ拝謝ス　大湊要港部司令官

三笠引キ揚ゲ成功ヲ祝ス　海軍兵学校長
三笠揚リシヲ祝ス　海軍大将鮫島員規（前佐鎮長官）
偉大ナル御成功ヲ祝ス　練習艦隊司令官（島村速雄）
（以下略）

浮上に成功した「三笠」は、八月二十二日午前九時、在海艦船や佐世保市民の見守るなかを曳航されて第三ドック（後の第六ドック）に入って、破孔の修理を行なうことになった。「三笠」は、爆沈後間もない九月二十五日、第三予備艦となり、定員はなく准士官以上は佐世保鎮守府付となり、下士官兵二百十六名及び入院患者は舞鶴海兵団に転籍、残りの下士官兵百五十七名は佐世保海兵団増加員として、もっぱら「三笠」引き揚げ作業に従事していた。

（註、「三笠」の伊地知艦長も佐世保鎮守府付となり、明治三十八年十二月待命、三十九年四月教育本部第一部長、同十二月少将に進級、四十一年八月練習艦隊司令官、四十三年十二月一日中将に進級、馬公港部司令官を経て将官会議議員として在職中、四十五年一月四日、死去した。栄光の「三笠」艦長の晩年としては、淋しいものであった）

「三笠」がドックに入った八月二十二日の午後六時、市内の教法寺において、海軍造船大監小山吉郎が施主となり、引き揚げ工事中死亡した造船工一名、潜水工二名の追弔会が催された。「三笠」引き揚げの陰にひそむ、わびしくも貴い犠牲であった。

八月三十日に、「吾妻」艦長井出麟六大佐が「三笠」艦長に補せられた。しかし、「三笠」はドック内で修理を続けていた。

十一月二十二日、旅順鎮守府付松村直臣大佐が「三笠」艦長となった。

明治四十年九月三日に、ようやく修理成った「三笠」はドックを出た。

同月二十八日、「三笠」は第二予備艦に指定され、特別定員をおかれることとなった。

十月二十三日、皇太子殿下（大正天皇）佐世保軍港巡視のとき、「三笠」に行啓になり、随員の東郷軍令部長が、日露戦争当時から爆沈までの様子を説明した。

東郷は、三十八年九月に「三笠」を去ってから久方ぶりに元気な「三笠」の艦容に接して、感慨深い面持ちで、東宮殿下に過ぎし日の戦いと「三笠」の活躍について説明した。しかし、この〝沈黙の提督〟は多くを語ることなく、東宮と並んで思い出多い「三笠」の艦橋に立って、しばし、前方の三十センチ主砲とその向こうの佐世保工廠と佐世保の街、そして九州の秋の空を凝視していた。

――「三笠」よ、よく戦ってくれた。そしてよく浮上してくれた……。

大提督は心の中でそうかつての愛艦に告げた。しかし、彼はもうこの功績のある戦艦の時代が、過ぎつつあることを知っていた。

世界は、またしても新しい海軍建艦競争の時代に入りつつあった。

日露戦争中の三十七年五月十五日、六隻の戦艦のうち、「初瀬」「八島」をロシアの機雷のために失った事件は、〝虎大臣〟山本権兵衛を驚愕せしめた。山本はさっそく、「筑波」「生駒」の一等巡洋艦（戦艦相当の攻撃力をもつ）を起工、急遽、竣工を急がせることとした。

このうち、「筑波」は三十八年一月起工したが、当然、日本海海戦に間にあうはずもなく、同年十二月二十六日、進水、四十年一月十四日、呉のドックで竣工した。それでも一万三千七百五十トンの艦が二ヵ年で竣工というレコードを作ったが、世界の情勢はもっと慌ただしく、「筑波」竣工の一年後には、イギリスの名提督フィッシャーの発案になるドレッドノートが完成する。

この完成で世界の戦艦は、いわゆるド（弩）級戦艦から超弩級戦艦の時代に入っていくのであるが、「筑波」は日本の造船界としては初めての〝国産戦艦第一号〟であり、新しい型の艦であるので、少し説明しておこう。

「筑波」は三十センチ砲四門を積み、二十・五ノットの速力をもち、一等巡洋艦ではあるが、日本初の〝巡洋戦艦〟と呼ばれた艦である。

これを速成せしめようという山本の要求を容《い》れたのは、日本造船界の偉材といわれた、当時艦政本部第三部員の近藤基樹造船大監（大佐相当、後、造船総監＝中将相当）である。近藤は幕末に攻玉社塾を創立した明治教育界の草分け近藤真琴の長男に生まれ、東郷とともに英国留学をした佐双左仲らにつぐ、明治造船界のリーダーであった。

それまで、日本が自力で造ったのは、「対馬」の三千三百トン級で、これを一挙に一万三千トンに飛躍させようというのであるから、無謀に近い計画といわれても仕方がない。しかし、近藤の大才はよくこの苛酷な要求を容れて設計を行ない、「筑波」を完成せしめた。

「筑波」は日本で初めてラム（衝角）を撤去させ、また、ドック内で造られた戦艦でもある。

しかし、「筑波」は造船の途中から悲運の艦であった。

「筑波」は三十八年十二月二十日進水の予定で、この画期的な巨艦の進水に明治天皇の呉行幸を仰いだ。しかし、進水前の作業として両舷の支柱をはずしている間に、右舷の水中卸《おろ》し台が浮き上がるという事故が発生して、進水中止の止むなきに至り、担当者は大いに恐懼《きょうく》したのであった。（註、実際の進水式は六日後に延期された）

しかし、大英海軍は、「筑波」の完成後わずか一ヵ年で新型戦艦ドレッドノート号を完成し、ナンバーワンの面子を守った。

巡洋戦艦と呼ばれた「筑波」は、主砲は三十センチ砲四門、十五センチ副砲十二門で、「三笠」と主砲は同じで副砲が二門少なく、これが日露戦争当時の一等戦艦のほぼ標準に近かったが、速力が二十・五ノットと「三笠」より二・五ノット速く、巡洋艦並みを誇った。

しかし、世界の造船界に革命を起こしたド号は三十センチ砲がなんと十門（副砲はなし）で、二十二ノットの高速で走る。正しく戦艦対戦艦の決戦を予測した艦隊主力艦で、当時、勃興しつつあったティルピッツのドイツ海軍に、一挙に水をあけたもので、英独の一大建艦競争の幕開けをつくったイベントでもあった。

このため、せっかく苦心して速成した「筑波」は勿論、すでに建造中であった同型艦「生駒」、またこれらの改良型である「伊吹」「鞍馬」も時代遅れとなってしまったのである。

「筑波」の悲運はこれに止まらず、大正六年一月十四日、横須賀軍港で火薬庫の爆発で沈没し、同年九月には、海軍から除籍されてしまう。

「筑波」爆沈の原因はなかなかつかめず、結局、査問委員会は、水雷科の一水兵が、自殺の目的で放火したものとして報告書を海軍大臣に提出するが、容疑者の死体は発見されず、火薬庫の中で飛散したものと認められた。

「筑波」や「伊吹」クラスが旧式となったため、日本海軍はド号に並ぶ強力な新型戦艦の建造を迫られ、明治四十五年、「摂津」に続いて「河内」を起工した。主砲はド号をしのぐ三十センチ砲十二門、副砲も十五センチ砲十門を備え、速力二十・五ノットと、ド号に劣らぬ一等戦艦となり、かろうじて日露戦争の勝利国の面目を保つことになった。

しかし、世界の海軍は間もなく三十六センチ主砲、そして四十センチの主砲の時代を招来し、日本海軍も八八艦隊（戦艦八、巡洋戦艦八）をもってアメリカに拮抗《きっこう》することとなり、「摂津」クラスも旧式となっていく。二隻のうち、「河内」は大正七年七月十二日、徳山湾在泊中、火薬庫が爆発して沈没している。

このような慌ただしい時代の流れの中で、「三笠」はしばしの間、大海戦の勝利を得た旗艦の余栄を味わうことになる。

明治四十年九月、佐世保のドックを出た「三笠」は、十一月二十二日、第一予備艦となり、全定員がおかれ、艦隊編入を待つことになった。

四十一年四月二十日、ようやく第一艦隊に編入、同二十二日、第一艦隊旗艦として有馬新一海軍中将の将旗を揚げることになった。有馬は海兵二期で山本権兵衛と同期、同じく甲突川で水を浴びた仲間である。

こうして「三笠」は再び艦隊旗艦に返り咲いた（連合艦隊が昭和八年十一月再編されるまでは、第一艦隊が主力であった）。五月十七日、一旦、旗艦の座を「磐手」に譲るが、同二十九日、再び伊集院五郎中将が長官となると、旗艦になる。

八月二十八日、松村艦長は佐世保海軍港務部長に転出、砲術学校長奥宮衛大佐が「三笠」艦長となる。

九月二十五日、皇太子殿下が青森から大湊に移るとき、「三笠」はお召艦となる。

十一月十八日、神戸沖の大演習観艦式に参列して、勝利の艦として注目を集めるが、「三笠」の栄光もほぼこれまでで、それからの艦歴はわびしく先細りとなっていく。

十二月十日、第一艦隊より除かれ、第一予備艦となる。

四十二年十二月一日、第一艦隊に編入さる。奥宮艦長は待命となり、台湾総督府海軍参謀土山哲三大佐が「三笠」艦長となる。

四十三年二月十日、打狗発、清国南部に回航。三月五日、佐世保帰着。

十二月一日、第一艦隊より除かれ、第二予備艦となる。

四十四年四月一日、土山大佐は「吾妻」艦長を兼任する。九月二十一日、土山大佐は横須賀海軍工廠艤装委員兼「相模」艦長に補せらる。

十二月一日、「富士」艦長大沢喜七郎大佐が「三笠」艦長となる。同日、「三笠」は第一艦隊に編入される。

四十五年一月二十四日、仁川発、北清回航（警備）。

一月三十日、第一艦隊司令官藤本秀四郎海軍少将の旗艦となる。（註、当時、第一艦隊司令長官は出羽重遠中将で、別に藤本少将が第一艦隊司令官であった）

二月八日、佐世保帰着。

四十五年七月三十日、明治天皇崩御。

大正元年八月十一日、第一艦隊司令官旗艦を止む。

そして、この年十月三日、「三笠」は神戸沖で第二の災厄、火薬庫の火災に遭遇するのである。

大正元年十月三日、午後六時四十二分、「三笠」副長三輪修三中佐は、「三笠」（神戸沖在泊）の前部火薬庫が爆発した旨の報告を受け、直ちに場所の確認と御真影、秘密図書の運搬の処置をとった。

当時、大沢艦長は陸上にあったので、三輪副長は陸上の艦長に連絡をとるとともに各艦に、「吾レ火災」の信号を送った。

すでにあたりは暗く、近くにあった「敷島」「香取」「河内」「鹿島」の諸艦は「三笠」を探照灯で照射し、防火作業を支援した。

六時五十分頃、火災は前部三十センチ砲火薬庫付近らしい、という報告を得て、副長は同火薬庫及び前部各弾薬庫に注水を命じた。

このため、七時には「火災鎮火」の報告を受けたが、艦内に煙が充満しているので、副長は機関科に送風を命じた。

この直後、現場の調査に赴こうとした三輪副長は、二人の男を発見して足をとめた。防煙具で顔を蔽《おお》った一人の水兵が、一人の死体をかついで、上甲板に上がってくるのである。

三輪がそのTという水兵を訊問すると、Tは「自分が防煙具をかぶって火薬庫をのぞいたところ、この水兵が倒れていたので、上甲板に運ぶところだ」という。そのとき、火薬庫の扉は開いていたという。

副長の調査で、その死体は平野（仮名）三等水兵であることが判明した。

副長は午後八時四十分頃から、火薬庫の排水を始めさせたが、その結果、火薬庫の錠が破壊され、給与室から火薬格納庫に通じる扉もこじあけられ、装薬嚢六個が失われていることが判明した。扉のそばに斧が落ちていたので、犯人は斧で鍵を壊したものと想定された。

平野三等水兵が斧で錠を壊して火薬庫に押し入り、火薬に火をつけて爆発せしめたことは、明らかであり、副長は事態の異常さに戦慄を覚えた。

当然、副長は平野の身元を調べた。

彼の家は農家で、平野は幼いときから海軍にあこがれて入隊したものである。

しかし、暗い性格で、被害妄想的な傾向もあった。海兵団や軍艦内の軍紀の厳しさや、古参兵による私的制裁が、彼に圧迫を感じさせたのかも知れない。事件の二週間ほど前、彼は照準器の部品をなくしたこともあり、それがすぐに見つかったのにもかかわらず、彼は、「監獄に入れられる」と恐怖の表情を示し、異常なほどそれにこだわった。

事件当日、彼は古参兵の石鹸を無断で使用して、きびしく叱られた。彼はショックを受けて、昼食もとらず、憂鬱そうな表情で、眼を宙にすえていた。

午後二時過ぎ、平野は灯室に入って守灯番にロウソクとマッチを要求した。

午後三時頃、後部右舷揚弾筒付近で平野を見かけた者がおり、その後も、後部火薬庫の近くをうろついていたところを目撃した者もいる。結局、後部を狙ったが、警戒厳重とみて前部にかえたものらしい。

「三笠」の報告によって海軍当局も、この火災の原因は、平野三水の精神異常によるものと断定した。

この火災で火傷の重傷を負った者が四名、軽傷者が四名出た。

そして、前述のとおり、この火災に関連し、松本中尉が八年前の「三笠」爆沈の下手人に関する某看護兵からの聞き書きを大沢艦長に提出するに及んで、「三笠」爆沈の原因もほぼ推定されるに至り、艦長、副長はもちろん、中央の海軍大臣斎藤実、軍令部長伊集院五郎ら幹部も不吉な思いに捉われた。

斎藤は日本海海戦時、山本の下で海軍次官であり、伊集院は伊東祐亨の下で軍令部次長であった。また、事件当時呉鎮長官で、間もなく第一艦隊長官となる加藤友三郎は、海戦当時、参謀長として東郷とともに「三笠」艦橋にあり、多くの被弾にもかかわらず、「三笠」の強運を体験した一人である。

この事件は、すでに軍令部長の職を退いて、軍事参議官となっていた東郷の耳にも入った。強運、栄光の艦にまつわる黒い影……。幸いに自分が長官の間、戦時中の緊張もあって、「三笠」にはそのような不祥事件は起こらなかった。しかし、栄光と悲惨が背中合わせであることを、この大提督はよく知っていた。

――戦勝に酔っている間に災害が忍びよってくる。日本海海戦のわずか四ヵ月後の「三笠」爆沈がそれじゃ。つぎの敵はアメリカじゃといわれるが、褌を引きしめていかにゃあいかん……。

東郷はそう自粛自戒の想いを側近にも洩らし、それは同じく軍事参議官となっていた山本権兵衛も同じであった。

火災事故の後、大正元年十二月一日、「三笠」は第一艦隊から除かれ、第一予備艦となり、舞鶴予備艦隊司令官黒井悌次郎少将の旗艦となった。

大正二年一月十日、大沢「三笠」艦長は呉鎮参謀長に転出、「日進」艦長広瀬順太郎大佐が「三笠」艦長となった。

四月一日、黒井少将は舞鎮艦隊司令官となり、「三笠」はその旗艦となった。

十二月一日、山口九十郎少将が舞鎮艦隊の司令官となり、「三笠」はその旗艦となる。

三年五月二十七日、広瀬艦長は待命となり海軍造兵廠電気部長森越太郎大佐が「三笠」艦長となる。

八月四日、山口司令官退艦。

八月十八日、「三笠」は整備艦となり、舞鶴鎮守府長官坂本一中将の指揮下に入り、宮津湾口黒崎付近の警戒にあたることとなる。

そして、大正三年八月二十三日、日本はドイツに対し宣戦布告し、第一次大戦に参戦した。

こうして、爆沈、火薬庫火災という大厄の後、「三笠」が旗艦と予備艦の間を往復する姿を描いてきたが、日露戦争以後の世界の情勢と、これに対応して加藤友三郎海相のもとで、八八艦隊整備に苦心する日本海軍の動きを眺めてみたい。

日露戦争後も、東亜の政局は決しておだやかに落ち着いたものとはならなかった。問題は老大国清国であり、火薬庫はつねに朝鮮半島であった。

満州から朝鮮に手を伸ばしてきた帝政ロシアの野望を挫《くじ》いた日本帝国のつぎの着手は、当然、満州の経営と朝鮮の処理であった。

日清戦争後の三国干渉で、せっかく手に入れた遼東半島を涙を呑んで手放した日本は、陸軍の奮戦、東郷艦隊の偉功によって、宿敵ロシアを倒し、あらためて、大連、旅順を含む関東州を清国から租借し、ロシアが造った長春〜旅順間の鉄道（南満州鉄道＝満鉄）を、ロシアから譲り受けた。同時に、この鉄道十五キロについて十名の駐兵権と、鉄道の両側の数キロの地域の行政権をも獲得した。

また、韓国に対しては、明治三十八年の第二次日韓協約（韓国保護条約）によって、日本は韓国に総監をおいて外交関係の事項を管理することになり、初代韓国総監には、伊藤博文が任命された。

伊藤は四十二年十月二十六日、ハルビン駅頭で安重根に暗殺されたが、日本政府はなおも朝鮮半島支配の手をゆるめず、四十三年三月二十二日の韓国併合に関する条約の調印によって、韓国を併合し、朝鮮総督をおいてこれを統治せしむることとした。初代朝鮮総督は長州閥の陸軍大将寺内正毅である。

こうして、日本は明治十年代以降、念願であった朝鮮支配と清国制圧、大陸進出を遂げた。しかし、ここで日本は東亜の実力者――イギリスのいう（ロシアに対する）東洋の番犬から、東アジアを代表して、欧米の植民地政策（アジアに対する侵略）と正面から対決することとなった。

欧米列強は威海衛、マカオ、広州湾、青島などを租借し、上海、天津などに租界を設けて、中国に喰いこんでいた。

明治四十四年十月、清国に辛亥革命が勃発して、清朝の支配は終わり、翌四十五年一月一日、孫文を臨時大統領とする中華民国が成立しても、国内には多くの軍閥が割拠し、内戦が絶えず、列強は租借地、租界の利権を守るため、兵力を中国に送りこみ、日本もこれにならい、やがて、〝アジア人のアジア〟を唱える大アジア主義や、欧米を駆逐せよというファシズムも高まっていく。

一方、元老山県有朋らはロシアの復讐をいたく恐れ、欧米との勢力の均衡を保つため、日本は大艦隊建設の必要に迫られた。

アジアにあって、朝鮮、満州の権益を維持するためには、アジアに多くの植民地を有し、なおも経済的、軍事的に中国進出を狙うイギリスや、機会均等、門戸開放を叫んで大陸の利権に割り込もうとするアメリカの勢力と拮抗しなければならない。そのためには、英米を相手にする海軍が要るのである。

大正に入ると日米未来戦などということが言われるようになった。バルチック艦隊を撃滅したら、つぎはアメリカの太平洋艦隊が相手だという訳である。

そこで、日露戦争を戦った六六艦隊に続く、八八艦隊の建設が必要視されるに至った。六六艦隊の推進者山本権兵衛は、三十九年一月、海相のバトンを次官の斎藤実に譲り、斎藤は八八艦隊の具体化に力を入れるが、大正三年一月のシーメンス事件で、総理の山本とともに内閣の座を降り、バトンは日本海海戦当時の連合艦隊参謀長加藤友三郎にわたる。

そして、三年七月、第一次世界大戦が勃発、八月、日本も参戦、陸軍は青島を攻略、海軍は地中海に艦隊を送り、南洋のドイツ領を占領し、ドイツの巡洋艦エムデン（通商破壊で活躍した）をインド洋に追跡したりする。

日本はこの大戦で経済的には漁夫の利を得、領土的にも青島、南洋の支配権を得たに止まるが、大正五年五月三十一日、ユトランド半島（デンマーク北方）沖で生起した英独の大海戦は、日本海軍に多くの教訓を与えることになった。

開戦時、イギリス海軍はド級（超ド級を含む）戦艦二十隻、巡洋戦艦九隻を持っていたが、その後、各十五隻と三隻を加えた。これに対してドイツは戦艦十四、巡洋戦艦四で、開戦後、各五、三を加えた。

この総計は英、戦艦三十五、巡洋戦艦十二、計四十七隻で、独、各十八、八、計二十六隻で、その比率は独が英の五十五・三パーセントにすぎない。

このうち、ユトランド半島沖では、両軍合わせて二十数隻の戦艦群（独は英の六割）が遭遇し、ドイツ艦隊は劈《へき》頭、大遠距離射撃によって、英戦艦を轟沈せしめ、六隻の戦艦を屠《ほふ》り、自軍は二隻の犠牲に止まったが、結局、英海軍の北海封鎖を突破するには到らなかった。

この未曾有の大海戦（後にこれをしのぐ大艦隊が海戦を行なうのは、昭和十九年十月二十五日のレイテ沖海戦であるといわれる）は多くの戦訓を残したが、勿論、その最大のものは、強大なド級、超ド級戦艦隊を保有する国が制海権を握り、結局、戦争に勝利をもたらすということであった。

また緒戦で英戦艦がドイツ戦艦の射撃で沈んだのは、大遠距離のために、砲弾が舷側に当たるのではなく、上甲板に垂直に近い鈍角で落下し、火薬庫を直撃したため、轟沈したことがわかり、列強の海軍省は、上甲板及び下甲板と火薬庫、機関室の間の装甲を強化する必要に迫られた。

この第一次大戦では飛行機は登場したが、陸戦勢力と初歩的な空中戦を行なっただけで、飛行機で戦艦を沈める可能性については、無論、示唆するところがなかった。（註、戦艦と飛行機が戦って、飛行機の魚雷が有効であることが証明されたのは、昭和十五年のドイツ戦艦

ビスマルクに対するイギリスの雷撃機の戦いが初めてである）

この大海戦のため、日本は八八艦隊の完成をますます促進させる必要に迫られた。加藤海相の努力によって大正九年七月の第四十三回特別帝国議会において、七億六千万円の建艦予算が通過し、大正十六年度までには、八八艦隊が通過することになった。

六六艦隊の旗艦の栄光の思い出は、全て夢となり、大正十年十二月から始まったワシントン軍縮会議の結果、「三笠」は十一年三月十八日、廃棄処分される艦の中に入れられ、横須賀において解体されることになるのである。

「三笠」保存の話に移る前に、今しばらく「三笠」の晩年の海上での働きを追ってみよう。

大正三年八月二十三日、日本がドイツに宣戦布告をすると、日本陸海軍は対独戦に参加することになったが、しばらくの間、「三笠」には出動の機会はなかった。

同年十月一日、「三笠」は役務を解かれ、第一予備艦となり、同日、舞鶴鎮守府艦隊司令官山田猶之助少将の旗艦となった。

十一月一日、整備艦に指定され、北海道室蘭に派遣される。舞鎮艦隊司令官旗艦を「鹿島」に変更。

十一月三日以降、二十日まで、舞鶴、大湊、室蘭、舞鶴と移動する。

十二月一日、第二艦隊に編入、「三笠」艦長佐藤越太郎大佐は海軍少将に任ぜられ、水雷学校長となる。「吾妻」艦長久保来復大佐、「三笠」艦長に補せらる。

四年三月二十日、「三笠」、第二艦隊司令長官名和又八郎中将（後、横須賀鎮守府長官、大将）の旗艦となる。

四月八日、第二艦隊旗艦を「鹿島」に変更。

五月七日、佐世保発、馬鞍群島警備に赴き、五月十二日、佐世保帰着。

十二月四日、御大礼（大正天皇即位）特別観艦式に参列。

五年十一月、「三笠」第一予備艦となる。

十二月一日、第三艦隊に編入さる。久保艦長は横須賀海軍港務部長に補せらる。同日、佐世保海軍工廠検査官加藤雄次郎大佐、「三笠」艦長に補せらる。同日、「三笠」、第三艦隊司令長官村上格一中将（後、海軍大臣、大将）の旗艦となる。

六年一月十四日、第三艦隊旗艦を「敷島」に変更。

四月十一日、佐世保発、支那沿岸警備。

四月十五日、馬公着。

七月八日、第三艦隊より除かれ第二予備艦となる。

十二月一日、加藤大佐は「山城」艦長となる。「伊吹」艦長大内田盛繁大佐、「三笠」艦長となる。

七年四月一日、第一予備艦となる。

五月十日、第三艦隊に編入さる。

七月五日、大内田大佐、「薩摩」艦長兼「筑摩」艦長となる。海軍軍令部出仕兼海軍技術本部技術会議議員山本英輔大佐（山本権兵衛の甥、後、連合艦隊司令長官、大将）「三笠」

艦長に補せらる。

九月二十日、第三艦隊司令長官有馬良橘中将より、「ウラジオストク港に至り、第五戦隊司令官（加藤寛治少将）の指揮下に入るべし」という命令を受ける。

これは、寺内正毅のシベリア出兵支援のための作戦行動であった。第一次大戦もようやくドイツ軍の旗色が悪くなったが、ロシアでは革命が起きて、同国内にいたチェコスロバキア軍が東へ移動を始めたので、この救援のためという名目で、日本はシベリアに兵を送ることになった。あわよくば、このどさくさで樺太の北半分か沿海州の一部でももらおうという野心が寺内内閣の一部や軍部にはあった。

そのため、「三笠」は十月二日、臨時海軍派遣隊司令官中村正吾大佐以下派遣隊員百十七名を乗せ、舞鶴を出港、十月五日、ウラジオストクに着いて、中村大佐以下の隊員を揚陸した。

第三艦隊司令長官は、第五戦隊司令官川原袈裟太郎少将の旗艦を「三笠」に指定した。

第五戦隊司令官は、この年九月まで加藤寛治少将（後、軍令部長、大将）であった。

このとき、米内光政中佐は軍令部参謀兼ウラジオストク派遣軍司令部付となって、ウラジオストクに駐在した。海軍方面の指揮官は加藤（寛）少将であったが、加藤は大艦巨砲主義の軍備拡張派で、彼は昭和五年のロンドン会議のときの軍令部長で、全権の財部海相と若槻前総理が決めた十・十・七の比率に不満で、天皇に上奏し、浜口総理らのやり方を〝統帥権干犯〟と批判して、浜口狙撃の原因を作ったといわれる強気の提督で、ウラジオストクでも陸軍と意見が合わず、米内は、その仲介に苦労したという。

十月八日、第五戦隊旗艦を「肥前」に変更。

八年三月二十六日、オリガ地方に旅行した消息不明の陸軍将校捜索のため、オリガ湾に向かい、四月二日、ウラジオストク帰着。

四月十三日、教練射撃施行のため、ウスリー湾に向かい、十五日、ウラジオストク帰着。

六月四日、山本艦長は海軍軍令部参謀となり、横鎮付新納司大佐が「三笠」艦長となる。

六月十日、新納大佐は待命となり、「敷島」艦長石川秀三郎大佐が「三笠」艦長に補せられる。

七月九日、午前六時、在ウラジオストクの「三笠」は、陸兵一個大隊を乗せ、陸軍運送船多摩丸及び寧静丸を護衛してアメリカ湾（ウラジオストク南方）に向かう。午前十一時半、入港、抵抗もなく、午後四時までに歩兵三個大隊、騎兵一個小隊、工兵一個小隊、約二千人を揚陸、翌十日、ウラジオストクに帰着。

八月二十一日、第十二駆逐隊とともに警戒のために沿海州沿岸に出動。

八月二十九日、ウラジオストク帰着。

九月十五日、舞鶴帰着。

十月二十日、石川艦長は「安芸」艦長となる。「津軽」艦長迎邦一大佐が「三笠」艦長に補せられる。

十二月一日、第三艦隊より除かれ、第二予備艦となる。

九年一月三十日、警備艦となる。「見島」とともに東亜露領に派遣せしめらる。

二月七日、陸上飛行機（ソッピース・パップ八十馬力）二機、水上機（横廠式）一機搭載。

二月九日、舞鶴発、小樽に寄港。

二月十三日——二十五日、「三笠」は「見島」を率いて小樽を発し、アレクサンドロフスク（北樺太西岸、ニコライエフスクの対岸に近い）の実情調査と革命政府との折衝をとげ、本任務に一段落をつけて、二十五日、同沖合に引き揚げる。

二月二十八日、小樽帰着。

四月十三日、第三艦隊に編入。第五戦隊に加わる。

四月十九日——五月二十六日、北樺太再び不穏な情況となり、陸軍の尼港（ニコライエフスク、黒龍江の河口に位置する）派遣隊を北上せしめるにあたり、十九日、小樽を出発、派遣隊の運送船二隻を護衛して、二十三日、アレクサンドロフスク着。同港滞在期間約二十日、その間、飛行隊は任務飛行二回、練習飛行二回を行なう。

五月十二日、尼港派遣隊の先発隊を集めてア港を出港。十三日、デカストリー湾に入る。同地において偵察飛行を行なうこと二回、二十一日、第三艦隊が入港するや、飛行隊は「敷島」に転乗す。二十六日、デカストリー湾発。

〈註、ロシアのパルチザン〈過激派の非正規軍〉は、この年三月十三日、尼港の日本軍を武装解除、日本軍の来援を恐れて五月二十五日には、日本の軍人と居留民百二十二名を殺害した。日本政府の抗議により、革命政府はパルチザンの責任者を処刑したが、日本政府はそれを理由

に反ソ感情をあおり、北樺太を占領、結局、賠償要求は取り下げた）

五月二十八日、小樽着。

六月三日、第三艦隊より除かれ、第一予備艦となる。

九月一日、第三艦隊に編入。

九月十七日、小樽発。露領沿岸に回航。

同二十四日、大泊帰着。

同二十九日、小樽発、ウラジオストクに回航。

十年一月十六日、小樽帰着。

同十七日、小樽発、露領沿岸へ回航。

同二十二日、小樽帰着。

同二十五日、小樽発、ウラジオストクへ回航。

同二十七日、ウラジオストク着。

四月四日、第五戦隊ウラジオストク支隊は、南部ウスリー沿岸及び、付近警戒のため、ウラジオストク発。

四月五日、清着。

同七日、清発、露領沿岸へ回航。

同八日、ウラジオストク着。

同十一日、ウラジオストク発、露領沿海州沿岸回航。聖ウラジミル湾、チュチへ河口、アダミ河口、ネルマ河口、コッピー河口、インペラートルスカヤ湾、アレクサンドロフスク湾、真岡港を経て、二十一日小樽着、二十四日発、聖オルガ湾、アメリカ湾訪問。

四月二十七日、ウラジオストク帰着。

五月三日、舞鶴帰着。

同十八日、舞鶴発、ウラジオストクへ回航。

六月十七日、ウラジオストク発。

同十八日、元山着。

七月三日、舞鶴発、ウラジオストクへ回航。

同十四日、雄基着。

同十七日、第五戦隊ウラジオストク支隊、警戒、訓練のため、ウラジオストク出港。聖オルガ湾、アレクサンドロフスク港、尼港、インペラートルスカヤ湾などを経て、二十七日、小樽着。

八月一日、ウラジオストク着。

九月一日、艦艇類別等級別表中の「三笠」を戦艦の項から削り、海防艦一等の項に入れる。

（註、これで〝栄光の戦艦〟という「三笠」の呼び方も終わったわけである）

同十五日、テルネ湾発、ウラジオストクに向かう。

同十六日、午前六時三十七分、北緯四十二度四十八分七秒、東経百三十二度二十二秒、アスコルド水道ウンコブスカゴ列島南東岸の、多数の暗礁があるところに艦首前方が座礁する。

同二十六日、低気圧の影響により、風力二ないし五、海上荒れ、波濤強くなり、艦の縦揺れにつれて、前部繫止索切断される。「富士」「春日」、淀橋丸の援助によって離礁準備に着手し、午後三時二十七分、自力離礁、「富士」「春日」に護衛されて午後九時四十分、ウラジオストク帰着。（註、「三笠」は明治三十八年の爆沈、大正元年の火薬庫火災につぐ、三度の災厄である）

十月一日、ウラジオストクのロシア海軍工廠に入渠。

同二十二日、出渠。

同二十四日、川原袈裟太郎中将が、「三笠」座礁査問委員長を命じられる。（註、川原中将は元第五戦隊司令官、当時、第二戦隊司令官）

十一月一日、ウラジオストク発。

十一月三日、舞鶴帰着。

同十日、第三艦隊より除かれ、第三予備艦となる。

同二十日、舞鶴発。

同二十五日、横須賀着。

十一月十二日、ワシントン軍縮会議開会。

十二月一日、「三笠」、本籍を横須賀鎮守府に改定される。

十一年三月十八日、海軍軍備制限に関するワシントン会議の結果、「三笠」は廃棄処分ということになり、横須賀において解体されることに内定。

五月三十日、迎艦長は横須賀鎮守府付となる。「利根」艦長八角三郎《やすみ》大佐、「三笠」艦長となる。

九月八日、八角大佐、軍令部参謀となる。「榛名」艦長小山武大佐、「三笠」艦長となる。

十一月十日、小山大佐、横鎮付となる。軍令部出仕田村不顕大佐、「三笠」艦長（兼「薩摩」艦長）となる。

十二年六月一日、田村大佐、「薩摩」艦長となる。丸尾剛大佐、「三笠」艦長となる。

八月十七日、丸尾「三笠」艦長は、軍艦「三笠」記念調査会委員長となる。

九月一日、関東大震災のため、「三笠」は横須賀港内岸壁繋留中、波浪の衝撃を受け、前部に浸水して漸次沈下の状態となる。

同二十日、「三笠」ついに帝国軍艦籍より除かれる。

アスコルド海峡通過中の座礁と「三笠」の廃棄について、尾崎主税大佐（海兵39期）は、『聖将東郷と霊艦三笠』の中でつぎのように記している。

明治四十四年春、「阿蘇」（旧ロシア軍艦バヤーン）、「宗谷」（ワリヤーグ）の両艦がオーストラリア方面の遠洋航海を終えて横須賀に帰港した。海兵第三十九期少尉候補生百三十余名は、四月一日各艦隊に配乗されたが、私は同期生十五名とともに、第一艦隊後任旗艦「三笠」に配乗され、大正元年十二月一日、海軍少尉に任官するまでの八ヵ月間をこの光栄ある戦艦に勤務したのである。

その頃は、「香取」「鹿島」「生駒」「伊吹」「安芸」「薩摩」など弩級前戦艦の全盛時代であり、また、わが国最初の弩級艦「摂津」「河内」も間もなく竣工したので、いかに往年の意気に燃ゆる老艦も、第一線勤務は、未だ弾雨の洗礼を受けないこれらの新艦に譲らねばならなかったが、しかし、「三笠」はその長官たりし東郷元帥の如く悠々として、目立たぬ苦労な任務にも唯々として従事した。

日露戦争中、東郷司令長官の旗章を掲げて、わが海軍第一の雄姿を示した「三笠」を知るの士は、老艦の鋲打ちゆるむとも知らず、尚孜々として軍務に東航西走するのを見て、一絶悲壮の感に打たれるのであった。

シベリア派遣艦隊司令官の旗艦としての任務も、またかかる任務の一つで、「三笠」は大正七年十月二日以来、この任務をもって極東露領沿岸に行動し、二年後の九月十六日、アスコルド海峡を通過中、図らずも暗岩に座礁した。真っ先に衝触した艦首部は艦底が大破し、風波起こらばとうてい破壊沈没をまぬがれざる状態であった。

高勲の艦ついに露領アスコルド礁上に砕けるか？　是おそらくは「三笠」の運命であろうと懸念されたが、幸いにも同艦は、当時の舞鶴要港部港務部長福島熊太郎大佐（海兵32期、後、横須賀港務部長、少将）の献身的な努力と卓越した技術とによって、奇しくもこの運命から救われた。

福島大佐は現場に来ると、艦の状態が危機に瀕しているが、長期を要する綿密な作業はしておられぬと判断し、最少限度の応急防水処置を施した後、最初にきた荒天（九月二十六日）を利用して、「三笠」を礁上から引きおろし、これを最近避難港たるウラジオストクに曳航したのである。

その途中、艦内の浸水は刻々と増加し、作業員は今にも艦が沈みはせぬかと大佐の顔ばかり眺めていた。福島大佐はもとより艦と運命を共にする覚悟であったが、皇天の恵みによるか、艦は無事に入港し、同地海軍ドックで修理のうえ、十一月一日出発、三日舞鶴に帰港し得たのである。海軍少将福島熊太郎の名は、「三笠」保存の一恩人として永久に記憶されるべきであろう。

「三笠」保存運動起こる！

大正十一年二月六日、日英米仏独五ヵ国代表が、ワシントンにおいて調印した軍縮条約は、戦艦「三笠」に廃棄の通告を与えた。

この会議には、日本海海戦に東郷長官の参謀長として奮戦した加藤友三郎大将が、徳川家達公及び幣原喜重郎とともに全権として参加し、また黄海海戦に「三笠」砲術長として参戦した加藤寛治中将が首席専門委員として全権を補佐したのであるが、強大な白色ブロックの鉄壁に会しては、帝国の要求も十分貫徹できず、ついに悲涙を呑んで六割の比率を受諾しなければならなかった。

この結果、わが「三笠」は、「肥前」「香取」「薩摩」「安芸」「摂津」「生駒」「伊吹」「鞍馬」「天城」「赤城」（空母として残すことになる）、「加賀」（同上）、「土佐」「高雄」「愛宕」及び未起工艦八隻とともに廃棄されることになった。

ここでワシントン条約における廃棄処分とは何を意味するかをつぎに記そう。（要約）

一、廃棄スル軍艦ハ之ヲ戦闘用ニ供シ得ザル状態ニオクコトトス
二、右結果ハ左ノ方式ノイズレカノ一ニヨリ確定的ニ之ヲ実現スルコトヲ要ス
㈠、軍艦ヲ永久ニ沈没セシムルコト
㈡、軍艦ヲ解体スルコト
㈢、軍艦ヲ標的用ニ変更スルコト（「摂津」はこれに該当する）
三、軍艦ハ左ノ物件ヲ撤去陸揚ゲシ又ハ艦内ニオイテ破壊シタル時ハ、爾後戦闘任務ニ堪エザルモノト認メラルベシ
㈠、一切ノ砲及ビ砲ノ主要部分、砲火指揮所並ビニ一切ノ露砲塔及ビ砲塔ノ旋回部
㈡、水圧又ハ電力ヲモッテ作動スル砲架ノ操作ニ必要ナル一切ノ機械
㈢、一切ノ砲火指揮要具及ビ距離測定儀
㈣、一切ノ弾薬、爆薬、機雷
㈤、一切ノ魚雷、実用頭部及ビ発射管
㈥、一切ノ無電装置
㈦、司令塔、舷側装甲、主要推進機
㈧、一切ノ飛行機発着用甲板及ビソノ他一切ノ航空用付属物件
以上の条件を勘案した結果、横須賀海軍工廠で日本海軍は「三笠」を解体することに決定

した。（註、空母に改装された戦艦「加賀」の同型艦「土佐」は、砲弾に対する防御力の実験台として決められた）

大正十二年九月二十日、帝国海軍の艦籍から除去された「三笠」は、十一月二日から翌十三年二月七日までの間に、第一期廃棄処分工事として、一切の兵装や東郷長官が想を練った長官公室をはじめ、各室の装飾及び調度品なども除去されるという処理に甘んじた。

軍縮のためとはいえ、日本海海戦で赫々たる武勲をたて、その後も十八年の間、たびたび艦隊旗艦を務め、シベリア出兵にも活躍した功績のある名艦が、主砲副砲をもぎとられ、鶏の羽をむしるように、裸にされていく姿を、旧「三笠」乗組員は、涙に曇る眼で見守っていた。

しかし、この日本海海戦の老雄の寿命は、まだ尽きてはいなかった。

すでに「三笠」の廃棄処分が発表された十一年三月から、海軍や国民の一部では、この誉れの名艦を保存したらどうか、という声が集まりつつあった。

世界の名艦の運命を見るに、イギリスでは、東郷平八郎（大正二年四月、元帥）が学んだポーツマス軍港に、ネルソン提督の旗艦ヴィクトリー号がありし日の姿そのままに保存してある。

アメリカでは、独立戦争で英海軍を圧倒したコンスティテューション号が、東海岸のチェサピーク湾に保存してある。

いかに軍縮とはいえ、栄光の艦「三笠」を解体してスクラップと化するのでは、海国日本の誇りいずこにありやである。

また、未だに健在である東郷元帥をはじめ、あの大勝利をもたらした「三笠」の旧乗組員の辛苦に対しても相すまぬ次第ではなかろうか。

このような考えが、国民の中にも盛り上がりつつあったとき、いち早く「『三笠』保存国民運動」の口火を切った人物が現われた。

「三笠」の廃棄処分が始まる少し前、大正十二年五月二十七日、第十八回目の日本海海戦記念日を迎えて、横須賀水交社では、盛大な祝賀会が催されていた。その会場をひそかに抜け出して、海軍工廠で解体を待っている「三笠」のそばに駆け寄った一人の将官がいた。

海軍砲術学校長樺山可也《べくなり》海軍少将がその人である。

樺山少将は、鹿児島出身海兵二十六期、後に大将、外務大臣となる野村吉三郎と同期である。海軍大学校を優等で卒業した後、軍令部第四課長、「生駒」艦長、「長門」艦長を歴任して横須賀の砲術学校長となったもので、戦艦の主砲射撃の権威であった。（註、この後、連合艦隊参謀長、呉鎮参謀長を務め、大正十四年十一月、待命となる）

解体の運命を待っている老艦を見つめているうちに、樺山の両眼は濡れてきた。

――この素晴らしい働きを示した名艦を、どうして鉄屑とすることが許されようか。身命を賭してもこの艦を救わねばならぬ……。

樺山はそう決意すると、五月の青い空を仰いだ。あの日、日本海の殷々たる砲声が彼の耳の奥に甦ってくるようであった。

六月二日、樺山は海軍軍令部長山下源太郎大将の家を訪問した。山下は米沢の出身で、米沢はこの時代、最も多く現役の海軍将官を輩出した町で、山下は、その筆頭であった。

山下は日本海海戦当時、軍令部第一班長（作戦課長）で、その北海道千島方面測量の経験から割り出して、五月、六月は津軽、宗谷海峡は非常に霧が深いから、バルチック艦隊はこちらへは来まい、という結論を出し、これを軍令部次長伊集院五郎中将を通じて山本権兵衛海相に進言し、東郷の対馬水道待機を決意させた戦術家でもある。

また山下は、日露戦争の後、海兵校長、軍令部次長、連合艦隊長官を歴任し、軍令畑の大立物で、樺山の最も尊敬する上官であった。

薩摩隼人の熱血漢である樺山は、卓を叩かんばかりの熱意をもって、山下軍令部長を説いた。

「うむ、わしもあの戦いでは、軍令部参謀の一人として、帷幄《いあく》に参加した一人だよ。『三笠』をスクラップにするは忍びん、という痛みは、君と変わらんのだよ」

半ば瞑目して樺山の熱弁を聞いていた山下は、両眼を開くと言った。

「うむ、それは広く、世論を喚起しなければならん。それには、日本の新聞も勿論だが、ジャパン・タイムズをとおして、海外の有力者に訴えるのもよい方法だろう」

山下はそう言うと、ジャパン・タイムズの主筆・芝染太郎宛の紹介状を書いてくれた。

「有難うございます。閣下、東郷元帥も言っておられます。至誠にして動かざるものはあらざるなりと……」

その紹介状を押し頂くと、樺山はさっそく、麻布の料亭大和田で芝染太郎と会って、熱心に「三笠」保存が日本国民の義務であることを説いた。

「わかりました、樺山さん。私も日本の文筆人のはしくれだ。必ず世論に訴えてみせます。その皮切りとして、まず、『三笠』の現状を見せて下さい」

固く樺山の手を握った芝はそううなずいた。

翌六月三日、樺山は芝を案内して、横須賀に行き、繋留してある「三笠」艦上に案内した。

明治三十五年竣工の「三笠」は、日露戦争のときは最新鋭艦であったが、それから二十一年の歳月は、この名艦の舷側にも錆を生じ、甲板にも凹凸ができるようになってきていた。一度の爆沈、火災、そして座礁は、この歴史のある艦に痛みを感じさせたのであろうか。

「ほう、ここが日本海海戦当日、東郷さんが立って全艦橋を指揮したところですか……」

芝は艦橋に上ると、まるで旧知の場所にきたように、羅針儀や測距儀をなで回した。

「こうやって元帥はバルチック艦隊をにらみつけておられたんですな」

芝は、東條鉦太郎の有名な「三笠」艦橋の絵にあるように一文字吉房の軍刀を左手に、カール・ツァイスの双眼鏡を右手に持った元帥の姿を再現する形で立ってみせた。

「左様、その様子ですな……」

うなずきながら、樺山は、ふっと淋しさにおそわれた。

——あの東郷平八郎が敵を睥睨《へいげい》した艦橋も、保存運動が成功しなければ、解体されて一片の鉄屑と化してしまうのだ……。

樺山の情熱に動かされた芝は、「三笠」を訪問して一層感動した。

彼はそれから三日ばかり、毎日「三笠」を訪問し、ついに艦内にこもっている戦死者の声とおぼしき声に接し、強い霊感を受けるようになった。その帰り、彼は横須賀駅の駅頭で、道行く人に呼びかけた。

「皆さん、『三笠』を残しましょう。あの日本海海戦の栄光の旗艦『三笠』は、今や軍縮条約によって解体の危機に迫られています。『三笠』を保存し、東郷元帥ほか艦隊将士の努力を永久に残すのが、我々日本国民の義務ではありませんか」

芝は熱をこめて語りかけたが、初めの間、反応は弱かった。今頃何を言っているのか、と素知らぬ顔で通りすぎる人もいた。十八年の歳月は、「三笠」の偉功を雲のかなたに封じこめてしまったのであろうか。

そのうち、一人の中年の兵曹がつかつかと芝に近寄ると、懐かしそうに話しかけた。

「あなたは、『三笠』に乗っていたのですか？」

「いや、私は、ジャパン・タイムズの芝というものです。『三笠』には乗っていませんでしたが、その働きぶりはよく知っています」

「そうですか、私は『三笠』ではありませんが、同じ戦隊の『敷島』に乗っていたものです。あの、五月二十七日、『三笠』は一番多くの弾を喰らって、しかもびくともしませんでした。保存運動には私たちも協力します。是非しっかりやって下さい」

二人がそう語り合っていると、今度は若い士官や水兵が語りかけてきた。

そして、白髪の老人が近寄ってきた。

「私の息子は、『三笠』に乗っていて、黄海の海戦で戦死した近藤という一等水兵です。今日は海軍墓地へ墓参に行った帰りですが、あなたのような奇特な方にお目にかかれたのも、息子の引き合わせでしょう。是非、頑張ってやって下さい。国民も立ち上がると思います」

そう言って、老人は芝の手を握って激励した。

これに力を得て、芝は六月十三日のジャパン・タイムズに長文の記事を載せて、「三笠」保存運動の口火を切った。

ジャパン・タイムズは明治三十年（一八九七）、創刊された英語の日刊紙で、創刊には伊藤博文の秘書頭本元貞《ずもともとさだ》が協力した。イギリスのロンドン・タイムズを模して、一、国際問題に対する日本人の見解を海外に伝え、二、在日外国人と日本人との相互理解の機関となる、ことを目的とした。

日露戦争後のポーツマス会議では、日本の主張をアメリカ、ロシアなどに説き、大正十三年、アメリカの排日移民法制定にあたっては、「アメリカに訴う」の特集をするなど、つねに日本の主張を代弁してきた。日本唯一の英字日刊紙であるが、山下軍令部長が、樺山を芝に紹介したのは、まず、英文でアメリカなどに訴えれば、当然、日本の新聞も立ち上がるだろう、と予想したからであった。

芝が苦心の末に書きあげた、『栄光の『三笠』保存を訴う』の第一声は、日本人に向けて語りかける形をとって、外国に訴えるというものであった。その日本語の原文は、つぎのとおりである。

日本国民、この艦を忘れるべきや、「三笠」を救え！

おお健忘なる国民よ！　かつて日本国民がこの勇ましい艦に対して抱いていた敬意は、一体、どこへ行ったのか？

「三笠」が日本海海戦に大捷したとき、国民は挙げて欣喜雀躍した。しかるに今やその艦は、老朽用に堪えざるが故に、また今日幸いに平和であるが故に、忘れられている。かつての英雄を忘れ易き国民は、古き勇者を崇敬する精神を失ったことにより、自信また測り知られぬ忘却の深淵に沈み果つべき運命から、果たして救われるであろうか？

わが国民の間から、なぜ「『三笠』を救え」の声が出ないのであろうか？　この甲板上で功名を立てた諸提督、諸艦長及び乗員は、彼らの下に国家の興廃を賭して戦い勇戦奮闘した艦を、思い出さぬのであるか？　また山河を失して奴隷となるべき身を救った日本海海戦の大捷を祝賀した国民のこの健忘は何としたことであるか！

遠き英本国より「ヴィクトリーを忘れるな」の声が仄かに聞こえてくるこのとき、願わくは国民よ「三笠」を回想せよ。

芝はこれを手始めに、連日、ジャパン・タイムズ紙上に論陣を張った。

まず、日本全国の大小の新聞が、芝の記事を日本語に翻訳して転載し、これに賛成する記事を載せた。

ついで、芝はアメリカ、イギリスをはじめ、諸外国の有識者に訴える文を載せた。反響は日増しに高まり、「『三笠』を保存せよ」「『三笠』を記念艦として保存すべし」という声が国内に拡がり、外国の新聞もこれを取り上げるようになった。

しかし、時は容赦なく過ぎていく。

芝が、ジャパン・タイムズで奮闘している間に、この年（大正十二年）九月一日の関東大震災で、「三笠」は前部に浸水して、吃水が深くなり沈下の状態となった。さらに、九月二十日には、日本の軍艦籍から除かれ、十一月二日からは第一期廃棄工事が行なわれ、翌十三年二月七日までには、あの日本海に咆哮した三十センチ主砲をはじめ、すべての兵装が除去されたのであった。

しかし、これで、「三笠」保存を叫ぶ有志の気持は一層盛り上がった。

頃合よしとみてとった芝染太郎は、大正十三年三月十八日、アメリカで教育を受けた人々で組織する日米倶楽部の代表者二十人とともに、帝国ホテル内の米大使館事務所に、米大使サイラス・E・ウッズを訪問して、つぎのように訴えた。

「大使閣下、私は日本の米よりもむしろアメリカのパンを多く食べた人間であります。今日、私は閣下を日本人に最も人望のある三人の中に加えるべくやってきました。日本人は、幕末の開国にあたって努力したマシュー・カルブレース・ペリーとタウンゼンド・ハリスを恩人として徳としております。しかし、二人という数字よりは、三恩人とした方が形がよろしい。

そこで私は閣下をこの三人目の人にしたいと思って、訪問したのです」

かねて、この事に注目していたウッズ大使は大きくうなずいて、

「ご趣旨はよくわかりました。ところで私は何をしたらよいのですか？」

と訊ねた。

ここぞとばかり芝は力説した。

「日本国民は、今や誉れの艦『三笠』の廃棄にあたって、これを傍観するに忍びず、イギリスのヴィクトリーや貴国のコンスティテューションのように記念艦としてこれを保存したいと熱望しておりますが、軍縮条約によって廃棄と決定した艦を、昔の形で保存するということは、諸外国の日本に対する誤解を招くのではないか、という疑問があります。そこで、ペリー以来、最も日本に理解の深い貴国の同情にすがりたいと思うのです。どうか、閣下はアメリカの中枢部に訴えて、『セーブ・ザ・フラッグシップ・ミカサ』運動への理解を取りつけて頂きたいのです。アメリカが動けば、イギリス、フランスも動くでしょう。国家のために奮戦し、勝利の栄光をもたらした艦を永遠に保存して、国を愛する気持を高めたいという希望は、どの国も同じではありませんか？」

芝の熱弁を聞いたウッズは、大いに顔色を動かした。

「まったく貴国民として当然な希望です。私は、さっそく貴国有志の希望を、本国政府に打電して、説得するように働くことを約束します」

そう言うと、ウッズは、芝の手を握った。

これが、外国の有志をも巻きこんだ「セーブ・ザ・ミカサ」運動の始まりであった。

芝がウッズ大使を前に熱弁をふるった日より少し前に、「三笠」保存会が発足していた。二月二十四日、芝をはじめ有志十五人は、帝国ホテルで、「三笠」保存会創立準備委員会を開き、その数日後、つぎのメンバーで、保存会は発足することになった。

名誉会長　元帥海軍大将、伯爵　東郷平八郎
会長　法学博士、男爵　阪谷芳郎
副会長　工学博士、男爵　斯波忠三郎
同　男爵　東郷安

その目的は、会則第一章につぎのように規定されている。

第一条　本会ハ日露戦役当時ノ我ガ連合艦隊ノ旗艦トシテ偉勲ヲ奏シタル軍艦「三笠」ヲ、ワシントン海軍条約ノ規定及ビ精神ニ違反セザル範囲ニオイテ、之ヲ国民的記念品トシテ保存シ、ソノ歴史的価値ヲ永ク国民ニ印象セシメ国民精神ヲ養ウヲモッテ目的トス
第二条　本会ハ之ヲ財団法人「三笠」保存会ト称ス
第三条　本会ハ事務所ヲ東京市麴町区霞ヶ関海軍省構内ニ置ク
第四条　本会ハソノ目的ヲ達スル為左ノ事業ヲ行ナウ

一、「三笠」保存ニ必要ナル施設ヲナシ且ソノ維持方法ヲ講ズルコト
二、「三笠」ニオケル東郷大将ソノ他海軍将士ノ歴史的記念資料ノ蒐集
三、「三笠」ヲ学生生徒ソノ他汎《ヒロ》ク公衆ニ観覧セシメ又ハ之ヲ公共的ニ利用セシムルコト
四、ソノ他本会ノ目的ヲ達スルニ必要ナル事業

芝たち日米倶楽部のメンバーがウッズ大使を訪問して間もなく、十三年五月五日、「三笠」保存会はその第一歩として、英米仏伊四ヵ国の大使に陳情書を送り、「三笠」を記念艦として保存することへの本国政府の同意を得るよう依頼したが、この年九月十八日までには、各国政府から、「他の三国に異議なきかぎり本政府として異議なし」という回答がきた。

そこで、日本政府は十四年一月の閣議で「三笠」保存の件を決定し、直ちに四ヵ国に対し正式交渉を行なったところ、間もなく各国の承認が届いたので、所要の経費を算出し、この支出をもって「三笠」保存に乗り出すことになった。

大正十四年六月十八日、ついに「三笠」は保存に決したのである。

時の総理は加藤高明、海相財部彪、蔵相は浜口雄幸、外相幣原喜重郎、海軍軍令部長鈴木貫太郎である。

それから約一週間後の六月二十六日、財部海相は官邸に「三笠」保存会のメンバーを招待し、記念撮影と記念の寄せ書きを行なった。

今もその写真と寄せ書きが残っているが、写真の方は、中央に保存会長の阪谷芳郎、その左に東郷平八郎、財部海相、阪谷の右に鈴木軍令部長、加藤寛治横鎮長官らの顔が見える。寄せ書きの方は、中央に財部、その左に東郷、阪谷、鈴木、小笠原長生（中将、東郷伝の筆者）、右側に斯波忠三郎副会長、加藤寛治、大角岑生（中将、海軍次官）、寺島建（大佐）、斎藤七五郎（軍令部次長、海軍省先任副官）。

保存会長の阪谷芳郎についてふれておきたい。岡山出身、大蔵省主計局長、同次官を経て、明治三十九年一月、第一次西園寺内閣の蔵相となった。四十年九月、男爵、四十五年七月から大正四年三月まで東京市長を務めた。東大の政治学、理財学科卒業後、大蔵省に入って間もなく明治十九年十二月から二十五年十一月まで大蔵省調査課長、海軍教授を兼務して、海軍主計学校の教官を務めたというから、海軍とは縁があるわけである。

右のほか、寄せ書きに名を連ねたのは、矢野恒太、菅原伝、井坂孝、高松長三、白根熊三、福島大助、武内作平、阿部嘉輔、深水貞吉、稲上信壮、貝沼門次郎らで、総計二十七名が出席したことになっている。

この会の席上、阪谷会長が、名艦「三笠」保存の本旨を考えて、なるべく多数の国民の参加を求めるため、保存に要する費用を集めるとき、少数の富豪から多額の寄付を募るよりも、各戸から十銭、五銭、あるいは一銭でもよい、零細な寄付金を集め、五千万国民総参加という形にしたい、という提案をし、全員が賛成した。

すると、東郷が真っ先に自分の懐から財布を出して、五十銭銀貨を寄付した。

資金集めの皮切りに東郷の寄付を得た財部海相は、

「東郷元帥のこの五十銭銀貨は、『三笠』保存会にとって実に意義あるものです。本会の宝物として永遠に保存されるべきです」

と叫び、その銀貨は直ちに特別の箱に収められた。

さてヴィクトリーやコンスティテューションは木造であるが、「三笠」は鋼鉄製で一万五千余トンある。場所もとるし、錆つくので、その対策も容易ではない。

国民精神作興のために、阪谷の言うように零細な寄付を募るのは結構であるが、財源の主力は富豪、法人などから大口の寄付を仰ぐ必要がある。東郷名誉会長をはじめ阪谷や斯波、そして財部海相は、この点で頭を悩ましていた。

試みに海軍省の参謀がイギリスにおけるヴィクトリー号保存の対策について調べてみたところ、つぎのような事がわかった。

大正十二年二月十二日、英国海軍本部第一委員アメリーが、スターディー中将に、ヴィクトリー復旧資金募集への協力を頼んだところ、スターディーはつぎのように答えたという。

（註、ビィクトリー号をポーツマス軍港内に保存したのは、かなり前のことであるが、その後もときどき補修をしていたと思われる）

「この復旧事業は厳密なる意味において、わが海軍の緊要事であるとはいわれない。したがって、唯でさえ手一杯の海軍予算の中からそれだけの金を捻出することは難しい。果たしてそれがネルソンの精神にかなうであろうか、私は、わが大英帝国の臣民の中に、必要なヴィクトリー号の復旧費を寄付する愛国心と気前のよさが存在することを疑わない」

世界一の大海軍国であったイギリスも、第一次大戦の痛手で、経済的に困窮しており、海軍予算からヴィクトリー号補修の予算を出すことは難しかったであろう。

そこで、「三笠」保存会は、会則の第二章で会員制度を定めて、募金に乗り出すことになった。

第二章
第五条　本会会員ヲ分ケテ名誉会員、有功会員、特別会員及ビ通常会員トス
第六条　本会ノ趣旨ニ賛シ本会ニ対シ金一万円以上ヲ寄付シタルモノヲ名誉会員、金一千円以上ヲ寄付シタルモノヲ有功会員、一時金十円以上ヲ寄付シタルモノヲ特別会員、一時金一円以上ヲ寄付シタルモノヲ通常会員トス。但シ本会ニ対シ特ニ功績又ハ功労ノアルモノハ評議員会ノ議決ヲ経テ、名誉会員、有功会員、又ハ特別会員ニ推薦スルコトヲ得

さて、こうして「三笠」は保存が決まり、そのための運動も開始されたが、当の「三笠」はどういう状態にあったのか。

大正十二年九月一日の関東大震災で、小海岸壁（後にここのドックで六万八千トンの巨艦「信濃」が造られることになる）横づけ中の「三笠」は、高浪のために衝撃を受け、前部の

応急修理部が破損して漏洩が激しくなり、数台の排水ポンプをかけ通してやっと沈没を防ぎ得る状態となった。

そこで港務部では「三笠」を西の白浜海岸に回航し、現在、「三笠」が陸揚げ保存してあるところの三十メートル沖合にこれを擱座せしめ、艦首と艦尾の各二個の錨を入れ、その錨鎖を張りつめて艦を固定させた。それが十月十五日のことである。

この白浜海岸は海底の起伏が激しく、当時、横須賀工廠造船部員の福井順平造船大佐が、海底の状況と水深の関係を考えて、この位置が「三笠」固定に適した平らな地形と考えたという。

この固定作業中、すでに、九月二十日には、「三笠」の廃棄処理が決定し、十一月二日から第一期処分工事が始まっていたが、前述のとおり、「三笠」保存の運動が始まっており、十四年一月には、国民記念としての「三笠」保存が閣議で決定され、四月六日、その保存工事の命令が海軍大臣から横須賀鎮守府に下った。

そこで、横鎮長官加藤寛治中将は五月四日をもって、鎮守府内に「三笠」記念保存委員会をつくり、つぎの部下を委員とせしめた。

委員長　横鎮参謀長海軍少将宇川済（前出、「八雲」艦長、「榛名」艦長を経て横鎮参謀長。後、第五戦隊司令官、中将）

委員　中佐磯部三男吉

委員　同稲上信壮
同　同蔵田直（後、「扶桑」艦長、少将）
以下略、委員計十五名

発足した委員会は、会議の結果、「三笠」をその白浜の擱座位置に据えて、その周囲を埋め立て、陸揚げの形でこれを固定せしめ、水面上にコンクリートの築堤を行ない、陸岸との間にある三十メートルほどの海面に突堤を築いて連絡する計画を定め、六月十八日、この工事を開始した。こうすれば、もう二度と軍艦として使用することはできないし、陸上から仰ぐほか徒歩で艦内に入ることができて、国民の参観者にも馴染みが深くなるであろう、と委員会では考えた。

ところが、実際に海底の測量をやってみると、この計画は実施が不可能に近いということがわかり、委員会を当惑せしめた。

当時、「三笠」は艦首を北にして着底していたが、艦はその右側、すなわち沖合の側に傾斜していた。担当者はこの側に石を埋めればよかろうと考えて実施してみたが、全然効果がない。そこで海底の測量をやってみたところ、艦底の下の岩盤が左舷から右舷に急傾斜していることがわかった。

つまり、「三笠」は崖のような急斜面のふちに引っかかっていたのであり、左舷と右舷の海底には十五メートルの段差があることがわかった。

これには、艦体周囲の埋め立て工事を担当した建築部も悲鳴をあげた。

これでは全艦体の保存は無理で、東郷元帥が立っていた艦橋だけを切断して東京の公園とか海軍省の前あたりに据えてはどうか、とか、長官室を切断して海軍省の一角に再現する程度でどうか、などという消極的な案も出てきた。

委員の一人、港務部の中村虎猪中佐も大いに頭を悩ました。毎回の委員会でも、多くの委員が艦全部を保存したいという意向が強く、中村も同意見であった。委員会は完全にデッドロックにのりあげたのである。

しかし、絶望のどん底には光明が射すこともある。

ある日、委員会から帰った中村が港務部士官室で呻き声に似た声をあげていると、そこへ入ってきた次席部員椛島節雄少佐が、ふいに眼を輝かせて言い出した。

「中村中佐、考えを一八〇度転換して、『三笠』の位置を変えてはどうですか？」

「なに？　位置を変える？」

中村は思わずそう反問した。

「そうです。あの位置がだめなら、もっと平坦な岩盤の位置を探して、そこに『三笠』用の海底ドックを掘って、そこへ埋めこむというのはどうですか？」

「なるほど、あの位置にこだわるから分割するなどという案も出てくるわけだ。なぜ今までそこに気づかなかったのかなあ……」

中村は大きくうなずくと、椛島の顔を見た。中村の眼も輝き始めていた。

「問題はこれができるかどうかだな」

中村が腕を組むと、卓を叩いて椛島が言った。

「やりましょう、先任部員！　海底岩盤の掘削は私が担当します。『三笠』の浮揚と回航、繋留の方は先任部員の方で手を打って下さい。やれますよ、やってみせます。あの光栄ある『三笠』を寸断して、残りは解体するなんて忍びないですよ」

それで中村の腹も決まった。

「三笠」を現在地に保存することの発案者椛島節雄少佐は、海兵三十七期、井上成美（後、海兵校長、海軍次官）、小沢治三郎（のち連合艦隊司令長官）と同期で、日露戦争直後の明治三十九年十一月に海兵に入っただけに、戦艦「三笠」には強いあこがれを抱いていた。

——あのときは、委員会を終わって士官室の扉を開けたとたんに、霊感が閃めいて、「三笠」を移動せよ、という声が天から聞こえてきたのだ……。

と、椛島は回想している。

同期生の多くが、太平洋戦争では艦隊司令長官として活躍したが、椛島は地味な港務部畑を歩き、横須賀港務部長、馬公要港部付、第十一特別工作部長と、縁の下の力持ちの役目を受けもち、中将に進級している。

椛島の霊感による名案が出たので、中村はさっそく椛島とともに港務部長中山鞆信大佐（のち少将）の部屋に行き、「三笠」の位置を移動させるという先の椛島案を熱心に説明した。

中山もよく二人の意のあるところを了解してくれたので、二人はその足で、鎮守府に行き委員長の宇川参謀長に右の説明を行なった。

「うむ、移動か……考えられんことではなかったが……。相当困難を伴うが、やってくれるか？」

宇川の問いに、二人は異口同音に、

「やります！」

と答えた。

「よし、やれっ！　やってくれい！」

宇川はそう言うと、中村と椛島の手をしっかりつかんだ。

時に十四年九月、残暑の盛りで、鎮守府に近い旗山ではまだ蟬が鳴きしきっていた。

翌十九日午前、宇川委員長は造船部長磯崎清吉少将（のち中将）、建築部長乾少将を招き、中村委員に「三笠」移動の案を説明させ、同意を求めた。乾は同意したが、磯崎は難色を示した。

「傷ついた『三笠』を現在の擱座の位置から浮揚させることはほとんど不可能です。たとえこれに成功したとしても、岸辺に回航する途中、艦底の破孔応急修理の箇所から浸水して沈没することは目にみえております。技術的な見地からみて、とても同意はできません」

と磯崎は理由を説明した。

「そうか、造船学上からは無理か……」

宇川委員長は、腕を組んで視線を窓外にうつした。以前、「三笠」が繋留されていた小海の岸壁が近くに見える。

——あのときは、毎日、ここから栄光の艦を眺めていた……。

と宇川は考えた。

海兵二十八期の宇川は、永野修身（後、軍令部総長、元帥）と同期で、彼らが海兵を卒業（明治三十三年十二月）して四年目に日露戦争が始まって、皆が海軍少尉として軍艦に乗って、この大戦に参加した。その後、大佐になった宇川は、日本海海戦に参加した「八雲」の艦長を務めることになり、深い感慨を催した。

——あの名艦「三笠」を現在の座礁の位置に放置すると、だんだん艦底の破孔がひどくなって、深い方の海底に転落、沈没してしまう。そんなことが許されるだろうか……。

瞑目していた宇川は、かっと両眼を見ひらくと、決然として磯崎に言った。

「造船部長、理由は私にもわかる。しかし、『三笠』を安全に保存するというのは、至上命令なのだ、全責任は私が持つ。事の成否は言っておられない、最善を尽くしてもらいたい」

「そこまで委員長が決意しておられるならば、私もやってみましょう」

と磯崎も同意した。

これで「三笠」の移動が決まったので、椛島少佐は九月二十日から、現在（昭和六十年）、「三笠」のいる位置の岩盤の掘削を行ない、受け入れ態勢を作ることにした。

一方、造船部では、委員の一人である山本造船中佐の指揮のもとに、海底に擱座している

「三笠」の浮揚工事を始めた。浮揚の予定は十月二十二日午前八時の高潮時である。

椛島の岩盤掘削工事は難航した。二隻の岩砕船を使用し、穴一つをうがつのに、十トンから十五トンの棒錐を二十数回も上方から落下させるというような苦心がいった。バケット・ドレッシャー二隻で岩片を浚渫、除去し、予定どおり一ヵ月で全作業を終わり、十月二十日、宇川のもとにその完了を報告した。

「三笠」を受け入れる箱にあたるこの浚渫箇所は、干潮時でも、海面下七・六メートルまで掘られている。当時「三笠」の吃水は八メートルであるが、艦底には修理用の当て金や木片が沢山ついているので、満潮時に進入するとしても、受け入れの箱はこれだけの水深を必要とした。

受け入れ態勢が整ったので、いよいよ二十二日朝、「三笠」は新位置に移動することになった。

二十一日夜からは、港務部、造船部は徹夜でその準備にかかった。

二十二日午前二時、斎戒沐浴して、中山（鞆信、大佐、海兵30期）港務部長、中村先任部員、椛島部員は、緊張した面持ちで白浜沖の「三笠」に乗艦した。とくに椛島の表情は険しかった。もし、浮揚移動の途中で「三笠」が転覆、沈没するようなことがあったら、発案者として、重大な責任が負わされることになるのである。

中山らが乗艦すると、排水ポンプが動き出した。艦底の浸水が減るのと並行して、潮は干いてくる。

「よし、これならやれる。今から、『三笠』を浮揚させるぞ！」

艦橋にいて艦底ほか各方面から報告を聞いていた中村中佐は、

「錨鎖放て！」

と号笛一声、今まで艦首と艦尾で「三笠」を固定していた四本の錨鎖を解放せしめた。

「どうだ？」

「果たして……」

中村と椛島らが見守るなか、今まで浮揚の力を錨鎖によって抑えられていた「三笠」は、鎖を放たれて、生き物のように、ゆっくりと浮揚し艦の舷側を水面上に現わした。

「やったぞ！」

「成功だ！」

中村と椛島は肩を叩き合った。

しかし、喜ぶにはまだ早い、作業はこれからが危険なのだ。

中村はまず「三笠」の艦首と艦尾、艦側に六隻の曳船をつけて、「三笠」を一旦沖合に曳き出し、それから予定のコースにのせて、先の掘削地点に向かわせることにした。

ところが、果たせるかな、ここで磯崎造船部長が懸念していた事態が起こった。全ポンプを全力運転していても、艦底からの浸水が増加して、一旦は浮揚した「三笠」の吃水が刻々と深くなってくるのである。

「どうしましょう？　先任部員……」

糀島も心配そうである。

「うむ、こうなったら最後の手段だ。一か八か、運を天に任せて突っ走る手しかないな」

中村は眉宇に決意を示すと、ポンプの全力運転継続の間に、全曳船に全速をもって「三笠」を所定位置にできるだけ速やかに曳航するよう、号笛と信号で命令した。

中村虎猪は海兵三十四期、山本五十六の後をついだ連合艦隊司令長官古賀峯一（のち元帥）、筆者が生徒時代の海兵校長住山徳太郎（のち中将）らと同期。後に「あのときほど決断に迫られたことはない」と回想したという。海軍大佐で予備役となった後は、南洋興発の役員となり、サイパン、テニアンの産業開発に尽力した。

「三笠」の艦首には、俄然白波が高くなってきた。敵陣に殴りこむ白髪の老将のように「三笠」は突進する。懸念した吃水は、その後、とくに深くはならないようである。

「さすが『三笠』は霊艦ですね……」

隣りにいる糀島も、ほっと安堵の態である。

「うむ、沈没だけはまぬがれたかな……」

中村の眉も開いてきた。

こうして、「三笠」は霊ある生き物のように、暗岩の間をすり抜け、予定より少し早く午前八時四十分には、所定の掘削位置に到着した。

「よし、繫留用意！」

「舫《もやい》放て！　擱座始め！」

「排水ポンプ止め！」

中村の命令で、「三笠」の吃水は徐々に深くなり、無事掘削位置に沈下した。

この間、艦橋の手摺をしっかとつかんで状況を見つめていた中山港務部長は、やっと中村に近づくと、

「よかった！」

とその肩を叩いた。

椛島もしっかと中村の手を握った。

「これも『三笠』の武運のおかげだ……」

空を仰いで、中村も大きく息を吸った。

中山、中村、椛島の三人は、上陸すると、さっそく鎮守府に行って、宇川委員長に報告しようとしたが、宇川は陸上から「三笠」の移動を見ていて、まだ参謀室に帰っていない。

そこで、三人は直接、横鎮長官の加藤寛治中将に右の報告をした。

ところが、「三笠」の浮揚と移動については今まで宇川が一手に引き受けていて、加藤は軍縮後の海軍力拡張に腐心し、詳しいことを知らない。

「そうか、『三笠』が、無事移動したか、それはよかった……」

と加藤は言ったが、三人の気持としては、もっと喜んでもらいたかった。

そこへ宇川がとびこんできて、

「いやあ、よくやった、よくやってくれた」

と三人の労をねぎらい、加藤長官に向かい、

「閣下、この三人ですよ、最も困難な『三笠』の浮揚と、移動固定の難事業に取り組んできたのは……」

と三人の今までの苦心の内容を説明した。

さすがに、黄海海戦時「三笠」の砲術長として参戦した経験のある加藤は、すぐに状況を理解して、

「それは、よく頑張ってくれた！」

と三人の労を多とした。

〈ここまで来て、筆者は、宇川少将の「三笠」保存にかける情熱を感じて、子息の宇川毅氏に連絡して、若いときの略歴を調べてみた。

海兵二十八期の宇川は、明治三十六年九月には海軍中尉に進級して、駆逐艦「白雲」乗り組みで、旅順口閉塞に参加、黄海の海戦にも東郷艦隊の一員として参加、その後三十七年十一月、「高千穂」分隊長心得となり、「高千穂」は日本海海戦のときは、第二艦隊第四戦隊として参加しているので、宇川も砲台付士官として勇戦したと思われる。このような経験があったので、「三笠」は彼の尊敬する東郷長官の旗艦であり、その晩年には深い関心があったものと思われる〉

三人が宇川と喜び合っていると、宇川はここで、

「長官、お詫びを致すことがございます。実は、『三笠』の浮揚と移動、固定の件に関しま

しては、事失敗のときは、その全責任を私が引き受ける覚悟で、今まで長官には申し上げなかったのです」

と頭を下げた。

すると、加藤は両手でそれを制した後、少し面目なげに髭をなでながら、こう告白した。

「いやあ、よくやってくれたよ。実は、私は自分の一存で、『三笠』全体の保存は非常に困難だと思ったので、残念ながら、部分的な保存になるかも知れん、と中央に話していたところだ。しかし、君たちがこういう成功をしてくれると、面目丸つぶれということだが、そんなことはいっておられん。なにしろ結構なことだ。さっそく見にゆこう」

と自動車を用意させ、全幕僚を連れて、「三笠」に向かった。

加藤は岸間近に繋留されている「三笠」を見て、感動を表わした後、艦内に入って、艦橋に上った。黄海海戦のときはここから主砲を指揮して、敵の旗艦ツェザレウィッチに命中弾を与えたのである。懐かしい場所であった。

しかし、今、「三笠」は主砲、副砲、そして、彼が愛用した艦橋の測距儀なども取り外されて、裸で海面に姿をさらしていた。

――「三笠」よ……。おれはよく知らなかった、お前はこんな姿になってしまったのか……。

加藤は、しばし茫然として、艦橋のかつて自分が立っていた位置、測距儀のあった場所に立ちつくしていた。

それを眺めた中村や椛島は、しばし声が出なかった。

——長官も「三笠」には多くの思い出があるのだ。無理もない。長官はワシントン軍縮会議のとき、専門委員の随員として加藤友三郎全権に随行した。そして、対米六割を主張する加藤全権と火花を散らす論争の後、全権に叱りとばされてまで七割を主張したのだが、日本の経済的事情から、建艦競争を避けて、条約をまとめようという全権の大乗的見地からの裁断に屈して六割を呑んだのだ。もし、七割で喰いとめておけば、「三笠」を、こんな姿にしなくてもすんだかも知れない。長官は、そう考えておられるのだろう……。

中村はそう加藤の胸中を思いやった。

中村は加藤をいたわるように、そのそばに立つと、

「長官、ご乗艦なさったこの際、何か、ご教示頂くことはありませんか？」

と訊いた。

「艦首の方向はどうなっているのか？」

と加藤は反問した。

「ほぼ北に向いております」

「皇居本丸はどの方向かね？」

加藤の問いに、中村は、さっそく海図上から測定して、

「九度三〇分であります」

と答えた。

「皇室鎮護の意味で、ちょうど皇居の方に艦首を向けるがよかろう」

加藤の指示で、「三笠」は艦首を皇居の方に向けて固定されることになった。

これで港務部は一応「三笠」から手が放れたが、この後、鎮守府の造船関係、建築関係は、ますます忙しくなった。

築堤後、船体周囲の排水と埋め立て、船体兵器一部の復旧、周囲の庭園（三笠公園）の修築などが、つぎつぎに実施された。その内容は次項の加藤長官の「三笠保存工事報告」に詳しい。


こうして、多くの関係者の苦心の結果、大正十五年（一九二六）十一月十日、「三笠」は十七ヵ月の工事を経て保存が完成した。

すでに日露戦争からは二十一年の星霜が、そしてワシントン条約からも四年が過ぎ去っていた。

その後、軍縮は陸軍にも波及し、大正十四年五月、第一次加藤内閣（陸相は宇垣一成）は四個師団を削り、海軍と併せて失業した軍人が街にあふれ、やがて昭和初期の不況とともに、軍人の政党内閣、財閥への不満の堆積を来し、昭和五年春のロンドン軍縮会議でそれが爆発するのである。

前にも述べたが、この年の軍縮会議では、補助艦の比率で対英米ほぼ七割を獲得したが、軍令部長加藤寛治大将は、なおも巡洋艦の比率と潜水艦の総トン数に不満があるとして、激しく全権の財部海相と浜口総理に抗議をした。

結局、浜口がこれを押し切って、財部が打電してきた比率で天皇に上奏して裁可を得たので、加藤は天皇から軍令部長に伝わる統帥権を、行政部の長である総理が干犯したというので非難した。

これが、やがて〝統帥権干犯〟という名目で、青年将校や右翼が政治家や財閥を攻撃する材料となり、昭和五年十一月、総理浜口雄幸、七年二月、前蔵相井上準之助、三月、三井合名理事長団琢磨が狙撃または暗殺され、この流れが七年五月の五・一五事件——犬養毅総理暗殺につながっていくのである。

ファッショやテロは、結局、昭和十一年の二・二六事件や十二年の日中戦争を経て太平洋戦争につながっていくので、それは戦争の原因究明の見地からは批判さるべきであるが、その裏に、「三笠」の廃棄処分を含む軍縮に関する旧軍人や、軍需産業の縮小によって不況続くことになった労働者たちの恨みや不満があったことは、忘れられてはなるまい。いつの世にも、大きな変革は、大きな犠牲を伴うのである。

それはそれとして十一月十二日、「三笠」の後甲板で保存記念式が行なわれ、この式後に「三笠」は正式に海軍省から「三笠」保存会に引き渡されることになった。

この式には皇太子殿下（昭和天皇）をはじめ高松宮宣仁親王、伏見宮博恭王両殿下、朝野の名士数百名が列席した。

当日の出席者は宮内省、宮家関係者のほかつぎの人々であった。

一、海軍側
イ、本省、軍令部　艦政本部の部局長以上
ロ、本省、艦政本部の関係課長、局部員
ハ、横須賀鎮守府各部勅任官以上、関係所轄長及び関係者
ニ、元帥、軍事参議官（以上、中少将、同相当官を加え、出席現役将官、同相当官三十五名）
ホ、予備役退役将官相当官（出席五十四名）
ヘ、戦役当時、「三笠」乗り組み、予備役退役士官、特務士官（出席二十九名、半数は将官）
二、「三笠」保存会側
イ、名誉会長（東郷元帥）、会長、副会長、理事、幹事、評議員
ロ、百円以上を寄付した有志者及び団体（出席二十八名）
三、部外よりの来賓
イ、各省次官以上、関係官庁部局長以上
ロ、貴衆両院議員（出席、貴院六十一名、衆院五十二名）
ハ、海軍協会、有終会及び洋々会代表者（出席五名）
ニ、黒潮会（海軍省新聞記者会）記者（出席十六名）

ホ、横須賀地方名士

右のうち、伏見宮（大将、軍事参議官）は、黄海海戦に「三笠」分隊長として参加、負傷した経歴の持ち主なので、一人懐かしそうな表情を示した。

主人側首席の東郷も、喜びの中山も一抹の憂いをその頰に浮かべていた。日本海海戦で股肱と頼んだ参謀長加藤友三郎は大正十二年八月、先任参謀秋山真之は七年二月、すでに世を去っており、また、黄海海戦時の参謀長島村速雄も十二年一月、加藤より一足先に故人となっていて、「三笠」の武勲を永久に記念するというこの式典に参加することはできなかった。

——あの連中にも見せてやりたかった……。

東郷はそう考えながら、来賓の上席に座っている山本権兵衛の横顔をみやった。

山本は日本海海戦後間もなく、海相の椅子を次官の斎藤実に譲って軍事参議官となり、大正二年二月、政友会をバックとして、桂太郎の後を襲って総理になった。

しかし、軍政家として高名を馳せた山本も、政治家としては非運であった。

三年四月、第一次大戦を目前にして、山本内閣はシーメンス事件で倒れ、斎藤海相も内閣と運命を共にした。

その後、大正十二年九月二日、加藤友三郎病死の後をついで、山本は二回目の総理の椅子についたが、これも虎ノ門事件（十二月二十七日）のため、翌十三年一月七日、総辞職に追いこまれた。

今、山本権兵衛は、無位無官の太夫同然となって来賓席に姿を現わしていた。「三笠」建造の功労者、元海相、元総理という資格で彼はこの式典に招かれたのであるが、その表情には憂いの影は微塵もなく、淡々としたものが見うけられた。

——山本も政治から足を洗って、さばさばとしているのだろう……。

と東郷は考えた。

——お互い髪もすっかり白くなってきている。考えてみれば、甲突川で水遊びをしたときから、もう七十年が経過している。明治維新からでも六十年近い。おれも山本も年をとるはずだ……。

そこまで考えて、東郷は、ふと山本をうらやましく思った。

山本は二度の総理に失敗して、今は国政にも海軍の軍政にもノータッチの日々である。しかし、東郷は連合艦隊長官の後、軍令部長、軍事参議官を歴任した後、大正三年四月一日、東宮御学問所総裁になり、裕仁皇太子の教育に専心した。山本のように政界に引き出されて総理になることはなく、その代わり、失敗して世間から糾弾され、総辞職に追いこまれるようなこともなかった。

大正十年三月一日、七年間にわたった御学問所総裁を辞してからは、悠々自適のはずであったが、世間は、そして海軍は、この名将をそのまま風雅な隠居として捨てておくことはしなかった。

東郷の名声が再認識されたのは、大正十一年のワシントン軍縮会議のときであった。対米六割で妥協しようという加藤友三郎全権に対して、先任随員の加藤寛治は、必死に七割を主張したが、ついに加藤（友）に押し切られた。

このとき、加藤（友）が最も気を使ったのは、東郷への連絡であったという。五・五・三の比率で妥結と決まったとき、彼は真っ先にこれを海軍省に連絡するとともに、東郷に報告して、了解をとるように依頼している。

当時、軍縮を考える海軍省に対し、作戦、用兵を司る統帥部である軍令部は異議を唱えていた。その先鋒が、元軍令部参謀、海軍大学校長の加藤寛治であった。そして、彼ら艦隊増強派（後の艦隊派、加藤〈友〉系の条約派と対決する）がかつごうとしていたのが、日本海海戦の覇者東郷元帥と、「三笠」で黄海海戦を戦ったことのある伏見宮（博恭王）であった。

伏見宮は負傷して「三笠」を降りた後、「高千穂」艦長、「伊吹」艦長、横鎮長官、海大校長、第二艦隊司令長官を務め、大正五年、海軍中将となり、ワシントン会議のときは、軍事参議官で長老格であった。伏見宮家は、宮家の中でも重きをなし、博恭王の父・貞愛《さだなる》親王は陸軍大将で、明治天皇の信任が厚かった。

そこで、加藤（寛）ら艦隊増強派は、東郷と伏見宮を二本の柱として、軍縮派に対抗しようとしたのである。

東郷は勿論、祖国が強い海軍を持つことに賛成であった。しかし、日本海海戦時、同じ艦橋で自分を補佐してくれた加藤（友）の冷静で知的な提督としての能力を、高くかうことを忘れてはいなかった。イギリス仕込みの合理主義を身につけている東郷は、第一次大戦後の列強が、建艦競争に敗れて、国家経済に破綻を来すことを恐れて、軍縮を考えたとき、提督の一人としてこれに反対する理由は見出せなかった。

しかし、加藤（寛）ら増強派は、加藤（友）の政治力に対抗するには、以上の二人に頼るほかないとして、しきりに東郷に接近して増強派の苦労を訴えた。

その頃、軍令系統では、アメリカの輪型陣による日本近海への進撃と、日本の漸減作戦ということが言われていた。

アメリカの輪型陣というのは、戦艦の戦隊を中心にして、その周囲に同心円のように巡洋艦、駆逐艦を配し、場合によっては、航空母艦の部隊もこの警戒部隊に組み入れて、日本近海に進撃して、十対六の優勢な戦艦で決戦しようというものである。

これは、アメリカの戦略研究家マハンの後をつぐ提督によって主唱されたもので、日本でも〝日米未来戦〟というような本には、アメリカの輪型陣が小笠原諸島付近に達したところで、日本海軍と遭遇し、日本は遊撃作戦でこれを攪乱し、敵戦艦の数を減らして、我とほぼ同勢力となったところで決戦にもちこむというふうに書かれていた。

これが日本の漸減作戦で、もっと具体的にいうと、まず、小笠原の近くまで来てバルチック艦隊のように疲労している米艦隊に、潜水艦が奇襲をかける。（註、加藤〈寛〉がロンドン条約に際して、もっと潜水艦が必要だと主張したのは、この漸減作戦が脳裡にあったためであろう）

つぎに、航空母艦の飛行機が敵戦艦にダメージを与える。（真珠湾攻撃までは、日本でも

空母は戦艦に対する補助兵力であるという考え方が強かった）

つぎに、敵の輪型陣が西へ向かってきたとき、駆逐艦を中心とする水雷戦隊が果敢な夜襲を敢行して、また戦艦の数を削る。

こうして補助兵力で米主力艦の数を減らし、十対六から六対六の同率まできたところで、わが「長門」「陸奥」を主力とする戦艦部隊が出動して、多年の訓練の成果を発揮して、その主砲で敵を降して、祖国に勝利をもたらす、というのが、この漸減作戦の眼目なのである。

すでにワシントン条約で、加藤（寛）の主張にもかかわらず、戦艦の比率が十対六に抑えられた以上、つぎに来るべき補助艦の比率では、絶対に十対七に十分な巡洋艦の比率と、こちらの希望する潜水艦のトン数を獲得すべきだ、というのが、漸減作戦を信奉する加藤の悲願であった。

（註、彼は空母には重きをおいていなかったようである。それは日本の航空隊が発育の途上にあり、雷撃や急降下爆撃によって戦艦に大きなダメージを与え得るという可能性がまだ少なかったからである。「三笠」砲術長として黄海海戦を戦い、海大の校長を務めた加藤は、どこまでも〝大艦巨砲主義者〟で、空母はあくまでも戦艦決戦前に、敵戦艦にダメージを与える補助兵力にすぎなかった）

こうして、来るべき補助艦の比率決定に備える加藤にとって、国内の情勢は決して思わしいものではなかった。

この大正十五年当時、軍令部長は鈴木貫太郎、海軍大臣は財部彪、連合艦隊長官は岡田啓介で、いずれも穏健な考えの持ち主で、条約派とはいえないまでも、決して増強派ではなく、ましてや対米決戦派ではなかった。

〈註、昭和五年のロンドン会議に際し、鈴木は侍従長、財部は海軍大臣でロンドン会議の全権で、いずれも妥協派で、財部の比率の報告に不満な加藤が、天皇に直接上奏〈軍令部長にはこれが許されていた〉しようとしたのを侍従長の鈴木が阻止したといわれる。岡田は海軍大臣を務めた後、軍事参議官となっていたが、やはりロンドン会議の円満妥結に賛成であった〉

海軍の上層部がこのように妥協的であるとき、決戦派で、艦隊（増強）派の闘将である加藤が、東郷と伏見宮とに望みを託したのは当然であろう。

加藤の東郷詣でが回を重ねるにつれて、東郷は考えこむようになった。

――このままでは加藤は必ず、条約派といわれるような先輩の提督たちと衝突する……。

しかし、日本海海戦の勝者としては、漸減作戦に必要な補助艦の比率を確保したいから、英米と衝突してもつぎの軍縮会議では、強く主張すべきだ、と訴えられると、それを否定することもできなかった。

――今の日本海軍で、その実戦の経歴、海大校長として示した戦略、戦術眼において、加藤の右にでる者はいない。しかし、加藤が自分の主張に忠実に動けば、必ず問題が起きる……。

それで、東郷は自分の愛弟子のような感じのするこの強気の提督を愛しながらも、それに全面的に賛成するわけにはいかないのであった。

東郷がそう考えあぐんでいると、午後十二時十五分、当の加藤が横鎮長官として皇太子の前に進んで、つぎのように「三笠」保存工事の報告を行なった。


謹んで旧軍艦「三笠」保存工事につき報告す。

大正十四年一月、旧軍艦「三笠」を国民的記念として永久保存のことに閣議決定し、同年四月、当鎮守府をしてこれが保存に必要なる工事を施行せしむるの訓令を発せらる。

訓令工事の要領は、旧軍艦「三笠」を概ね永久保存の目的をもって、現形のまま白浜海岸に据え、その周囲を埋め立て、陸岸より交通路を構築するにあり。

ここにおいて同年五月、宇川参謀長を委員長とする「三笠」記念保存会を組織し、本工事の統括、斡旋にあたらしめ、二十六万五千円の配布予算をもって、まず方案を作製し、据え付け地点を概ね現位置として、港務部、造船部をして船体据え付け作業を、ついで建築部をして周囲の埋め立て工事並びに船体砂塡工事を、造船部、造兵部をして中甲板以上の復旧工事を担任せしめ、六月より工事に着手せり。

しかるに当初の据え付け位置は泥土深くして艦底岩盤に達するに遠く、ために鎮座不良なるべきを発見せしをもって、さらに海底を精査し、最初の位置より十五間（約三十メートル）陸岸に近接せる現位置を求め、最大干潮面で二十二フィート（六メートル六十センチ）の水深に船形に浚渫し、いわゆる海底ドックを構築し、十月、艦の据え付け位置を変更せり。

本作業は満潮時の極めて短時間を使用し、最終的に排水、浮揚、繋留換《かえ》、擱座などの諸作業を遂行せざむべからざる至難の工事なりしも、無事進捗し、且、艦首を正しく皇居に向かわしめ、皇国の興廃をこの一戦に賭したる往時を追懐し、永久に皇基鎮護の表徴たらしむるを得たるは、ただ人為のみならず、神霊の感応するところ深きものありと感じ、敬虔《けん》の念転《うた》た禁じ得ざるものあり。

爾後絶えず船体周囲の埋め立て、下甲板の砂塡工事を進むると同時に、船体兵器一部の復旧工事を施行せり。

而して本工事中、最も苦心を要したるは、船体砂塡工事なり。即ち下甲板以下各倉庫二重底に到るまで、全部にわたり高水圧力を使用し、極めて緊密堅固に各区画に応じて細砂を注入塡充せざるべからず。蓋《けだ》し旧軍艦「三笠」永久保存工事の焦点は一にここにありと信じたればなり。幸いにして各員不撓の努力により、予期以上の成績をもって塡充を完了し得たるは、軍艦「三笠」不朽の生命のため、慶賀に堪えざるなり。

尚、工事予算の関係上、部下艦団体の兵員を使用、本工事中、とくに船体各部の防銹作業に対し奉仕的勤労を命じ、本年十月「三笠」の修理復旧工事完成するとともに、将来のため艦内一部の模様換えを実施せり。

以上の外散逸せる日露戦争当時の記念品の蒐集に努め、これを艦内に陳列し、一般観覧に供し、もって国民思想の善導に資するところあらんとす。

回顧すれば昨年六月工事を起工し、本日竣工に到るまで、月を閲《けみ》すること十有七箇月、作業人員累計下士官兵六千八十名、職工一万五百七名、人夫二万八千六百十二名、今や工成り再び旧時の威容を整え、ここに記念式典を挙行せられ、畏くも、皇太子殿下の御前において、本工事の竣成を報告するは、本職無上の光栄として感慨に堪えざるところなり。

大正十五年十一月十二日

横須賀海軍鎮守府司令長官加藤寛治

ついで、財部海相が祝辞を述べた。

ここに皇太子殿下台臨の下に、「三笠」保存の式典を挙ぐ。感慨焉《いずくん》ぞ勝《た》えむ。回顧するに、皇艦「三笠」は英国昆社の建造にかかり、明治三十五年、その工を竣《お》えて本邦に回航し、爾来諸種の任務に服して功績あり、殊に明治三十七、八年戦役に際しては、連合艦隊司令長官旗艦として征戦に従い、偉勲を奏したり。

而して大正十一年、華府において締結せられたる海軍軍備制限に関する条約により廃棄せらるることになりしが、その条約に違反せざる範囲において国民的記念として永久にこれを保存することに、条約関係諸国即ち、米合衆国、英国、仏国及び伊国の同意を得たるものなり。

恭しく惟みるに、明治三十七、八年の戦役は、わが国歩の歴程において、真に万古千秋の事績たり。その大局を制したる日本海の大捷は、神霊の加護と皇上の威徳とに帰し奉るべきは固より言を須《ま》たざる処なりといえども、しかもまた挙国奉公の忠誠と従軍将卒の勇武とによるものというべく、而してその迹《あと》を観ずるときは、感慨転《うた》た禁ずべからざるものあらむ。蓋し当時の旗艦「三笠」を記念として存置せんとする国民の声は、悠久に響くべく、その余韻また深長なるべし。

今や「三笠」保存に関する施設成るを告ぐ、依って同艦を財団法人「三笠」保存会に委託し、永く之を国民的記念として保存することを宣明す。

此の機会において「三笠」保存に尽力協賛せられたる内外人士の高誼に対し、深謝の意を表す。

之をもって式辞となす。

つぎに「三笠」保存会長阪谷芳郎が答辞を朗読した。

本日此の聖典に会するの機を得たるは、予の深く光栄とする所なり。

夫れ戦勝を記念するは、偶《たまたま》もってその事迹を誇らんとするの意に非ず。当時の状態と事情とを繹《たず》ねて永くその懿徳《いとく》勲業を偲ばんとするにあり、是れ蓋し自然の人情にして、国民の精神これによって涵養され、志気またこれによって振作せらるべければなり。

謹んで案ずるに、明治三十七、八年戦役における日本海の戦勝は、わが国空前の偉業たり。而して吾人は当時旗艦たりし「三笠」を通じてこの偉業を偲ばんとす。即ち神威の崇厳なる、聖徳の洪大なる、国民の忠誠なる、将卒の勇武なる、依ってもって感応するところあるを知るべし。是れ豈に活ける教訓ならずとせむ乎《か》。「三笠」を国民的記念物として永久に保存せんとする国民の声あるまた宜《む》べなりというべし。

吾人の「三笠」保存会を組織せるは、実に叙上の意義に副わんとするの熱望に出づ。ここに「三笠」保存の準備成りて、これを本会に託せられる。本会は適切な方法により、最善を竭《つ》くしてこれを保存し、その使命を完うせんことを期す。

最後に「三笠」保存名誉会長東郷平八郎元帥が皇太子の前に進み、満腔の感慨をこめて祝辞を朗読した。

記念艦「三笠」の保存工事竣《な》り、ここに惶《かしこ》くも皇太子殿下台臨の下に、その保存記念式を挙げらる。本艦の光栄至大なりというべし。

惟うに本艦は明治三十七、八年戦役に際し、終始連合艦隊の旗艦として陣頭に立ち、前《さき》には旅順口及び黄海に奮闘し、後には日本海に鏖《おう》戦（敵を皆殺しにする）し、もって全軍の将卒をして軍人の本分を尽くすに遺憾なからしめたるは、洵にわが海軍史上の一大光彩たらずんば非ず。

今や翕然《きゅうぜん》たる中外の同情により、その保全の方法ここに確立するに至れり。庶幾《こいねが》わくは永久に此の雄姿を示し、以て益々皇国の威名を宣揚し、併せて当年の忠魂を捧げたる烈士の功績を伝うるを得んか、満腔の感激をもって恭しく祝す。

この後、海軍の通常礼装を着けた皇太子は、とくに東郷を近くに呼んで、ともに後甲板の復元された三十センチ主砲の前で写真を撮影した後、伏見宮及び旧「三笠」乗り組み士官とともに、今やまったく復元成った後部艦橋の前で記念撮影の中に入られた。

この記念撮影のなかに面影を残した将士の数は、東郷を入れて三十九名である。

その中には加藤寛治を入れて中将が七人いた。

松村竜雄（海兵14期、日本海海戦時中佐、「三笠」副長。後、第一戦隊司令官）
池田岩三郎（海機3期、戦争時大機関士、後、機関学校長）
布目満造（海兵15期、戦争時中佐、後、大湊要港部司令官）
堀内三郎（海兵17期、黄海海戦時少佐、第一艦隊参謀。後、横鎮長官）
飯田久恒（海兵19期、日本海海戦時少佐、連合艦隊参謀。後、第三戦隊司令官）
松村菊男（海兵23期、松村竜雄の弟、戦争時大尉、第一艦隊参謀。後、第五戦隊司令官）
鈴木重道（戦争時軍医総監〈中将相当〉、第一艦隊付、後、横須賀病院長）

少将が十人列席したが、このうち、清河純一は日本海海戦時大尉、参謀として「三笠」艦橋にあり、加藤友三郎、秋山真之とともに東郷を補佐していた若手士官である。

清河純一（海兵26期、後、中将、舞鶴要港部司令官）
今村信次郎（海兵30期、日本海海戦時中尉、「三笠」乗り組み。後、中将、第三艦隊長官）

大佐にも、後に海軍で大を成す人物がいた。

枝原合金一（海兵31期、戦争時少尉、後、中将、第一航空戦隊司令官）
加藤隆義（海兵31期、加藤友三郎の養嗣子、日本海海戦時「三笠」乗り組み。後、大将、呉鎮長官）
長谷川清（海兵31期、日本海海戦時「三笠」乗り組み、艦橋で戦闘に従事。後、大将、横鎮長官）

このような将員の姿を眺めていた東郷の眉に、一瞬、哀愁の影がさした。それは、海戦当時の「三笠」艦長伊地知彦次郎のことを思い出したからである。

山本権兵衛より五期後輩の伊地知は東郷と同じく鹿児島の甲突川で泳いだ組である。加藤友三郎とは同期で、海大を出ていない伊地知は、加藤が少将なのに大佐で「三笠」の艦長をしていた。

八月十日の黄海海戦のとき、午後六時三十分、前部艦橋左舷の信号器に敵の十五センチ砲弾が命中して、参謀殖田謙吉少佐をはじめ、多くの死傷者を出したが、このとき艦長の伊地知も重傷を負った。しかし、典型的な薩摩隼人である彼はよく回復して、日本海海戦のときには艦長としてよく重責を果たした。有名な「三笠」艦橋の絵では、加藤友三郎の左、マントレット（ハンモックの蔽い）で固めた羅針儀の後ろに立っている。

伊地知はこの戦争で功三級をもらったが、その後、健康がすぐれず、練習艦隊司令官を経て中将に進級したが、明治四十五年一月四日、病死している。

——あいつが一番早く死んだな。加藤や秋山と一緒に、「三笠」が永久に陸上に保存される今日の日にめぐり合わせてやりたかったな……。

東郷はそう考えながら、皇太子の横の自分の席についた。

艦隊派の悲願成る

先に何度もふれたが、昭和五年春、ロンドン軍縮会議が十・十・七の比率とはいえども、軍令部長加藤寛治の不満のうちに妥結されると、加藤はさっそく東郷を訪れてその苦衷を訴えた。

「閣下、この巡洋艦と潜水艦の兵力では、敵が攻めてきたとき、主力艦の決戦前に敵戦艦の数を削って、わが方と同数にしておくという漸減作戦が成立しません」

すると、しばらく腕を組んで、瞑目していた東郷は、やがて両眼を開くと、

「加藤どん、軍艦の数には制限があっても、訓練には制限がごわはんじゃろう」

それを聞いた加藤は、はっとして、目の前が明るくなったような気がした。

——少数の兵力で多数の敵を打ち破るには、訓練によって精兵を養うよりほかはない……。

日本海海戦の名将はこう教えているのだ。加藤は開戦前、佐世保や鎮海を基地とした猛訓練を思い出した。後に月月火水木金金と呼ばれた休暇抜きの猛訓練である。

そして、東郷は連合艦隊解散の辞の中で、つぎのように述べているのである。

「武力なるものは艦船兵器のみにあらずして、之を活用する無形の実力にあり、百発百中の一砲能く百発一中の敵砲百門に対抗し得るを覚らば、我等軍人は主として武力を形而上に求めざるべからず」

じっと東郷の顔をみつめていた加藤は、雷に打たれたように頭をさげると、

「わかりました、閣下！」

と答えて東郷邸を辞した。

日本海軍がいわゆる月月火水木金金の猛訓練を開始したのは、このときだという説がある。しかし、加藤はこの五年前、連合艦隊長官のとき、日露開戦前を思わせる猛訓練を行なって艦隊将兵を震撼させたことがある。彼が長官として勤務していた二年間の猛訓練ぶりは、後の世の語り草となっている。いずれにしても、加藤は猛将なのであった。

加藤が統帥権を強調し、そのために〝統帥権干犯〟問題が起きて、浜口総理が狙撃される事件が起きた年（昭和五年）の翌年、九月十八日、陸軍が満州事変を起こした。

すでに、昭和三年六月、満州の実力者張作霖を暗殺した陸軍は、実質的に満州全部を手中に収めようとして、この事変を起こしたのである。

そして、その翌年（昭和七年）には、前述のように、財界の実力者である井上準之助と団琢磨が暗殺され、五・一五事件で犬養総理が暗殺されて政党政治は終わり、日本は軍部主導の全体主義国家への道を歩んでいく。

犬養につぐ総理は、山本権兵衛が海相のとき次官を務めた斎藤実である。斎藤は大正三年四月のシーメンス事件で海相を辞め、現役を去って予備役となっていたが、八年八月、現役に復帰して朝鮮総督となった。その後昭和二年四月、ジュネーブ軍縮会議（結論出ず）の全権となり、枢密院顧問官を経て、昭和四年八月から、再び朝鮮総督を務めていたものである。

岩手県水沢出身の斎藤は、九年七月まで総理を務め、難局に処して容易に決断を下さぬところから、〝スローモー居士〟という仇名をもらったが、彼の在職中に海軍では大きな事件が相ついだ。

まず兵力量（軍艦を何隻造るか、口径何センチの砲を何門載せるかというような兵器の量）の決定権をめぐる軍令部と海軍省の争いである。

前述のとおり、昭和五年のロンドン軍縮会議をめぐる統帥権干犯問題では、結局、軍令部長の意見は通らなかった。それで加藤が統帥権を持ち出したのであるが、統帥権というものは、作戦用兵に関して天皇に直属する軍令部長が、天皇の命令にもとづいて指揮をする権限で、軍艦の建造量を決める権限は、この段階では海軍省にあって軍令部にはなかった。

もともと明治建軍以来、陸海軍の指揮には参謀本部が大きな権限を持っていて、海軍軍令部ができるのは、明治二十六年五月十九日のことで、一時は軍令部は海軍部といって参謀本部の中にあった。天皇直属の軍令部となって独立する直前までは、海軍参謀部といって海軍大臣の下にあった。

これが独立するにあたって、海軍省と軍令部の所管事項の分担を区分けする必要が起きて、二十六年五月二十二日、〝省（海軍省）部（軍令部）事務互渉規程〟というものが作られた。

これによると、

第三項　軍機戦略ニ関シ、軍艦及ビ軍隊ノ発差ヲ要スル時、軍令部長海軍大臣ニ商議シ、部長案ヲ具シ上裁ヲ経テ大臣ニ移ス

となっており、軍艦の進発に関してさえも軍令部長は海軍大臣に商議（相談）するだけで、結局は、大臣がそれを実施することになっている。

日露戦争開戦当時、東郷の連合艦隊が佐世保を発進するときの命令は、伊東祐亨軍令部長からではなく、山本海軍大臣から発せられているのである。

しかし、軍令部条例には、

第一条　海軍軍令部ハ国防用兵ニ関スル事ヲ掌ル所トス

第二条　海軍軍令部長ハ天皇ニ直隷シ、帷幄ニ参加シ、海軍軍令部ノ部務ヲ統理ス

第三条　海軍軍令部長ハ国防用兵ニ関スルコトヲ参画シ親裁ノ後之ヲ海軍大臣ニ移ス、但シ戦時ニアリテ大本営ヲ置カレザル場合ニオイテハ、作戦ニ関スルコトハ海軍軍令部長之ヲ伝達ス

となっており、戦時には軍令部長が用兵（作戦）の指揮をとることを示している。

しかし、昭和八年の段階で、軍令部と海軍省の争点は、用兵権の問題ではなく、兵力量決定権の所在であった。

軍令部にいわせれば、戦時に実際に艦隊を指揮するのは軍令部なので、来るべき戦争の準

備として、どういう軍艦をどのくらい造るかという兵力の決定権は、当然、軍令部長が握るべきであるということになる。

しかし、明治二十六年の省部事務互渉規程では、

艦船及ビ砲銃弾薬水雷並ニソノ属具ノ創備改廃、修理ノ如キ、兵力ノ伸縮ニ関シ、又経費ニ渉ルモノハ、省部互ニ意見ヲ商議ス

となっていて、省部どちらかが決定権を持っているとは記されていない。

しかし、予算は海軍省の所管事項で、

第六項　軍令部長ハ演習及ビ艦船役務航海等ノ歳出ニ関スル事項ハ計画ヲ予定シ、歳計予算調整ノ時期ニ先立チ之ヲ海軍大臣ニ移ス

となっており、軍艦建造の予算も、当然、海軍省の主管であることは、大正中期、八八艦隊の建造にあたり、海相加藤友三郎がたびたび議会で説明をして、予算を取りつけたことでもわかる。

また同規程にはつぎの項目もある。

第一項　軍艦ノ就役、解体、役務ノ変更ハ軍令部長海軍大臣ノ同意ヲ得、部長案ヲ具シ上裁ヲ経テ大臣ニ移ス

第四項　演習ノ施行ニ関シテハ軍令部長之ヲ計画シ、ソノ経費ニ関スルモノハ海軍大臣ニ商議シ、上裁ノ後大臣ニ移シ、大臣之ヲ命令ス

第五項　沿岸防御及ビ出帥ニ関シテハ、軍令部長ハソノ計画ヲ定メ海軍大臣ニ商議シ、大

臣之ヲ主務部局ニ下シソノ沿岸防御及ビ出師準備ヲ為サシム

とここでも大臣が決定権を持っていることを示している。

このようにいろいろな点で海軍省に頭を抑えられていることは、長い間、軍令部の不満とするところであった。

もともと、この省部事務互渉規程ができたときは、日清戦争の直前で、海相が西郷従道、大臣官房主事（海軍の実力者）が山本権兵衛という海軍省が強力な陣を布いていたときであった。

これに対し、独立したばかりの軍令部長は佐賀出身の中牟田倉之助で、これが間もなく薩摩の樺山資紀に代わる。次長はなく、第一局長が角田秀松（薩摩）で、西郷・山本コンビの海軍省に較べると弱体であった。それで、山本が原案を作って、海軍大臣主導型の省部事務互渉規程が出来上がり、これが、昭和五年には加藤軍令部長に苦杯をなめさせ、昭和八年九月の段階まで続くのである。

日露戦争後、軍令部のメンバーもだんだん強力になってきた。

まず、連合艦隊長官として、バルチック艦隊を撃滅した東郷平八郎が軍令部長となり、その後、伊集院五郎、島村速雄、山下源太郎と海軍の名士が続いた。とくに山下は東郷、山本、加藤と並んで〝海軍の四祖〟といわれるほどの強い指導力を持った提督で、ワシントン会議に出席する加藤（友）はまず山下に会ってその了解を求めたという。

山下は温厚な教育者型の長老であったが、ワシントンで惜敗して、帰国後、軍令部次長となった加藤（寛）は、決して黙って引き下がる人物ではなかった。

このときから彼は邦家のため、また自分が信奉する〝漸減作戦〟を成功させるため、軍令部が必要とする兵力は、軍令部の中で獲得すべきだ、と固く胸に刻みこんだ。

遺恨十年、というたとえはあたるまいが、ワシントン会議からほぼ十年後のロンドン会議で、加藤は軍政派（穏健派＝条約派）の財部と争ってまたも敗れた。

〝統帥権干犯〟の問題の渦中で、昭和五年六月十一日、加藤は軍令部長の座を降りて、谷口尚真にバトンを渡した。谷口は海兵十九期、広島出身で加藤友三郎の同郷の後輩である。非常に厳格な人物として知られていた。軍令部次長は永野修身である。

この頃から軍令派、艦隊派の一部には、伏見宮を軍令部長にして省部事務互渉規程を改定して、兵力量の決定権を自分たちの手にもぎ取ろうという動きが活発になってきた。

昭和六年十二月、艦隊派寄りの大角岑生大将（海兵24期、愛知県出身）が海軍大臣になると、機は熟してきた。

七年一月下旬、谷口大将が辞意を表明すると、時来れりと、艦隊派は伏見宮をかつぎ出した。当時の海軍省は次官藤田尚徳、軍務局長寺島健、同第一課長沢本頼雄、後、井上成美といずれも軍政派である。

人事を握る海軍省の中心が軍縮派なので、軍令派の伏見宮かつぎ出しは難航したが、結局、東郷元帥を説得して、元帥の口から大角海相に、この際、伏見宮を仰ぐようにとアドバイスさせたといわれる。

七年二月二日、伏見宮が軍令部長となり、次官には百武源吾がなったが、六ヵ月ほどで、高橋三吉中将（29期、米内光政と同期）に代わった。

高橋は末次信正（27期）とともに、加藤（寛）の秘蔵っ子で、今は軍事参議官となっている加藤が悲願を託している期待の双璧である。

ワシントン会議のとき、末次は大佐で、随員として同行し、終始加藤首席随員と調子を合わせ、軍政派の随員山梨勝之進（ロンドン会議のとき海軍次官、統帥権干犯事件の責任で、五年十月、次官を退職。後、呉鎮長官、大将、軍事参議官となる）と対抗した。

高橋はワシントン会議のときに海大教官であったが、加藤の艦隊増強、十対七の比率を強く支持し、加藤が帰国して軍令部次長になると、高橋は軍令部第二課長になった。ほぼ同時に末次は、軍令部第一班長心得になっている。

昭和三年十二月、末次が軍令部次長になると、翌四年一月二十二日、加藤が軍令部長になる。そして同年十一月、高橋は海大校長となり、このトリオでロンドン会議では強力に、実質十対七、巡洋艦の比率と潜水艦の保有トン数について全権財部海相を突き上げ、統帥権干犯事件を引き起こすのである。

この事件で加藤が軍令部長を辞めると、末次も次長を辞めたが、艦隊作戦の逸材とみられていた高橋は海大に残り、前述の伏見宮かつぎ出しに一役かい、宮が軍令部長となった六日後、七年二月八日、軍令部次長となる。この時点で末次は第二艦隊長官として海上にあったが、軍事参議官の加藤とともに高橋を応援し、宮と東郷元帥をかついで、兵力量決定権を軍令部の手に入れるよう画策した。

ところが、ここに一大事件が突発して、艦隊派の計画が頓座することになった。

昭和七年五月の五・一五事件である。

この事件も二年前の統帥権干犯事件の後を引いているものであるが、三上卓以下の海軍青年将校が、〝昭和維新〟と銘打ってクーデターを行ない、ファッショ的な政権を確立するため犬養首相を暗殺したことは、何としても不祥事であって、艦隊派寄りとみられていた大角海相は、五月二十六日、一時大臣の椅子を岡田啓介に譲った。（註、昭和八年一月九日、再び大臣となり、条約派の駆逐と軍令部・艦隊派の権力増強に努力することになる）

大角が大臣に返り咲くと、軍令部の権力強化、兵力量決定権移行の運動は、また高まってきた。

伏見宮を頂く軍令部の改革勢力は、次長の高橋を中心に第一班長嶋田繁太郎少将、第二課長南雲忠一大佐である。この第二課長が、〝艦隊の建制及び定員〟に関する事項を担当することになっており、海軍省で、総務・予算を担当する軍務局第一課長井上成美大佐と激突することになるのである。

途中を省くが、後々まで問題とされた軍令部条例（改定の主眼は用兵権）と省部事務互渉規程（これが主眼）の改定案が軍令部から海軍省に提示されたのは、大角海相が復帰して間もない八年三月二日であった。その眼目は後に成立する〝省部業務互渉規程〟の第三条に盛りこまれる「兵力量（の決定）ニ関シテハ、軍令部総長（十月一日から総長となる）ガ之ヲ起案シ、海軍大臣ニ商議ノ上御裁定又ハ御内裁ヲ仰グ」という一項である。

これを容れると、かねての軍令部の悲願がかない、どういう軍艦を何隻造るかということは、主として軍令部の権限に属することになる。

この案にまず反対したのは、慎重な合理主義者である井上第一課長であった。軍令部は先に軍令部条例の改定案として、「国防用兵に関することを海軍大臣から軍令部長の手に移す」ことを提案して、問題を起こしていたが、これに加えて、兵力量の権限が軍令部に移ると、海軍大臣は、予算、人事、教育を担当するだけで、戦闘に関する重要事項はすべて軍令部の手に移ることになる。

――これでは軍備拡張派の思う壺で、加藤友三郎が苦心して妥結したワシントン軍縮会議も、やがて破棄されて、無制限建艦競争、そして経済的破局、対米戦争という事態を招きかねない……。

井上課長はそう考えた。

しかし、このとき、井上は知らなかった。

『歴史のなかの日本海軍』（野村実著、原書房刊）によると、「最近判明した資料によると、大角海相が復帰して間もない一月二十三日、海の大角海相、伏見宮が、陸の荒木陸相、閑院宮参謀総長と会議のうえで、〝兵力量ノ立案ハ参謀総長、軍令部長ガ立案スベク、ソノ決定ハ帷幄（天皇の参謀部即ち統帥部）ニオイテ行ナワルベキモノデアル〟という文書にサインしていた」ということである。

これでは、井上がいくら頑張っても勝ち目はなく、軍令部の南雲大佐がもしこの内幕を知っていたとすれば、井上に対し強気に出るのも当然のことであった。

この年の秋、伏見宮邸で園遊会が開かれた。

その席上、酒に酔っていた南雲は、一期下の井上のそばにくると、叫んだ。

「おい、井上。貴様、戦争がこわいのか、腰抜けめ！」

そう言うと、腰の短剣に手をやった。

南雲の短剣は、一般のそれのように飾りではなく、中に真剣が仕込んであった。

井上が鋭い眼でにらむと、

「いつまでも反対していると、殺してしまうぞ！」

南雲はそう叫んだが、さすがに短剣を抜くことはなく、その場を去った。

結論を急ごう。

南雲の脅しと関係なく、改正の問題は軍令部に有利に進捗した。海軍大臣が改正に賛成のうえ、宮様がついているのであるから、軍令部が有利なのは自明の理である。

井上の上司の寺島軍務局長も条約派なので、懸命に宮を説得したが、不興をかうばかりである。

ついに宮は、「この案が通らないなら、私は軍令部長を辞める」と言い出した。

最後まで抵抗した井上課長は、九月二十日、横須賀鎮守府に転出せしめられた。

しかし、軍令部の意表を衝いて、まだ抵抗した人がいた。意外にも、それは軍事大権の保有者天皇自身であった。

九年一月一日の施行を目標とする大角海相が、九月二十五日、葉山の御用邸に伺候して、改正案を説明すると、意外にも細部について質問が相つぎ、その日は裁可にならなかった。（註、天皇は和平派の西園寺公望、牧野伸顕、岡田啓介らから意見を聞いていて、軍令部が強大な権力を持つことに批判的であった）

天皇は海軍の内部事情も勉強しておられて、

「この改正案では、政府の所管である予算や人事にまで、軍令部が介入するおそれがある。それに対する海軍大臣の考えを文書にして出すように」

と指示されたので、大角は恐懼《く》して、その日、急遽、説明の覚書を作成し、翌二十六日に再度伺候して、ようやく裁可を得る運びとなった。

こうして、新軍令部条例は、九月二十六日付で「軍令部令」と改称され、十月一日から施行されることになった。（註、また、この日から海軍軍令部は軍令部、軍令部長は軍令部総長と呼ばれることになった）

その第一条は、

「軍令部ハ国防用兵ノ事ヲ掌ル所トス」

となっており、作戦に関しては完全に軍令部の所管となったのである。

問題の省部事務互渉規程も、「省部業務互渉規程」と改称され、十月一日から施行されることとなった。

その第三、四、五条には、軍令部が悲願としたつぎの条項が入っていた。

第三条　兵力量ニ関シテハ軍令部総長之ヲ起案シ、海軍大臣ニ商議ノ上御裁定又ハ御内裁ヲ仰グ

第四条　左ノ事項ハ軍令部総長之ヲ起案シ、海軍大臣ニ商議シ、決裁ヲ仰ギタル後、之ヲ伝達シ海軍大臣ニ通諜ス

（海軍大臣ハ艦船部隊ノ派遣ニ関シ必要ト認ムル場合ニハ軍令部総長ニ商議ス）

一、軍機軍略ニ関スル艦船部隊ノ派遣、任務行動

二、艦隊ノ用兵上ノ任務及ビ行動

三、海外警備艦船部隊ノ派遣、用兵上ノ任務及ビ行動

四、戦時編制

五、大小演習

六、海戦要務令

これで、軍令部は問題の兵力量の決定権をはじめ、艦船部隊の派遣、用兵、戦時編制などにおいて主体性を確保し、軍令部条例の改正と併せて期待以上（？）の成果を挙げたといわれる。

この昭和八年十月の大改正について、勿論、抵抗をした条約派の提督たちは眉をひそめた

が、そのうち、つぎの提督たちは大角人事によって相ついで現役を去って予備役に入り、権力を握った艦隊派が「大和」「武蔵」「信濃」などの巨艦を計画し、やがてシナ事変の行き詰まりと三国同盟の締結によって、日本がアメリカとの戦争に突入するのを、憂慮とともに眺めやることになっていく。

山梨勝之進大将（海兵25期）　ロンドン会議当時、海軍次官、昭和八年三月、予備役。
左近司政三中将（28期）　ロンドン会議首席随員、海軍次官、佐鎮長官、九年三月、予備役。
寺島健中将（31期）　海軍省軍務局長、九年三月、予備役。
堀悌吉中将（32期、山本五十六と同期の首席）　ロンドン会議当時、軍務局長、九年十一月、予備役。

以上のうち、九年十月、第二次ロンドン軍縮会議予備交渉日本代表として出張中の山本五十六が堀の予備役編入を聞いて、大いに日本海軍の前途を憂える手紙を堀に送ったことは、阿川弘之氏の『山本五十六』にも出ている。

ここで難しいのは、東郷元帥の立場である。伏見宮を軍令部長に仰ぎたいという高橋次長の背後に加藤（寛）がいたことは明らかである。軍令部条例及び省部事務互渉規程の改定にあたって、伏見宮を軍令部長に仰いだことが大きな決め手であるとするならば、これについて助言をしたといわれる東郷の立場は難しいものとなる。

なぜならば、戦後の日本の史家は、この昭和八年の改正で軍令部が強い権力を握ってワシントン、ロンドン両条約を廃棄し、巨艦の建造など軍備の拡張に突進したのが、アメリカとの激突の大きな原因となった、と説く人が多いからである。

戦争が終わるまでは、日本国民の多くも艦隊派が主導した大艦建造、軍備拡張に拍手を送っていた。しかし、敗戦に終わると、艦隊派は好戦的であると批判され、条約派は知性的、合理的な和平派として賞賛されるようになる。

しかし、艦隊派を中心とする軍令部が強力になったから、日本が太平洋戦争に突入したとみるのは、早計ではあるまいか。

あの時点で、日本が米英に伍して大陸の権益を守っていくために大艦隊を持つ必要があったことは、当時の戦略として止むを得ない点もあったのではないか。

勿論、加藤（友）を始祖とする条約派の考えどおり、ワシントン、ロンドンなどの軍縮条約の精神を守り、有効裡に軍備を制限しておけば、戦争は避け得た、という考え方は説得性を持っているようにみえる。

しかし、あの戦争の発端は、第一次大戦前における英独の軍備拡張競争のみが、開戦の原因ではなく、カイゼルの帝国主義が根本の要因であると同じく、日米戦の近因も強大な軍備だけではなく、陸軍の過大な大陸侵略と、松岡外相を中心とする三国同盟の推進にあることは明らかである。海軍は最後まで戦争回避の努力を続けており、その点、シナ事変で大陸侵略を推進した陸軍省の幹部と行き方が違っていた。

条約派の知的な合理主義は認めるべきであるが、開戦、敗戦の責任は、艦隊派のみに負わせるべきものではなく、むしろ、陸軍の大陸政策と国際情勢に対処する政府の政治的な判断にあったとみるべきではなかろうか。

筆者は艦隊派、ひいては東郷元帥を弁護しすぎているのであろうか？

歴史をふり返ってみよう。

日露戦争の前、日本には条約派はいなかった。三国干渉以来、暴戻《ぼうれい》なる侵略、朝鮮進出をほしいままにする帝政ロシアに対する日本国民の敵愾心はいやがうえにも燃えさかり、一丸となって遺恨十年一剣を磨いたのである。

その一剣とは山本権兵衛の苦心になる「三笠」を旗艦とする六六艦隊であり、飛電一閃、その名剣をふるいバルチック艦隊を対馬の沖に沈めたのが、東郷だったのである。この二人をリーダーとする強力な日本海軍がなかったら、日本は明治三十八年の段階で、ロシアの属国になっていたかも知れなかったのである。

断わっておくが、筆者は軍備拡張論者でもなければ、軍国主義者でもない。

しかし、歴史を批判し、登場人物を評価し、組織の動きを裁くには、その時点に立って当時の状況を認識することが必要である。

日露戦争前の大建艦、大海軍建設を指導した提督は、山本をはじめ〝艦隊派〟であった。艦隊派の主導によって日露戦争に勝ち、国家を万代の泰きにおいた歴史を知るその後輩たちが、新しい時代の艦隊派として、新しい仮想敵アメリカと決戦をするために、明治三十年代の日本海軍のように軍備拡張に奔走したからといって、その時点でこれを咎める理由があるであろうか。

軍備というものは、双刃の剣である。軍人たるもの、戦闘をその任とする以上、強い軍備をもって、敵を圧倒することを考えるのは当然である。しかし、マケドニア、ペルシャ、アテネの古代以来、強大な軍備を保有する国家が、戦争と侵略を事として、ときに敗戦を招き、国民を苦しめてきたことも歴史の事実である。

あらためて言っておきたい。これらの改正における艦隊派のやり方は、強引にすぎるかも知れないが、彼らも当然国家を思う至情から、強力な決戦態勢を念願して、この改正を決行したものと思われる。

太平洋戦争の開戦に、必ずしも艦隊派の動きに責任がないとするならば、軍令部の動きを支持したといわれる東郷に対して太平洋戦争開戦に及ぶ責任を負わすのは行きすぎであると思われる。

なぜならば、日露戦争のときは、条約派は存在せず、すべての海軍は艦隊派であり、東郷はその艦隊派の輿望を担って、よくその責めを果たし、国家に栄光をもたらした英雄であったからである。

二つの条例、規程の改正をめぐって、軍令部と海軍省が火花を散らしていた昭和八年春、艦隊派の始祖ともいうべき山本権兵衛は病の床にあった。

権兵衛は、自分がその成立に力を致し、そのために日露戦争で強大な権力をふるい得た二つの条例、規程が改正され、軍令部の有利に展開しつつあることを知っていたが、あえて介入しようとはしなかった。

昭和八年二月頃から、彼は摂護腺（前立腺）肥大症で発熱し、病臥していた。そして、愛妻の登喜子もガンで床についていた。

権兵衛は、自分が育てた海軍省の広汎な権力が、伏見宮と親友東郷の介入で、軍令部の手に移りつつあることを、病床で旧部下から教えられたが、

「東郷がやっているのか。宮がついていれば軍令部の勝ちだろう……」

と伸びた無精髭をなでて、淋しく笑った。

不思議なことに、権兵衛は軍令部の経験がない。しかるに、東郷には海軍省の経歴がほとんどない。中佐時代に主船局というポストが履歴にみえているだけである。

そして、権兵衛が海軍省官房主事、軍務局長、海軍大臣と軍政畑を駆け登ったとき、東郷は海大校長、常備艦隊司令官、舞鎮長官、連合艦隊長官と軍令畑の主流をゆっくり歩いていった。日本海海戦後は陸《おか》に上がって、軍令部長となり、四年間それを務めた後、軍事参議官となっている。

日露戦争では、そろって駒を進めて勝利を獲ちとった二人ではあるが、その提督になってからの経歴は終始、軍政と軍令に分かれていたとみるべきであろうか。

軍令部が軍令部条例と省部事務互渉規程の改定案を海軍省に示したのは、八年三月二日のことであった。

省部の死闘がたけなわとなった三月三十日、山本家では権兵衛の妻登喜子が息を引きとった。明治初年、権兵衛が海軍兵学校生徒のとき見初めて以来、六十余年にわたる伴侶であった。

登喜子のいまわのきわに、やっと身を起こして病床を見舞った権兵衛が、

「長い間、ご苦労だった。おれも遠からず後からゆくよ」

というと、登喜子は最後の力をふりしぼって、夫の手を握り、淋しそうに笑った。

伯爵、海軍大将山本権兵衛が世を去ったのは、その八ヵ月後の十二月八日である。八十二歳であった。

すでに二ヵ月前に、二つの条例、規程の改定はなり、軍令部は凱歌を挙げ、海軍省が沈滞していることを、権兵衛は病床で聞いたが、

「ご時勢じゃのう……」

と微笑んだだけだったという。彼には東郷のように、老軀《く》を引っさげて、海軍の新しい動きに入ってゆく体力は、もうなかった。東郷の方が五歳年長であるというのに。

一方、二つの改定が軍令部側の勝利に終わったことを知った東郷は、意外にも喜色を見せなかった（健康がすぐれなかったこともあったかも知れない）。

晩年の東郷がある外国の要人と会談したとき、相手が、

「日本とアメリカが戦争になるとしたら、アドミラル・トーゴーはどうしますか?」

と聞いた。

英語の達者な東郷は即座に、

「アイ、ウイル、ランナウェイ!(逃げますな)」

と微笑しながら答えた。

相手は手を叩いて笑った。ジョークだと思ったのである。

ツシマの英雄が、敵に後ろをみせるとは考えられない。ほかの提督ならいざ知らず、世界のトーゴーが逃げるといえばそれはジョークにしか受けとられない。しかし、案外それは東郷の本気であったかも知れない。

イギリスに長く留学し、アメリカをも知っている東郷は、その晩年、強国との戦いは避けるべきだと考えていた。あの対馬の戦いのときでさえも、彼は大勢の部下を犠牲にすることへの畏《おそ》れを感じていた。

――戦いを始めたら勝たねばならぬ。しかし、でき得べくんば、戦いをやらないで平和を守ることだ……。

それが勝った者の、怖《おそ》れを知る者の哲学であった。しかし、それには強大な軍備と精兵と優れた提督が要る。

――そして、もし、戦わずして勝つような政治力を発揮し得る提督がいるとしたら、それは盟友山本権兵衛の如き幅の広い判断力を持った男であろう……。

しかし、その山本の命脈もようやく尽きようとしていたのであった。

東郷は身辺とみに寂寥を感じていた。

時代は動いていた。この年（昭和八年）一月三十日、ドイツではナチスのヒトラーの内閣が成立していた。イタリアは、すでにファシストのムッソリーニが独裁体制を布いている。二月二十四日、松岡全権はジュネーブで国際連盟の会場から退場。三月四日、ルーズベルトがアメリカ大統領に就任、三月二十八日、日本政府は国際連盟脱退を通告した。軍令部が条例、規程の改正を実施した十月一日から間もない十月十四日、ドイツは軍縮会議と国際連盟からの離脱を通告した。

世界は大乱へ大乱へと、そのひそかではあるが確実な歩みを続けていたが、日本の大衆は、満州国の成立（昭和七年三月一日）と日本の大陸への進出に酔っていた。

翌昭和九年三月一日、満州国は帝政を実施し、執政溥儀は皇帝となった。

七月三日、斎藤内閣は帝人事件がもとで総辞職、八日、九期後輩の岡田啓介が組閣した。岡田は軍拡、軍国化、ファッショ、急激な大陸進出には批判的であった。

八月二日、ヒトラーは総統に就任、十二月二十九日、政府はワシントン軍縮条約の廃棄を米英仏伊に通告した。発動は二年後で、それで主力艦の保有トン数などの制限は切れて、列強は無制限建艦競争に入るわけである。

巨星ついに墜つ

大戦への序曲が奏でられていくなかで、昭和九年五月三十日、東郷平八郎が世を去った。盟友山本権兵衛の没後わずか半年たらずである。

東郷は前年十月、軍令部が条例、規程の改定に成功した頃から、すでに体が変調を訴えているのに気づいていた。

十二月二十五日、東大医学部増田教授の診断は、喉頭ガンであった。手術が不可能だというので、ラジウム療法を行なうこととなり、翌九年一月八日から東大医学部放射線科主任・中宗助教授らの指導で三月十三日まで五十九回の治療を行ない、そのラジウム線量は六万三千ミリグラムに及んだ。

しかし、頑健を誇った肉体も八十八歳の老齢には勝てず、五月に入ると液体も喉を通らなくなったので、ブドウ糖液の皮下注射か滋養灌腸によってしか栄養を維持する方法がなくなってきた。

五月二十七日の日本海海戦記念日祝賀会は、例年の会場である水交社が修理中であったので、築地の海軍経理学校で催された。この日は天皇が行幸されたので、出席した往年の将士の面にも、感慨一層新たなものがあったが、誰もが胸底に深い憂いを秘めていた。

もう往年の「三笠」艦橋に勇姿を残した将士のうち、残っている人も数少なくなっていた。加藤参謀長、伊地知艦長、秋山先任参謀はとっくに世を去り、当時、測距儀に顔をつけるようにして敵艦までの距離を計っていた安保清種砲術長は、その後、海相を務め、この年一月、予備役となったが、まだ元気である。

若手参謀として加藤、秋山を助けた清河純一大尉は、中将となり舞鎮長官を最後に六年三月、予備役となったが、体はかなり弱っていた（昭和十年三月一日、逝去）。

艦橋左舷で伝声管のそばに立っていた当時の少尉長谷清は健在で、この年五月、海軍次官になったばかりである。

しかし、彼らは知っていた。あのとき「三笠」艦橋の中心にあって、いかなる弾丸が命中しようとも顔色を変えず、敵をにらんでいた大提督が今、死の床にあることを……。

この日夕刻、東郷の病状はつぎのように海軍省から発表された。

「東郷元帥には昨年夏頃より発熱、秋期に至り時に咽喉部に異物及び軽痛あり。その後一進一退の状況にて、喉頭の癌の診断の下に放射線療法及びその他の治療を施しつつあるも、老体に加うるにその間時々宿病たる膀胱結石、座骨神経痛を起こし、又気管支炎等を併発せるをもって衰弱加わり、昨今心痛すべき状態にあり」

この病状はラジオによって日本全国に伝えられ、海軍記念日のこの日夕方、天皇からの見舞いの果物が下賜され、伏見宮、閑院宮も御付武官を見舞いに差遣した。靖国神社に程近い東郷邸には、海軍関係者、とくに「三笠」保存会員がつめかけた。

東郷は庭に面した一番西寄りの八畳の部屋に病臥していた。白衣の看護婦一人が付き添っていて、門前には元帥の平癒を祈願する市民が集まっていた。東郷の病状は新聞、ラジオのほか、少し良化すると号外が出たりした。

五月二十八日、病状は前日よりいくらか持ち直したようにみえた。朝食のとき、陛下から下賜された果汁をやっと一口呑み、意識も明瞭であった。しかし、午後になると、再び容態は悪化し、液体もとることが難しく、ガンによる中毒症状のため、身体の衰弱が進んだ。

しかし、東郷の意識はまだ明瞭で、東大から派遣された医師や、海軍の軍医官に、喉をしぼって「有難う」とねぎらいの声をかけていた。

この日（二十八日）、皇后陛下は、侍従職を通じて自ら栽培された野菜一籠と皐月《さつき》一鉢を東郷に下賜された。嗣子東郷彪がその旨を伝えて、御下賜のスープをスプーンで東郷の口に入れると、東郷の両眼に涙が浮かんだ。

二十九日、東郷の病状はさらに悪化した。

午前零時半、宮内省から陞爵の沙汰がおりた。

依勲功持陞授侯爵　正二位大勲位功一級伯爵　東郷平八郎

嗣子彪がこの陞爵の辞令を受領して帰宅、病床の東郷にこれを伝えると、もう起き上がることもできない東郷は、蒲団の上に羽織をかけさせ、仰臥したまま姿勢を正し、優渥な皇恩に感謝した。

二十九日午後三時、東郷は昏睡状態となり、危篤が伝えられた。

このことが天皇の耳に入ると、三時十五分、葡萄酒一ダースを下賜され、鈴木貫太郎侍従長を見舞いに差遣された。侍従が来ることはあっても、侍従長が差遣されたことは初めてであったといってよい。

「東郷閣下……」

枕元に正座した鈴木は、そう言ったきり絶句して、しばらく白い髭の生えた東郷の顔をみつめた。日清戦争のとき、鈴木は水雷艇の艇長として、威海衛の夜襲で奮戦した。日本海海戦のときは、第四駆逐隊司令としてバルチック艦隊の夜襲に参加し、敵のサーチライトで新聞が読めるようになったら魚雷を発射する、といって肉薄攻撃した。

二つの大戦に、鈴木はこの名将とともに参加したことを誇りとしてきた。そして今や日本の国土の艱難《かんなん》なときに、この名将を失うことは、大きな国家的損失であった。鈴木は多くの思いをこめて、この先輩の枕元に座していた。

また皇太后陛下（貞明皇后）は、この日、見舞いと米寿の祝いを兼ねて、象牙造りの鳥の置物を下賜された。

五月三十日午前七時、東郷平八郎は天寿を終わった。この報に接した国民は一様に頭を垂れて、聖将の死を悼んだ。

この日、東郷は正二位から従一位に昇り、国葬となることになった。東郷の国葬は六月五日、日比谷公園で行なわれることとなり、葬儀委員長は加藤寛治大将（軍事参議官）と決まった。

海軍からは、柴山昌生大佐の指揮する銃隊二個大隊と、軍楽隊が儀仗隊として参加し、陸軍は南次郎大将（前陸相、軍事参議官）の指揮する近衛師団所属の歩兵第三、第四連隊、騎兵一個連隊など五千名の大部隊を儀仗隊として派遣して、日比谷公園を埋め尽くし、別に野砲兵一個中隊が、当日、十九発の礼砲を発射することになった。

海外からの会葬者も多かった。

アメリカ海軍はアジア艦隊司令長官アッパム大将の旗艦アウグスタが東京湾に派遣され、イギリス、フランス、イタリアもその極東艦隊の旗艦を派遣した。

六月五日、午前八時三十分、砲車に載せられた東郷元帥の柩は麴町三番町の東郷邸を発し、同日、東京湾、横須賀軍港をはじめ各泊地に在泊中の海軍各艦は、弔旗を掲げて、十九発の弔砲を発射した。

柩車は、東郷邸を出ると、富士見町、青葉通り角、半蔵門、桜田門、霞ヶ関を通って、日比谷公園正門に向かった。

棺側に付き添った主な人々はつぎのとおりである。

飯田久恒（海軍中将、日露戦争時、第一艦隊参謀）

清河純一（海軍中将）
安保清種（海軍大将）
大角岑生（海軍大将、海軍大臣）
谷口尚真（海軍大将）
山本英輔（同）
末次信正（同、連合艦隊司令長官）
真崎甚三郎（陸軍大将、教育総監）
渡辺錠太郎（同、軍事参議官）
河谷操（同、軍事参議官）
奈良武次（同、前侍従武官長）
町田経宇（陸軍大将）
平沼騏一郎（枢密院副議長）
徳富猪一郎（蘇峯・貴族院議員）

騎馬警官に先導された葬列には儀仗兵、葬儀委員のほか軍楽隊が同行して「葬送曲」を演奏した。

儀仗兵の一部は大将旗、功一級金鵄勲章をはじめとする元帥刀、多くの勲章を捧持して歩いた。葬列の延長は千五百メートルにあまった。沿道の家は黒幕を張り、竿の先の玉を黒布で包んだ弔旗を掲げた。

葬列が霞ヶ関の海軍省前を通過するとき、多くの皇族が微行《しのび》の形で、海相官邸玄関前の席で柩を見送った。

九時四十八分、予定どおり葬列は式場に達し、葬儀が始まった。

一般参列者の焼香は引きも切らず、午後二時過ぎには止むを得ず打ち切りとなった。

午後二時五十八分、霊柩は日比谷を発し、多磨墓地の名誉墓地と呼ばれる一画に埋葬され、「元帥海軍大将従一位大勲位功一級侯爵　東郷平八郎墓」と書いた白木の墓標が立てられた。

埋葬後、五十日祭まで、旧「三笠」乗組員は毎日交代で墓所に奉仕した。その中に、日本海海戦時、最若手の参謀として東郷長官の薫陶をうけた清河純一中将の姿が目立った。すでに病弱であり、翌年三月一日には東郷の後を追う清河であるが、いつまでも墓前を去り得ない彼の姿は、よき日の連合艦隊将士の堅い結びつきを墓参の人々に感じさせた。

明治、大正、昭和の三代を通じての英雄、東郷平八郎が薨去すると、いくつかの行事が催された。

東郷元帥記念会は、その中心となるものである。東郷の死後、日本各地で、東郷を記念する事業を起こし、神社を建てて記念としたいという希望が東郷家や海軍省に殺到した。そこで、東郷の没後四ヵ月の九月二十七日、「東郷元帥記念会」が発足した。

会長は前総理斎藤実（日露戦争時、海軍次官）、副会長は「三笠」保存会長阪谷芳郎で、

その趣旨と事業内容は、発起人の一人である徳富蘇峯が起草した、つぎの趣意書に詳しい。

趣意書

明治、大正、昭和の三朝に奉仕して、興国の鴻謨《こうぼ》を翼賛したる文武の名臣尠《すくな》しとせずといえども、生きては日本武士の典型となり、死しては国民景仰の中心となって、その終を全うしたるもの、少なくとも東郷元帥をもってその第一人者と為さざるを得ず。

東郷元帥の偉大なるは、独り日本海の大海戦において、空前曠《こう》古の大捷利を制し、世界的偉人と謳《うた》われたるが為のみにあらず、歴代文武の功臣の中においても最もその精忠を抽《ぬき》んで、臣節を全うし、人格の完美に達し、いわゆる人にして神として万世に崇祀せらるべき人なるが故なり。

若し天下に国民的英雄あらば、東郷元帥の如きは正しくその人にして、固より区々一地方の私にすべき人物にあらず、我等はこの意味において国民的皇都の中心たる東京において、大衆国民の一致協力に頼りて、東郷神社を建設せられんことを期待せざるを得ず。

これ実に同志相謀りここに財団法人東郷元帥記念会を設け、神社銅像の建設並びに元帥邸御保存の方法を講じ、元帥その人の精神的感化を万世に伝え、恒《つね》にわが国民を警省し、護国の神として国民教化の霊として日本精神の興隆に寄与せんとする所以なり。

江湖の諸君子幸いに賛襄の栄を賜わらば豈ただに我らの本懐のみならん哉。

事業要綱

一、神社
敷地は明治神宮付近景勝の浄地を選定す。

社殿その他の規模は大ならざるも力強きものとす。
二、銅像
㈠、国民精神を作興し殊に団体的訓育の表象となるべき目的の下に建設す。したがって訓育場所に充つべき広場を付設す。

㈡、銅像は在来の単像と異なり、元帥の雄姿を示せる銅像の外に代表的偉績を浮き彫りとす。

㈢、敷地は丸の内付近とす。
三、元帥邸保存
東郷侯爵家より引き受け、最適の保存方法を講ず。
四、総経費は三百万円（事業費二百二十万円、維持基本金八十万円）とし、寄付金による
この年、十二月二十七日、内務、海軍、文部三大臣より〝財団法人東郷元帥記念会設立の件〟許可され、事務所を麴町区桜田町内務省内に開設、翌十年五月から各地方官民に依頼して寄付を募ることになった。

東郷神社は、現在（昭和六十一年）ある国電原宿駅の近くにあり、当時は渋谷区原宿三丁目二百六十六番地という地番で、旧岡山藩主池田侯の屋敷であったのを譲りうけたものであ

る。丘あり池あり森ありの大名屋敷の庭をそのまま活用したもので、現在その一部に東郷記念館があって、旧海軍関係のみならず、広く一般社会層の会合、婚礼などに席を提供している。

寄付の集まりは順調で、社殿の建築は昭和十五年（皇紀二千六百年）春を目標に進められた。

以上で東郷平八郎に関する記述を終わるが、『聖将東郷と霊艦三笠』には、昭和十一年六月七日（日）、尾崎大佐が「三笠」を訪れたときの詳細な見学記が出ているので、その一部を紹介しておきたい。

尾崎大佐のこの訪問は、同年五月二十六日、東郷の遺髪が「三笠」の長官室に安置されたのを機に、あらためて、「三笠」の訪問記を書くために行なわれたものである。

横須賀で下車した尾崎は、三崎行きのバスに乗り、大瀧町で下車した。右側は下士官兵集会所で、左へゆくと三笠会館があり、ここから海軍工機学校の塀に沿って桜並木をいくと、白浜海岸に「三笠」の雄姿が現われる。

通路の近い方に艦尾の長官遊歩用回廊の手摺が見えており、艦尾には軍艦旗、マストの頂上には、Z旗が初夏の風にはためいている。左舷舷梯（タラップ）の位置から乗艦する。まず、後甲板で軍艦旗に一礼すると、そこに額が掲げてあり、明治天皇の御製が記してある。

旗

くもりなき朝日のはたにあまてらす
神のみいつをあふけ国民

ふり向くと、赤と緑の塗料で標示された被弾箇所が痛々しく尾崎の眼を射る。黄海海戦の場合（主として左舷戦闘）は赤で、日本海海戦（主として右舷）の場合のものは緑色の塗料で標示してある。

後甲板の一部に、伏見宮博恭王殿下記念室がある。伏見宮（尾崎訪問時、軍令部総長）は、黄海海戦当時、少佐で「三笠」の後部三十センチ砲塔を指揮する分隊長であった。その日、八月十日、午後五時五十六分、宮の指揮する砲塔に敵の砲弾（三十センチ主砲）が命中し、二門の三十センチ砲のうち、右砲は途中から切断され、その先は海中に落ちた。このために砲塔内は大震動を生じ、弾片は塔内に四散し、ガスが充満して、即死一名（平沢長吉二水）、負傷六名、軽傷十二名という被害を生じた。宮はこのとき胸部に重傷を負ったが、そのときの血にまみれた軍服や双眼鏡が、記念室に展示されている。

上甲板中部に入ると各府県別「三笠」戦死者の表が出ている。これによると、総計四十二名らしい、一番多いのが岐阜県の七名で、秋田の四名、新潟、愛知、京都、石川の三名がこれについでいる。

引き続いて上甲板を歩く。

無電室には、日本海海戦時、バルチック艦隊を発見した哨艦信濃丸の写真が掲げてあり、「敵艦見ゆと警報せし仮装巡洋艦信濃丸」という東郷の筆蹟が見える。

後部大檣（メーンマスト）の根元には、黄海海戦時、午後一時三十六分、敵三十センチ砲弾が後部司令塔右舷に命中し、甲板を貫徹して、大檣の根元で炸裂したときの被害状況の写真が出ている。このときの被害は即死四名、重傷後死亡者四名、重軽傷者四名である。

大檣前方の機械室囲《かこい》内には東條鉦太郎の筆になる黄海海戦のパノラマが掲げてある。

黄海海戦のときはここに十四番十二斤砲があり、午後七時、敵弾一発が命中したが、このため味方の砲弾約二十発が誘爆し、砲側は火焰地獄と化した。このとき砲台長付沢本斎少尉候補生は、全身飛散し、双眼鏡の破片のみが遺品として残った。

この被弾で戦死者八名を出し、水雷長小山田仲之丞少佐以下十三名が重軽傷を負っている。

前甲板に出ると艦橋下部に近い二箇所に敵弾命中箇所が標示してある。そのうち一箇所は日本海海戦開始後間もなく、東郷長官の身辺をかすめて落下した砲弾の命中位置を示す。

前部司令塔にも命中の標示がある。五月二十七日午後二時二十分、艦橋右舷に命中した砲弾の破片がこの司令塔内にとびこみ、勤務中の水雷長菅野勇七少佐、参謀飯田久恒少佐ら四名に重軽傷を与えた。

この少し前、秋山参謀が敵弾雨飛の艦橋の東郷に「危険ですから司令塔にお入り下さい」とすすめたが、「私はすでに老人である」といって東郷は辞退した。もし、司令塔内に降りていたら、無事ではすまなかったかも知れない。
この司令塔のあるのがセンターデッキで、その上が前艦橋である。いうまでもなく、黄海、日本海の両海戦を通じて、この艦橋とその上の最上艦橋は多くの歴史の目撃者であった。

八月十日、黄海海戦のとき、午後六時三十分、敵の十五センチ砲弾一発が、この前艦橋左舷前部に当たった。セマホア信号器に命中し、航海士藤瀬慎二郎中尉以下五名が戦死、その近くにいた艦長伊地知大佐、参謀殖田謙吉少佐、同小倉寛一郎少佐、中沢久直少尉、長谷川清少尉、加島次太郎少尉候補生ら十八名が重軽傷を負った（殖田少佐ら三名は後、死亡）。この戦訓によって、日本海海戦のときは、艦橋上はできるだけ不要の兵器物品はおかないことにして、被害を局限した。

伊地知艦長は身に数個の弾片を受けて倒れたが、間もなくどうにか起立して執務できるようになった。ただ、艦内の医務室では弾片を抜き取る手術ができないので、弾片を身につけたまま艦長としての職務をとった。艦長を更迭するという話も出たが、伊地知は東郷の前で必死に頑張った。

「おいは、この戦争が終わるまでは、艦橋を動きもはんで。ロシアの艦隊をばやっつけるまでは、『三笠』は降りもはんで」

そう必死に訴える伊地知を前に、東郷はうなずいた。薩摩っぽの伊地知を説得して艦を降ろすのは至難の業であった。

しかし、弾片を体内に留めている伊地知の健康はすぐれず、碇泊中はともかく、航海中は中甲板の艦長室から艦橋へ往復するのが体にこたえた。そこで、彼は前艦橋の操舵室に毛布を持ちこみ、航海中はここで寝食をして、ついに五月二十七日の大海戦まで頑張ったという。

そして、前艦橋の上の最上艦橋に出る。

この十畳敷にも足らぬ小甲板が、黄海海戦から日本海海戦にかけて、東郷が指揮をとったところである。T字戦法にもとづく、敵前の一八〇度回頭の命令もここから発せられたのである。

ここには、当時の艦橋の様子が青銅の浮き彫りで示されている。

ほぼ中央に東宮殿下より賜わった一文字在房の名刀を左手にした東郷が敵をにらんでいる。その両側に加藤と秋山（敵との態勢を記録中）がいる。伊地知艦長は羅針儀の後方、安保砲術長は参謀長と艦長の間、航海長布目満造中佐と航海士枝原百合一少尉は海図台の前、長谷川少尉は測距儀についている。左舷側伝声管についているのは玉木信助少尉候補生（少尉で戦死）、艦長、航海長の間で双眼鏡を眼にあてているのは今村信次郎中尉、階段から上半身を見せているのは参謀飯田久恒少佐である。

この最上艦橋も日本海海戦当日、敵弾の洗礼を受けている。午後二時二十分、敵三十センチ砲弾が艦橋下方の右舷で炸裂、その破片が操舵室の天井を貫いて最上艦橋の羅針儀に当たり、これを守るマントレット（ハンモックの蔽い）の中に突入した。このとき、弾片の一部は東郷の両股の間を通り抜けたが、東郷は無傷で、自若として敵をにらんでいた。この弾片は縦二寸、横三寸、厚さ一寸五分で、東郷の生存中はその邸内に保存されて、没後は、「三笠」の長官公室に保管されている。

海戦時、この最上艦橋で勤務した士官は、さすがに当時、日本海軍の俊秀ぞろいで、少尉で戦死した玉木候補生以外は、大将（加藤、安保）、中将（その他全部）に進級し、日本海軍の根幹を為している。

以上のほか、尾崎大佐は、短艇甲板、上甲板、中甲板、各砲郭、士官病室、特別記念室（中甲板二区）、中甲板後部に向かって士官室、艦長室、長官公室、長官室、長官寝室、参謀室、士官次室（ガンルーム）、幕僚室、参謀長公室（貴賓室）、上甲板に登って右舷舷梯より艦外に出て、公園に据えてある三十センチ砲塔という順に見学している。（註、艦内に置くと重いのでここへ出して、代わりに模擬砲を砲塔に備えている）

敗戦と「三笠」の荒廃

山本権兵衛と東郷平八郎の相つぐ死は、日本海軍にあるエポックを画した。すなわち、日露戦争時代の終焉であり、世界大戦への胎動の始まりである。日本海軍は、軍令部が主導権を握ったことで、大艦の建造をはじめ軍備拡張の権限を手中に入れた。サイレント・ネービーのやり方として、それが直ちに開戦へつながるわけではないが、昭和十一年末にワシントン条約廃棄の発動とともに、世界の海軍は建艦競争に踏み切るが、その中でも日本が戦艦「大和」などの建造で、その先頭に立つようになる。

ヨーロッパでも無気味な動きが続いていた。

先に総統になったヒトラーは、昭和十年三月、ドイツの再軍備を宣言した。武装制限を決めたベルサイユ条約（大正八年）への反逆である。

同年十月三日、イタリアはエチオピアに戦争をしかけ、これを影響下におく。十月二十一日、ドイツは国際連盟を脱退した。

そして翌十一年二月二十六日、〝昭和維新〟を叫ぶ陸軍青年将校は、近衛歩兵第三連隊などの軍隊を動かして、二・二六事件を生起させ、斎藤実内大臣、渡辺錠太郎教育総監、高橋是清大蔵大臣らを暗殺し、鈴木貫太郎侍従長に重傷を負わせた。岡田啓介総理は、義弟の松尾陸軍大佐が身代わりとなって危うく助かった。

襲撃された重臣の中に、三人の海軍大将がいたことは注目されてよかろう。とくに、岡田と鈴木は昭和五年のロンドン条約のとき、財部全権を支持し、その後も国際協調、条約派寄りの線とみられていた。

この年十一月、広田内閣は日独防共協定に調印した。

そして翌十二年七月七日、七夕の日に北京郊外芦溝橋の一発の銃声で、日中戦争が始まり、翌十三年に始まるドイツとの同盟は、十四年夏の独ソ不可侵条約で一旦は破れるが、十四年九月、第二次大戦勃発、十五年九月、日独伊三国同盟締結に続いて、十六年十二月八日、日本は太平洋戦争の引き金を引くのである。

二十年八月十五日の終戦を、「三笠」は白浜海岸で淋しく見守っていたが、米軍の横須賀進駐とともに、「三笠」も敗戦国の辿る運命から逃れることはできなかった。

敗戦のとき、「三笠」には保存会の人員は四名しかいなかった。開戦時はもっと多くいたが、戦争の激化につれて、老年の士官や予備役の士官もつぎつぎに応召し、終戦時は監督の池田武義大佐（海兵32期）と片岡五郎兵曹長を入れて四人となり、後は女性の傭人数名で保管業務に携わっていた。

八月下旬、米軍はつぎつぎに厚木、横浜に進駐し、二十九日、ハッジャー海軍中将が横須賀基地司令官となり、日本海軍では米軍との折衝にあたるため、旧横鎮参謀長を委員長に、参謀を委員とした横須賀連絡委員会が、旧三笠会館（現在の横須賀カトリック教会）内に設けられた。

八月三十日午前十時、米軍艦多数が横須賀の沖合に現われ、艦載機が追浜《おっぱま》の横須賀航空隊を制圧、着陸、占領し、艇首に機銃を備えた上陸用舟艇十数隻が、武装兵多数を乗せ、硫黄島の上陸のように物々しい様子で横陣をつくって横須賀海兵団に向かったが、何の抵抗もなく、気抜けしたように上陸した。

それから間もなく、米海軍の兵曹長を長とする数名の武装兵が三笠公園に来て記念艦「三笠」の監視を始めた。彼らが、この軍艦が日露戦争の記念艦であることを知っていたかどうかわからないが、午後には乗艦して艦内を巡視し、四時頃には、保管員は翌朝定時出勤を条件として退去せしめられた。

翌朝、片岡兵曹長ら五名が定時前に「三笠」に乗艦すると、艦橋の下で米兵の歩哨に阻止され、乗艦パスの提示を要求された。三笠会館の米軍連絡委員会でパスを作ってもらって「三笠」に行くと、直ちに逮捕という形でＭＰに前後を警護されて旧海軍工機学校内に連行され、玄関に近い一室で、折り敷け（地面に尻をつけ左膝を曲げる）の形で正午まで待たされた。

「おっ、こりゃあ、終戦後内地の捕虜第一号か」

「『三笠』に何をしようというのですかね」

片岡兵曹長たちは、そう語り合った。

米軍の士官から「三笠」がいかなる艦であるか、種々訊問されたが、英語がよく通じない。しかし、彼らはアドミラル・トーゴーは知っていたらしく、どうにかロシア海軍との海戦に勝った旗艦を保存しているのだ、ということがわかったらしい。

しかし、そんなことは、三笠会館の連絡委員会に来た高級将校は、すぐにわかったらしく、正午過ぎ、片岡たちが私物の手包品を整理するため、艦にもどったときは、艦内はかなり荒らされていた。

「三笠」を武装解除するというのは名目で、実はスーベニール（土産物）漁りらしい、壁にかけてあった提督や艦隊、海戦の記念写真ははずされ、長官室に安置してあった東郷元帥の遺髪も消えていた。

「まったく火事泥みたいな奴らだ」

「どこが紳士的なアメリカ海軍ですかね」

片岡たちはそうぼやいたが、それは「三笠」の悲惨な運命の序の口であった。

米兵の命令で保管員たちは、艦内の記念品を一箇所にまとめさせられた後、退去を命じられ、当分の間、艦内にもどることは許されなかった。

一方、連合軍の進駐後、間もなく結成された米、英、ソ連、中国などの極東委員会では、「三笠」の保存をめぐって激論がかわされた。

「敗戦国日本が、かつてロシア——今のソ連を負かした記念としてミカサを保存するのは、不届き千万である。直ちにこれを破壊してスクラップとして海中に投棄すべし」

口角泡をとばして、そう力説するのは、ソ連代表テレビヤンコ中将である。

これに対して、マッカーサーの側近である米参謀部長ウイロビー少将は、微笑しながら、ソ連とイギリスの代表を眺めて言った。

「イギリスのポーツマスには、有名なネルソン提督のヴィクトリー号が保存されているのを、ソ連代表もご存知であろう。わが国のポーツマスにもコンスティテューションが保存されている。そして、テレビヤンコ中将、お国のレニングラードのネバ河のほとりには、革命の記念としてオーロラ（アウローラ）号が保存してあるではありませんか。わがアメリカ軍は、マッカーサー元帥以下、日本を平和的かつ安全に占領統治したいと考えております。そのためには、日本国民の記念品を破壊して、反感をかうことは、避けるべきでしょう」

民政局のホイットニー少将が左派で、日本の武装解除や職業軍人の追放に懸命になっているのに対し、ウイロビーはタカ派で、早くも始まっている冷戦のために、いずれ日本の旧軍人を再武装させて、対ソ攻撃に利用しようと考えていた。そのためには、徒らに「三笠」を破壊して、旧軍人の恨みをかうべきではない、という深慮遠謀（？）をひそめていたのである。

なおもテレビヤンコはいきり立ったが、横須賀占領の実権は米海軍にある（ソ連軍が横須賀に進駐していたら、「三笠」は鉄屑になっていたかも知れない）。

た。フィリピンでの敗退の恨みを晴らすべく、戦犯の追及に必死になっていたマッカーサーは、その半面、太平洋戦争の英雄の名に恥じないよう、日本を平穏の中に統治したいと考えていた。そのためには、ソ連代表のいうことを聞いて、日本人の国民的記念品を破壊することは、避けるべきだ、と考えたのであろう。

結局、ウイロビーの意見を容れたマッカーサーの鶴の一声で、「三笠」は廃棄をまぬがれた。フィリピンでの敗退の恨みを晴らすべく、

しかし、それだから「三笠」は無事に生き残ったわけではない。テレビヤンコはあくまでも「三笠」の破壊を主張し、それができなければマスト、砲塔、艦橋、煙突などを撤去して、丸坊主にすることを主張し、米英もこれを呑んだが、その実施はかなり遅れた。

大正十四年の「三笠」保存のとき、横須賀鎮守府港務部先任部員として据え付けに苦心した中村虎猪（当時、中佐）は、戦後、昭和三十二年の「三笠」保存にあたり、「記念艦『三笠』の今昔」を「水交」に連載し、それを一本にまとめたものが、「三笠」保存会の書庫に残っている。先述の米軍進駐当時の「三笠」の様子も、中村氏が片岡兵曹長から聞いたものである。

この中村氏の小冊子を参考にして、以下「三笠」の荒廃に到る運命をたどってみよう。

米海軍による「三笠」の占拠監視は、かってより長い間続いた。その間、目ぼしい記念品は、ほとんどが米兵のスーベニールとして持ち去られたが、世間に言われるように、「三笠」は戦後間もなく丸坊主にされたわけではない。

横須賀市当局が、大蔵省に「三笠」を民間の会社に払い下げられたいと申請するのは、昭

和二十二年になってからで、米海軍横須賀基地司令官も、ゲスイング代将から、ブリックス少将を経て四代目のデッカー少将と交代し、このデッカー少将のときに、「三笠」払い下げの問題が起きたのである。

これまでの横須賀市は、「三笠」を解体撤去せよという連合軍の一部に残る悪意と対抗して保存の線を進めてきた。

昭和二十二年に入ってから、市は「三笠」を市民の文化施設として使用したいと、デッカー司令官に申し出たが、却下された。

市は別の考えとして、「三笠」を水族館として運営するため、艦橋、マスト、砲塔、煙突などを撤去して、市で保存することを希望したが、これも確答を得られない。

一方、市としては、「三笠」と公園など、その付属地帯の所属がどこにあるのか疑問を生じて、財団法人「三笠」保存会の清算人刑部《おさかべ》斉氏に照会したところ、二十二年十月二十二日付の公文書で、「当保存会では、横須賀市更生計画にもとづいて、『三笠』とその付属地一帯を美術博物館などに転用される旨、聞いているが、異存はない」という返答を得た。

一方、最高権力を握るGHQと米海軍基地司令官は、二十三年一月九日、つぎのようなみじめな条件で、「三笠」を転用することを許可した。

一、艦橋、マスト、砲塔、煙突を二十三年四月一日までに除去のうえ、横須賀市による教育事業に転用することを許可する。

しかし、それでもソ連代表のいう解体スクラップ化よりはましである。

横須賀市長大田三郎は、二月六日付で稲岡町白浜にある「三笠」（全長百三十六メートル、全幅二十九メートル、面積二千三百三十平方メートル）と土地（一万九千二百五十平方メートル、道路を含む）を市民のための文化施設に転用する旨の願書を大蔵省に提出した。

「三笠」は「三笠」保存会の専有財産としては登記していなかったので、旧日本海軍の雑種財産であり、処分の権限は大蔵省にあった。

四月二十日、大蔵省は一時使用という条件で、「三笠」とその付属地の転用を許可した。

この段階で大蔵省は、土地は国有であるが、「三笠」の所有権ははっきりしないというので、「三笠」の使用権は形式上除外するという態度を示していた。

しかし、横須賀市は、「三笠」が主眼であるので、当然「三笠」の使用も許可されたものとして、民間に払い下げて〝文化的〟に運営させることを考え始めた。

ここに奇怪なことが起きる。かねてから「三笠」の払い下げを申請していた湘南振興会社（代表、橋本道淳）が登場するのである。

この会社は得体の知れないところがあるが、社長が「三笠」の運営を申請した目的は、バー、キャバレーの経営など観光的な目的と、今一つは「三笠」に付随する兵器などの鉄を、戦後の屑鉄ブームに便乗して高く売って儲けようということにあったらしい。

その会社の内容と狙いを、よく確かめなかった横須賀市は、昭和二十三年一月二十九日、つぎの条件で湘南振興に「三笠」と付属の仮使用を許可した。

一、本物件の使用については、横須賀市条例の規定にもとづいて取り決めをする。

二、本仮承認による許可並びに契約諸条件の始期は、本仮承認の日をもってこれを適用する。

三、本仮承認、準備完了後、直ちに工事に着手すること。なお、艦橋、煙突、マスト、砲塔などは本年四月一日までに撤去しなければならない。

四、願い出以外の使途並びに他への権利譲渡を禁ずる。

五、市において必要と認めた参加者あるときは企業者においてこれを拒否しないこと。

六、工事方法その他重要事項については市において発する指示事項に反すると認めるときは、本仮承認を取り消すことがある。

このように、〝仮承認〟という形ではあったが、市の承認が出たので湘南振興では、さっそく砲塔、マスト、煙突などを撤去し、改装の経費にあてると称してこれをスクラップとして売ったが、市との契約になっている借地預金を支払わず、艦の内外で米軍相手のキャバレー的な風俗営業を始めた。

東郷長官の公室は、その道の女性が米兵に酒を注ぎ、ピンク・サービスをする場所と化し、米兵はジョークとしてここを〝キャバレー・トーゴー〟と呼んだという。加藤友三郎の参謀長室も同様で、ここは〝カフェー・カトー〟であったという。

このような不埒な業者に「三笠」の運営を任せたのは、市の見通しの不足によるが、上級監督者である大蔵省にも責任がある。

かの日本海海戦で雄姿を示した「三笠」は、朝鮮動乱の始まった昭和二十五年には、砲塔、煙突、マスト、艦橋を処分され、牙と爪を抜かれたライオンのようになって、白浜海岸に横たわり、その無残な姿は小学生をして〝河馬が寝ているようだ〟と評せしめたほどであった。

さらに朝鮮戦争がエスカレートすると、屑鉄などが高騰したので、会社は艦内の鉄、銅、真鍮など、いわゆる光りもののほとんどをはずして売却し、数千万円（？）の暴利を貪るに到った。

それでもなお、横須賀市では「三笠」の荒廃について、会社にブレーキをかけようとはしなかった。敗戦ショックというか、敗戦による虚脱からまだ抜け切れないのか、市当局では「三笠」に目を向ける余裕はないようであった。

あの未曾有の大敗戦によって、多くの国民が死に、生き残った国民も、やっと路頭に迷う生活から立ち直ろうとしている時勢である。軍都であった横須賀では、とくに戦争に対するアレルギーが激しかったかも知れない。日本軍の代わりに米兵がわがもの顔に歩き回る横須賀では、今度の戦争の後始末に忙しくて、日露戦争の遺物である戦艦「三笠」のアフターケアまでは、とても手が回らない、というのが実態であったかも知れない。

太平洋戦争中までは、日露戦争というものは、日本国民に親しい存在であった。日本が今日アメリカと戦うほどの世界の強国にまでのし上がったのも、東郷元帥が日本海でバルチック艦隊を撃滅してくれたからだ……という考えは、まだ国民の大部分の頭の底にあった。そういう教育のもとに日本人は生きて、そして戦場に向かったのである。

しかし、敗戦による価値観の転換は、東郷や日本海海戦を含む日露戦争への評価をも転倒させずにはおかなかった。

東條英機をはじめ、戦争の指導者は戦犯として裁かれ、日清、日露にまでさかのぼって侵略戦争だという烙印を押され、領土は四つの島に還元された。

日露の戦勝による利益である樺太南半はソ連に返し、満鉄を含む膨大な満州の権益は中国に返すことになった。功利的な考えをする者は、日露戦争による利権や、国家の発展が続いておれば、あの勝利をもたらした東郷元帥や大山巌も英雄であるが、日露戦争の利権が御破算になってしまえば、英雄たちのメリットも帳消しである。侵略戦の先頭に立った「三笠」の保存に気を使うこともあるまい……と考えるかも知れない。

なんといっても昭和二十六年九月の講和条約までは、日本は占領下にあったのであり、職業軍人は追放され、戦死者を祀った靖国神社も単なる宗教法人であって、国家の保護はなくなるという状態であった。ひとり「三笠」のみが国民の尊崇をつなぐなどということは、難しかったかも知れない。

しかし、昭和二十五年の朝鮮戦争開戦後間もなく、吉田内閣は、マッカーサーの命令で六万五千人の警察予備隊を発足させ、昭和二十九年には自衛隊という名の軍隊ができると、日本人の中にもようやく、国防、自衛権ということばが聞かれるようになってきた。

自衛隊は憲法違反だと抵抗する左翼政党はあったが、追放解除になった将校をはじめ旧軍人は続々と自衛隊に入り、横須賀にも、海上自衛隊の護衛艦が姿を見せ、やがて海上自衛隊の地方総監部がおかれるようになる。

このような時勢の動きと併行して、横須賀市でも、眼前に老いさらばえた姿をさらしている「三笠」の惨状に、義憤を感じる人が増えてきた。

その一人が、大正十四年、「三笠」を白浜に据え付けたときの港務部先任部員であった中村虎猪氏である。

大佐で予備役となった後、その地区にあって戦死者やその遺族の世話をしていたが、中村は昭和三十年五月、横須賀市会議員に当選した。彼は自分の任務の一つに「三笠」を荒廃から救い、昔日の姿に復元することを入れて、活動を開始した。

彼は、まず市当局に不埒な湘南振興会社を「三笠」から駆逐することを申し入れ、市議会の文化教育委員会や、予算委員会でも、横須賀の名蹟として、「三笠」を復元、保存することの必要を論じ、大蔵省の当事者にも右の旨を請願した。

大蔵省では、講和の翌年昭和二十七年、「三笠」を大蔵省の財産目録に加えたが、その後も「三笠」の保存には無関心で、湘南振興が「三笠」の鉄、金属をはがして売却したことを追及しようとはしなかった。

しかし、中村が同期生の平田昇(中将、横鎮司令長官)や、田中保郎、東光寺住職新宅大門師などと糾合して、一般市民にも「三笠」保存を呼びかけると、ようやく世論も喚起され、大蔵省や市も、中村たちの叫びに耳を傾けるようになった。

この後、中村は地元の日刊紙「南神新聞」に話をして、「三笠」の記事を載せてもらうことにし、十数日間にわたって、トップ記事として連載をしてもらい、「三笠」問題の過去と現在を詳記して、市民の世論を喚起した。

この記事を持って、中村は旧知の船田中防衛庁長官や、水交会長、海軍参謀部などを訪問して、「三笠」保存を力説した。

また、「三笠」が旧海軍の雑種財産であり、国有財産であることを大蔵省に確認させるため、中村は、昭和十年、財団法人「三笠」保存会発行の尾崎主税著『聖将東郷と霊艦三笠』の白浜定置の項を抜粋して、「三笠」の主要経歴とともに横須賀市を通じて、大蔵省に提出して、同省の認識を深める努力をしている。

「三笠」保存の声は海の向こうからもあがってきた。

この頃（昭和三十年春）、日本を訪れたジョン・S・ルビンという七十歳の老人がいた。彼は羽田に着くと、真っ先に横須賀に駆けつけ、白浜の海岸に急いだが、失望に眉を曇らせた。

彼が期待した二本マスト、二本煙突の〝アドミラル・トーゴー〟の乗艦ミカサの姿が見えないのである。

「ホエア、イズ、ミカサ？」

海岸まで来た彼は、無残な光景に出くわして、恐ろしいものでも見たように立ちすくんだ。

「ホワット、イズ、ザット！」

彼がそこに見たものは、正しくミカサの屍体であった。

――砲塔もマストも煙突すらない。これがあのツシマで、パーフェクト・バトルを演じた世界海戦史の英雄トーゴーの乗っていた名艦ミカサの末路なのか……？

ジョン・ルビンは両手をあげて、慟哭したいのをこらえながら、「三笠」に駆け寄った。

そして、そこに彼は見るべからざるものを見た。煙草を斜めにくわえた化粧の濃い女が、米兵と腕を組みながら、タラップを降りてきたのである。

――やはりあの噂は本当だったのだ。ミカサがヤンキー相手のナイトクラブになっているという……。

ジョンは、落魄した貴族の娘の姿をみるように、無残な「三笠」の様子を前に、茫然と立ちつくしていた。

――オー、ピティ、プーア、ミカサ（あわれなミカサよ、ひどいことだ）。そして日本人はなんという忘恩の国民になり下がったのだ？　今度の戦争に負けたからといって、ロシアとの戦争に勝って、祖国を救ったトーゴーや、ミカサの功績を忘れてよいのか。そういうことだから、四等国などといわれるのだ……。

ジョンの胸にありし日の「三笠」の姿が甦ってきた。

それは五十年近く前、日露戦争直前、一九〇二年（明治三十五年）春のことであった。時計商であったジョン青年は、ニューキャッスルで建造中の「三笠」の回航員相手に時計を売っているうちに、回航員の将兵とすっかり親しくなり、日に日に出来上がってゆく「三笠」を自分の艦のように愛した。

その年三月一日、「三笠」がニューキャッスルを出港して、日本に向かうという日、ジョンは埠頭に立って、艦影が見えなくなるまで、涙とともに見送った。

それから五十三年、貿易商になったジョンは、あこがれの日本を訪れたのであった。彼の望みは、旧「三笠」の回航員と会って昔語りをし、戦いに敗れたりとも、再び大国として立ち上がるよう激励することと、横須賀の海岸に保存されているという懐かしい「三笠」に再会することであった。

——それなのに、何たることだ……。

旧「三笠」乗組員や「三笠」保存会を訪ねて、「三笠」の現状を知ったジョンは、いいようのない憤りを感じた。会員たちにその怒りを話した彼は、イギリスへ帰っても、その余憤がさめず、ジャパン・タイムズに原稿を送った。

「何という日本人は忘恩の国民なのだ？　戦い敗れると、ツシマの英雄トーゴーとミカサのことも忘れてしまったのか？　神聖なるミカサが丸裸となり、ダンスホールやアメリカ兵相手の映画館になったのを黙ってみているのか？　何たる日本人の無自覚であることか！」

この文章は、昭和三十年九月二十日付のジャパン・タイムズ紙上に掲載された。たちまち反響があった。アメリカ人のハロルド・ロジャース、オーストリア人のポール・ド・ジャルマスイという人々がそれに共感する文章をタイムズに送ってきた。

「このミカサの復活こそ、日本国民の精神復興の試金石であるべきだ」

と彼らは説いた。

またこの頃、日本海海戦五十周年ということで、ツシマの戦いの回想が、英字誌に大きく載ったことも、ジャパン・タイムズを中心とする日本のジャーナリストたちを刺激した。

ジョン・ルビンが訴えの原稿をジャパン・タイムズに載せた日から数日後の九月二十七日、横須賀海軍基地の開祖といわれる幕末の勘定奉行小栗上野介と港湾の設計を担当したフランス人技師ヴェルニーの業績を偲ぶ開港祭が、午前十一時から臨港公園で催され、十一時半から勤労会館でレセプションが行なわれた。

この会に出席した山梨勝之進（海軍大将、横鎮参謀長の後、「三笠」据え付け時、横須賀海軍工廠長）が、先のジョン・ルビンの記事の載っているジャパン・タイムズを中村元大佐に示し、

「外国人から言われるようでは……。『三笠』復元のことも真剣に具体化を計るべきだ」

という意見を述べた。

たまたま、この席には、米極東海軍司令官カラハン中将も同席していたので、山梨は中将にもその新聞を見せて、アメリカのコンスティテューションやイギリスのヴィクトリーの故事を引いて、「三笠」の復活の意義を強調した。

カラハンも大いに共感を示して談論風発した。米海軍に同行したニュース・カメラマンが、

山梨、中村、カラハンの三者会談の様子を撮影し、それを米海軍基地で映写し、また三人の写真を壁に張り出し、英文と日本文の説明をつけた。

これで、「三笠」復元の話は米海軍基地の中でも語られるようになった。彼らの中の大半は、白浜海岸に横たわる「三笠」の惨めな状態を知っており、なかには「三笠」で酒を呑んだ者もいた。

横須賀市でも、「三笠」保存を本気に取り上げる気運が芽生えたが、中村市会議員は、この際「三笠」を横須賀市の財産とするよりも、日本海軍の後身である防衛庁所管の財産とし、その保管運営は市でやるのが妥当と考えたので、この年（昭和三十年）十月二十四日、海上自衛隊横須賀地方総監部に吉田英三総監（海将、海兵50期、元海軍大佐、終戦時、軍務局第三課長）と会って、その旨を伝えたところ、大いに賛成して、努力することを約束した。

昭和三十一年になると、大物のジャーナリストが、「三笠」復元に健筆をふるうようになった。

以前から「三笠」の惨状について怒りを感じていた伊藤正徳は、この年五月中旬、二回にわたって産経新聞にその現状を書いて、世論に訴えた。

その頃、伊藤は産経に「連合艦隊の最後」「大海軍を想う」などを連載していたので、海軍に関心を持つ読者も多かった。

伊藤は、戦前、同盟通信の記者を長く務めた大記者で、ロンドン軍縮会議のとき、補助艦の比率決定の特種を抜いて、世界の新聞界を沸かせたこともある。同盟が共同通信になってからは理事長も務め、戦後は産経の主筆を務めていた。

伊藤は、戦前、海軍省詰めの黒潮会という記者会のメンバーで、海軍記者としてはナンバーワンといえる存在であった。その伊藤が「三笠」のことを書いたので、十分な反響があったのは当然のことであろう。

昭和三十一年九月初旬、石井千明（のち「三笠」保存会常務理事）のもとに下村海南から電話があった。

海南は本名下村宏、大正以来の評論家で、太平洋戦争末期には情報局総裁を務めた。このとき八十二歳の高齢であったが、その感覚は衰えてはいない。

「伊藤正徳君の書いた〝大海軍を想う〟によると『三笠』が非常に荒廃しているそうだ。一度見にいきたいから、同行してもらえないか」

そこで、九月二十二日、石井は小雨の中を田園調布の下村邸を訪れ、海南を「三笠」に案内した。

「三笠」では当時、「三笠」を含む〝みかさ園〟という観光事業をしていた。湘南振興会社の社長Tと専務のKが出迎えた。

海南は非常に元気で、折りから強く降りだした雨の中を、艦の上下にわたり、二時間近く視察を行なった。用意した雨合羽と登山帽のみで、傘もささず、司令塔にも登った。

当時の湘南振興の社長は、新聞記者出身で、石井によると悪い人間ではないが、〝みかさ園〟は、「三笠」の見学料と近くに見える猿島に遊園地の施設を作って、その入園料を収入としているので、赤字で困っていたという。

「三笠」の荒廃ぶりを確かめて、怒りと悲しみに打たれた海南は、翌日から大蔵省や防衛庁に日参して「三笠」復元の必要を説いた。

「私は決して再軍備や戦意昂揚を叫んでいるのではない。一に先輩が祖国を救うために戦い抜いた記念艦としてそれを復元し、その遺徳を偲ぶべきだと考えるのだ。今日、英、米、ソ連において、みなその実例があるのだから、日本でも是非実現すべきだ」

海南はそう熱弁をふるい、広く一般国民に「三笠」の戦歴と復元の必要を説くために、『軍艦三笠』という小冊子を書き上げ、これを関係方面に配布した。

下村海南が『軍艦三笠』を配布するのと相前後して、昭和三十二年八月号の「文藝春秋」に伊藤正徳が「『三笠』の偉大と悲惨」を書いたが、これが非常に反響があり、この年度の〝文藝春秋読者賞〟をもらった。

ここに、二人の大物ジャーナリストの著作の紹介をしておきたい。

『軍艦三笠』はつぎのような目次によって構成されている。

一、日本海海戦

二、トラファルガー海戦とネルソン提督

三、日本海海戦と東郷提督

四、「三笠」保存会の「三笠」
五、軍艦「三笠」の成れの果て
六、残骸「三笠」をどうするか
七、英国のジョン・ルビン
八、日本の日比翁助

まず、海南は一、において、横須賀の思い出として明治二十八年春、日清戦争の戦利品である清国軍艦「鎮遠」を観覧したときのことを述べ、日露戦争後は、旗艦「三笠」の見学が、一般大衆の人気の焦点となったことにふれている。

日清戦争のときは学生として、提灯行列に参加し、日露戦争の前は、逓信省の官吏として、ベルギーの任地にあったが、風雲急を告げるや、急遽、帰国して逓信省通信局長室に三日交代で詰め、電報検閲の宿直を務めたが、日本海海戦のときは、局長と同僚三名が総出で、徹夜で、つぎつぎに入ってくる勝利の電報に驚異の眼をみはったという。

二、では、すでに述べたヴィクトリー号の保存と、ロンドンのトラファルガー広場の高い円柱の上に、ネルソンの銅像が安置されている点にまでふれている。

また前年の旧海軍記念日五月二十七日には、英米仏伊の海軍雑誌に日本海海戦の追憶の記事が載せられ、米のUSネーバル・インスティテュート誌は特集として、東郷と「三笠」の写真を載せたが、日本の出版物には何の記事もなかった、と海南は憤慨する。

日本では敗戦後の空白によって、日本歴史の教科書に、日露戦争は書いてあるが、旅順、奉天の戦いも日本海海戦もすべて載っていない。子供は東郷も日本海海戦も知らない。「三笠」というのは、菓子の名前しか知らないのである。

三、では、日本海海戦における東郷の戦術と、「三笠」の戦歴にふれている。

四、では、「三笠」の日露戦争後の艦歴にふれている。とくに大正十四年の保存会の結成、「三笠」の復元、白浜据え付けと、「三笠」の内外の状態、展示されていた記念物、絵画などを紹介している。海南もこの保存会の理事の一人であった。

五、で海南は自分が確かめてきた「三笠」の現状を記している。

まず、「三笠」が米軍相手のキャバレー的な存在となったことについて、海南は、湘南振興にやや同情的で、同社が「三笠」を〝みかさ園〟として、水族館を中心とする海洋博物館に転用し、大人二十円、小児十円の入場料で経営をしているので、赤字であると述べている。

つぎに海南はつぎのように「三笠」の現状を描いている。

「『三笠』の残骸にはマストも煙突も砲塔も大砲もない。わずかに司令塔の骨が残されている。二つの砲塔の跡は、ノッペラボーの真っ白なペンキ塗りの円を描き、心持ちカマボコ型となっている。

マストも煙突もなくて格好がおかしい。上甲板は模様替えして、小さいなりに水族館もできているが、誠に貧弱で、生き残った、わずかな魚が泳いでいるだけで、我々が行った日は、見物人は我々だけであった。

中央部に四、五百人収容できるホールがあり、いろいろな催しに使うらしい。回廊の側壁には、軍事に一切ふれない児童教育の参考資料、図表などがかけてある。

ガンルームの一部が会社の事務室となり、奥の二つの部屋が特別記念室で、『三笠』の艦歴、記念写真、米海軍協会からの表彰文、文化的（？）に転用されるまでの経過などの文書が、わずかながら展示されている。

結局、軍艦『三笠』としての形態は、わずかに裸になった司令塔だけということになる。勿論それも、そこに標識も説明もない。『三笠』艦でない〝みかさ園〟であるから、当時の思い出はなくなったといってよい。

どうしてこのように軍艦の形態が入念に撤去されたかといえば、それは占領当時の対日理事会で、ソ連側から強い要求があったという話が残されている」
六、では、さらに、「三笠」の現状にふれたうえ、「三笠」をどうするかという問題に立ち入っている。
「三笠」の士官室その他居住区の舷窓（丸窓）にはヒビが入っている。これは終戦直後、一戦覚悟で横須賀に上陸した米兵が、何の抵抗もなかったので、退屈しのぎに、「三笠」の舷窓に拳銃の射撃練習をしたためだという。

「三笠」の艦上でダンスをしたことはなかろう、と海南は湘南振興を弁護する。米軍には将校、下士官兵のクラブはあるが、市中のキャバレーはオフリミットで入れない。懐のさみしい米兵は二十円の入場料で〝みかさ園〟に入り、船上で呑んだり歌ったり踊ったりしたらしい。そうした連中がけんかをして警察が手入れをし、ニュースになった。その噂が高まったものて、海南たちが行ったときは、バーらしい設備もマージャン台もなかったという。

しかし、海南たちが訪れた昭和三十一年は、すでに講和条約の五年後である。海南は湘南振興の言い分を取り入れたらしいが、占領期間中に、「三笠」の艦内でキャバレー的な営業行為があったのかなかったのか、黙してはいるが「三笠」は知っているであろう。

「三笠」も国有財産になり、大蔵省から横須賀市が保管を委任されているが、今のままでは、「三笠」は老廃するばかりである。鉄材は錆びるので、ペンキの塗り替えで年間四十万円はかかる。砂をつめた下部には海水が浸入してくる。防水壁を改修したりせねばならないが、それにはかなりの金がかかる。

一部には、鉄屑の値も上がってきたからスクラップにすれば一億円くらいにはなる。その半額で「三笠」の模型を造るべし、という声もあるらしい。

また、空襲で焼失した代々木の海軍参考館の焼け残りの品々と解体した「三笠」の記念品をかき集め、呉の元鎮守府内の建物に陳列すべし、という話もあるらしい。

海南はこれらの説には、まったく反対だという。

「『三笠』はあくまでも軍艦として、場所も横須賀港なるが故に意義がある。呉では大衆は寄りつきにくい。横須賀ならば東京、鎌倉、箱根、日光寺の観光、修学旅行の途次に寄ることができる。横須賀で現形のままで保存してこそ魅力がある。生命があるのだ」

と海南は強調するのだ。
七、では、先述の貿易商ジョン・ルビンのことが書いてある。

また、英国とトラファルガー海戦のことも紹介している。

世界いたるところにいる英国人は、ネルソンの戦勝記念の十月二十一日（一八〇五年）には〝トラファルガーデー〟と称して、ディナーパーティーを開き、女王陛下のために乾盃し、ネルソンに感謝の杯を献じるならわしになっている。

昨年の同じ日にも、東京では虎ノ門の英人クラブで、七十名ほどのイギリス人が礼装で集まって、〝トラファルガーディナー〟を催したという。

八、で、海南は日本橋三越の玄関に今もあるライオン像と三越の経営者日比翁助について書いている。

戦前の話であるが、日比翁助は日本海海戦を記念するため、三越の屋上をトラファルガー広場に模し、東郷元帥の銅像と「三笠」の後部（原形大）のものを造り、さらに英国にネルソン像のある円柱の礎石にわだかまっているライオンと同型の銅像二匹を注文した。「三笠」の廃材をも含めて、屋上の設備を建造中、日比は病死し、東郷の銅像や「三笠」後部の再現は立ち消えとなり、早々と英国から届いた二体のライオンが、三越の玄関で客を出迎えているわけである。

三越のライオン像の由来を知った人は、是非その足で、横須賀に来てほしい、と海南はいう。

それで本記を終わり、後記が三つほどある。

した。

㈠、三笠亭のこと

藤山愛一郎（大日製糖社長、外相）の父雷太は、「三笠」の艦材で芝白金の邸内に三笠邸を建てていた。代々木（原宿）に東郷神社が建立されると、同社に寄進したが、空襲で焼失した。

㈡、米艦コンスティテューション号の保存

アメリカの独立戦争（第二次米英戦争）で偉勲を立てたコンスティテューション号は、今から百五十年ほど前の建造にかかるが、一八二九年、老朽の故をもって、解体処分されることになった。

〝オールド・アイアンサイド〟の愛称をもって呼ばれたこの名艦が消滅することを聞いた、当時ハーバード大学の学生オリバー・ウェンデルフォルムス（後に作家となる）は、これを聞いて、霊感を呼びさまされたように、即座に「オールド・アイアンサイド」という歌を作った。この歌が風の如くにアメリカ全土に流行し、ついにコンスティテューション号はポーツマス港に保存されることになったのである。

オールド・アイアンサイド（大意）

軍艦旗が降ろされるのは
なんと港をすてることか
長い間、空高くひるがえっていたのに

旗印は空にあり
その下で戦の叫び声が鳴った
大砲の咆哮が爆発する
しかし、空気の裂け目が
雲を吹き払うことはもうない
艦のデッキは英雄の血で染まり
敗将がそこにひざまずく
風は血の上を吹き
波はその下に白い
しかし、もう勝者の勝ちどきも
敗将のひざまずきもみられない

㈢、米海軍と東郷ルーム

現在、地中海東部米海軍艦隊長官のブリスコー提督が、四年前、米極東艦隊長官時代に横須賀の米将校倶楽部の貴賓室に、「アドミラル・トーゴー・ルーム」を設け、東郷の写真を掲げた。

披露のため、ここに招かれた日本の旧海軍将士や官吏は赤面したという。

下村海南が『軍艦三笠』を書いて世論の喚起に努めたその翌年（昭和三十二年）八月号の「文藝春秋」に、伊藤正徳が「『三笠』の偉大と悲惨」を書いた。（註、下村はこの年十二月九日、八十二歳で世を去る。『軍艦三笠』は彼の絶筆といってよい）

伊藤の論旨の大要はつぎのとおりである。

一、世界的完全試合

野球にパーフェクト・ゲームがあるように戦争にもパーフェクト・バトル（完全戦闘）がある。日本海海戦がそれである。外国では、この戦いの成果と、東郷提督の偉勲を今も雑誌などで回想するが、日本の教育はこれを知らせないようにしている。

二、完全戦闘の内容

バルチック艦隊の大半を撃沈、捕獲したのに、わが方の損害は、水雷艇三隻が沈没したのみであった。

三、球史にない得点

古来、戦いにおける深追いは禁物とされている。武田信玄も「勝ちは六分にて可なり」といっている。しかし、日本海の東郷は、一隻もウラジオストクに入れないという決意で、徹底的に追いまくった。ウラジオストクに逃げこんだのは、わずかに巡洋艦一隻、駆逐艦二隻のみである。満州の陸軍の安全を期するためには、一隻も残さず沈めて、日本海の制海権を握る必要があった。明治三十八年一月下旬、山本（海相）、伊東（軍令部長）、東郷（長官）の三人が会合したとき、東郷が薩摩弁で、「今度の戦《ユッサ》は、わが方の半分を失っても、敵を全滅せんけりゃあならんごっ」と約束した。それで後に昼戦四回、夜襲三回を行なって、深追いをして、大得点を上げたのであった。

四、完璧の指揮訓練

東郷艦隊とバルチック艦隊のトン数、砲数を較べてみると、それほど大きな差はない。精神力においても、我の百に対し、彼は遠路の疲れがあるにしても、九十くらいはあったろう。しかし、指揮と訓練において東郷は十対一と敵を引きはなしていた。

五、本塁打の続出

東郷艦隊は、その航走力において敵を三十パーセント抜いていた。

打撃力は驚異以上のものがあった。

二十センチ砲以上を決戦用の主砲とすれば、その数は日本四十七門、ロシア四十八門でほぼ互角である。要は発射速度と命中率である。海軍の砲術研究家黛治夫大佐の計算によれば、当日の主砲の発射速度はロシアの一に対して日本が三、その命中率はロシアの一・五パーセントに対して、日本が三パーセントであったから、日本は敵の六倍の砲力をもって戦ったことになる。そのうえ、日本の砲弾には、当時炸裂力世界一の下瀬火薬を装塡してあったので、貫徹よりも爆破による撃沈効果の大記録を作ったのである。

ロシアの造船大監コステンコ少将は、その名著『対馬海戦における戦艦ボロジノの研究』の中で、つぎのように述べている。

「海戦における砲弾の命中公算は二〜三パーセントを超えることは稀とされる。しかるに対馬海戦の日本艦隊は著しくこれを超越した。戦艦アリヨールの実情から推察すると、彼の命中率は実に十二パーセントに達した」（註、アリヨールの被弾は三十センチ砲弾十二、二十センチ砲弾七、十五センチ砲弾二十二、口径不詳二十二に達し、半沈状態で舞鶴に曳航された）

鎮海湾百日の猛訓練中、東郷は毎日、午前五時朝食、午後八時夕食とし、弁当持ちで実弾射撃訓練場に一日も欠かさずに通って、監視督励したという。

六、（略）
七、難産とその生い立ち（略）
八、最多数の被弾（略）
九、記念艦の誕生（略）
十、魂は去りぬ（略）
十一、砲塔やマストを売却（略）
十二、日、英、米を較べて（略）
十三、愛国心に繋がる（略）
十四、誠意の問題

今、アメリカに「三笠」と正反対の話題がある。

太平洋戦争中、ハルゼー艦隊の有力な一艦として日本軍を悩ませた空母エンタープライズ（ミッドウェー、南太平洋、マリアナ沖、レイテ沖など諸海戦に参加。ビッグEと呼ばれた）の保存が決まったことだ。最近、アメリカ海軍はこの廃棄を決定したが、ハルゼー元帥はこれを悲しみ、旧同僚に呼びかけて三十五万ドルを集め、海軍省からこれを買いうけて、ニューヨーク州にこの保存を依頼した。

ニューヨーク州議会は満場一致で保管を決議し、「A Memory of Glory」(光栄の記念)という文字を冠して、ハドソン河畔に永久保存することになったという。「三笠」はエンタープライズ以下では絶対にない。エンタープライズがアメリカに貢献した国防戦勲を一とすれば、「三笠」は十といっても過言ではあるまい。パーフェクト・バトルは、世界史にまたとない絶対のレコードなのだ。(中略)

「三笠」の原形復元にいくらの金が要るというのか? わずか一億円で足りるのだ。米艦エンタープライズと同じ値段ではないか。日本貧乏なりといえども三十万ドルの金が出せぬという計算は成立しない。要は誠意の一点にかかるのだ。

それについて適切な訓えがある。故田辺宗英君が一個人で五千万円を寄付して、後楽園に野球の殿堂を造ることである。そこに「完全試合」の投手たちは祀られるであろう。日本の政府が「完全試合」の大旗艦「三笠」を祀ることができないとあれば、その心根を軽蔑する者は、英人ジョン・ルビンだけではあるまい。

かつて「三笠」の全盛期の頃、当時の時価五千万円の巨費を投じて、陸軍の苦闘を慰霊した一人の篤志家があった。

旧高松藩の重臣牛窪求女氏である。高松の部隊(第十一師団所属)は、旅順の堅塁東鶏冠山の攻略を担当し、猛攻百余日にわたり、一万四千名の大犠牲を払ってこれを抜いた。高松市後方の紫雲山の一角にある西方寺山は、姿が東鶏冠山に似ているので、牛窪氏は全市の人夫を動員して、山の中腹に塹壕や堡塁を構築し、その上部に戦利品の大砲三門を据え、宛然大堅塁を現出して、将兵の霊を慰めたのであった。

今は赤レンガの壕が美しくくさむらに埋もれ、正に「国敗れて山河あり」の標本を呈しているが、そのような人の精神があった時代に、日本は興り栄えたのであった。

「三笠」復元へ

こうして、惨状のきわみにあって〝「三笠」を救え！〟〝「三笠」を元の形に復元せよ〟という声は、ようやく言論界でも高まり、世論も大いに喚起された。

一方、中村（虎猪）横須賀市会議員は、横須賀市が、大蔵省に出している「三笠」払い下げ譲渡の請願を取り下げるよう要請した。中村の願いは防衛庁による保全であり、市長も防衛庁保全が内定すれば、請願は取り下げると言明した。

昭和三十一年五月中旬、吉田海上自衛隊横須賀地方総監から防衛庁長沢海幕長に右の件について上申書が出され、この上申書の案には横須賀市長も参画したので、ここに、「三笠」の防衛庁保全は、完全に関係各方面の意見の一致をみた。

ところで、ここに一つの面倒な問題が残っていた。湘南振興の「三笠」運営権である。この会社は、昭和二十三年以来、「三笠」とその付属遊園地の運営にあたっていたが、その約束した使用料金を市に払わず、市も大蔵省へは滞納となっていた。大蔵省はこれを市に督促するが、市の財政は未だ貧弱で、立て替え払いもできないという状態であった。

一方、湘南振興は、伊藤正徳や下村海南には良心的な運営をしてきたようなことを言うが、裏では「三笠」から手を引くなら、立ち退き料を請求し兼ねまじきことをちらつかせる。

そこで中村は、市の担当理事者に強く湘南振興の退陣を求めた。理事者もそれまでの態度を改めて、強く会社を責め立て、三十二年四月一日をもって、湘南振興は「三笠」を明け渡し、これを受領した市は保管員を「三笠」に常駐せしめて盗難や破損を防止することとなった。

さて、大蔵省はなおも「三笠」の賃貸料の請求を続ける。そこで、米軍の占領中はデッカー米軍基地司令官の許可によったものであるから、この間は占領行政中であるとして料金を免除することとするが、講和発効後の二十七年から三十一年まで五年間の滞納金三百四十万円を支払わなければ、「三笠」は晴れて自由の身とはなれない。中村はここを先途と市会議員を説いて回り、昭和三十二年三月、三十二年度の追加予算として右の金額を議決してもらい、それを完納することとした。

続いて、「三笠」の防衛庁移管の件は、旧軍港市転換法に準拠して、公園に使用する目的として、大蔵省から防衛庁に移管が決まり、やっと「三笠」は戦後十二年目にして、旧海軍の手にもどり、引き続く復元運動によって陽の目を見ることになったのである。

こうして多くの文筆家、議員などの努力のもとに、「三笠」保存会は大正十四年六月の第一回発足から、三十三年ぶりに再発足することになった。

当時の役員は、

名誉会長　元帥海軍大将、伯爵　東郷平八郎

会長　法学博士、男爵　阪谷芳郎

副会長　工学博士、男爵　斯波忠三郎

同　男爵　東郷安

で、発起人には、財部海相、鈴木軍令部長、加藤横鎮長官、大角海軍次官、斎藤軍令部次長らが名を連ねた。

今回はつぎのように、旧海軍将官のほか、財界、政界、言論界、そして陸軍の将軍も世話人に名を連ねた。

海軍

野村吉三郎（海兵26期、大将、横鎮長官、外相）

山梨勝之進（海兵25期、大将、呉鎮長官）

沢本頼雄（36期、大将、呉鎮長官）

武井大助

陸軍

鈴木孝雄（陸士2期、大将、軍事参議官、鈴木貫太郎の弟）

岡村寧次（16期、大将、支那派遣軍総司令官）

政界

芦田均（元首相）
内田信也（元農相）
木村篤太郎（元防衛庁長官）
安井誠一郎（東京都知事）
賀屋興宣（元蔵相）
渋沢敬三（元蔵相）
前田多門（元文相）
吉田茂（元首相）
津島寿一（元蔵相）

財界

郷古潔（元三菱重工業社長）
足立正（元王子製紙社長）
石坂泰三（東芝社長）

言論教育界

伊藤正徳（産経新聞主筆）
小泉信三（元慶大塾長）

本田親男（毎日新聞社長）

（このほかの人々を含めて、発起人は二十五名に及ぶ）

以上のようなメンバーで二度目の「三笠」保存会は、昭和三十三年十月、「『三笠』保存会設立趣意書」を配布して発足することになった。

その大意はつぎのとおりである。

「日露戦争を通じて、わが連合艦隊の旗艦が『三笠』であり、司令長官東郷平八郎がこれに座乗して、大戦勝の世界記録を作ったことは、国民の中堅層が悉く記憶しているところであります。しかるにその旗艦『三笠』が今日どうなっているかについては、大多数がほとんど知っておらないように思われます。

それは悲惨という言葉でもなお十分説明のできない姿となって、横須賀港内の一角に捨てられているのであります。（中略）

日本民族はそれを朽ちるに任せて傍観していてよいでありましょうか。かつて外敵に抗して国の独立を護ってくれた代表戦艦の亡びゆくのを、無為に見過すことは許されるでしょうか。

また、〝完全戦勝〟の記録として世界に公認されているこの民族の名誉の記念艦を、屑鉄として葬り去って差し支えないものでしょうか。悲しい哉、現状は正にこのとおりの状態で放擲されているのであります。（中略）

ここに同志相諮り、戦後解体された〝『三笠』保存会〟を再興し、『三笠』を軍艦の形態に復元してこれを永久に保全するための事業に着手することを決めました。復元と維持とに要する資金は、広く各方面各階層の醵金に待たねばなりません。民族の名誉と独立とを表徴する記念事業のために、国民的賛同が得られんことを切に祈願するものであります」

続いて「三笠」保存会は、役員をつぎのように決定した。

会長　渋沢敬三

副会長　伊藤正徳、石坂泰三、沢本頼雄

理事長　岡崎嘉平太（元大東亜省参事官）

顧問　赤城宗徳（代議士）、芦田均、石井光次郎（前国務大臣、北海道開発庁長官）、川島正次郎（代議士）、小泉信三、五島慶太（東急電鉄社長）、佐藤栄作（蔵相）、鈴木孝雄、堤康次郎（西武鉄道社長）、徳川家正（元公爵、貴族院議長）、畑俊六（陸軍大将）、原安三郎（日本化薬社長）、星島二郎（代議士）、松野鶴平（同）、安岡正篤（学者）、吉田茂、河合弥八、佐藤義詮

理事（その一部をあげる）

足立正、伊藤正徳、石坂泰三、石田退三（トヨタ自動車社長）、植村甲午郎（代議士）、内田信也、岡崎嘉平太、岡村寧次、賀屋興宣、木村篤太郎、城戸四郎（松竹社長）、草鹿龍之介（中将、連合艦隊参謀長）、郷古潔（元三菱重工業社長）、佐々部晩穂（名古屋

商工会議所会頭）、沢本頼雄、桜田武（日清紡績社長）、渋沢敬三、杉道助、高田利種（少将、連合艦隊参謀副長）、津島寿一、豊田貞次郎（大将、海軍次官）、土光敏夫、永野重雄（富士製鉄社長）、額田坦（陸軍中将）、沼田多稼蔵（陸軍中将）、野元為輝（海軍少将）、原忠一（海軍中将）、福留繁（海軍中将）、保科善四郎（同）、本田親男、前田多門、松下幸之助（松下電器社長）、安井誠一郎、山梨勝之進、山中貞則（代議士）、顧問は全員で百十一名。

「三笠」保存会会則

第一章　総則

第一条　本会は「三笠」保存会と称する。

第二条　本会は事務所を東京都におく。

第三条　本会は記念艦「三笠」を旧態に復して永久に保存し、もって民族精神の昂揚に資することを目的とする。

第四条　本会は前条の目的を達成するため、つぎの事業を行なう。

一、記念艦「三笠」の復旧の実現を期すること。

二、記念艦「三笠」の保存に必要な施設をつくること。

三、記念艦「三笠」を維持保管すること。

四、記念艦「三笠」に関係ある記念資料の蒐集、講演会の開催、印刷物の刊行。

五、記念艦「三笠」をひろく公衆の観覧に供し、又これを公共の利用に充てること。
六、前諸号の事業の経費に充てるため、ひろく国民各層より募金を行なうこと。
七、その他前条の目的を達成するため必要な事業。

第二章　会計

第五条　本会の経費は、会社、個人または団体からの寄付金品及びその他の収入をもって充てる。
　但し、設立当初にかぎり理事会の定める範囲内において一時借入金をもって処弁することができる。

第六条　本会の予算は、復元予算及び経常予算に区分し、毎年評議員会の議決を経てこれを定め、決算はその承認を得ることを要する。

第三章　会員

第七条　本会会員は、個人及び団体とし、つぎのとおりとする。
一、名誉会員　特に功労のある者
二、賛助会員　金十万円以上を寄付した者
三、特別会員　金一万円以上を寄付した者
四、普通会員　金五百円以上を寄付した者
五、会友　金五百円未満を寄付した者

第四章　役員、理事、及び顧問、参与（略）

募金と目論見書

一、募金目標額

募金に先立って、保存会では詳細な「目論見書」（後述）を作り、募金目標額を一億五千万円とした。総必要額は二億円であるが、国の昭和三十四年度一般会計予算に、「三笠」保存修理費として、五千万円が計上されたので、その残額一億五千万円を募金に仰ぐことにしたのである。

二、募金の区分

目標額一億五千万円のうち、第一種募金として一億円は特定の会社から募集することとし、第二種募金として、五千万円は都道府県ごとに勧誘募集し、その他、野球、相撲、映画などの興行による募金も考慮される。

三、募金送金の手続き（略）

四、寄付許可の申請（略）

五、募金費用（略）

六、税金の免除

会社等法人の寄付金については法人税法第九条第三項、昭和二十五年大蔵省告示第五一〇号及び法人税取扱総合通達第七二号の趣旨により、免税の取り扱いが受けられることになった。

七、「三笠」バッジ・会員証（略）
「三笠」保存会事業目論見書
現在の「三笠」は、マスト、煙突、砲塔、錨がすべてなく、艦橋、甲板、舷側の一部が破壊撤去され、防御甲板の大半は除去され、艦内外の装備品もほとんど亡失し、下甲板以下に充塡されていた砂の一部は運び出され、海水が溜まり、その水位は潮汐の干満に従い上下する有様である。また上甲板にはホール、水族館などが造られている。
　復元工事としては、まずこれらの不要物を撤去し、艦内を清掃して砂を補塡し、上部構造物を構築するための基礎として、下甲板一面に鉄筋コンクリート床を新設し、さらにこれを補強するため鉄または鉄骨コンクリートの梁を築造する必要があった。そのうえで、マスト、煙突、砲塔などを新設して外観を復旧し、下甲板以上の艦内重要部諸室の整備を行ない、艦内を集会、展示、宿泊などに利用するための講堂などを設ける、というのが、保存会の企画である。
　この復元工事は、昭和三十五年三月末完成を目標とするが、これに用する経費は、つぎの目論見書のとおりである。

一、「三笠」復元工事費　一億七千五百万円
　内訳
(一)、不要施設撤去費　百五十八万円

(二)、基礎工事費（船体補強鉄筋コンクリート工事など）　三千百九十五万円
(三)、外艦工事費（甲板、マスト、艦橋、ダビット〈カッター吊り下げ支柱〉、短艇、煙突など）　四千百七十四万円
(四)、艤装工事費（砲塔、主副砲、ケプスタン〈錨捲き上げ装置〉、錨など）　千九百六十六万円
(五)、諸室復旧費（公室、私室の一部復旧）　七百六万円
(六)、講堂等新設費（講堂、展示場など）　三千五百六十二万円
(七)、付属工事費（調査、設計、足場、運搬など）　二千五百四十七万円
(八)、予備費　千百九十二万円
二、事務費　二千五百万円
(一)、寄付金募集費　二千万円
(二)、一般事務費　五百万円
合計　二億円

こうして、目論見書もできて、保存会の人々は官民からの寄付金集めに奔走したわけであるが、一方、復元の技術的方面での作業も開始された。

まず、横須賀海上自衛隊総務部の依頼を受けて浦賀船渠《ドック》会社が詳しく「三笠」の現場調査を行ない、復元の具体策を練った。

また、「三笠」があまりにも破壊されているので、オリジナルな設計図が必要となり、海上自衛隊のロンドン駐在員は、「三笠」を建造したイギリスのヴィッカース社（後にヴィッカース・アームストロング社となる）に図面の提供を頼んだ。事情を聞いたヴィッカース社は非常に同情し、一般艤装図を探して送ってくれた。

募金、調査、設計と三方からの努力によって、早くも、昭和三十四年十月には「三笠」復元の第一歩が踏み出された。復元の目標は「今後百年は異状を生じない堅牢なものとすること」である。

それには、まず艦内の底部の海水を汲み出して、砂を乾いた状態に留めたい。そのため、艦底の破孔（前部弾薬庫）を修理して、漏水を止める必要があった。

ここで問題なのは、「三笠」の艦体が今でも、百年もの耐久性を持っているかどうかということである。下甲板以下は三十年間も海水と砂に漬っていたので、相当腐食が進んでいると考えられた。

しかし、その部分の鋼鈑を切りとって、調査した結果、「腐食は思ったほど進んではいない、百年はともかく今後、相当年数の持久は十分と考えられる」という結果が出たので、保存会の理事たちもほっとした。持久が無理であれば、復元しても短期間で底から腐朽してしまう可能性があり、せっかくの募金も無駄になるおそれがある。

こうして、まず底に近い部分の排水とコンクリートの充塡を行ない、ついで、上部構造物の復元にかかったが、これは別の意味で困難であった。というのは、上部の兵装、艤装、艦内装飾はそのほとんどが湘南振興会社によって除去売却されているので、この復元には元の設計図やデザインが要るが、ヴィッカース社が送ってくれた一般艤装図以外には参考とすべき図面がない。

そこで担当者は旧「三笠」乗組員を探して、その記憶をたどって、東郷元帥が加藤、秋山らと会議を開いた長官公室の見取図などを再現することにした。砲塔、煙突、マスト、艦橋など外部からよく見えるところには、戦前の写真があるので、これを元にして設計図を引いたが、もちろん原形どおりにはいかない。できるだけ原形に近いものに復元するというに留まった。

外装に較べて内装の方は、さらに困難であった。

「三笠」と同時代の艦には、日本海海戦を戦った戦艦「富士」「敷島」「朝日」、装甲巡洋艦「出雲」「浅間」「磐手」「八雲」などがあり、このうち「富士」「浅間」「磐手」らは太平洋戦争中まで生き永らえたが、戦後、解体されている。

「富士」が残っておれば、旗艦用で長官公室、参謀長室などもあったはずであるから、その内装も参考にできたのであるが、解体されてからすでに二十年近いのであるから、その行方を訊ねるべくもない。

致し方なく保存会は、旧海軍将兵の中から「三笠」乗り組みの将兵を探して、現役当時の「三笠」の内装を、記憶の糸を頼りに聞き出し、見取図を作ることにした。

このような各方面の努力によって、昭和三十五年も半ばを過ぎると、「三笠」は日一日と

ありし日の姿を再現していき、かつての姿を知る理事たちを、

「おお、あのときを思い出すなあ……」

と懐旧の情にひたらせるようになってきた。

世間は六十年安保を挟む時代で、連日、保守と革新の戦いで喧騒を極めていた。

そして、昭和三十六年五月、「三笠」はついに五十一年前、日本海で奮戦したときの雄姿を、白浜の海岸に出現せしめた。

復元に着工してから一年七ヵ月のスピード工事である。

「昔も今も突貫工事だなあ……。『三笠』は……」

完成を聞いて駆けつけてきた伊藤正徳は、こう言って微笑した。

彼が産経新聞に「三笠」の現状を訴える文章を書いたのが昭和三十一年である。それからわずか五年で「三笠」は不死鳥のように甦ったのである。

記念艦「三笠」の復元完成記念式は、昭和三十六年五月二十七日、旧海軍記念日に挙行された。

この日、新装成った「三笠」は、艦尾旗竿には軍艦旗、マストの頂上には戦闘旗、そしてヤードのロープには、あの懐かしい「皇国ノ興廃コノ一戦ニアリ各員一層奮励努力セヨ」という東郷の名信号、Z旗がへんぽんとひるがえっていた。

「おお、『三笠』のマストにZ旗が揚がっているぞ……」

艦のかなり手前の位置から、小手をかざして「三笠」のマストを仰ぎみる老提督がいた。

海軍大将山梨勝之進（海兵25期）――かつて海軍中尉のとき「三笠」の回航員であった彼には、その感慨は一入《ひとしお》のものがあったらしい。

「三笠」の復元を喜ぶ彼も、昭和五年春のロンドン軍縮会議のときには、条約派の海軍次官として、補助艦の比率をめぐって、時の軍令部長加藤寛治と火花を散らしたこともあった。その加藤も二・二六事件のときは、決起した青年将校に同情的であったといわれたが、昭和十四年には世を去っている。そして、その五年前には、「三笠」の艦橋から連合艦隊を指揮した東郷元帥も故人となっていた。

――いろいろのことがあったな。しかし、「三笠」だけが時代の生き証人か……。

そう考えながら、山梨は、一歩一歩、昔とほぼ同じ形の舷梯を登った。（註、山梨は昭和三十二年まで水交会長、昭和四十二年、没）

式典の行なわれる後甲板では、野村吉三郎（海兵26期、海軍大将）と伊藤が挨拶を交わしていた。

「本当によかったですなあ、またこうして元気な『三笠』の甲板を踏めるとは思っていませんでしたよ」

野村はそう言うと、近くにいた伊藤正徳に厚く礼を言った。

野村も海軍中尉のとき「三笠」回航員であった。彼は、ワシントン軍縮会議のとき大佐で随員として加藤（友）全権に随行したが、「三笠」が廃棄と聞いて悲しみ、これが記念艦として生き残ることを知って喜んだ一人である。

野村は太平洋戦争開戦直前に、駐米大使となってワシントンにゆき、ハル国務長官とわたりあって和平のために尽力したが、ついに開戦となってしまった。

——往事茫々……。

その敵だったアメリカ海軍も、今度の「三笠」復元に賛成して寄付を贈っていた。

「いやあ、多くの人の努力のおかげですよ。日本人はまだ大丈夫ですよ。まだこれからやれますねえ」

そう言うと、伊藤は近くにいる小泉信三と顔を見合わせた。

「大丈夫！　日本人はこれからですよ！」

小泉は大きくうなずいた。

小泉信三は昭和八年から二十二年まで慶大の塾長を務め、昭和二十四年以降は東宮教育主任となっていた。

この二年前の三十四年春、皇太子と美智子妃の婚礼があったが、民間から妃を入れるのには、小泉の意見がものをいったといわれる。

小泉は若いとき、長い間、ヨーロッパに留学して経済学を学んだが、いわゆる〝明治のバックボーン〟の一人で、「三笠」の復元には心を砕いた一人であった。

彼は昭和三十三年十一月四日、丸之内日本工業倶楽部で開かれた「三笠」保存会発起人会で、伊藤正徳と講演をした。小泉は「国民自重の精神」という題で、三十分ほどの話をした。

その中で、彼はつぎのことを強く主張した。

そもそも自尊自重の精神のない国民が他国民のあなどりを受けますのは、これは当然でありますが、また自ら重んずる精神のないものは、他国民の自ら重んずる精神をも理解することができないので、したがって、かかる国民は他国民に対しまするときに、弱小のものに対しては不遜となり、強大なるものに対しては卑屈となるということは、いずれも避けがたいことであります。

したがって、一国民が正しい自重の精神を堅持することは、ひとり自国のために他国のあなどりを防ぐのみでなく、己の国民と国民、世界の国民と国民、国と国との関係を正常、健全なものにするうえにおいて、欠くべからざる要件であると思います。

まことに止むを得ない次第でありましたが、日本国民の自重の精神は敗戦によって崩れました。他国の武力に屈するの止むなきに至りました。日本人は、その国民としての誇りを失い、心の友を失って頽廃に陥ったことは、ご覧のとおりであります。

すべての道徳的な努力を無意味なものとしてあざけるという思想、ひたすらに官能の満足を追い求めるという傾向、またさらに、何ものかにこびるような気持から、しきりに日本及び日本人をあなどりあざける風潮が起こってきたことは、ご存知のとおりであります。

ことに多少知識があって時世の動きに対して神経が鋭敏である者の間に、この傾向が顕著であって、その一派の人々の書いた歴史などをみれば、いかに日本人はつまらない国民であるかということを説くのに努力しておるかのごとくに見えるのであります。

軍艦「三笠」の現状は、ひとえに自重を失った国民の精神状態を示すものと思います。自尊自重の精神を失った国民は、日本国民として忘れてはならない「三笠」を、現在のような状態に陥るがままに陥らせ、また国民にとってそれほど尊い記念物である「三笠」が、今のような状態に放置されるという事実がさらにまた原因となって、人心を一層の頽廃に導くということになって、現在に至ったのであります。

すなわち、AはBの原因となり、BがまたAの原因となるという悪循環の間に、国民にとって代えがたい記念物である「三笠」は、風雪と海水のなかに朽ち果てていこうとしておったのであります。

幸いにして、このたびの「三笠」保存会の成立によって、この悪循環が断ち切られるようになりましたのは、まことに申しようもない喜びであります。（中略）

（註、この間、ヴィクトリー号や日本海海戦の歴史的な話がのる）

日本が（明治維新で）国を開いてから今日までの、百年の初めと終わりを比較してみますと、さらに一つの逆の流れが流れておる。百年前に西欧強国の力が西から東に及んで、ついに日本に達したのでありましたが、今日はアジア全体において、東から西へ向かっての一種の押しもどし運動が行なわれておる。それはアンチコロニアリズムとか、あるいはアジア国民主義という名前で呼ばれておりますが、とにかく百年前とは違った潮流が流れておる。この転換の原因は何かといえば、結局、アジア人の覚醒ということでありましょうが、この覚醒をうながしたものの数多くあるうち、日本の近代化と日本の勃興、ことにその端的に現われましたものは、日露戦争における、日本海海戦の勝利であったといっていいのではないか。

そうしてみれば、日本海海戦、また、そのときの旗艦の「三笠」というものは、単に日本人にとって忘れてはならないものであるばかりでなく、世界の歴史の進展をうながす一つのファクターになっておる、それほどに、「三笠」がどういう現状にあるのかということに思い及びますと、私どもは実に堪えがたい気がしたのであります。日本人として憤慨するのみならず、日本を愛する外国人が憤慨するであろうということで、また憤慨するという気持を抱いて今日に至ったのでありますが、幸いにしてこの会ができまして、今日ここに発足するということになりましたので、私どもは急に明るくなったように感じます。今日までは別々に同じ憂いをもつ、同じ気持をもつ人同志が個別的に話しておった、語り合っておったのでありますが、こうやって一堂に会してみれば、憂いを同じくする人がいかに多いかを知るのであります。（後略）

豊田穣文学／戦記全集・第十二巻　平成四年七月刊

NF文庫

旗艦「三笠」の生涯

二〇一六年二月十八日　印刷
二〇一六年二月二十四日　発行

著　者　豊田　穣
発行者　高城直一

発行所　株式会社潮書房光人社
〒102-0073　東京都千代田区九段北一-九-十一
振替／〇〇一七〇-六-五四六九三
電話／〇三-三二六五-一八六四㈹

印刷所　慶昌堂印刷株式会社
製本所　東京美術紙工

ISBN978-4-7698-2931-7　C0195
http://www.kojinsha.co.jp

NF文庫

刊行のことば

第二次世界大戦の戦火が熄《や》んで五〇年——その間、小社は夥しい数の戦争の記録を渉猟し、発掘し、常に公正なる立場を貫いて書誌とし、大方の絶讃を博して今日に及ぶが、その源は、散華された世代への熱き思い入れであり、同時に、その記録を誌して平和の礎とし、後世に伝えんとするにある。

小社の出版物は、戦記、伝記、文学、エッセイ、写真集、その他、すでに一、〇〇〇点を越え、加えて戦後五〇年になんなんとするを契機として、「光人社NF（ノンフィクション）文庫」を創刊して、読者諸賢の熱烈要望におこたえする次第である。人生のバイブルとして、心弱きときの活性の糧《かて》として、散華の世代からの感動の肉声に、あなたもぜひ、耳を傾けて下さい。